이광수 장편소설 연구

한승옥

박문사

서문

이 책은 네 부분으로 구성되어 있다. 제1장 소설 공간에 투영된 작가의식, 제2장 신화 원형과 기독교적 상상력, 제3장 전통의 계승과 고향 회귀, 제4장 당대 현실의 역사적 투시이다.

소설에서 공간은 인물이 활동하고 사건이 진행되는 배경이지만 단순히 물리적 공간만을 뜻하지 않는다. 작가의 세계관이 투영된 살아 있는 공간이다. 이 공간에는 작가의 체험이 짙게 배어 있게 마련이다. 이광수는 항상 현실과 밀착된 소설을 썼다. 계몽주의 작가답게 그는 항상 현실을 화두로 삼았다. 이광수는 주지하다시피 파란만장한 생을 살다간 사람이다. 방랑도 많이 했다. 그가 밟고 다닌 공간의 폭은 현재적으로 보아도 광대한 그것이었다. 여기에 묶는 두 편의 글에도 이러한 이광수의 체험이 그대로 녹아 있다. 특히 만주는 우리 민족에게 단순한 지리적 의미 이상의 상징성까지도 띠는 공간이다. 역사적으로도 우리 민족의 정기가 배어있는 곳이다. 또한 중국이라는 강대국과 매개역할을 하는 연결고리이기도 하다. 이러한 공간을 작가는 어떻게 해석했고, 거기에 사는 인간상을 어떻게 묘사했으며 그 의미는 무엇인가를 살펴보는 것은 흥미 있는 일이다. 더 나아가 시베리아로까지 폭이 확대되면 그것은 광활한 우주가 된다. 낭만의 극치에까지 이른다. 그러면서도 서글픈 것은 일본이라는 공간에 투영된 작가의식이다. 우리나라가 질곡의 공간이라면 일본은 선망의 공간으로 투영되고 있다. 나약한 식민지 지식인의 한 전형을 보는 듯해서 씁쓸하다.

기독교는 개화기 이후 우리 문학에 많은 영향을 끼쳤다. 지금은 기독교 문학이라는 장르가 독자적으로 형성될 정도로 그 세가 확장되었다. 그러면서도 한 편 아쉬운 점이 있다. 우리의 기독교 문학이 인류의 보편성에 뿌리를 두지 않고 성서적 은유에만 충실하다는 점에서다. 본서에서 기독교 문학을 신화적 관점에서 원형을 추출하려 한 것도 이러한 한계를 극복하기 위한 시도이다. 기독교 문학도 문학의 일종이어야 한다. 인류에게 감동을 주어야 한다. 그러기 위해서는 신화적 원형이 근간이 되어야 한다. 밝음과 어둠, 희생양 모티프, 죽음과 부활의 의미 등을 통해 이광수 소설에 나타난 기독교적 실상을 파악한 것도 이러한 이유에서다. 이광수 소설이 기독교를 제재로 다루었으면서도 현재까지 그 생명이 지속되는 것은 그 안에 심원한 신화적 모티프를 내재화시켰기 때문이다. 우리의 기독교 문학이 나아갈 방향을 제시함과 동시에 기독교 문학이 세계 문학이 될 수 있는 길을 열어 주었다는 점에서도 의의가 있다.

전통의 계승은 문학뿐만 아니라 문화 전반에 걸쳐 중차대한 문제 중에 하나다. 아무리 뛰어난 천재적 작가도 혼자만의 능력으로 독창적인 명작을 창조해 낼 수는 없다. 전범이 될 명작이 있어야 하고 그에 따르는 전통이 형성되어 있어야 가능하다. 이광수도 이에서 예외가 될 수 없다. 그는 누구보다도 우리의 고전에 빚을 많이 진 작가다. 물론 톨스토이나 일본의 유수한 작가들에 힘입은 바 많다. 하지만 근저에는 우리 이야기 문학이 주춧돌 역할을 하고 있다. 여기서 「무정」을 「채봉 감별곡」과 구체적으로 대비한 것은 이러한 이유에서다. 이광수는 고소설을 바탕으로 그것을 창조적으로 배반하여 현대문학의 획을 긋는 「무정」을 창작하였다. 「무정」은 지금도 새롭게 읽히는 우리나라 불후의 명작이다. 이러한 관점에서 볼 때 전통의 계승과 그를 새롭게 변모시키는 창조적 배반은 현재도 진행형인 명작 창조의 비법 중에 비법이다.

역사소설은 과거의 이야기지만 항상 그 의미는 현재형으로 진행된다. 일종의 묵시 문학이라 할 수 있다. 묵시록은 과거의 이야기다. 우리는 이를 통해 현재를 파악하고 미래를 투시한다. 역사소설도 과거의 사건을 다루지만 이를 통해 현재를 파악하고 미래의 나아갈 바를 제시한다. 역사소설은 시대와 밀접한 연관성을 지닌다. 언제나 그렇지만 특히 이광수가 살았던 다난했던 시기에 역사소설은 당대의 진실을 은유적으로 설파할 수 있었던 긴요한 수단이었다. 이광수는 많은 역사소설을 통해 질곡의 순간들을 고뇌하였다. 이를 통해 일제 강점기에 절망하는 민중을 위안하였고 그 해법을 제시하였다. 단종의 비애를 통해 당대 현실의 비탄을 조율하였고, 주눅 든 암흑기에 원효대사의 호방함을 유감없이 펼쳐 한민족의 기를 살렸다. 특히 「원효대사」에서 밝힌 신라어에 대한 관견은 탁월하다. 이광수의 천재적 일면을 보여주는 것이기도 하다. 「이순신」과 「삼국지」의 대비에서도 이광수의 작가적 천재성이 나타난다. 이순신에 나오는 전투장면은 삼국지의 전투장면 보다 더 박진감 넘친다. 특히 울돌목 싸움은 삼국지의 적벽대전을 뛰어

넘는다. 이것은 물론 이순신장군의 실전이 있었기에 가능했다. 하지만 그것을 현장감 있게 묘사할 수 있는 작가가 있었기에 잊혀지지 않는 장면이 되었다. 역사적인 위대한 사건과 천재 작가가 만나 이룬 쾌거라 하겠다.

이광수는 그동안 많은 고통을 겪었다. 이것은 살아 있을 때의 이야기가 아니다. 지금의 현실을 말하는 것이다. 친일을 하였다는 뼈아픈 사실 때문이다. 그렇다고 여기서 이광수에 대한 변명을 늘어놓을 생각은 없다. 그것은 이미 이광수가 그의 고백에서 밝힌 바 있고 그 화두는 아직도 현재 진행형이다. 문제는 전체적인 통찰이다. 어느 한 부분만 확대시켜 해석할 때 전체를 보지 못하는 우를 범하게 된다. 문학뿐만 아니라 역사 문화 전반에 걸친 전체적인 시각이 필요하다. 그만큼 이광수는 큰 작가다. 앞으로 이를 위해 해야 할 일이 많다는 것은 이광수 연구자의 한 사람으로 기쁜 일이 아닐 수 없다.

미국을 시발점으로 한 금융위기가 전 세계를 강타하고 우리나라에서도 아직 위력을 발하고 있다. 이럴 때 가장 곤경에 처하는 것이 문화계다. 거기다가 인터넷의 발달로 책이 안 팔리는 시대가 되었다. 산 넘어 산처럼 어려움이 밀려오는 이때 출판을 선뜻 응락해 주시고 멋진 책을 만들어 주신 박문사 윤석원 사장님께 충심으로 감사의 마음을 전한다. 편집과 교정을 꼼꼼히 챙겨 주신 이혜영 주임과 관계자 여러분께 진심으로 감사드린다.

2009년 입추에

한승옥 씀.

차례

제 1장 | 소설 공간에 투영된 작가의식

1절. 1930년대 이광수 소설에 나타난 간도의 의미 / 3

    1. 머리말 ··· 3

    2. 이광수의 만주 체험 ··· 5

    3. 간도 체험의 소설화 양상 ······························· 8

        1). 중국, 중국인 풍정에 대한 묘사 ················ 8

        2). 구조적 모순과 민족성에 대한 회의 ········ 12

        3). 중국인 지주에 대한 반감과 신분 전락 ···· 18

        4). 공산주의 이데올로기와 폭력에 대한 거부 ·········· 23

    4. 맺음말 ··· 27

2절. 「유정」의 공간 배경에 투영된 작가의식 / 29

    1. 머리말 ··· 29

    2. 자전적 체험과 동북아 ···································· 30

    3. 질곡의 공간 ·· 35

    4. 도피의 공간 ·· 40

    5. 꿈의 공간 ·· 43

    6. 맺음말 ··· 48

제 2장 | 신화 원형과 기독교적 상상력

1절. 「무정」에 나타난 기독교의 표층구조와 심층구조 / 51

    1. 머리말 ··· 51

    2. 표층구조 ·· 53

　　　1). 사이비 기독교인에 대한 조롱 ················· 53
　　　2). 리비도를 통한 기독교적인 개안 ··············· 58
　　3. 심층구조 ·· 63
　　　1). 밝음과 어둠의 양면구조 ······················· 63
　　　2). 희생양 모티프와 부활의 의미 ················· 67
　　4. 맺음말 ··· 71

2절. 장편소설에 나타난 '죽음'과 '부활'의 의미 / 73
　　1. 머리말 ··· 73
　　2. 죽음의 상징성과 진화론적 가치관—「무정」 ········ 75
　　3. 죄의 업보와 죽음을 통한 재생의 약속—「재생」 ······ 81
　　4. 무구의 희생양과 계몽적 부활—「흙」 ············· 84
　　5. 부활의 현존과 이타적 사랑 실천—「사랑」 ········ 87
　　6. 맺음말 ··· 92

3절. 희생양 모티프의 지속과 변이 / 94
　　1. 머리말 ··· 94
　　2. 무구의 희생양—「무정」 ······························· 95
　　3. 자아 각성의 희생양—「개척자」 ····················· 98
　　4. 시대의 희생양—「재생」 ······························· 99
　　5. 오해의 희생양—「흙」 ·································· 104
　　6. 애욕의 희생양—「애욕의 피안」 ·················· 107
　　7. 구원의 희생양—「사랑」 ····························· 110
　　8. 맺음말 ·· 112

제 3장 | 전통의 계승과 고향 회귀

1절. 「무정」과 「채봉감별곡」의 대비 / 113

  1. 머리말 ………………………………………………………… 113

  2. 예비적 고찰 …………………………………………………… 115

  3. 작품의 대비 …………………………………………………… 125

  4. 구성의 대비 …………………………………………………… 127

  5. 내용의 대비 …………………………………………………… 128

    1). 만남 ………………………………………………………… 128

    2). 이별 ………………………………………………………… 130

    3). 제회 ………………………………………………………… 131

    4). 재이별 ……………………………………………………… 132

    5). 다시 만남 …………………………………………………… 134

  6. 맺음말 ………………………………………………………… 135

2절. 고향 회귀 모티프의 농민소설적 변용 / 137

  1. 머리말 ………………………………………………………… 137

  2. 민족 갱생의 모색 ―「재생」 ………………………………… 138

  3. 고향 상실과 몰락 구조의 실상 ―「삼봉이네 집」 ………… 144

  4. 고향회귀의 필연과 허구의 의미―「흙」 …………………… 157

  5. 맺음말 ………………………………………………………… 164

제 4장 | 당대 현실의 역사적 투시

1절. 이광수 역사소설 「단종애사」 / 167

  1. 머리말 ………………………………………………………… 167

  2. 이광수 역사 소설을 보는 시각 ……………………………… 169

3. 「단종애사」의 슬픔과 비장의 효과 ··· 177

4. 맺음말 ··· 184

2절. 「원효대사」의 구조적 특징과 진속일여의 세계관 / 186

1. 머리말 ··· 186

2. 환몽실천구조의 구조적 특징 ·· 188

3. 자전적 감정이입과 민족혼의 밀수입 ·· 191

4. 신라어의 복원과 범신론적 세계관 ··· 196

5. 대승기신론적 세계관과 진속일여의 사상 ·································· 201

6. 불교적 세계관의 생태학적 조명 ·· 203

7. 맺음말 ··· 206

3절. 이광수의 「이순신」과 나관중의 「삼국지」 대비 연구 / 208

1. 머리말 ··· 208

2. 영웅들의 서사시 ··· 211

3. 계략과 술수와 음모의 서사 ·· 214

4. 인의와 야망의 대립구조 ·· 223

5. 맺음말 ··· 227

● 부록

1. 연구서지 ·· 231

2. 전기 및 작품 목록 ··· 283

이광수 장편소설 연구

제1장
소설 공간에 투영된 작가의식
제2장
신화 원형과 기독교적 상상력
제3장
전통의 계승과 고향 회귀
제4장
당대 현실의 역사적 투시
【부록】

이광수 장편소설 연구

제 1장 | 소설 공간에 투영된 작가의식

1절. 1930년대 이광수 소설에 나타난 간도의 의미

1. 머리말

본 논문은 1930년대 이광수 소설에 나타난 간도의 의미를 살펴보려는 것이다. 간도는 우리 민족에게 매우 중요한 지정학적 의미를 지니는 곳이다. 간도는 고구려의 영토였을 뿐 아니라 조선조 위화도 회군으로 인해 국토가 반도로 쪼그라들었을 때도 우리 민족이 굳세게 자리를 지키고 민족적 웅지를 키우고 지켜온 곳이다. 지금은 만주라 불리지만 그곳은 우리 민족의 영혼이 살아 숨 쉬는 영지다. 이러한 의미에서 1930년대 간도가 어떻게 소설화되었고, 당대 식민지 조선에 그것이 던져주는 인식의 파고는 어떠했는지, 나아가 지금의 우리에게는 어떤 암시를 제공하고 있는지를 살펴보는 것은 의미있는 일이라 생각된다. 여기서는 이광수의 1931년도 작품인 「삼봉이네 집」을 중심으로 이광수가 간도를 어떤 시각에서 기

술하였는지를 집중적으로 조명할 것이다. 물론 여기에는 영토의 문제 뿐 아니라 그 땅에서 살고 있는 인간의 문제, 그것은 중국인 한국인 모두를 포함한 인간 제반사의 문제일 터인데, 이 모두가 포함된다.

「삼봉이네 집」은 이광수가 당대에 일어난 사실을 소재로 하여 작품을 구상하였다고 말하였듯이[1] 작품 구성에서나 내용면에서 매우 사실적인 소설이다. 「삼봉이네 집」은 「혁명가의 아내」, 「사랑의 다각형」과 함께 「群像」 삼부작의 중의 하나로, 이광수가 병고에 시달리며 동아일보 편집 국장으로 재직할 때 시정 잡사를 소재로 하여 쓴 소설이다. 세간에서는 신문 판매부수를 올리기 위해 쓴 소설로 평가되기도 한다. 그만큼 그의 여타 작품, 예를 들자면 같은 신문연재 소설이라도 「무정」이나 「재생」, 「흙」, 「사랑」 등등의 신문 연재소설만큼 제대로 평가받지 못하고 있다는 말도 된다. 그러나 「群像」은 그의 소설이 대부분 계몽소설인 점을 감안할 때 시정에서 일어나는 일을 소재로 하여 사실적 기법으로 창작한 작품이라는 점에서 재평가해야 할 작품이다. 이광수 소설 중 「무명」이 명작으로 꼽히는 것은 계몽성을 탈피하고 사물과 객관적 거리를 둔 서사기법 때문임은 주지하는 바와 같다. 「삼봉이네 집」은 「群像」 삼부작 중 가장 사실적 기법을 사용하였을 뿐 아니라 더 나아가 우리 민족의 뿌리에 해당하는 농민, 그 중에서도 소작농을 다루었다는 점에서 특이하다면 특이하다. 어떤 의미에서는 「흙」 보다도 더 진정한 의미에서의 농민소설이라 할 수 있다.[2] 또한 이 작품에는 간도 이민사와 유리민의 비참한 실상 뿐 아니라 그동안 이광수가 지니고 있었던 이데올로기의 진면목이 드러나고 있다. 더 나아가서는 당대의 중국과 조선의 관계는 물론 그 한계까지도 함께 통찰할 수 있는 근거를 제공해 주고 있다.

---

1) 이광수, 《신여성》 1932년 4월호.
2) 한승옥, 〈농민소설론〉, 『이광수연구』, 선일문화사 1984년, 193-222쪽.

여기서는 먼저 이광수가 어떻게 그런 체험을 획득했으며, 그것이 어떤 양상으로 작품에 투영되었는지를 살핀 후, 만주에 사는 중국인과 당대의 조선인은 어떻게 묘사되었는지, 더 나아가서는 이광수가 지니는 중국인에 대한 시각은 어떠한지를 살펴 그 의미를 천착하는 순으로 논의를 전개해 나가려 한다.

2. 이광수의 만주 체험

이광수는 방랑이 기질을 지닌 사람이었다. 자기 스스로도 방랑벽이 있노라고 늘 입버릇처럼 말해 왔던 작가다. 어떤 작가인들 방랑기가 없겠나마는 특히 이광수의 방랑기는 세간에서 알아주는 것이었다. 그가 만주를 체험하게 된 것도 이러한 방랑기 덕분이었다. 그는 「삼봉이네 집」을 집필하기 전에 한만 국경을 두 번에 걸쳐 넘나든다. 그 첫 번이 오산학교에서 교편을 잡다가 로버트 목사와의 불화로 정든 오산을 떠나 세계여행을 목적으로 무작정 한만국경을 넘었던 일이다. 이것이 1913년 그의 나이 22세때 일이다. 그는 만주를 거쳐 상해에 갔다가 미국으로 가기 위해 해삼위를 거쳐 치따까지 갔다가 세계대전이 일어나 포기하고 다음해인 1914년에 다시 공부하기 위해 귀국하게 된다. 이때 이광수는 한만국경을 넘게된다. 두 번째는 1919년 1월 동경 유학생이 주축이 된 <조선청년독립선언서>를 기초하고 이를 영역하여 해외에 반포할 목적으로 상해로 탈출하여 그곳에 머물다가 허영숙이 이광수가 위독하다는 기사를 보고 단신 상해로 와 물의를 빚게 되자 허영숙은 귀국하게 되는데, 이 때 이광수는 어느 누구와 상의하지도 않은 채 단신 천진, 봉천을 경유 한만국경을 넘어 귀국하다가 선천에서 체포되어 서울로 압송된다. 이때가 1921년 4월 그의 나이 30세 때의 일이다. 이로 볼 때 이광수는 실제적으로 간도에 살았던 체험은 없었던 사람임이 드러난다. 그가 체험했던 것은 단지 여정의 일부로 객주 집에 머물렀던 기억이나 지나가는 역사의 풍경이나 유리하는 이민들의 처참한 모습 등이 전부였다.

그렇다면 어떻게 그렇게 핍진하게 「삼봉이네 집」에서 중국과 중국인을 묘사할 수 있었을까? 그것은 그의 타고난 작가적 재질 때문이었다고 생각된다. 그는 타인으로부터 들은 사실을 풍부한 상상력으로 자신의 것으로 만들 수 있는 재주를 지니고 있었던 작가였다. 그렇다면 그가 얻은 정보는 어디로부터 연유할까? 필자의 소견으로는 그 연원이 두 가지라 생각된다. 그 첫 번째는 간도체험을 한 이로부터 직접 듣는 일이요, 또 하나는 신문기사를 통한 간접체험이다. 첫 번째로 꼽히는 대표적인 예가 최서해다. 두 번째는 두말할 필요도 없이 그의 신문사 체험이다. 그는 당시에 당대 조선의 양대 일간지 중에 하나였던 동아일보 편집국장이었다. 그에게는 많은 정보가 있었을 것이다.

최서해는 고국을 탈출하여 간도에서 갖은 고난과 역경을 겪으며 생활하다가 이광수의 「무정」과 「개척자」를 읽고 감명 받아 무조건 귀국하여 이광수의 식객이 되었던 사람이다. 그는 이광수의 권유로 남양주 봉선사로 가 중노릇을 하고 있다가 같이 있던 중이 아니꼽게 군다고 그를 눈구덩이에 거꾸로 박아 놓고 다시 이광수에게 나왔던 사람이다.[3] 이광수는 다시 최서해를 방인근이 주재하는 《조선문단》에서 일하게 하는데, 이를 통해 볼 때, 이광수는 최서해를 매우 가까이 했을 것이고, 최서해를 통해 간도에 대해 많은 것을 알게 되었으리라 짐작된다. 「삼봉이네 집」에 나오는 중국인 지주의 한국인에 대한 횡포도 최서해를 통해 보다 구체적으로

---

3) 이광수, 〈최서해와 나〉, 《삼천리》, 1932년 8월.
　　신춘호, 『최서해』, 건국대출판부, 1994년, 21쪽.

획득한 지식에 의한 것이 아니었을까 추측된다. 거기에다 작품에 나오는 김문제의 동포에 대한 사기극은 실제 모델이 있었다 하니[4], 신문기사를 통한 것이거나 아니면 당시에 전형적 인물 중에 하나를 택해 소설화하였던 것으로 짐작된다. 이광수는 「삼봉이네 집」을 집필할 당시 만주에 대한 시사성 있는 칼럼을 여러 편 발표한 바 있다. 그 대표적인 것이 〈재만동포에게 급고〉[5], 〈풍년의 비애〉[6], 〈滿洲粟〉[7] 등이다. 〈재만동포에게 급고〉는 폭력적으로 중국인에 저항하지 말고 중국 국법을 지킬 것과 정치적으로 공산주의에 경도하지 말고 중립을 지킬 것을 강력히 권고하는 글이며, 〈풍년의 비애〉는 풍년이 들어 곡가가 폭락하는 것은 쌀 생산을 일본의 식량 비축에 맞췄기 때문에 야기된 걸괴리 통박하면서 한민족에게 맞춰 쌀 생산 계획을 세우라고 주장하는 글이다. 또 〈滿洲粟〉은 쌀을 팔아 조를 사먹는 비극적 현실을 개탄하는 글로서 그렇게라도 하여 호구를 하는 한민족의 실상을 우회적으로 표현하고 있는 글이다. 이 모두는 「삼봉이네 집」에 그대로 반영되어 있다. 〈재만동포에게 급고〉는 중국에서 '조선인고용법'이 시행되어 한민족이 농노화됨을 개탄하면서 폭력을 휘두르지 말 것을 작품 중에 은연중에 설파하고 있으며, 〈풍년의 비애〉는 삼봉이네가 김문제에게 속아 중국인 땅을 자기 소유로 알고 개간하여 풍작을 일구었으나 고가가 폭락하여 더욱 많은 빚을 지게 되는 구조적 모순을 폭로하는 데 그대로 드러나며, 〈만주속〉은 삼봉이네의 기구한 역정을 소개하여 그렇게 될 수밖에 없는 과정을 묘사함으로써 그것이 피눈물 나는 현실임을 묘파하고 있다. 이로 볼 때, 「삼봉이네 집」은 이광수의 만주

---

4) 이광수, 《신여성》 1932년 4월.
5) 이광수, 〈재만동포에게 급고〉, 《동광》, 1931년 11월.
6) 이광수, 〈풍년의 비애〉, 《동광》, 1931년 1월.
7) 이광수, 〈滿洲粟〉, 『이광수전집』 제9권, 우신사, 1979년, 263쪽.

에 대한 직간접 체험이 그대로 드러난 소설로 보여 진다. 이를 보다 세밀하게 고구해 보면 다음과 같다.

3. 간도 체험의 소설화 양상

1). 중국, 중국인 풍정에 대한 묘사

「삼봉이네 집」에서 중국이 무대로 등장하는 것은 중간 이후부터다. 작품의 전반부에서 삼봉이네는 중국으로 유리하기 전에 모진 곤욕을 치른다. 삼봉이네가 서간도로 이주하기 위해 가산을 정리하여 기차를 타고 북행하던 중, 기차에서 고모부인 박주사의 회유에 빠져 고향 땅에 다시 내린다. 노참사가 땅과 집을 준다는 꼬임에 그 어머니가 현혹되었기 때문이다. 그 미끼는 삼봉의 여동생 을순이었다. 노참사가 을순을 첩으로 드리려는 속셈으로 삼봉이네를 시골집으로 유인한 것이다. 이렇게 시작된 삼봉이네의 기구한 역정은 결국 여동생 을순이가 노참사에게 강간당할 뻔한 수모를 겪고, 그에 울분한 삼봉이가 노참사를 구타하게 된다. 결국 삼봉이는 이를 역이용한 노참사의 거짓 진술에 빠져 억울하게 죄를 덮어 쓴채 법정에 서게 된다. 삼봉이가 동생 을순을 첩으로 드리고 그를 미끼로 돈을 갈취하려 했다는 것이다. 삼봉은 장재철 변호사의 도움으로 을순이가 처녀막을 검사하는 수모를 겪고 나서야 노참사의 거짓이 드러나 풀려나게 된다. 이러한 역경을 거친 후에야 삼봉이네 일가는 장변호사의 도움으로 무순으로 가는 표를 구해 간도로 이주하게 된다.

이광수의 「삼봉이네 집」에서 중국, 중국인이 묘사되는 것은 이때부터다. 이러한 저간의 사정을 작품에서는 '그립기도 무한히 그립고 야속하기도 무한히 야속한 고국산천을 마지막으로 바라보며, 지긋지긋한 ××을 넘어 검은 옷 입는 되나라 땅을 밟게'[8] 되었다고 서술하고 있다. 여기서 '검은 옷 입은 되나라 땅'이란 말은 매우 암시적인 의미를 지닌다. 우리의 백색 옷과는 정 반대의 색이다. 이제 삼봉이네, 다시 말해 1930년대의 조국을 잃은 식민지 백성은 조국을 떠나 유리하게 되는데, 그들이 도착한 곳이 되나라 땅이며 검은 색으로 상징되기 때문이다. 이후 삼봉이네의 눈을 빌어 중국의 풍정이 자세히 묘사되기 시작한다.

방이란 것이 모두 두 간, 한 방이 주인 식구 사는 곳, 한 방이 객실, 객실이라는 것이 한가운데가 맨 땅바닥 동로요, 그 길로 좌우로 길다란 캉이란 것이 있고 위에다가는 삿자리를 깔았으니, 이것이 사람이 앉고 자는 온돌이다. 캉의 밖으로 향한 쪽에 들창이 있으나, 워낙 작은데다가 창호지가 몇 해를 묵은 것이다. 열어 놓기 전에는 광선이 들어오기가 어려워서 대낮이라도 방은 침침하고 밤이면, 이 크나 큰 방, 사람이 수십 명이나 들어가는 방에 안질 난 눈과 같은 조그마한 석유 등잔을 저편 끝 주인 앉은 자리 앞에다가 켜 달았으니, 피차에 사람의 얼굴도 알아보기가 어려울 지경이다.

아궁이가 어떻게 만들어 짜였는지, 캉에 불을 때면 방안에 연기가 자욱하여 눈을 뜰 수가 없으되, 추운 것이 무서워서 문을 열어 놓지 못하고, 큰 인내력을 가지고 그 연기가 사람의 콧구멍으로 다 들어가 잦아 버리기를 기다릴 수밖에 없었다.[9]

삼봉이네가 들어가서 묵은 객주 집 묘사다. 우리가 알고 있는 여관이나

---

8) 이광수, 「삼봉이네 집」, 『이광수전집』 제2권, 우신사, 1979년, 461쪽.(앞으로는 작품명과 쪽수만 표기하기로 함)
9) 「삼봉이네 집」. 462쪽.

주막 풍경은 아니다. 움막이나 다름없는 토방으로 짐작되는데, 그래도 북방이라 온돌은 있었던 것으로 묘사된다. 그렇지만 '캉'이라 일컫는 자는 곳은 삿자리를 깔았지만 불결하고 창은 광선이 들어오지 않는 아주 작은 것으로 환기는 물론 창호지가 몇 해를 묵은 것이어서 대낮이라도 침침하기 이를 데 없는 열악한 곳이다. 물론 삼봉이네도 소작농이기에 호화롭게는 살지는 못하였겠지만, 서간도 가는 길에 묵은 이 객주는 상상이 안갈 정도로 협소하고 불편하고 질식할 것 같은 곳으로 서술되고 있다. 이 장면의 묘사는 삼봉이네의 간난의 역정을 상징하는 듯 「삼봉이네 집」에서 중국 유리의 첫 장이 되기도 하는 <서간도> 장의 서두를 장식하고 있다.

'이러한 속에 밤이 깊도록 호인들은 알아들을 수 없는 말로 지절대고, 악을 쓰고 무슨 큰 싸움이나 하는 듯이 떠들어대다가, 하나씩 둘씩 코를 골기 시작'하며 잠이 든다. 그러면 '맨 나중에 돼지 같이 뚱뚱하고 검은 주인이 혼자서 문신칙을 하고 잠'을 잔다. 여기서 호인들이 '알아들을 수 없는 말로 악을 쓰고, 무슨 싸움이나 하는 듯이 떠들어 댄'다고 하였는데, 이 부분에서 우리는 삼봉이네 일가의 낯설음과 두려움을 읽을 수 있다. 삼봉이네는 지금 남의 나라, 중국 땅에 유리하여 어떻게 해서든지 이곳에 발을 붙이고 정착해 살아야 하는 절박한 입장에 서 있다. 그런데 모든 것이 낯설고 냄새나고 불편하고 언어도 알아들을 수 없고 싸움이나 하는 듯한 분위기에서 밤을 보내야 하는 것이다. 이렇듯 '처음에는 삼봉이나 어머니 엄씨나 이 말도 모르고 의복 풍습이 다 다른 만인들 속에서 도무지 마음이 놓이지 아니하여' 잠들지 못한다. 그러나 '이틀 사흘이 지나는 동안에 그들도 다 우리와 같은 사람들이라는 것을 깨닫게 되어 마음 놓'고 잠을 자게 된다. 그렇다고 두려움이 완전히 사라진 것은 아니다. 겨우 낯설음에서 벗어났다는 이야기일 뿐이다. 이러한 낯설음은 아침 풍정을 묘사하는 데에서도 잘 나타난다.

물이 귀한 서간도 길에서는 세수 물 한 대야도 돈을 주어야 사는 경우가 많았다. 한 대야를 사서 삼봉이가 낯을 씻고, 엄씨도 씻고, 이 모양으로 온 식구가 다 씻어 굴죽 같은 물을 밀어 놓으면 곁에서 노리고 있던 시커먼 호인들이 나도 나도 하고 그 대야 물에 세수를 하였다.[10]

위의 묘사에서 우선 '물이 귀한 서간도'란 표현이 눈에 들어온다. 중국은 예나 지금이나 물이 귀한 곳이다. 또 물이 있어도 좋은 물이 아니다. 생수를 마실 수 없는 곳이 대부분이다. 중국에서 차가 발달한 것도 이와 같은 이유에서다. 여기서는 마실 물이 아니라 세수할 물이다. 그것도 귀하여 논을 주고 사서 세수를 해야 한다. 물이 풍족하여 어느 곳에서나 샘물이나 시냇물을 만날 수 있는 조국 같으면 상상도 못할 일이다. 특히나 한 대야를 사서 온 식구가 다 씻고 난 후에 대야에 남은 물을 표현 한 말이 너무나 탁월하다. '굴죽'같다는 묘사가 그것이다. 절묘한 표현이 아닐 수 없다. 굴죽이라면 당시의 독자에게는 매우 낯익은 표현이었을 것이다. 그런데 이 더러운 물을 '곁에 서 노리고 있던 시커먼 호인들이 나도 나도 하면서 세수'를 한다. 불결하기 이를 데 없는 상황이다. 그러나 이러한 묘사로 미루어 보건대, 이것은 당시의 일반적 상황이고, 또한 그것이 중국에서는 생활화된 것임을 알 수 있다. 30년대의 서간도의 풍정이 너무나 사실적으로 묘사되어 있다 하겠다. 이것은 이광수가 만주와 한국을 여러 번 왕래하면서 직접 목격했거나 체험했던 것이었기에 그와 같이 사실적으로 묘사할 수 있었으리라 짐작된다.

---

10) 『삼봉이네 집』. 462쪽.

2). 구조적 모순과 민족성에 대한 회의

이렇게 시작된 삼봉이네의 서간도 이민은 가면 갈수록 그 역정이 험 난해 진다. 이것을 이광수는 다음과 같이 개를 통해 절묘하게 묘사하고 있다.

중국 사람의 동내를 지나갈 때에는 개가 무서웠다. 말 같은 개들이 소리 높이 짖으면서 모르는 행인을 향하고 달려 나와서, 금시에 찢어 죽일 듯이 으르렁거리는 것은 처음 가는 행인들에게는 가장 무서운 것이었다. 우뚝 서 서 참나무 지팡이를 홰홰 내어 두르면 일시는 물러가지마는, 두어 걸음 가노 라면 허한 틈을 타서 뒤로 덤벼들었다. 어떤 심술궂은 개는 무서워하는 사람 을 중심을 삼고 제가 원주장의 일점이 되어서 수없는 동심원을 그리며 극성 스럽게 따라 왔다.11)

개가 극성스럽게 따라 오면서 위협하는 장면이다. 작품에서는 이 장면 이 '무지한 호인의 개가 유리하는 조선 백성을 초개같이 여기는 모양'이 라고 서술되고 있다. 유리하는 조선 백성을 초개같이 여긴다는 것은 지금 삼봉이네 집의 상황을 잘 표현한 말이며, 당시의 간도 이민의 실상을 무 엇보다도 웅변적으로 대변해 주는 말이라 생각된다. 버려진 잡초와 같은 운명이 이들의 실상이기 때문이다.

그 피곤한 얼굴들-도무지 무표정할 이만큼 피곤한 얼굴들, 그 구두질 군 같 은 때 묻고 연기에 글은 의복들, 그 기운 없는 걸음과 활개, 그 지고 이고 한

---

11) 「삼봉이네 집」, 463쪽.

보통이들, 이러한 행렬은 하얗게 눈 덮인 산천이길래 더욱 유난하게 눈에 뜨였다.

　그러나 그것은 삼봉이네 집만이 아니었다. 수많은 그 따위 조선 이민, 두 광주리에 어린 것들을 담가 가지고 메는 몽둥이로 어깨에 둘러 멘, 산동서 오는 중국사람 이민들, 이러한 먹을 것을 찾는 백성들은 구라파 전쟁이 나거나 들거나, 공산당이 천하를 주거나 받거나 나는 모르오 하는 듯이 소리 없이 빈 땅으로 빈 땅으로 흘러 들어온다.[12]

　위의 진술로 보아 당시의 유리민들은 조선 이민만이 아니었던 것을 알 수 있다. 먹을 것을 찾아 나시는 중국 사람들도 부지기수였던 것을 알 수 있다.

　그런데 한 가지 특기할 만한 것은 구라파전쟁이 여기에 나온다는 점이다. 구라파전쟁은 세계 제1차 대전을 의미하는 것일진대, 그렇다면 이 작품이 연재된 것이 1930년 11월이니 16년이나 차이가 난다. 16년 전의 인상이 그대로 반영되었다는 이야기가 된다. 구라파전쟁의 체험은 이광수가 유럽을 거쳐 미국 샌프란시스코로 가려다 치따에 머물면서 《정교보》를 편집할 때 겪었던 일이다. 그곳에서 장정동원령이 내려 러시아 청년들이 전쟁터로 나가는 것을 목격하고 전쟁의 비참함을 목도했노라고 진술한 바 있는데, 이때의 일이 「삼봉이네 집」에서 무의식적으로 기술된 것이 아닌가 여겨진다. 그러나 '공산당이 천하를 주거나 받거나' 한다는 표현은 당시의 실상이었다고 생각된다. 작품에서도 공산당 이야기는 자주 나오기 때문이다. 유정석이 그 대표적인 인물이다. 공산당은 작품 내에서 현실의 모순을 이야기 할 때 중심적 역할을 한다. 이러한 모순은 아이러

---

12) 「삼봉이네 집」. 464쪽.

니 하게도 삼봉이네가 유일한 희망으로 알고 찾아 왔던 서간도의 친척 김문제로부터 시작된다. 삼봉이네 집은 김문제로부터 사기당하거나 중국에 대한 지식의 부족으로 노동력을 착취당하기 때문이다. 그러나 처음부터 이렇게 되지는 않는다. 처음에는 김문제가 삼봉이네의 돈을 갈취할 복적으로 호의적으로 대하기 때문이다. 김문제는 삼봉이네가 처음 도착하였을 때, '삼봉이네 가족을 극진히 관대'한다. '돼지 한 마리를 잡고, 떡을 치고 마치 큰 잔치를 베풀 듯' 대한다. 그러나 이 모든 것은 삼봉이네가 무일푼이라는 것을 알고 나서부터는 백팔십도 달라진다. 이후 김문제는 삼봉이에게 울로초가 우거져 버려진 땅을 적지 않은 돈을 김문제로부터 빌려 사게 하며, 이를 계기로 삼봉이네는 김문제에게 예속된다. 삼봉이네 빚은 해가 갈수록 는다. 그를 갚기 위해 또 다시 빚을 지는 악순환이 거듭된다.

그러나 중국에서는 입적하지 않은 조선인은 땅을 소유할 수 없었다. 삼봉이네는 이제 겨우 간도에 도착하였기 때문에 입적하지 못하였음은 물론이다. 그럼에도 불구하고 김문제는 중국인으로부터 이 땅을 사는 것이라 삼봉이네를 속인다.

입적하지 아니한 조선 사람이 중국 토지를 살 수 없는 것은 물론이지마는, 삼봉이가 사는 것은 이 토지를 십 년 간 사용하라는 권리다. 십 년 후에는 다시 금을 해서 사지 아니하면 아니 될 것이다.[13]

이와 같이 삼봉이네는 단지 울로초가 우거진 버려진 땅을 빌린 것이 된다. 그것을 김문제는 중국인으로 사는 것으로 이야기 한 것이다. 중국

---

13) 「삼봉이네 집」. 469쪽.

인으로서는 땅을 돈을 받고 빌려 주기에 이득이 되고, 또한 버려진 땅을 개간을 통해 옥답으로 변하게 하니 중국인으로서는 일거양득이 아닐 수 없다. 그러나 이 사실을 삼봉이는 알아차리지 못한다. 다만 황무지를 개간하면 자기 땅이 되고 거기에서 나오는 수확을 그려보면 꿈에 부풀뿐이다.

그러나 이것은 한낱 헛된 꿈에 지나지 않는다. 삼봉이가 이를 깨닫게 된 것은 몇 년이 지난 후다. 김문제에게 당할 대로 당한 후다.

"그 논을 뉘 손으로 만들었는데? 그 울로초 뿌리를 뉘 손으로 뽑았는데? 우리가 처음 와시 모른디고 그런 못 쓸 땅을─세상이 다 못해 먹을 땅이 줄 아는 땅을, 속여서 팔아 먹구 응, 개도 안 먹을 뜬 좁쌀을 주고 입쌀 값을 받아먹고, 논 값을 사 푼 변을 받아먹고, 금년 농사한 것은 한 알 안 남기고 타작 마당에서 다 빼앗아 오고,..."[14]

여기서 우리가 눈여겨보아야 할 것은 개간한 땅을 아무소리 못하고 빼앗기는 모순구조이기도 하지만, '개도 안 먹을 뜬 좁쌀을 주고 입쌀 값을 받아먹고'란 대목도 눈여겨 볼 부분이라 하겠다. 좁쌀과 입쌀이 나오기 때문이다.

중국 만주의 주산물은 좁쌀이다. 그만큼 좁쌀이 많다는 이야기다. 삼봉이가 처음에 김문제네 집에 도착했을 때도 제일 먼저 눈에 들어 온 것이 '마당에 쌓아 놓은 오륙십 석은 됨직한 높다란 좁쌀 노적'[15]이었다. 이 좁쌀은 중국에서 가장 흔한 주곡이다. 삼봉이네가 거처할 집을 얻기 위해 김문제에게 이끌려 찾아간 중국인 궁로야네 집 연자간에서도 좁쌀은 발

---

14) 「삼봉이네 집」. 481쪽.
15) 「삼봉이네 집」. 464쪽.

견된다. 이곳에서 '눈을 가리운 당나귀'가 '돌 연자매'를 돌리며 좁쌀을 찧는다.

이러한 조에 대한 언급은 다음과 같은 장면에서도 나타난다.

> 지리한 서간도의 겨울이 갔다. 감자와 조밥과 옥수수 범벅으로 아무쪼록 돈이 적게 들도록 연명해 가는 동안에 기나긴 겨울이 가고, 삼봉이네 논에 얼음이 풀렸다.16)

그러나 조선인의 주식은 쌀이다. 간도에 가서도 조선인들은 쌀을 생산하기 위해 억척스럽게 일을 하였다. 좁쌀은 인간이 먹는 주식이라기보다는 호구지책으로 할 수없이 먹는 대체 양식일 뿐이다.

> 벼가 열 두 섬이면 쌀이 엿 섬, 엿 섬이면 여섯 식구 양식은 된다. 쌀을 팔아 조나 옥수수를 사 먹으면 논 값 갚을 것이 조금은 남을까.17)

삼봉이가 논을 개간하여 추수를 하였을 때의 자기 나름대로의 계산이다. 이 계산은 나중에 빚이 늘어 헛 계산이 되지만, 여기서 우리가 알 수 있는 것은 '쌀을 팔아서 조나 옥수수를 사 먹는다.'는 대목이다. 이광수의 논설을 보면 실제로 가난한 당시의 조선인들은 쌀을 팔아 조를 사먹는 것이 그 당시 유행하는 풍조였음을 알 수 있다. 호구지책을 위해 울며 겨자먹기로 목숨을 연명할 방도를 그렇게라도 찾아야 했던 것이다.

우리민족은 입쌀을 먹어야 인간답게 산다고 생각한다. 하기에 어디를 가나 논농사를 짓고 쌀을 생산한다. 간도에서 논농사를 지은 것도 이러한

---

16) 『삼봉이네 집』. 470쪽.
17) 『삼봉이네 집』. 472쪽.

이유에서 일 것이다. 간도에 논농사가 주를 이룬 것은 조선 이민들에 의해서다. 이는 다음과 같은 장면에서 확인된다. 삼봉이네가 도착한 간도땅, 김문제가 사는 고장의 묘사다.

> 이 고장은 사면으로 산이 있고, 그 가운데 거의 정방형을 이루고 남북으로 길고 동서로 좁은 평지가 있는데, 남북은 이십 여리나 되지마는, 동서로 말하면, 오리 남짓 할락말락하다. 거기를 북에서 남으로 개천 하나가 흐르고 개천 가으로는 갯버들이 드문드문 서고, 개천 좌우 옆으로 밭과 논(조선 이민의 손으로 사오 년 내로 개간됨)이 있고, 산 밑 개천 굽이 바람과 물 근심 없을 만한 곳에 인가가 한 삼십 호 가량이나 장기쪽들 모양으로 흩어지어 있었다.[18]

개천 좌우 옆으로 밭과 논이 있는데, 논은 조선 이민의 손으로 사오 년 내로 개간된 것들이다. 원래 쌀은 기온이 따뜻한 남쪽 지방의 주산물이다. 만주에서는 일조량이 적어 논농사가 불가능한 곳이었다. 그런데 조선 이민은 이를 극복하고 논농사를 성공시킨 것이다. 우리 민족의 끈질김과 쌀에 대한 강한 애착을 알 수 있는 부분이다.

그렇지만 이 땅은 모두 중국인 소유다. 단지 조선 이민들은 이들 중국인 소유의 땅을 돈을 주고 잠시 임대하여 사용할 뿐이다. 그것도 버려진 땅을 개간하여 쓴다는 조건이니 불리하기 짝이 없는 조건일 수밖에 없다. 이 작품에서 지주인 중국인과 그 집에 대한 묘사가 많이 등장하는 것도 이와 같은 이유에서다. 빈손으로 이민 간 조선인들은 중국인 지주에게 예속되어 살 수 밖에 없다. 중국인 지주의 집과 밀접한 관계를 가질 수밖에 없다. 이광수는 이를 잘 묘사하고 있다.

---

18) 「삼봉이네 집」, 464-465쪽.

연자매 있는 방에서 관장벽 하나를 조그마한 문(장지라고 할까)을 들어가면 부엌이 있고 거기 이어서 캉(온돌)을 가진 방이 있다. 덩그런 호인의 방은 과연 을씨년 같아서 여기서 어떻게 사람이 사나 하는 생각을 사람에게 주었다.[19]

조선인 이민의 눈에는 호인의 방이 을씨년스럽고 썰렁하게 비칠 수밖에 없으리라 보여 진다. 온돌에서 살았던 우리 백성으로서는 침대생활을 하는 중국인들이, 그것도 큰 방에 침대만 덩그러니 놓여 있는 모습이 매우 생소하게 느껴졌을 것이다. 우리는 초가 삼 칸이라도 가족이 다정하게 모여 정을 나누며 살게 가옥 구조가 짜여졌다. 또 호화 양반의 집이라도 방은 온돌로 되어 있어 인간적인 체취와 온기가 느껴지게 되어 있다. 헐 벗고 굶주린 상태에서 서간도 중국인의 집을 보았을 때 을씨년 같은 느낌이 든다고 서술된 것은 이와 같은 이유에서일 것이다. 비록 캉이라는 온돌이 있다고는 하나 우리와 다른 방식으로 되어 있기에 그것이 매우 낯설었을 것이고, 을씨년스러웠을 것이다.

3). 중국인 지주에 대한 반감과 신분 전락

그런데 이광수의 「삼봉이네 집」에는 대부분의 중국인 지주가 부정적으로 서술되고 있다. 단지 한 집만 긍정적으로 묘사되고 있다. 그것은 왕 로야를 언급할 때다.

본래 이 집은 왕이라는 사람의 집인데, 이 동네가 본래 이 왕가네 소유더라나요. 그랬던 것이 이 집 주인의 아버지-연전에 죽었지요-가 너무 좋은 사람

---

19) 「삼봉이네 집」. 465쪽.

이 되어서 그 사람 때문에 애초에 이 땅에 우리 조선사람이 발을 붙였거든요. 성이 임금 왕자 왕가고, 이름이 가정이야. 집가자 나무목 변에 곧을 정한 정자. 이 왕가정이란 영감이 조선 사람을 대단히 동정을 해서 집을 지어 주고 양식을 대어 주고, 그랬지요. 그래서 왕로야(王老爺) 왕로야 하고 지금까지도 이곳 조선 사람들이야 그 은혜를 못 잊지요. 그런데 우리 조선 사람들이 어디 신이 있나. 왕로야 돈을 지고는 잘라먹고 토지를 지고는 잘라먹고, 그래서 고만 차차 차차 왕로야네 집이 못살게 되었단 말이야요. 그러는 계제에 저 건너 마을 궁로야(宮老爺)라는 사람이 들어 와서 차차 왕로야에게 빚을 지우고 하나씩 빚값에 빼앗는 것을 지난 가을에는 이 집까지 뺏었단 말이야요.[20]

왕로야는 조선 이민들에게 은혜를 베푼 중국인 지주다. 그런데 인심이 후한 중국인 지주는 빚에 몰려 망하게 되고 그 집과 땅을 빼앗기고 이 고장을 떠나게 된다. 그 이유는 바로 은혜를 입었던 조선 이민들의 배반 때문이다. 배반이라기보다는 구조적으로 빚을 못 갚게 되었기 때문일 수도 있다. 그러나 중요한 사실은 악덕 지주처럼 조선 이민을 등쳐먹지 않고 은혜를 베풀었으며, 그것을 역이용한 조선 이민의 배은망덕이 그의 집안을 망하게 하였다는 말이다. 여기서 우리는 이광수의 당시의 가치관을 읽을 수 있다. 중국인 지주의 착취보다도 조선인들의 배신과 불신을 더 문제 삼고 있는 것이다. 그의 <민족개조론>적 가치관이 그대로 드러나는 결과라 하겠다.

「삼봉이네 집」에서 왕로야를 빼고는 모두 부정적인 지주로 묘사된다. 호로야는 처음에는 긍정적이었다가 후에는 부정적인 지주로 바뀐다. 처음 긍정적인 이유는 삼봉이가 김문제에게 사기 당해 논은 논대로 개간

---

20) 「삼봉이네 집」. 466쪽.

하였는데 빼앗기고, 빚에 몰려 오도 가도 못하는 불쌍한 처지에 빠졌을 때 호로야가 돼지몰이로 삼봉이를 기용했기 때문이다. 호로야에 대한 묘사는 당시의 중국인의 모습을 매우 사실적으로 나타낸다. 이광수의 관찰력과 문장력을 볼 수 있는 좋은 예라 하겠다.

> 호로야라는 사람은 나이 사십 사오 세나 되는 뚱뚱보였다. 이곳 조선 사람들이 호가를 '돼지'라고 별명을 지은 것은 그가 돼지 장사를 한다는 것 밖에 생김생김을 가리킴이 많았다. 살빛이 검푸르고, 턱이 두 접이요, 눈은 금시에 튀어지어 나올 듯하고도 둔탁한 빛을 보이었다. 씨근씨근 숨을 쉴 때에는 천촉증있는 사람 모양으로 그렁그렁하는 소리가 났다. 무슨 말을 하면 악을 쓰고 도무지 남의 사정을 돌아보지 아니하고, 제 고집만 세우는 사람이었다. 새로이 다 머리를 깎았건마는, 호로야만은 여전히 돼지꼬리를 길다하게 늘이어 긴 소매 달린 저고리를 입고 새끼손톱을 두 치나 되게 길러서 때때로 그것으로 코딱지를 후비어서는 딱 소리를 내고 튀겨 버리는 버릇이 있었다.[21]

호로야는 '살빛부터가 검푸르고 턱이 두 접이요 눈이 금시에 튀어 나올 듯한' 돼지의 모양이다. 그러면서도 '남의 사정은 돌아보지 아니하고 제 고집만 세우는 사람'이다. 그리고 '다들 머리를 깎아도 자기만은 돼지꼬리를 길다하게 늘이어 긴 소매 달린 저고리를 입었으며, 새끼손톱을 두 치나 길러서 때때로 그것으로 코딱지를 후비어서는 딱 소리를 내고 튀겨 버리는 버릇'을 가진 전형적인 당시의 중국인의 모습이다. 이러한 호로야가 삼봉이를 돼지 몰로 기용한 것은 다른 사람들의 쑥덕거림대로 삼봉이의 누이가 탐이 나서 그렇기도 하였겠지만, 삼봉이가 성실한 사람이고

---

21) 「삼봉이네 집」. 483쪽.

그가 이것을 높이 사서 자신의 이익을 채울 수 있었기 때문이었으리라 짐작된다.

하여튼 삼봉이는 돼지 몰이로 전락하게 되고, 이후부터 돼지와 돼지 몰이에 대한 묘사가 자세하게 나타난다. 당시의 풍속을 알 수 있는 귀중한 자료라 하겠다.

> 돼지 몰이라는 것은 두 가지 일을 하는 사람이다. 하나는 평일에 돼지 떼를 데리고 들로 돌아다니며 풀을 뜯기는 일이요, 또 하나는 돼지를 몰고 한꺼번에 한 백 마리씩 봉천으로 팔러 가는 일이었다.[22]

> 삼봉이는 이 돼지 몰이라는 직업을 고맙게 받지 아니할 수 없었다. 이것을 하면 집은 공으로 얻어 들고 양식 걱정은 없고, 또 돼지 한 떼를 봉천에 몰아다가 팔아 오면, 특별히 얼마를 받을 수가 있었다. 직업은 좀 천한 직업이지마는, 이때에 직업의 귀천을 가릴 때가 아니었다.[23]

> 삼봉이는 돼지들을 벌판에 놓고 채찍 후리는 것을 연습하였다. 서 발이나 되는 회초리, 그 끝에 달린 두 발이나 되는 노끈, 이것을 익숙하게 두르면, 원도 되고, 호도 되고, 궁형도 되고, 포물선도 되고, 혹시는 땅에서 하늘로 뻗은 수직선이 되고, 혹은 지면에 평행하는 일직선이 되고, 또 그것을 솜씨 있게 내어 두르면 형언할 수 없는 여러 가지 물상이 되었다. 그러는 중에 거기서는 '획'·'를'·'딱'·'투더럭'·'푸르럭'하는 여러 가지 소리가 났다.(돼지 몰이를 연습한 지 약 한 달 만에 삼봉이는 긴 채찍을 맘대로 두를 수가 있었다.)[24]

---

22) 「삼봉이네 집」. 483쪽.
23) 「삼봉이네 집」. 483쪽.
24) 「삼봉이네 집」. 484쪽.

삼봉이가 돼지 몰이가 되지 않으면 안 될 저간의 사정이 진술되고, 바로 위에 인용에서 보듯 삼봉이가 돼지 몰이로 채찍 휘두르는 요령을 익혀 가는 과정이 묘사되고 있다. 이광수가 이 장면을 직접 본 것인지 아닌지는 그의 여타 자료에서 확인되지 않으나, 그가 여러 번 한만국경을 넘었던 것을 참고할 때, 이 장면은 직접 목격하였던 것이 아닌가 여겨진다. 그는 이것을 매우 인상 깊게 보았을 것임에 틀림없다. 그런데 그 다음은 이광수가 실제로 체험한 것인지 어떤 기록에서 읽은 것인지, 아니면 서간도 체험을 한 사람으로부터 얻어 들은 것인지 알 수 없지만 그 묘사가 너무나 핍진하고 사실적이다.

　한 십리나 걸어가면 돼지들은 길 걷기가 지리한 듯이 한눈을 팔고 요리 조리 가로 달아나기를 시작했다. 그러할 때에는 채찍으로 한참 정리하지마는, 그래도 아니 될 때에는 삼봉이는 적당한 처소를 가리어 돼지들에게 휴식을 명하였다.
　그 방법은 삼봉이가 채찍을 놓고 쭈그리고 앉는 것이다. 삼봉이가 앉는 것을 곁눈으로 본 돼지는 그 뜻을 대중에게 천하는 듯하였다. 상랑살랑, 오르락 내리락, 흔들리던 돼지들의 등털이 조용해지고 돼지들은 꿀꿀하고 제 멋대로 땅을 쑤시기 시작한다.
　이렇게 얼마를 쉬다가, 다시 길을 가려고 할 때에는 삼봉이는 허리에 찼던 쇠뿔 나팔을 꺼내어,
　『뛰이 뛰 뛰.』
하고 분다. 그리고 긴 채찍을 들어서 휘휘 내두르고 후르르딱딱하는 소리를 낸다. 그러면 돼지들은 취군 나팔 소리 들은 병정들 모양으로 달음박질로 모여들어서 앞을 향하고 귀를 너불거린다. 한두 번 더 채찍을 딱딱거리면 장난군이 돼지들도 정신을 차려서 보통 속도의 걸음을 회복하는 것이다.

며칠에 한 번씩 다른 돼지 떼를 만나기도 하나, 이런 때에는 아무쪼록 한편이 앞서고 뒤떨어지었다. 돼지들이 혹시 섞일 염려도 있겠지마는, 그보다도 다른 쪽 돼지끼리는 만나면 이민족이 만난 것 모양으로 일대 격투가 일어나는 일이 있기 때문이었다.[25]

돼지 몰이에 대한 매우 사실적인 묘사는 이광수의 소설가적인 자질을 다시 한 번 확인케 하는 것이기도 하다. 이 당시에 살지 않았더라도 돼지의 속성과 돼지 떼의 집단 심리까지 꿰뚫어 보고 있다. 마치 사진을 찍어놓은 듯하다.

4). 공산주의 이데올로기와 폭력에 대한 거부

이렇게 익숙한 돼지몰이가 된 삼봉은 주인 호로야의 신임을 얻어 100여 마리의 돼지 떼를 거느리고 매우 힘들게 봉천 장에 가서 돼지를 팔아오게 된다. 삼봉은 봉천에서 우연히 공산주의자 유정석을 만난다. 여기서 삼봉은 새로운 사실에 눈뜨게 된다.

또 유정석은 중국 정부, 그 중에도 동북성 정부가 서북간도에 산동성 빈민을 이주시키고 조선 이민을 배척하려는 민족주의적 정책을 설명하였다. 이 앞으로 전 만주를 통하여 조선인 배척 운동이 일어날 것도 설명하였다. 서북간도에 사는 조선인의 생활에는 요만한 안전도 없을 것, 지금은 비록 뿌리를 박고 사는 듯한 사람들도 한번 중국 정부의 정책이 변하기만 하는 날이면, 또는 일본과 중국과의 관계가 좋지 못하게 되는 날이면 터무니 채 무너지고

---

25) 「삼봉이네 집」. 486쪽.

말 것을 설명하였다.[26)]

　　조선 사람의 한 떼와 산동 사람의 한 떼는 무순 탄광에서 떨어지는 모양이
었다. 여기서 기운찬 장정은 저승과 벽 하나 새에 둔 천 길 땅 속에 들어가서
석탄을 캐어 내이는 광부가 될 것이요, 늙은 여편네는 밥 짓고 빨래하는 사람
이 될 것이요, 젊은 여편네와 계집애들은 아마 대부분은 그 얼굴과 살을 팔아
서 인조견 옷값과 밀기름 값을 벌 것이다. 그러다가는 아마도 십 년이 못해서
늙음과 다침과 화류병과 도덕적 타락으로, 아무 데도 쓸 수 없는 쓰레기 인간
이 되어서, 옛날 격언 그대로 빈손 들고(돈 한 푼 없이) 물러나고 새로운 젊은
남녀가 그 뒤를 보충할 것이다. 마치 전선의 제 일선이 죽고 부상하는 대로
쉴 새 없이 후방에서 신병이 보충되는 모양으로 그러나 이 무리들은 자기네
가 무슨 목적을 위하여 이러한 고역을 하지 아니하면 아니 되는지 누구의 의
사와 이익을 위하여 자기네는 무료로(끝에 아무 것도 남는 것이 없으니 결국 무료로)
일생을 노력하였는지도 모른다-. 이렇게 삼봉이는 유정석에게서 들은 이론
을 무순 탄광에 떨어지는 무리들에게 응용해 보았다.[27)]

　　이렇게 삼봉이는 현실의 모순에 눈을 뜨는 동시에 무사히 돼지를 팔
고 왔으니 삼봉이로서는 일대의 대 위업을 달성한 것이나 다름없다. 호로
야는 삼봉이가 성공적으로 돼지를 팔고 온 것에 무척 만족해한다. 다음과
같은 장면은 그것을 잘 나타낸다.

　　주인 호로야는 손수 소금에 절인 돼지다리와 닭의 창자 순대를 들고 삼봉
　의 집에(기실은 아랫방이라고 할 만한데) 찾아 와서,

---

26) 「삼봉이네 집」. 492쪽.
27) 「삼봉이네 집」. 494쪽.

『저거 하오츠, 저거 하오츠(이거 맛나, 이거 맛나).』

하고 먹으라고 권하였다.28)

그런데 문제는 그날 밤에 호로야네 집에 강도가 들어 현금을 모두 강탈한 사건이 일어나면서부터 야기된다. 삼봉이는 억울하게 누명을 쓰게 되고 별명이 암범인 호로야 부인의 불리한 증언으로 감옥에 갇히게 된다. 이후 삼봉이는 억울한 누명을 쓰고 강도당한 것을 덮어 쓰게 되고, 공산주의자 유정석을 만나 건네받은 책이 발견되어 공산주의자로 오해되기까지 한다. 이것은 당시의 일반적인 세태 풍정이었을 것이다.

마침 만주 각지에 조선 사람 공산당이라고 자칭하거나 지목을 받는 강도단들이 횡행하는 때가 되어서, 어디서도 도둑을 맞았거나 누가 맞아 죽는 사건이 났다고 하면, 중국사람 심리에는 곧 '까올런(조선사람)'을 연상할 때니까, 암범은 이 기회를 타서, 사랑의 강적이요 시앗이 될 심히 유력한 후보자 을순을 없이 하기 위하여, 대장을 잡으려면 말을 쏘는 격으로 삼봉이를 몰아넣으려 한 것이다.29)

삼봉을 구하기 위해 을순이 정조를 희생한 대가로 돈을 마련하여 박통사에게 가져가나 그 마저도 사기 당하자 마침내 동생 오봉은 친구들과 짜고 삼봉이를 호송도중에 구출하기로 마음먹는다. 우리는 여기서 당시의 중국인 순경의 모습을 발견할 수 있다.

오봉의 눈에는 순경 세 사람과 형이 걸어오는 양이 들어 온 것이다. 삼봉이

---

28) 「삼봉이네 집」. 497쪽.
29) 「삼봉이네 집」. 499-500쪽.

가 모자도 없이 수갑을 차고 두 손을 읍하고 앞을 서고, 순경 하나가 삼봉의 손과 허리를 맨 포승 끝을 한 손에 감아쥐고 한 순경은 창 꽂은 총을 메인 것도 부족해서 길다란 군도를 뽑아 군대 영솔하는 장교 모양으로 들고 오고, 그 뒤에 총참도 없고 군도도 없는 것은 먼 빛에도 박 통사인 깃이 분명하였다.[30]

순경들은 빨병에 배갈을 따라 먹고 한가히 쉬고 있고 박 통사도 순경의 배갈을 얻어먹느라고 두 순경의 앞에 쪼구리고 앉았다.[31]

중국인 순경의 모습과 배갈을 먹는 중국인들의 습관이 잘 나타나 있다. 오봉이 일행은 배갈을 먹으며 긴장을 푼 상태의 순경을 쳐 삼봉을 구출한다. 이렇게 구출된 삼봉은 악덕 중국인 지주와 김문제를 처단한다. 그러나 뜻밖에도 그 결과는 <한인고용증>이 생기는 원인이 되었고, 이후 한인 고용법이 선포되고 한인은 중국인 농노로 전락하고 만다.

중국 지주에게 등을 대고 동포를 괴롭게 하는 자들, 일본 관헌의 위엄과 금력을 빌어서 무엇을 한다고 해석받은 무슨 회장이니 하는 사람도 사, 오인 사형을 당하였다.
이 때문에 중국 지주나 조선인 협잡배들은 얼마큼 겁은 내어서 조심도 하게 되었으나 중국 관헌의 수색은 점점 심하여 무고한 조선 농민에게 대한 압박이 날로 심하게 되었다.
이 문제는 마침내 ○○성 정부의 문제가 되어서 전 성각현을 통하여 대대적으로 조선인의 호구 조사를 명하고 또 조선인을 소작인으로 둔 각 중국인 지주에게 명령하여 각기 소유지에 있는 조선인의 행동을 감시하게 하고 만일

---

30) 「삼봉이네 집」, 522쪽.
31) 「삼봉이네 집」, 522쪽.

그 중에서 김삼봉의 부하나 기타 불온 분자가 생길 때에는 각기 지주가 책임 지라고 하였다. 그렇게 하기 위하여 OO성 정부에서는 지주가 보증하는 조선 인에 한하여 십 삼세 이상의 남자에게 매 명 육원을 받고 <한인고용증>이라 는 몸표를 주어 전같이 소작하고 살아 갈 권리를 주고 그렇지 아니한 조선인 은 일체로 내어쫓을 것을 명하였다.

이것이 이른바, 한인 고용법이라는 것이니 이 법으로 하여 OO성내에 사는 조선인은 정부가 중국인의 고용인으로 화하여 이를테면, 농노가 되어 버리고 말았다.

이 때문에 만주 각지에 조선인 구축이 일기 시작하여 오곡이 다 익은 때에 피땀 흘려 개척해 놓은 논밭과 거기 지어 놓은 곡식을 한 알도 먹어 보지도 못하고 중국인 지주에게 바치고 부로 휴유하고 쫓겨나는 조선 동포로 봉천 으로 닿은 큰 길이 메이게 되었다.[32]

여기서 우리는 이광수의 이데올로기를 확인할 수 있다. 그는 아무리 정 의가 앞선다 해도 감정적인 폭력이나 보복을 위한 살인은 용납될 수 없으 며, 이런 폭력이나 감정적인 보복이 도리어 우리 민족을 억압하는 역효과 를 내며 역작용을 한다는 점을 작품을 통해 보여주고 있다.

4. 맺음말

이상에서 필자는 「삼봉이네 집」에 투영된 간도 체험의 소설화 양상을 살펴보았다. 이를 요약하면 다음과 같다.

---

32) 「삼봉이네 집」, 531쪽.

첫째, 처음 이주 하는 간도에 대한 낯설음이 핍진하게 개진되고 있다. 식민지 조선에서 살 수 없어 간도로 이민하면서도 중국인에 대한 경멸이 나타나고 있다.

둘째, 같은 민족에게 사기를 당하며 고통을 받는 한민족의 실상이 핍진하게 묘사되고 있다. 이것은 당대의 구조적 모순의 제시와 함께 이광수의 민족개조론적 사고가 드러난 결과라 하겠다.

셋째, 중국인 지주에 대한 반감이 드러나고 있다. 또한 대부분의 중국인 지주가 부정적으로 묘사되고 있다.

넷째, 중국인 지주에 대한 폭력은 오히려 한인고용법을 자초하게 되고, 이를 통해 농노로 전락한 실제적인 예를 들어, 제도권 안에서의 순응적 태도를 권장하는 작가적 태도가 드러나고 있다.

다섯째, 공산주의에 대한 회의적 태도가 드러나고 있다. 구조적 모순은 인정하지만, 그렇다고 폭력이나 공산주의적 이데올로기에 의해 구조적 모순이 해결될 수 없다는 입장을 분명히 하고 있다. 이것은 그의 민족주의 사상과도 연결되는 부분이라 하겠다.

이상에서 볼 때, 「삼봉이네 집」에서 이광수는 그의 민족개조론적 사고와 당시 견지해 온 민족주의적 사상과 제도 내에서의 민족자주성 회복이라는 작가의식을 이 작품을 통해서 나타낸 것이라 결론 내릴 수 있다.

1. 머리말

소설에서 배경이 지니는 의미는 작중 인물이 활동하는 시간의 축인 동시에 사건이 진행되는 공간적 축이기도 하다. 그렇다고 배경이 단순한 물리적 시간과 공간만을 의미하지 않는다. 여기에는 상징과 암시는 물론 주제적 의미까지 함축하는 정신적 의미까지를 내포한다. 여기서 말하는 정신적 의미는 작중 인물의 정신적 측면만 아니라 작가의 무의식적 원망의 투영까지를 고려한 의미이기도 하다. 특히 작가의 자전적 체험이 은연중에 무의식적으로 반영되는 경우가 많다.

공간 배경설정은 작가로 보아서는 매우 중요한 작업이다. 그것은 그냥 백그라운드의 의미가 아니라 세팅의 의미를 지닌다. 그것은 작중 인물이 활동하는 공간인 동시에 주인공이 행동하면서 물질과 정신이 서로 교호하고 그것이 상호 침투하는 공간이기에 살아 있는 공간인 동시에 작가의 의도적이고 창의적인 작업의 소산이라 하겠다. 하기에 배경은 죽어 있는 것이 아니고 살아 숨 쉬는 생명체가 있는 존재인 동시에 그에는 작가의 의식, 무의식이 전인적으로 투영되고 반영된 공간으로서의 의미를 지닌다. 하기에 공간을 면밀히 살펴보고, 그에서 활동하는 인물들의 의식구조를 분석하면, 저절로 작가의 의식의 지평이 파악될 수 있다.

여기서는 먼저 이광수 자신의 자전적 체험을 검토하여 그것이 어떻게 배경 설정에 영향을 주었는가를 살펴 본 후, 작품 「유정」에 나타난 공간을 한국, 일본, 만주와 시베리아로 삼분하여 한국을 '질곡의 공간'으로 일본을 '도피의 공간'으로 만주와 시베리아를 '꿈과 낭만의 공간'으로 구분하여 그 의미를 살펴 보려한다.

2. 자전적 체험과 동북아

이광수가 일본 땅을 처음 밟은 것은 1905년 그의 나이 약관 14세 때다. 일진회(천도교)의 유학생으로 선발되어 동경 유학을 하게 된 것이 그것이다. 그가 일진회 선발 유학생이 된 것은 정주에서 동학대접주 승이달의 인도를 받아 동학에 입교한 것이 계기가 되었다. 어린 나이에 고아가 되어 서가숙 동가식 할 때 승이달에게 발견되어 동학에 의탁하게 된 이광수는 박찬명 대령집에 기숙하며 서울과 동경으로부터 오는 문서를 베껴 배포하는 서기 일을 맡아 동학의 임무를 수행한다. 그러나 이것이 독립운동의 일환임을 간파한 일제는 동학을 탄압하기 시작한다. 이광수도 어린 나이지만 체포자의 명단에 오르자 이를 계기로 서울로 상경하게 된다.

　서울에 온 적수공권의 어린 소년 이광수는 일어를 독학으로 터득한 후 이를 밑천으로 일진회에서 세운 소공동학교(광무학교 전신) 일어교사가 된다. 여기서 정식 일어선생 오미성조를 만나게 된다. 이광수는 이 학교의 학생이 되어 원어민을 통해 일어를 본격적으로 공부한다. 이것은 이광수가 본격적인 식민지 지식인으로서 첫발을 내딛게 되었음을 의미하는 것이다. 피지배 백성으로 자기의 모국어가 아닌 식민지 지배국의 언어를 배운다는 것은 식민지 국가에서 당연한 일로 여겨질 수도 있다. 하지만 여기에는 필연적으로 피지배 민족으로서의 열등의식이 수반되게 마련이다. 식민지 지배국의 문화, 사회 권력, 경제 등을 자기도 모르게 사모하고 열망하게 되기 때문이다.

　이후 일본은 이광수에게 있어 지식의 자양분을 공급받는 탯줄이 된다. 이광수는 14세에 일본에 유학하여 대성중학을 시작으로 하여 명치학원을 거쳐 와세다대학에 수학하는 등 거의 그의 지적인 성장이 일본 교육을 통해 이루어진다. 이것은 이광수 문학 그 중에서도 「유정」의 공간 배경에 투영된 작가의식을 이해하는 데 매우 중요한 의미소가 된다. 그 중에서도 그의 어린 시절의 일본 유학 체험은 매우 중요한 의미를 지닌다. 가장 감수성이 예민할 때 외국에서의 객지 체험은 그의 모든 생애에 있어 결정적인 역할을 하기 때문이다.

　그러면서도 자존심이 강한 이광수에게 있어 일본은 애증이 교차되는 장소일 수밖에 없었을 것이다. 식민지 백성이 지배국에 와서 자신의 것을 버리고 지배국의 논리를 습득해야 하는 아이러니는 이광수를 지적으로나 심적으로나 생활적으로나 매우 힘들게 했을 것이다. 그의 소설을 점검해 보면 소설에 나타난 세계관이 비극적임이 드러나는 데[33] 이도 위와 같은

---

33) 한승옥, 〈이광수 장편소설에 나타난 비극적 세계인식〉, 『이광수연구』, 225-256쪽.

그의 자전적 체험에 근거한다고 볼 수 있다. 그가 일본을 통해 배우고 뼈대를 키운 개인의 정체성은 기실 민족의 정체성이란 측면에서 볼 때는 사상누각에 지나지 않을 수도 있기 때문이다. 이광수가 한 곳에 머물지 못하고 일생동안 방황하게 된 것도 이와 무관하지 않으리라 생각된다.

이광수의 일본 유학은 그리 순탄한 것만은 아니었다. 학비조달의 어려움, 조부의 사망, 허영숙과의 열애, 독립선언서 기초 등등의 이유로 끊어지고 이어짐이 계속된다. 이 중간 중간에 그는 한국에 와서 교편을 잡기도 하고 중국과 만주 시베리아로 유랑을 떠나기도 한다. 그 중에서도 본고에 직접적으로 관계되는 것이 만주체험과 시베리아 체험이다. 이 체험은 그에게 독특한 것일 뿐 아니라 이광수 문학연구에서도 매우 중요한 의미소로 작용한다. 윤홍로는 이를 다음과 같이 지적한 바 있다.

춘원 연구는 많은 연구 성과가 있었음에도 불구하고 한일합방 후 1913년 11월~1914년 8월까지의 중국, 만주, 시베리아에서의 방랑생활 체험은 자유로운 상상력과 창조적 충동을 자극하여 그의 주요한 작품 창작에 주요한 모티프가 되었음을 간과하여 지금까지 이 부분에 대한 연구를 소홀히 하였다.[34]

윤홍로의 지적대로 이광수의 동북아 체험은 그의 문학적 상상력에 절대적 영향을 끼쳤다. 이광수는 이 체험을 통해 「늙은 절도범」, 「무명씨전」, 「그의 자서전」, 「나의 고백」 등 많은 글을 얻었지만 그 중에서도 가장 대표적인 것을 꼽는다면 「유정」일 것이다. 그만큼 「유정」에는 만주와 시베리아의 체험이 짙게 배어 있다.

---

34) 윤홍로, 〈이광수의 치따에서의 체험과 그의 작품배경〉, 《어문연구》105. 한국어문교육연구회, 2000년 3월, 219~220쪽.

이광수가 중국, 만주, 시베리아를 유랑하게 된 것은 미국 샌프란시스코에서 발행되는 《신한민보》의 주필로 선정되어 미국으로 가기 위해 해삼위를 거쳐 만주, 시베리아를 여행하게 된 것이 계기가 된다. 이광수는 그가 온 정성을 쏟았던 오산학교를 등지고 세계여행을 꿈꾸면 상해에 와 있던 차 상해에 당시 한인의 지도자급이었던 예관 신성으로부터 그와 같은 제의를 받았던 것이다. 이광수가 예관 신성이 마련해 준 여비를 지니고 러시아 의용함대 포르타와호를 타고 상해를 떠난 것은 1914년 1월 초순경이었다. 이광수는 포르타와호를 타고 일본 장기를 거쳐 러시아의 블라디보스토크(해삼위)에 내린다. 이곳 신한촌에서 일주일을 머문 뒤 모스크바행 기차를 타고 북만주 길림성 목릉을 향한다. 목릉에서 전신불수로 와병 중인 이갑을 만나 그의 말벗이 되고 편지도 대신 써주면서 한 달간 머문다. 이갑은 일본 육군사관학교 출신으로 러일전쟁에 참여했던 무인으로 일본 훈장까지 탄 무관이었다. 그러나 그는 일본에 충성하려고 육사에 들어간 것이 아니라 아버지의 원수를 갚기 위해 육사를 택한 인물이었다. 러시아는 그의 망명지였다. 그는 상해와 수시로 연락하면서 당시의 독립운동을 주도하고 있었다. 이광수가 목릉으로 이갑을 찾아간 것은 미국으로 가는 여비를 얻기 위해서였다. 그러나 미국에서 보낸 여비는 상해로 갔고, 거기서 예관 신성이 다 써버리고 이광수에게는 해삼위까지 갈 수 있는 돈만을 주었던 것이다. 이광수는 이갑에게 많은 감명을 받았지만 여비는 얻을 수 없었다. 대신 치따에서 《정교보》편집을 맡으며 미국에서 돈이 오기를 기다릴 수 있게 해 준 것이 그가 베풀어 준 모든 것이었다. 이광수는 치따로 가기 위해 겨울 눈보라를 헤치며 달리는 하르빈 행 열차에 몸을 싣는다. 이광수는 만주의 중앙에 위치한 국제도시 하르빈을 떠나 대흥안령 산맥을 넘고 소만국경을 가로질러 치따로 직행한다. 온 세상이 눈으로 덮여있고, 눈 속에 파묻힌 처녀림의 장엄함은 반도 식민지 지식인을 압도하고도 남을 만했을 것이다. 이때 이광수의 마음속에는 이미 장엄한 서사시가 준비되고 있었던 것이다. 그것이 「유정」임은 두말할 필요도 없다. 만주와 시베리아를 방랑한 자전적 체험이 여로구조로 짜여져 거의 20여년 후에야 「유정」으로 나타나게 되는 것이다.[35]

이광수는 치따에서 미국행 여비가 오기를 기다리며 《정교보》 편집 일을 보게 된다. 이때가 그에게는 비록 양말 살 돈도 없이 가난했지만 마음만은 가장 편안하고 행복한 때였다. 그는 그가 평소에 가장 사모하였던 톨스토이의 고장에 온 것이다. 그리고 그는 시간이 한가할 때면 공원을 산책하기도 하고, 조선인 금점꾼을 만나 그들만의 특이한 체험을 듣기도 한다. 이 금점꾼의 이야기는 「유정」에 매우 사실적으로 나온다. 이렇게 설원인 시베리아에서 방랑의 꿈을 키우고 있던 이광수는 결국 미국행을 포기하고 만다. 그의 친구 옥종경과의 관계가 악화되어 미국행을 포기해야만 했기 때문이다. 또 한 가지 이유는 이때 제1차 대전이 발발하여 전시 상황이 됨으로 해서 더 이상 여행을 할 수 없게 길이 막혔기 때문이기도 하였다. 그러나 이때의 시베리아 체험은 그의 일생을 지배하는 강열함 그대로 남게 된다. 김윤식은 이를 히스테리아 시베리아카(hysteria siberiaca)로 표현하고 있다.[36] 그만큼 병적으로 치따를 사랑하였고, 시베리아의 이국적 정취에 취해 있었고, 금점꾼들의 생활에 매혹되어 있었던 것이다. 특히 그의 방랑벽의 열병을 식혀줄 수 있는 곳이기도 했던 것이다.

이후 그는 다시 귀국하여 오산학교에서 교편을 잡다가 인촌 김성수의 도움으로 일본에 유학하게 된다. 제2차 일본 유학이다. 여기서 그는 「무정」을 집필하고, 문명을 얻어 「개척자」를 연재하고, 구원의 여인 허영숙을 만나게 된다. 이때부터 그의 일생은 파란 만장한 고난의 역정으로 채

---

35) 김윤식, 『이광수와 그의 시대』, 한길사, 1986년 6월, 424쪽.
36) 상 동, 435쪽.

워진다. 이러한 고난의 역정은 무의식적으로 「유정」의 공간 배경에 그대로 투영된다.

이광수는 「유정」을 쓰던 그 해(1933년)에 《동아일보》 편집국장 자격으로 만주, 몽고, 간도 등지를 여행한다. 그리고 《동아일보》에 「만주에서」란 기행문37)을 발표한다. 이 기행문에는 20여 년 전의 열정이나 감상이 나타나고 있지는 않다. 그러나 이 여행이 바로 연재된 「유정」을 집필하는 데 결정적인 상상력을 제공하였으리라 짐작된다. 그는 20여년의 열병과도 같은 체험을 다시 맛보기 위해 만주체험을 하였던 것으로 보여진다. 만주 여행은 그동안 무의식 속에 잠자고 있던 창작 모티프를 다시 살아나게 한 결정적 계기가 되었을 것이다

3. 질곡의 공간

「유정」이 집필된 것은 1933년이다. 이 작품은 이광수에게 있어 특히 의미 있는 작품이다. 이광수는 그해 그가 몸담고 있었던 《동아일보》를 사직하고 《조선일보》로 전직하면서 「유정」을 연재 집필하기 시작하였다. 《동아일보》는 이광수에게 있어 이 세상에서 첫손 꼽히는 은인이었다. 특히 김성수는 이광수를 일본에 유학시켜 큰 인물로 거듭나게 키운 사람이며, 동시에 그가 허영숙 사건으로 만주로부터 몰래 귀국하여 친일파로 몰리고 있을 때 그를 파멸의 구렁텅이에서 구해 준 사상적 은인이기도 하다. <민족개조론> 집필로 세상의 질타를 온몸에 받으며 생매장되고 있을 때도 그를 과감하게 구해준 은인이 《동아일보》 사람들이었다. 그런

---

37) 이광수, 「만주에서」, 《동아일보》 1933년 8월 9, 10, 18, 20일.

은인을 배신하다시피 하고 《조선일보》로 자리를 옮긴 그는 정신적으로 매우 고통스러웠을 것이다. 이런 상태에서 「유정」이 집필되었다는 것은 매우 의미심장한 일이라 하겠다.

또한 1933년이라면 만주사변이 일어난 후 일제의 강압과 탄압정치가 날로 심해가는 때였다. 이러한 질곡에서 이광수가 견뎌야 했던 중압감과 고통은 매우 심각한 것이었으리라 추측된다. 이런 모든 것이 작품에 고스란히 투영되었으리라 생각된다.

「유정」은 서간체 소설이다. 남주인공 최석의 친구가 딸과 같은 남정임과 불륜의 관계를 맺고 있다는 오해를 받고 있는 최석의 편지를 만인에게 공개하는 형식으로 되어 있다. 소설은 최석과 최석의 부인, 남정임과의 삼각관계가 주축이 되며 이루어지고 있다. 삼각관계는 이광수 소설에서 기본이 되는 구조적 틀이다. 이것은 대중소설에서 즐겨 차용하는 구조이기도 하다. 이러한 삼각관계의 구조적 틀을 통해 이광수는 당시 식민지 조선이 처한 질곡의 현실을 의미 있게 형상화하고 있다.

작가의 의식 속에 자리 잡은 식민지 조선은 「유정」을 통해 볼 때, 질투와 시기와 아집이 가득 찬 곳으로 해석된다. 이것은 순수하기 그지없는 남정임을 병들어 있는 아내가 모함하고 시기하며 질투하는 것으로 상징화되고 있다.

남정임은 최석의 친구 남백파의 외딸이다. 그는 독립운동을 하다가 중국으로 탈출하여 중국 각지를 표랑하다가 기미년 전 해에 천진서 관헌에게 체포되어 ○○감옥에서 복역 중에 병으로 형의 중지를 받고 퇴옥하여 ○○병원에서 세상을 떠난 독립지사다. 최석은 북경으로 가서 백파의 유족인 그의 부인과 딸 정임을 데리고 와서 부양하고 있는 중이다. 최석도 기미년 사건으로 투옥되었다가 3년 만에 집에 돌아오니 백파의 중국인 부인은 죽고 정임만 남아 외롭게 자라고 있던 차다. 이후 병치레를 하는 아내는 자신의 친딸 순임과 정임을 비교하면서 질투와 시기를 일삼듯 하며, 정임이 자라서 처녀티가 나기 시작하자 정임과 최석의 사이를 의심하며 두 사람 사이를 또한 질투하기 시작한다.

그런데 문제는 최석의 아내가 위선자라는 데 있다. 그녀는 다른 사람이 있을 때는 정임을 친딸보다도 더 위하는 것처럼 가식적인 태도를 보인다. 그러나 최석과 둘이 있을 때는 태도가 돌변하여 사사건건 트집을 잡고 최석을 못살게 군다. 최석은 정임을 일본에 유학시킨다. 그렇게 하는 것이 아내와의 암투를 막는 길이며, 가정의 평화를 되찾는 길이라 생각했기 때문이다. 그러나 이런 생각은 최석을 사모하는 사연이 적나라하게 기록된 정임의 일기장이 정임의 방 짝에 의해 정임의 처에게 전달됨으로 해서 깨져버리고 만다. 최석은 정임이 한국에 있을 때보다도 더한 고통에 시달리게 된다. 결국 최석은 교장자리를 노리는 최석의 경쟁자 교무주임 K의 사주에 의해 학생들로부터 에로교장이라는 모함을 받게 되고 이를 견디지 못해 교장 자리를 내놓고 시베리아로 스스로 유배의 길을 떠난다. 최석은 시기와 모함, 질투와 위선으로 가득 찬 조선에서 견디지 못하고 스스로 유형의 길을 택해 홀로 유형지로 떠나는 것이다. 이광수는 이러한 질곡을 하르빈에서 만난 조선인 아라사 장군 R의 입을 빌어 다음과 같이 토로한다.

"이상하게 생각하시겠지. 하지만 고국에 무슨 그리울 것이 있단 말인가. 그 빈대 끓는 오막사리가 그립단 말인가. 나무 한 개 없는 산이 그립단 말인가. 그 무기력하고 가난한, 시기 많고 싸우고 하는 그 백성을 그리워한단 말인가. 그렇지 아니하면 무슨 그리워할 음악이 있단 말인가. 미술이 있단 말인가. 문학이 있단 말인가. 사상이 있단 말인가. 사모할 만한 인물이 있단 말인가. 날더러 고국의 무엇을 그리워하란 말인가 나는 조국이 없는 사람일세."

......

"내가 하르빈에 온 지가 인제 겨우 삼사 년 밖에 안 되지만 조선 사람 때문에 나는 견딜 수가 없어. 와서 달라는 것도 달라는 것이지마는 조선 사람이 또 어찌하였느니 또 어찌하였느니 하는 불명예한 말을 들을 때에 나는 금시라도 죽어버리고 싶단 말일세. 내게 가장 불쾌한 것이 있다고 한다면 그것은 고국이라는 기억과 조선 사람의 존잴세.…"[38]

작중에서는 이러한 진술이 최석에 의해 과격한 것으로 치부되지만, 기실에 있어서는 작가 이광수가 하고 싶었던 말임에 틀림없을 것이다. 그는 실제로 치따로 가는 도중에 상해에서, 해삼위에서, 하르빈에서, 목릉에서, 치따에서 이와 같은 경험을 그대로 체험했을 것이기 때문이다. 동포끼리 싸우고 시기하고 갈등하는 모습은 이광수에게 있어 가장 슬픈 일이었을 것이다. 이광수가 해삼위에서 겪은 경험을 매우 비극적이고도 신랄하게 진술하는 것도 이와 같은 이유에서였을 것이다.

청년들은 마치 나를 경찰서에 잡혀 온 죄인같이 대우하여 여러 가지로 묻고 내 짐까지 검사하였다. 모처럼 동포를 찾아 온 동포의 대우가 이것이었다. 나는 그때까지도 해삼위서 누구누구(나는 일부러 이름을 안 쓴다)가 육혈포로 서로 죽인 것이라든지, 또 수없는 사람이 밀정이란 혐의로 교살을 당하여 얼음 구멍에 들어 갔다든지 하는 사실을 몰랐었다. 아마 그 청년들은 처음 이곳에 오는 모르는 사람을 보면 의례히 올가미 씌울 대상으로 생각하는 모양이었다.[39]

---

38) 이광수, 「유정」, 『이광수전집』 제4권, 54쪽.
39) 이광수, <나의 고백>, 『이광수전집』 제7권, 우신사, 1979, 242쪽.

나는 해삼위에서 열흘 가량 묵었거니와, 해삼위에 있는 지도자급 사람들도 한 덩어리가 아닌 것을 보았다. 해삼위에 와서 상해를 회상하면 거기도 여러 갈래인 것을 발견하였다. 이곳에서 정순만(鄭淳萬)이 양성춘(陽成春)을 쏘아 죽이고, 양성춘의 아내와 형이 정순만을 도끼와 칼로 찔러 남편과 아우의 원수를 갚은 것이 바로 수년 전이었다. 이것이 다 당파싸움에서 나온 비극이었다.[40]

이광수가 보는 조선의 현실은 위의 인용에서 말한 그대로였을 것이다. 그것이 「유정」에서 질투와 시기, 위선과 암투로 상징화되어 나타난 것이다. 남정임의 빙 짝은 밀정으로, 순임은 자신의 못난 것을 자각하지 못하고 시기하는 못난 조선인으로, 교무주임 K는 자신의 출세를 위해 동료를 죽이는 야비한 인간으로, 아내는 교묘히 자신의 시기와 질투를 위선으로 감싸는 위선자로 각각 상징화하여 나타낸 것이라 하겠다.

이에 반해 교장인 최석은 구도적이며, 남정임의 친부인 독립운동가에 대한 의리를 수행하는 인물로 형상화되어 있다. 그는 또한 오해가 생겼을 때, 과감하게 현실을 포기하고 순교자적 자기희생을 감수하며 시베리아로 가서 고통을 감내하다 죽는 비극적 인물로 그려져 있다. 이상지향적, 속죄양적 성향을 지니는 인물로 설정되어 있는 것이다. 이것은 이광수 자신의 신념의 표출인 동시에 자신의 가치관이 작품을 통해 적나라하게 표출된 결과라 할 수 있다.

이때의 식민지 조선은 바로 이러한 질투와 혐오와 시기와 모함이 얼룩진 질곡의 공간으로서의 상징성을 띠게 된다.

---

40) 위와 같음, 243-244쪽.

4. 도피의 공간

작품에서 일본은 동경을 중심으로 전개된다. 동경은 지배국의 이미지를 지니고 있다. 그러나 작품에서는 노골적으로 지배국의 이미지나 탄압의 이미지는 등장하지 않는다. 다만 동경과 열등의식의 교차되는 공간으로 설정되어 있을 뿐이다. 또한 주인공이 도피하고 싶은, 또한 실제로 남정임을 도피시키는 공간으로 설정되어 있다.

그러나 동경에서 여자고등사범학교를 다니던 남정임은 폐결핵에 걸려 각혈을 하며 사경을 헤매게 된다. 남정임이 각혈을 한다는 전보를 받고 급히 동경으로 간 최석은 남정임이 무료 병동이나 다름없는 병실에 입원한 것을 보고 모욕감을 느낀다. 최석은 남정임을 일등실로 옮긴 후 만족해한다. 이를 편지에서는 다음과 같이 표현하고 있다.

> 이 병실은 이층으로 대학 정원을 바라보게 된 방인데 북향이지마는 넓고 깨끗하고 침대도 주석으로 되고 간호하는 사람이 잘 만한 펴놓으면 침대가 될 만한 걸상과 가족이 있을 만한 부실까지도 붙었소. 양복장, 테이블, 우단으로 싼 교의까지 있고 유리창에 커튼까지 있는 훌륭한 방이요. 흠이라면 바닥에 깐 리놀륨이 좀 더러운 것일까. 침대에 깐 시트도 새롭고 희어서 얼룩이가 없었소.[41]

이 병실은 남정임이 처음에 있었던 병실과는 천지차이가 나는 방이다. 남정임이 처음 입원한 방은 '결핵 병실'로 '침침한 복도로 다니는 의사, 간호부들이 가제 마스크로 입과 코를 싸매고 다니는 것이 마치 죽음의 나라'

---

41) 이광수, 「유정」, 30쪽.

와 같이 보이는 매우 열악한 환경이었다. 이것은 무엇을 의미하는가? 바로 이광수 자신의 열등감 콤플렉스가 반영된 극명한 결과가 아닌가? 이광수는 일찍이 동경에서 폐결핵으로 죽을 고비를 넘긴 사람이다. 병원비가 없어 병원에 입원도 못하고 하숙방에서 죽어가는 것을 허영숙이 구해준 뼈아픈 과거를 안고 있는 작가다. 이광수는 적지의 한 복판, 애증이 교차하는, 그래서 만감이 교차하는 동경 한 복판에서 자신이 사랑하는 사람을 3류 병동에 죽음처럼 내팽개쳐 둘 수는 없었다. 그것이 남정임을 일등병실로 옮기게 한 것이다. 비록 허구상이지만 이광수는 적지의 한 복판에서 초라해 질 수는 없었을 것이다. 그러나 이러한 객기는 기실 따지고 보면 일본에 대한 동경의 또 다른 표현에 지나지 않는다. 그의 아내도 조선에서 폐결핵에 걸려 각혈을 하고 있는 중이다. 그러나 거기에는 일등실이 나오지 않는다. 다만 어린 자식을 떼어 놓는 것이 중대한 문제로 부각될 뿐이다. 이 차이는 실로 엄청난 것이다. 조선의 아내와 일본의 정임. 이 거리는 버리고 싶지만 버릴 수 없는 식민지 조국과 속하고 싶지만 속할 수 없는 지배국 일본과의 차이만큼이나 먼 것임이 분명하다.

이광수는 동경에서 비록 이성적인 자제로 자신의 열정을 애써 초극하려 하지만 내면적으로는 남정임과 열정을 불태우기에 여념이 없다. 비록 그 빌미를 '이 세상에 왔다가 얼음같이 찬 속에서만 살고 부모의 정, 형제의 정, 애인의 정, 부부의 정도 하나도 맛보지 못하고 죽어가는'[42] 정임에 대한 동정으로 에워싸 애써 위장하지만 말이다.

형 나를 책망하시오. 심히 부끄러운 말이기는 하지마는 나는 정임을 힘껏 껴안아 주고 싶었소 … 나는 감정이 재우쳐서 눈이 안 보이고 정신이 몽롱하

---

42) 이광수, 「유정」, 32쪽.

여짐을 깨달았소. 나는 아프고 쓰린 듯한 기쁨을 깨달았소. 영어로 엑스터시지라든지, 한문으로 무아無我의 경지란 것이 이런 것이 아닌가 하였소.[43]

그러나 열정의 파도가 치는 곳에 산은 움직이지 아니하오? 바위는 흔들리지 아니하오? 태산과 반석이 그 흰 불길에 타서 재가 되지 아니하오? 인생의 모든 힘 가운데 사람의 열정보다 더 폭력적인 것이 어디 있소? 아마도 우주의 모든 힘 가운데 사람의 열정과 같이 폭력적, 불가항력적인 것은 없으리다.[44]

최석이 시베리아로 떠나기 전 정임을 마지막으로 만나 이별을 나눈 후 격정에 사로잡혀 자신의 심정을 토로한 부분이다. 최석은 차디찬 이성으로 육체적인 접촉은 자제하지만 심정적으로는 그 어느 순간보다도 열정에 사로잡혀 있음을 알 수 있다. 이러한 열정은 일본이기에 가능한 일이었다. 그들이 만일 조선에 있었다면 이러한 일은 일어나지 않았을 것이다. 그것은 15,6년 전의 일, 바로 동경 심장부에서의 허영숙과의 열애의 감정이 있었기에 가능한 일이었을 것이다.

이러한 열정의 공간이 동경의 이미지라면 다른 한편에서는 문명의 공간으로 예술의 선진국으로서의 이미지도 나타난다. 그것은 아주 미미한 것이기는 하지만 최석이 자기 친딸 순임을 위해 피아노를 사는 장면에서 이를 확인할 수 있다. 당시로서는 조선 보다는 동경이 모든 문화의 중심지였을 것이고, 그것이 자연스럽게 작품에 반영된 것이라 볼 수 있다.

위에서 살펴 본대로 작품에 나타나는 동경의 이미지는 예술의 중심부로서, 의료진이 발달한 선진문명의 세계로, 사랑하는 사람과 밀착될 수 있는 열정의 공간으로 설정되어 있음을 알 수 있다. 예술의 중심부란 뜻은 위에서 언급한대로 순임의 피아노를 최고급으로 사주는 장면에서 확인되며, 의

---

43) 이광수, 「유정」, 46쪽.
44) 이광수, 「유정」, 50쪽.

료진의 발달은 남정임이 결핵으로 앓고 있을 때 의료진의 신뢰성 있는 의료행위나 최석의 피를 수혈하는 장면에서 확인되며, 열정의 공간은 남정임과 최석이 뜨겁게 만나 열정과 사랑을 확인하는 순간에 확인된다.

일본은 위에서도 잠깐 언급했지만 이광수가 폐결핵으로 죽을 고비에 다다랐을 때, 허영숙의 헌신적 사랑으로 생명을 구한 곳이고, 자유연애를 부르짖었던 「무정」이 집필된 공간이기도 하다. 이러한 작가적 체험이 진하게 용해된 공간이 일본이며, 이러한 복합적 체험이 「유정」에서도 그대로 드러나고 있다. 특히 남정임의 폐결핵과 이루어질 수 없는 사랑의 열정은 도피처로서의 동경이 지니는 의미에 비애감을 더해 작품의 에스프리를 한껏 고조시키고 있음을 알 수 있다.

5. 꿈의 공간

북만주와 시베리아는 꿈의 세계인 동시에 신비의 세계로 작품에 투영되어 있다. 만주와 시베리아는 원래 사람이 살 수 없는 춥고 삭막한 곳으로 인식되는 공간이다. 그런 곳을 이광수는 가장 낭만적인 공간으로 설정하여 유려한 문체로 아름답게 묘사하고 있다.

「유정」에서 가장 인상적인 배경 공간이 된 작가의 시베리아의 원체험 공간은 바이칼 호반과 그 수도인 치따다. 이광수는 치따로 가는 길에 흥안령을 넘으면서 접했던 대자연의 신비가 「유정」의 원체험이었음을 「나의 고백」에서 다음과 같이 진술하고 있다.

한 달 동안 추정의 말 동무를 하다가 눈이 많이 내리는 어느 밤 차로 물린을 떠나서 치따로 갔다. 치따는 아라사 땅으로 바이칼주의 수부다. 눈 덮인

몽고 사막과 홍안령을 넘어서 시베리아로 달리는 감상은 비길데 없이 광막하여서 청년 나의 꿈을 자아 냄이 많았다. 나의 소설 「유정」은 이 길을 왕복하던 인상을 적은 것이다.[45]

이광수가 홍안령을 처음 넘었을 때의 기록은 여기저기에서 자주 발견된다. 그만큼 광막한 평원과 설중의 소백산맥과 처녀림에서 느끼는 자연의 웅대하고 신비한 시베리아의 마력은 이광수를 사로잡았을 것이고, 그것이 「유정」의 창작 모티프가 되었을 것이다. 이광수의 자서전 중에 가장 완벽에 가까운 것이라 할 수 있는 『춘원 이광수』에서 박계주가 말하듯, '신비라는 두 글자로밖에 표현할 길이 없었던 시베리아의 인상— 그것은 춘원 혼자만이 알고 있는 참된 신비스러운 경지였을'[46] 것이기 때문이다. 이러한 신비한 배경이 있었기에 '그는(이광수를 가리킴-필자) 속세의 상식으로는 죄일밖에 없는 남정임(南貞妊)에의 사랑에서 최상의 「미」를 발견한 최석(崔晳)을 시베리아의 바이칼 호반에 세울 수'[47] 있었다. 이광수는 비로소 시베리아의 설원의 신비를 통해 그동안 고통스럽게 감수해야 했던 식민지 조선의 질곡과 동경의 화려하지만 소속할 수 없었던 열등감과 도피적 열정을 털어버릴 수 있었던 것이다. 그리고 그 동안 꿈꾸어 왔던 동경의 세계를 시베리아의 설원을 통해 마음껏 발현시킬 수 있었다. 이러한 공간은 사회적인 체면에 억눌렸던 원초적 본능이 드러남으로 잃었던 자아를 찾는 장소가 되기에 적격이다.[48] 이것을 이광수는 「유정」에서 '두별 무덤' 이야기로 상징화시킨 것이다.

---

45) 이광수, 「나의 고백」, 앞의 책, 219쪽.
46) 박계주·곽학송, 『춘원 이광수』, 삼중당, 1962, 180쪽.
47) 위의 책, 181쪽.
48) 윤홍로, 앞의 글, 221쪽.

　나는 허리를 지평선에 걸었소. 그 신비한 광선은 내 가슴으로부터 위에만을 비추고 있소.

　문득 나는 해를 따라가는 별 두 개를 보았소. 하나는 앞을 서고 하나는 뒤를 섰소. 앞의 별은 좀 크고 뒤의 별은 좀 작소. 이런 별들은 산 많은 나라—다시 말하면 서쪽 지평선을 보기 어려운 나라에서만 생장한 나로는 보지 못하던 별이요. 나는 그 별의 이름을 모르오. 「두 별」이요.

　해가 지평선에서 뚝 떨어지자 대기의 자주빛은 남빛으로 변하였소. 오직 해가 금시 들어간 자리에만 주홍빛의 여광이 있을 뿐이요. 내 눈앞에서는 남빛 안개가 피어오르는 듯하였소. 앞에 보이는 호수만이 유난히 빛나오. 또 한 떼의 이름 모를 새들이 수면을 스치면 날 저문 것을 놀라는 듯이 어지러이 날아 지나가오. 그들은 소리도 아니하오. 날개치는 소리도 아니 들리오. 그것들은 사막의 황혼의 허깨비인 것 같소.

　나는 자꾸 걷소. 해를 따르던 나는 두 별을 따라서 자꾸 걷소.

　별들은 진 해를 따라서 바삐 달리는 것도 같고 헤매는 나를 어떤 나라로 끄는 것도 같소.

　아니 두 별 중에 앞선 별이 한 번 반짝하고는—최후로 한 번 반짝하고는 지평선 밑에 숨어 버리고 마오. 뒤에 남은 외별의 외로움이여! 나는 울고 싶었소.

　그러나 나는 하나만 남은 작은 별—외로운 작은 별을 따라서 더 빨리 걸음을 걸었소. 그 한 별마저 넘어가 버리면 나는 어찌하오.

　내가 웬 일이요. 나는 시인도 아니요, 예술가도 아니요. 나는 정으로 행동한 일은 없다고 믿는 사람이요. 그러나 형! 이때에 미친 것이 아니요 내 가슴에는 무엇인지 모든 것을 따를 요샛말로 이른바 동경으로 찼소.

　'아아 저 작은 별!'

　그것도 지평선에 닿았소.[49)]

별은 동경의 상징이다. 그것은 남정임과의 낭만적 사랑을 상징화한 장치다. 아니 실제로는 당시 세간을 떠들썩하게 했던 모윤숙과의 사랑이야기다. 이것을 두별 이야기로 상징화한 것이다.

이광수가 평생 동안 허영숙 이외의 여자와 연애에 가까운 교제를 한 여인은 시인 모윤숙, 연극인 박노경, 퇴기 김두옥이었다. 그 중에서 「유정」의 여주인공의 모델이 된 인물은 시인 모윤숙이다. 모윤숙은 실제로 춘원 이광수의 친구의 딸이다. 또 그들의 관계는 서로 사모하나 합쳐질 수 없는 애련의 관계였다. 최석이 이광수라면 남정임은 모윤숙이었던 것이다. 박계주의 진술에 의하면 연극인 박노경은 「유정」이 집필되던 당시에는 모르는 사이였다고 한다. 또한 퇴기 김두옥은 부인 허영숙을 통해 알게 된 사이였고, 봉근을 수양아들로 삼았을 정도이니 남정임과 같은 사랑을 할 사이는 되지 못하였다.[50] 모윤숙의 <렌의 애가>에서 시몬이 이광수라고 세간에 화제가 된 것도 아주 근거 없는 것은 아닐 것이다. 이 둘은 실제로 서로 사랑하고 사모하나 현실의 제약으로 그것을 억제해야 하는 슬픈 사랑 이야기의 주인공들이기 때문이다.

「유정」에 나오는 시베리아 설원의 깨끗하지만 맺어질 수 없는 둘만의 안타까운 사랑 이야기, 이 꿈같은 사랑 이야기는 모윤숙이 살고 있었던 함흥 부전고원에서 애련하게, 그러나 그 어느 사랑보다도 아름답게 펼쳐진다. 이 사랑은 병고에 시달리던 춘원 이광수가 병이 어느 정도 회복되자 모윤숙이 살던 항흥에 도착하여 그녀의 어머니의 허가를 받아 친구와 함께 부전공원을 찾음으로써 실현된다. 박계주는 이를 다음과 같이 소설화하여 우리에게 전해 준다.

---

49) 이광수, 「유정」, 56-57쪽.
50) 박계주·곽학송, <춘원과 여성들>, 『춘원 이광수』, 삼중당, 1962, 359쪽

춘원과 윤숙은 부전고원의 넓은 호반(湖畔)에 가지런히 서서 준령(峻嶺)위에 떠 있는 구름은 바라보고 있었다. 거기 깃든 붉은 빛은 석양이었을 테지만 그들에게는 찬란한 아침 햇빛 이었을 게다.

"윤숙이는 저 산 위에 떠가는 구름과 같애……."

"?……."

늘 불그스레 상기되어 있는 윤숙의 두 볼을 석양이 깃든 고개 위의 석양 구름에 비긴 것일까.

……

"왜 잡을 수 없겠어요 반드시 손으로 잡아야 제 것이 되는 건가요."

춘원의 한던은 애정의 고백이요, 윤숙의 대답은 그에 대한 응낙에 틀림없으나, 그들은 이미 태서의 어느 영웅이 무지개를 잡으려 산과 강을 건너 달려간 그런 나이가 아니었던 것이다.

"윤숙이 내 호 하나 지어주랴?"

"뭐라구요?"

"고개 영(嶺)과 구름 운(雲)자와, 영운이라고 하면 어때?"

구름 운자는 좋으나 고개 영자는 그리 마음에 들지 않았지만 춘원이 지어준 호여서 오늘까지 쓰고 있다고 윤숙은 말하고 있다. 춘원에게 있어 윤숙은 어디까지나 손에 잡히지 않는 구름이었으며, 그것은 또한 「렌」으로 하여금 끝없는 「哀歌」를 부르게 한 것이었다.[51]

현세에서 이루고 싶지만 손으로 잡을 수 없는 안타까움이 잘 표현된 한 장면이다. 질곡의 땅, 속박의 끈으로 묶여 있는 식민지 조선, 그리고 오래된 관습과 윤리가 정을 마음대로 발산할 수 없게 옥죄고 있는 현실의

---

51) 위의 책, 361-362쪽.

숨막힘, 이 모든 것에서 해방되어 속박의 끈을 끊어버리고 모든 제약을 훌훌 털어버리고 마음껏 정을 발산하고 싶은 마음, 이것이 당시 이광수의 가장 절실한 꿈이었을 것이다. 이 꿈이 이루어진 것이 「유정」이다. 「유정」의 구조가 주인공이 질곡의 공간 탈출해 도피의 공간으로 도피했다가 진정한 자유를 찾는 방랑이 완결되는 형식52)으로 짜여진 것도 이와 무관하지 않다. 이러한 주제를 보다 확고히 하기 위한 문학적 장치라 하겠다.

결론적으로 말해 작품에서 시베리아는 질곡과 열등의식으로부터의 탈출 할 수 있었던, 그리하여 비극적이지만 자신을 초월하고 꿈을 백색의 공간에 냉동시켜 보관할 수 있었던 미래의 공간이다. 끝없이 펼쳐진 광대무변의 땅. 한계를 초월하고 싶은 욕망의 표출이 이를 통해 이미지화된 것이다. 이때 바이칼 호반은 비로소 빛나기 시작한다. 무정함을 유정함으로 전환시키고자 하는 끝없는 욕망의 파편이 얼음으로 결정되어 백색의 사랑으로 결정지어지는 곳, 그 신화적 공간이 바로 바이칼 호반이다. 이광수의 현실에서 이룰 수 없는 꿈에 대한 좌절과 정신적 승화를 눈 덮인 시베리아의 배경에 투사해 최석과 남정임의 비극적이지만 아름다운 사랑으로 형상화시킨 작품이 바로 「유정」인 것이다.

6. 맺음말

필자는 지금까지 「유정」의 공간배경인 한국, 일본, 중국 및 시베리아에 투영된 작품내적 의미를 살펴보았다.

---

52) 김윤식, 「이광수와 그의 시대」, 424쪽.

당시 식민지 치하의 조선은 시기와 질투, 이기주의가 팽배한 공간으로 설정되어 있다. 이광수는 이에 대해 안타까움을 표하고 있으며, 주인공 최석을 통해 자기 자신에 대한 세간의 비난과, 그로 인해 맛보아야 했던 배신감과 좌절감을 은연중에 작품에 투영하고 있다.

일본은 문명과 예술과 의술이 발달한 근대적 공간으로 설정되어 있다. 이광수는 이에 대해 열등감을 지니고 있었던 것으로 해석된다. 그러면서도 이광수는 일본을 식민지 조선에서 맛보아야 했던 절망과 질곡을 피할 수 있는 도피처로서 생각했던 것으로 보인다.

만주와 시베리아 지방은 제약을 벗어나 무한공간을 통해 꿈과 낭만을 펼칠 수 있는 비극적이지민 이름다운 공간으로 설정되어 있다. 또한 무정을 유정으로 전환시킬 수 있는 극적인 공간이기도 하다. 자신의 좌절을 좌절로 인정치 않고 아름다운 꿈으로 저장시킬 수 있는 백색 공간인 것이다.

「유정」의 공간은 작가의 동북아에 대한 다국적 체험이 진하게 투영된 공간이고, 그것이 아름답게 승화된 작품이라 하겠다.

이광수 장편소설 연구

1절. 「무정」에 나타난 기독교의 표층구조와 심층구조

1. 머리말

이광수의 종교적 편력은 유교에서 기독교로, 기독교에서 불교로 종교적 방황을 계속하였다. 이광수는 유교집안에서 태어났으나 그의 아버지의 무능으로 인해 초년에 가난에 찌들어 살아해 했다. 그 아버지와 어머니마저도 어린 나이에 타계함으로 해서 이광수는 의지가지없는 고아 신세가 되었다. 아버지의 가치관으로 상징되는 유교는 오히려 생의 모순을 안겨준 것으로 인식되었기에 이광수에게는 유교적 전통이 배척의 대상이 될 수밖에 없었다. 이광수가 청년시절 기독교에 경도한 것도 어떤 종교적 신념에서라기보다는 기독교가 유교를 배척할 수 있는 최선의 수단이 될 수 있었기 때문이었다. 당대의 젊은이들이 그러하였듯 개화의 방편으로 기독교를 취한 것이다. 그가 취한 기독교는 신앙으로서의 그것이라기보

다는 문학을 통한 교양으로서의 성격이 강했다. 그리고 미선계 학교의
교육을 통한 이성과 지식의 한 방편으로서의 기독교였다. 하기에 그는
사이비 기독교도들의 비신앙적 행태를 마음껏 공격할 수 있었다. 이광수
는 젊은 시절에 기독교적 세계관이 투영된 서구의 유수한 문학삭품을 많
이 섭렵할 수 있었다. 이광수로서는 서구 명작에 투영된 기독교의 진정
한 모습이나 그를 체현한 소설 내적 인물들의 세계관을 자연스럽게 접할
수 있었기에 어떤 모습이 진정한 기독교도인지 그 기준을 나름대로 견지
할 수 있었다. 청년 이광수에게는 이러한 기독교적 세계관이 허허 벌판
의 황무지와 같았던 개화기 당시의 삶에 유일한 생의 지표로 작용할 수
있었다. 또한 동시에 그의 문학을 창작하는 하나의 전범으로 좋은 이정
표가 될 수 있었다. 여기서는 이러한 특성을 지닌 이광수의 기독교적 세
계관이 어떻게 그의 작품에 투영되었나를 살펴보려는 것으로, 특히 그의
젊었을 때의 가치관이 가장 핍진하게 반영되어 있는 「무정」을 통해 이를
고찰해 보기로 한다.

　　이광수에 대한 기독교적 영향관계를 살핀 소론은 그 대표적인 것만 보
아도 백철[1]을 비롯하여 전대웅[2], 김태준[3], 김영덕[4], 조신권[5], 구인환[6],
이인복[7], 김병익[8], 신익호[9] 등 다수가 있다. 하나 재미있는 것은 이광수

---

1) 백　철, <한국현대소설에 미친 기독교의 영향>, 《중대어문논집》, 1959년.
　　<춘원문학과 기독교>, 『기독교 사상』, 1964년 3월.
　　<기독교와 한국의 현대소설>, 《동서문화》 창간호, 계명대 동서문화연구소,
　　1967년.
2) 전대웅, <춘원문학의 주제>, 『기독교사상』, 1967년 6월.
3) 김태준, <춘원문학에 끼친 기독교의 영향>, 《명대논문집》 제3집, 1970년.
4) 김영덕, <춘원의 정과 기독교 사상과의 관계 연구>, 《한국문화연구원 논
　　총》 20집, 이화여대, 1972년.
5) 조신권, <한국근대문학과 기독교>, 《연세춘추》, 연세대출판부, 1973년.
6) 구인환, 『이광수소설연구』, 삼영사, 1983년, 295-297쪽.
7) 이인복, 『한국문학과 기독교 사상』, 우신사, 1987년, 27-38쪽.
8) 김병익, <한국소설과 한국기독교>, 『현대문학과 기독교』(김주연 편), 문학과

에 가까운 세대일수록 이광수의 기독교적 세계관을 긍정적으로 평가하는 경향이 있는데 비해 후대로 내려오면서 이를 비판적으로 평가하는 경향이 강하다는 점이다. 그것은 이광수의 일반적 평가와도 궤를 같이 한다. 이광수의 친일 행각에 무게를 두거나 위선적 문학을 문제 삼는 젊은 연구가들, 특히 외국 문학도들에 의한 평가는 이광수를 부정적으로 폄하하는 경향이 우세하다. 이는 이광수에 대한 초기의 긍정적 평가에 대한 반작용의 결과도 한 몫 한 것으로 생각된다. 여기서는 이광수 작품에 투영된 기독교적 제 문제를 점검하는 자리이기 때문에 이에 대한 상론을 피하기로 한다. 다만 그의 대표작이면서 현대소설사에 획을 그은 중요한 작품이며, 이광수가 젊은 시절 기독교에 경도되었을 때 창작된 1917년 작 「무정」을 통해 그의 기독교적 세계관이 어떻게 투영되었나를 점검해 보는 것으로 만족하려 한다. 특히 「무정」에 투영된 기독교를 표층구조와 심층구조로 나누어 심층적 층위에서 어떻게 기독교적 원형이 문학의 핵으로 작용하며 작품을 감동적 구조로 이끌고 있나를 살피는 데 목적을 두려 한다.

2. 표층구조

1). 사이비 기독교인에 대한 조롱

「무정」의 주인공 이형식은 고아 출신으로 동경 유학을 하고 지금은 경성학교 교사가 된 입지전적 인물이다. 작품에서 그가 기독교도임을 다음과 같은 이형식의 술회에서 간파할 수 있다.

지성사, 1984년, 66쪽.
9) 신익호, 『기독교와 현대소설』, 한남대학교 출판부, 1994년, 14-20쪽.

워낙 교회에 뜻이 없으매 교회 내의 신용조차 그리 크지 못하다. 아무 지식도 없고, 아무 덕행도 없는 아이들이 목사나 장로의 집에 자주 다니며 알른알른하는 덕에 집사도 되고, 사찰도 되어 교회 내에서 젠체하는 꼴을 볼 때마다 형식은 구역이 나게 생각하였다.[10]

위의 인용문을 토대로 볼 때, 이형식은 신자이기는 하나 교회에 열심히 나가는 독실한 신앙을 가진 기독교적 인물이 아님을 알 수 있다. '교회의 신용조차 그리 크지 못하다.'고 서술된 것을 보면 그가 기독교 신자인 것만 확인될 뿐이다. 그러면서도 '아무 덕행도 없는 아이들이 목사나 장로의 집에 자주 다니며' 목사나 장로에게 아부하여 '집사'나 '사찰'이 되는 것을 시기하는 눈으로 비꼬는 것을 보면 이형식의 시선이 매우 냉소적임을 알 수 있다. 그러면서도 그 밑바탕에는 부러움의 감정도 복합적으로 잠재하고 있음을 엿볼 수 있다. 이러한 시선은 그 후 자기의 후원자가 되는 선형의 아버지 김 장로의 집을 방문하였을 때도 동일하게 적용된다. 이형식은 처음에는 김 장로의 집에 가정교사로 들어가지만 그것은 결국 김 장로의 데릴사위가 되는 과정에 다름 아닌데, 그러한 자기의 든든한 후원자인 김 장로를 다음과 같이 비꼬는 것은 소설의 전반부이기는 하지만 작가 이광수의 기독교적 세계관이 드러나는 부분이라 생각되어 주의를 요한다.

비록 두 벌 옷도 가지지 말라는 예수의 사도연마는 그도 개명하면 땅도 사고, 은행 저금도 하고, 주권과 큰 집도 사고, 수십 인 하인도 부리는 것이다. 김 장로는 서울 예수교회 중에도 양반이요 재산가로 두세째에 꼽히는 사람

10) 이광수, 「무정」, 『이광수전집』 제1권, 16쪽.

이다. 집도 꽤 크고 줄행랑조차 십여 간이 늘어 있다.[11]

위의 인용문에서 보면 김 장로는 이상섭의 지적대로 개화의 겉치레로[12] 기독교인이 되었음을 알 수 있다. 실제에서는 구시대의 양반이며 세도가이나 개화하면서 새로운 자본주의에 부응하면서 재빨리 자본주의의 속성에 맞게 변화하면서 재산을 증식해 가는 약삭빠르며 이재에 밝은 인물임을 알 수 있다. 부동산에 투자하고 은행에 저금도 하고 주권과 큰 집을 사고 하인을 부리는 등 자본가의 속물근성을 그대로 드러내는 인물이다. 김 장로가 신앙을 가진 것은 진정한 기독교도로서의 그것이 아니라 개화의 명분으로시의 그것이며, 또한 새로운 세력인 교회 공동체의 실력자가 되어 자기의 입지를 넓히기 위한 수단으로서의 그것임을 알 수 있다. 김 장로의 이력은 '이제 사십오륙 세 되는 깨끗한 중노인'으로 '일찍 국장도 지내고 감사도 지낸 양반으로서 십여 년 전부터 예수교회에 들어가 작년에 장로'(25쪽)된 인물로서, 장로가 된 후 외면적으로는 기독교도가 지켜야 할 본분을 지켜나가기 위해 노력하는 인물로 나타난다.

양반의 가문에 기생 정실이 망령이어니와, 김 장로가 예수를 믿은 후로 첩 둠을 후회하나 자녀까지 낳고 십여년 동거하던 자를 버림도 도리에 그르다 하여 매우 양심에 괴롭게 지내다가, 행인지 불행인지 정실이 별세하므로 재취하라는 일가와 붕우의 권유함도 물리치고 단연히 이 부인을 정실로 삼았음이다.[13]

---

11) 이광수, 「무정」, 16-17쪽.
12) 이상섭, <신문학 초창기의 기독교>,『현대문학과 기독교』(김주연편), 문학과 지성사, 1984년, 66쪽.
13) 이광수, 「무정」, 18쪽.

양반의 가문에서 기생첩을 두었다가 그를 정실로 맞아들이는 것은 개화기 시대였지만 아직은 용납이 안 되는 일이었을 것이다. 그러나 그가 예수를 믿은 후 정실이 별세함으로 해서 그동안 양심의 가책을 느끼다가 첩을 정실로 맞아들이는 행위는 일단은 유교적 기치관에서 개화의 그것으로 탈바꿈한 것이라 볼 수 있다. 그러나 진정한 의미에서의 기독교도적인 그것이 아니라 개화기의 한 양식으로서의 변모적 성격이 강하다. 하기에 진정한 기독교인으로서의 행위라고 보기에는 어설픈 점이 많다. 작품의 서술자도 이를 비꼬고 있는 것이다. 이것은 내용상으로서도 그렇지만, 문체 면에서도 '망령이어니와'라든가, '매우 양심에 괴롭게 지내다가'라든가 '단연히 이 부인을 정실로 삼았음이다.'라든가 하는 어투에서 김 장로에 대한 빈정거림을 읽을 수 있다.

김 장로에 대한 빈정거림은 김 장로에게만 끝나지 않는다. 김 장로 일가에 대한 비판으로 그 범위가 넓어진다. 정신 여학교를 나온 재원인 김 장로의 딸 김선형에게도 빈정거림은 계속된다. 이 빈정거림은 거의 조소에 가깝다.

그는 성경을 외웠다. 그러나 다만 외웠을 뿐이었다. 그는 하느님이 아담과 에와를 만든 줄을 믿고, 에와가 뱀의 꾀에 넘어 금한 바 지식 열매를 따먹음으로 늙음과 죽음과 온갖 죄악이 세상에 들어왔단 말과 천당과 지옥과 십자가에 달린 예수와, 예수가 어찌하여 십자가에 달린 것을 성경에 쓴 대로 다 외우고 또 날마다 보는 신문의 삼면에 보이는 강도, 살인, 사기, 간음, 굶어 죽은 자, 목을 매어 자살한 자 등, 여러 가지를 알며 또 그 말을 친구에게 전하기까지 한다, 그러나 그러할 뿐이다.

그는 그 모든 것—위에 말한 그 모든 것과 자기와는 전혀 관계가 없는 것이어니 한다. 아니, 차라리 그는 그 모든 것이 자기와 관계가 있는지 없는지

를 생각하려고도 아니한다.[14]

　　여기서 김선형에게 보내는 조소는 가히 능멸에 가깝다. 선형의 기독교
는 머리로만 암기한 지식으로서의 그것이지, 아니 그것보다도 못한 한낱
친구에게 자기의 앎을 과시하기 위한 수단으로서의 그것일 뿐이지, 진정
한 의미의 기독교적인 인생관이나 그의 실천과는 거리가 먼 사이비 기독
교도일 뿐임을 암시하고 있다. 선형이 믿고 있는 기독교는 겉치레의 기독
교로 진정한 기독교인이 되기에는 요원한 것임을 은근히 비꼬고 있다. 그
녀가 진정한 기독교인이 되기 위해서는 사회에서 일어나는 모든 악에 무
관심하고 그로부터 자신을 보호하기에만 급급하여서는 안 되고, 악에 물
든 이웃과 불쌍한 형제들을 구원하는 예수의 사랑을 실천해야만 한다. 그
러나 김선형은 그의 아버지 김 장로와 같이 겉치레로 예수를 믿기에 그녀
가 믿는 기독교 역시 신여성으로서 걸쳐야 하는 하나의 장식품에 지나지
않을 뿐이다. 서술자를 통해 작가인 이광수는 이러한 사이비 기독교인과
당시의 돈 많은 사람들의 기독교적 겉치레를 신랄하게 비판하고 조롱하
는 것이다. 이러한 비판은 뒤집어 보면 그 이면에는 이광수 자신의 기독
교에 대한 집착이 역으로 나타난 것임을 알 수 있다. 즉 이광수는 돈 많은
개화인들이 장식품으로 기독교를 겉치장하는 것을 인정치 않으면서 진정
한 기독교도를 찾기 위해 「무정」에서 청년으로서의 이형식을 대행 인물
로 설정하여 진정한 기독교도로의 변모를 작품을 통해 보여주려 하기 때
문이다.

---

14) 이광수, 「무정」, 56쪽.

2). 리비도를 통한 기독교적인 개안

　김 장로나 그의 딸 선형이 진정한 기독교도가 아니라 개화 치장으로서의 겉치레 기독교도였다면 이형식의 경우는 어떠한가? 서술자는 이형식도 완전한 기독교인으로서의 그것이 아니라 아직은 덜 깬 미숙의 기독교인으로 서술한다. '형식은 저 스스로 깬 '사람'으로 자처하거니와 그 역시 아직 인생의 불세례를 받지 못한 사람'(95쪽)이란 것이다. 여기서 불세례를 받지 못했다는 것은 선형을 서술하면서 선형이 '예수교의 가정에 자라남으로 벌써 천국의 세례는 받았'지만, '그러나 아직도 인생이라는 불세례를 받지 못하였다.'(94쪽)는 것과 통한다. 아직 참다운 의미에서의 기독교인이 되지 못하였음을 나타낸다. 머리로만 아는, 교리 상의 단순한 지식으로만 체득한 신앙이 아니라 인생 세파에 시달리면서 체험적으로 체득한 참다운 기독교인이 되기 위해서는 인생이라는 불세례를 받아야 한다는 뜻이다. 그렇다면 여기서 말하는 불세례는 무엇을 뜻할까? 「무정」에서 이형식을 통해 보여주는 불세례는 아이러니하게도 하느님을 만남으로 해서 이루어지는 것이 아니라 이형식이 젊은 여자, 곧 박영채와 김선형을 만남으로 해서 이루어진다는 점에서 흥미롭다. 곧 리비도[15]가 기독

---

15) 여기서 말하는 리비도(Libido)는 프로이트가 주장한 성본능 에너지를 일컫는다. 본능에는 긍정적이고 건설적인 힘의 토대가 되는 삶의 본능(Eros)과 어둡고 파괴적인 힘의 토대가 되는 죽음의 본능(Thanatos) 두 가지가 있다. 삶의 본능에는 배고픔, 목마름, 성본능 등 개인 및 종의 생존에 관련된 모든 생리적 욕구와 미술, 음악, 사람과 같은 창조적 구성요소가 포함된다. 프로이트는 이러한 삶의 본능에 의해 나타난 정신적 에너지를 리비도로 정의하였다.(방선욱 외3인 지음, 『심리학의 이해』, 교육과학사, 2003년 3월, 284쪽.) 이것은 성격 구조 상 원본능(Id)에 해당하며, 모든 활동의 에너지원이다. 원본능은 쾌락원칙에 의해 작용한다.(Ernest R. Atkinson, Rital. Atkinson, Richard C. Atkinson(홍대식 역), *Introduction To Psychology*, Harcourt Brace Jovanovich, Inc. 1979(박영사,1982년 판). 460쪽.) 프로이트는 리비도의 유형을 성애적 유형, 강박적 유형, 자기애적 유형으로 나눈 바 있는데, 「무정」에서의 이형식은 자기애적 유형과 강박적 유

교적 깨달음에 이르게 하는 원동력이 되기 때문이다. 특히 이형식은 청초하고 순결한 젊은 처녀 김선형을 만나게 되면서 그의 리비도가 강하게 자극 받는다. 형식은 이를 통해 인생의 개안은 물론 기독교인으로서의 새로운 탄생을 체험하게 되는 것이다.

사오 년 동안을 날마다 다니던 교동으로 내려올 때에 형식은 놀랐다. 길과 집과 그 집에 벌여 놓은 것과 그 길로 다니는 사람들과 전신대와 우뚝 선 우편통이 다 여전하건마는, 형식은 그것들 속에서 전에 보지 못한 빛을 보고 내를 맡았다. 바꾸어 말하면, 모든 그것들이 새로운 빛과 새로운 뜻을 가진 것 같다. 그러나 이는 눈에서 껍질 하나이 벗겨진 것이 아니요, 기실은 지금껏 감고 오던 눈 하나이 새로 뜬 것이로다. 아까 십자가에 달린 예수의 화상을 볼 때에 다만 그를 십자가에 달린 예수로 보지 아니하고 그 속에 새로운 뜻을 발견하게 된 것이 이 눈이 떠지는 처음이요, 선형과 순애라는 두 젊은 계집을 볼 때에 다만 두 젊은 계집으로만 보지 아니하고 그것이 우주와 인생의 알 수 없는 무슨 힘의 표현으로 본 것이 이 눈이 떠지는 둘째요, 지금 교동 거리에 보이는 모든 것에서 전에 보고 맡지 못하던 새 빛과 새 내를 발견함이 그 셋째다.[16]

이형식은 지금 처음으로 김 장로 집에 가서 선형에게 영어를 가르치고 귀가하는 중이다. 그런데 형식은 처음 김 장로 집에 들어 갈 때와 가정교사를 마치고 나올 때, 세계가 백팔십도로 달라졌음을 인식하고 스스로 매

형이 혼합된 형으로 볼 수 있다. 이러한 유형은 '외부 세계로부터 보다 독립된 상태를 만들어 주며', '양심의 요구에 대해 더 생각하게' 하고, '활기찬 활동력을 증가시켜 주'기도 한다. 또 '초자아에 대하여 자아의 힘을 강화시켜 주'기도 한다.(James Strachey. 김정일 옮김, 「성욕에 관한 세편의 에세이」, 프로이트전집9, 1998년, 40-42쪽.)

16) 이광수, 「무정」, 57쪽.

우 놀란다. 모든 사물은 예나 지금이나 여전하건만 '형식은 그것들 속에서 전에 보지 못한 빛을 보고 내를 맡'게 된다. '모든 것들이 새로운 빛과 새로운 뜻을 가진 것 같음'을 느끼는 것이다. 그러나 이것은 눈에서 껍질이 하나 벗겨진 것이 아닌, '지금껏 감고 오던 눈 하나'를 새롭게 뜬 것으로 묘사된다. 개안을 한 것이다. 이 개안은 바로 리비도의 자극에 의해 야기된 것이란 점에서 의미가 심대하다. 새로 눈 뜸은 다만 사물에 국한되지 않는다. '십자가에 달린 예수의 화상을 볼 때'에도 '그 속에 새로운 뜻을 발견하게 된'다. 형식은 이를 가리켜 '이 눈이 처음 떠진' 것이라 표현하고 있다. 비로소 종교적 개안이 이루어 진 것이다. 또한 형식은 선형과 순애를 통해 '우주와 인생의 알 수 없는 무슨 힘의 표현을 보'는데, 이 또한 형식에게는 새로운 인생의 자각이며 종교적 개안이란 점에서 의미가 있다. 리비도의 자극과 충격이 이형식의 인생과 종교에 새로운 개안을 가능케 한 것이다. 모든 하찮은 것에서도 새로운 빛과 내음과 참 뜻을 발견하게 된다는 것은 비로소 이 세상의 만물과 그 창조주이신 하느님을 구체적으로 체험하게 되었음을 의미한다. 형식은 이를 통해 비로소 자기가 지향해야 할 지향점을 찾게 되는 것이다. 그것은 '참사람, 속사람'이다. 여기서 속사람은 새로운 개안을 한 참 존재를 일컫는다. 이러한 개안은 '만물의 속뜻'을 볼 수 있는 능력을 가능하게 한다. 물론 이렇게 되는 데는 선형과 영채라는 두 처녀의 리비도가 형식의 본능을 자극하였기 때문임은 두말할 필요가 없다. 이를 서술자는 다음과 같이 서술하고 있다.

형식의 '속 사람'은 여물은 지 오래였다. 마치 봄철 곡식의 씨가 땅속에서 불을 대로 불었다가 안개비만 조금 와도 하룻밤에 쑥 움이 나오는 모양으로, 형식의 '속 사람'도 남보다 풍부한 실사회의 경험과 종교와 문학이라는 수분으로 흠뻑 불었다가 선형이라는 처녀와 영채라는 처녀의 봄바람 봄비에 갑

자기 껍질을 깨뜨리고 뛰어난 것이다.[17)]

　형식의 '속사람'은 '봄철 곡식의 씨가 땅속에서 불을 대로 붙었다가 안개비만 조금 와도 하룻밤에 쑥 움이 나는 모양'으로 완전히 준비되어 있다가 '선형이라는 처녀와 영채라는 처녀의 봄바람 봄비'를 맞자 그에 자극을 받아 '갑자기 껍질을 깨뜨리고 뛰어나'오는 것으로 묘사되고 있다. 선형과 영채의 봄바람과 봄비, 곧 젊은 처녀의 리비도가 형식의 억압되었던 인간의 본성을 자극하여 그를 참사람으로 다시 태어나게 하였다는 의미다.

　이러한 리비도의 자극에 의힌 기안은 형식이 평양에서 어린 기생 계향을 만났을 때 또 한 번 이루어진다. 이때는 형식이 의리를 지키려 정조 상실을 비관하고 자살하러 간 영채를 구하러 갔을 때이기에 더욱 아이러니하다. 형식은 평양에 도착하여 영채를 찾아보지도 않고 박 진사의 무덤을 안내해 준 어린 기생과 즐거운 시간을 보낸다. 이때 형식은 또 한 번의 리비도에 의한 자극과 충동을 경험한다. 여기에 더하여 선형에게서 맛보았던 리비도의 충동보다도 더한 강렬한 카오스까지 경험한다. 이때의 경험은 단순한 개안에 끝나지 않는다. 카오스를 통한 새로운 창세기적 혼돈과 창조주께서 베풀어 주시는 창조적 경험에까지 이른다. 형식은 이 순간 '하느님이 장차 빛을 만들고 별을 만들고 하늘과 땅을 만들려고 고개를 기울이고, 이럴까 저럴까 생각하는 양'을 본다. '그리고 하느님이 모든 결심을 다 하고 나서 팔을 부르걷고 천지에 만물을 만들기 시작하는 양'을 본다. '하느님이 빛을 만들고 어두움을 만들고 풀과 나무와 새와 짐승을 만들고 기뻐서 빙그레 웃는 양'을 본다. '또 하느님이 흙을 파고 물을 길

---

17) 이광수, 「무정」, 58쪽.

어다가 두 발로 잘 반죽하여 사람의 모양을 만들어 놓고 마지막에 그 사
람의 코에다 김을 불어넣으매, 그 흙으로 만든 사람이 목숨이 생기고 피
가 돌고 소리를 내어 노래하는 양'을 본다. 그리고 처음에는 움직이지 못
하는 한 흙덩이더니 그것이 숨을 쉬고 소리를 하고 또 그 몸에 피가 돌게
되는 것을 보며 '그것이 자기인 듯'하다고까지 생각한다.

　이러한 깨달음에 이른 형식은 빙긋이 웃는다. 그리고 이렇게 생각한다.

　　자기는 목숨 없는 흙덩이었었다. 자기는 숨도 쉬지 못하고 움직이지도 못
　하고 노래도 못하던 흙덩어리였다. 자기는 자기의 주위에 있는 만물을 보지
　도 못하였었고 거기서 나는 소리를 듣지도 못하였었다. 설혹, 만물의 빛이 자
　기의 눈에 들어오는 소리가 자기의 귀에 들어온다 하더라도, 그는 오직 '에
　틸'의 물결에 지나지 못하였었다. 자기는 그 빛과 그 소리에서 아무 기쁨이나
　슬픔이나 아무 뜻도 찾아낼 줄을 몰랐었다. 지금까지 혹 자기가 웃기도 하고
　울기도 하였다 하더라도, 그는 마치 고무로 만든 인형의 배를 꼭 누르면 웃기
　도 하고 울기도 하는 것과 같았었다.[18)]

　꼭두각시 인형에서 비로소 창조주의 피조물이 되어 생명을 얻은 기쁨
과 개안을 통한 깨달음을 감격적으로 술회하는 장면이다. 그리고 이내 다
음과 같은 깨달음을 얻는다. '나는 내가 옳다 하던 것도 예로부터 그르다
하므로, 또는 남들이 옳지 않다 하므로 더 생각하지도 아니하여 보고 그
것을 내어버렸다. 이것이 잘못이다. 나는 나를 죽이고 나를 버린 것이로
다. 자기는 이제야 자기의 생명을 깨달았다. 자기가 있는 줄을 깨달았다.'
고 고백한다. 곧 개성의 자각이 이루어지는 것이다. 이 자각은 기독교적

---

18) 이광수, 「무정」, 177-118쪽.

개안과 창조주의 실체를 체험함으로써 가능해 질 수 있었음은 재언을 요 치 않는다.

이형식은 이어서 '북극성이 자신의 특징이 있음과 같이, 자기는 다른 아무러한 사람과도 꼭 같지 아니한 지와 의지와 위치와 사명과 색채(色 彩)가 있음을' 자각한 데까지 이른다. 이 지점에서 와서 이형식에게 있어 종교적 개안은 개성의 자각과 일치를 이룬다. 물론 그것이 리비도를 통한 생명력의 분출에 의해 가능했던 것임은 위에서 살펴 본 바와 같다.

3. 심층구조

1). 밝음과 어둠의 양면구조

「무정」은 명암의 대립으로 짜여 진 소설이다. 밝음의 구조에 속하는 장 소나 인물들은 주로 김 장로 가정을 중심으로 짜여 져 있다. 반면 어둠의 구조에 속하는 장소나 인물군들은 박 진사 가계에 종속된 장소거나 인물 들이다. 이것은 마치 천국과 지옥의 대립 구조와 같은 패턴을 지닌다. 밝 음의 편에 서 있는 인물이나 가계는 상승적 기류를 타면서 낙원의 이미지 를 발산하는가 하면, 반대로 어둠의 편에 서 있는 인물이나 가계는 하강 적 기류를 타면서 지옥의 이미지를 내비친다. 김 장로 계열의 인물들은 개화파에 속하면서 물질적 부를 누리며 식민지 통치하에서 영세를 누리 는 자들로 구성되어 있다. 반면 지옥을 대변하는 듯한 인물군인 박 진사 계열은 개화와 교육입국을 위해 자기 헌신적인 행동을 취하나 모두 몰락 하거나 비극적 죽음을 맞는다는 점에서 전자와 대극을 이룬다. 「무정」은 이 두 세력 간의 알력과 갈등이 보이지 않게 심층에 자리 잡고 있으며,

이들 간의 대치를 영채와 선형이라는 두 여성 인물들로 상징화시키고 있는 소설이다.

천국의 이미지를 지니고 있는 김 장로의 집은 밝고 쾌적하며 화락하다. 김 장로가 사는 동네는 그 이름부터가 '안동'이다. 편안한 곳이란 뜻이다. 김 장로 가족은 남부러울 것이 없이 줄행랑까지 갖춰 진 큰 집에서 하인까지 거느리며 살고 있다. 형식이 선형과의 약혼을 위해 김 장로의 집을 방문하였을 때, '김 장로의 집에는 방방에 전등이 켜 있'고, '마당에는 물을 뿌려 흙냄새와 화단의 꽃향기가 섞여 들어와 즐겁게 먹고 마시는 여러 사람의 신경을 흥분케 한다.'(137쪽) 식사가 끝난 후 선형은 풍금이 있는 방으로 가 즐겁게 풍금을 타며 노래를 부른다. 이렇게 선형의 집은 기쁨과 즐거움, 그리고 아름다운 노래로 가득 찬 낙원의 이미지를 풍긴다.

방안에는 아름다운 소리가 가득 찼다. 그것이 방에서 넘쳐나서 황혼의 바람에 풍겨 마당을 건너 담을 넘어 마치 물결 모양으로 사방으로 퍼진다. 몇 사람이나 가만히 이 소리에 귀를 기울이며, 몇 사람이나 길을 가다가 걸음을 멈추는고, 선형의 손은 곡조를 따라 스스로 오르내리고 그 몸은 손을 따라 스스로 움직인다.[19]

아름다운 노랫소리와 유쾌한 담소와 황혼의 미풍은 세상 근심이 없는 천국의 분위기다. 형식은 이러한 분위기에 도취하여 '정신은 노랫소리로 더불어 공중에 솟아 오르'고, 그의 '정신은 날개가 돋아서 훨훨 구름 사이로 날아가는 듯한' 말로 표현할 수 없는 기쁨을 느낀다. 이형식으로서는 평양에 영채를 찾으러 간 것이 학생들에게 알려져 학생들이 그를 배척한

---

19) 이광수, 「무정」, 138쪽.

때이기에 더욱 지옥에서 탈출하여 천국으로 이동한 느낌이 들었을 것이다. 부잣집 데릴사위가 되어 아름답고 청초한 선형과 미국 유학을 가게 된다는 것은 천국 문에 들어가는 구원의 열쇠를 얻은 것이나 다름없다.

이와는 반대로 영채를 중심으로 한 박 진사 계열의 인물군들은 어둠의 이미지를 지니며 암흑의 세계에서 비극적 최후를 맞거나 하강 곡선을 그리며 몰락한다. 박 진사는 원래는 의로운 선비였다. 나라가 풍전등화의 위기에 이르자 그는 솔선하여 머리를 자르고, 자기의 사재를 털어 자기 집 사랑방에 학교를 세우고, 인격과 덕망과 학식이 도저한 인사들을 선생으로 모셔와 학생들을 가르치게 하였다. 이러던 차 사재가 바닥이 나 폐교의 위기에 다다르자 이를 보다 못한 홍모라는 학생이 이웃 마을에서 박 진사를 도울 목적으로 돈을 구하려다 살인을 하게 되고 박 진사는 이에 연루되어 감옥에 투옥된다. 감옥에서의 박 진사의 모습은 여덟 팔자 수염을 기르고 여유 만만한 웃음을 짓는 김 장로의 윤기 있는 모습과는 대조적이다. 죄인의 그것이며, 지옥에서 고통에 찌든 모습이다.

영채가 평양감옥에 다다라 처음 그 아버지와 면회를 허함이 되었던 날, 영채는 그 아버지를 보고 일변 놀라고 일변 슬펐다. 철없고 어린 생각에도 그 아버지의 변한 모양을 보매 가슴이 찌르는 듯하였다. 조그마한 구녁으로 내어다보는 그 아버지의 몹시 주름잡히고 여윈 얼굴, 움쑥 들어간 눈, 전에는 그렇게 보기 좋던 백설 같은 수염도 조금도 다스리지를 아니하여 마치 흐트러진 머리카락처럼 되고, 그중에도 가장 영채의 가슴을 아프게 한 것은 황톳물 묻은 흉물스러운 옷이다. 감옥 문밖에 다다랐을 적에 이 흉물스러운 황톳물 옷을 입고 짚으로 결은 이상한 갓을 쓰고 굵은 쇠사슬을 절절 끌며 무슨 둥글한 똥내 나는 통을 메고 다니는 양을 볼 때에, 이러한 모양을 처음 보는 영채는 어렸을 때부터 무서워하던 에비나 귀신을 보는 듯하여 치가 떨렸다.

저것들도 우리와 같은 사람일까. 아마도 저것들은 무슨 몹쓸 큰 죄악을 지은
놈이라 하였다.[20]

영채가 평양 감옥에서 본 아비지의 이미지는 '황톳물 묻은 흉물스러운
옷'을 입고 '짚으로 결은 이상한 갓을 쓰고 굵은 쇠사슬을 절절 끌'고 다
니는 마치 악귀와 같은 모습이다. 이런 모습을 처음 보는 영채에게는 어
렸을 때 무서워하던 '에비나 귀신'을 보는듯하여 치가 떨릴 정도다. 영채
가 아버지를 평양 감옥으로 면회 올 때는 이런 모습을 상상도 못했다.
영채는 '자기 아버지가 이전 자기집 사랑에 앉았을 때 모양으로 깨끗한
두루마기에 깨끗한 버선을 신고 책상을 앞에 놓고 책을 읽으며 여러 젊은
사람들을 가르치고 있으려니' 생각하고 왔으나 감옥에서 마주친 아버지
의 모습은 '흉물스러운' 모습으로 변하여 있었다. 박 진사 가계의 몰락을
상징적으로 보여주는 위의 장면은 의인의 그것이 죄악의 흉물스러운 모
습으로 변하였다는 점에서 이 작품의 심층구조를 꿰뚫어 볼 수 있게 하는
단서를 제공해 주기까지 한다.

영채의 이미지도 박 진사 못지않게 비극적이기는 마찬가지다. 우선 자
신의 몸을 기적에 판 것부터가 비극적이다. 기생이 되었다는 것은 영채가
뭇 남성들의 육욕의 대상이 되었음을 의미한다. 거기다가 형식으로부터
도 냉대를 당하자 그녀는 죽음을 결심하고 대동강으로 자살을 하러 간다.
이러한 비극적인 모습의 영채 이미지는 흡사 원귀와 같다. 기생 어멈인
노파의 꿈에 나타난 영채는 '얼굴이 새파랗게 변하며 하얀 이빨로 입술을
꼭 깨물어 새빨간 피를 노파의 얼굴에 뿌리는'(101쪽) 귀신의 모습이다.
이러한 원귀의 모습은 형식에게도 환영으로 나타난다. '형식이가 정신이

20) 이광수, 「무정」, 33쪽.

황홀하여 선형의 손을 잡으려 할 때에 곁에 섰던 영채의 얼굴이 귀신같이 무섭게 변하며 빠드득하고 입술을 깨물어 형식을 향하고 피를 뿌'린다.(85쪽) 형식이 선형을 생각할 때 떠오르는 '말할 수 없는 향기와 쾌미' 그리고 '전신이 스르르 녹는 듯하던 즐거움과, 세상만사와 우주의 만물이 모두 기쁨으로 빛나고 즐거움으로 노래하는 듯하던 기억'과는(85쪽) 천지 차이가 난다. 천국과 지옥의 모습만큼이나 그 구별이 분명하다.

이러한 지옥의 모습과 악귀와 원혼의 이미지는 영채를 중심으로 펼쳐지는 배명식 김현수의 육욕과 기생 어멈인 노파의 탐욕으로 인해 더욱 어둠의 이미지가 강화된다. 특히나 '배명식은 삼 년 전에 동경으로서 돌아와 칠팔 년간 홀로 사기를 기다리고 늙이 오던 본처에게 애매한 간음이라는 죄명을 씌워 이혼하고 작년에 어떤 여학생과 새로 혼인을 한 자'로(51쪽) 교육자의 탈을 썼을 뿐이지 축생이나 다름없는 추악한 인물로 그려지고 있다.

이상에서 살펴보았듯 「무정」은 김 장로를 중심으로 밝고 명랑하고 쾌락한 낙원의 이미지가 펼쳐지는 반면, 박 진사를 중심으로는 어둡고 침울하고 원망과 저주의 지옥의 이미지가 펼쳐진다. 이로 볼 때 「무정」은 명암의 대립구조로 짜여 진 소설로, 더 나아가서는 명암 구조를 통해 지옥과 천국의 대립구조를 상징적으로 보여주는 양면 구조를 지니고 있는 소설로 분석된다.

2). 희생양 모티프와 부활의 의미

본 항에서 살펴 볼 것은 「무정」에 나타난 희생양(scapegoat) 모티프와 그를 통한 부활의 의미이다. 희생양 모티프는 신화 원형에서 제의적 의미를 지닌다. 원시인들은 종족의 번영을 위해 일정한 시간 간격을 두고 왕을 죽였지만, 뒤에는 왕 대신 대리자를 죽이거나 상징적인 제물을 바치거나 하였다. 이것이 희생제물의 원형이다. 원시인들은 성스러운 동물이나 사람에게 종족의 부패를 전가시킨 후에 이 속죄양을 죽임으로써 그 종족은 본래의 영혼의 재생에 필요한 정화와 속죄를 싱취하였나.[21] 이러한 속죄양의 신화적 원형은 예수의 죽음과 부활의 모티프와 동일한 원형을 지닌다. 예수가 가혹한 시련(crucifixon)을 거쳐 소생하는 모티프는 원시인들이 그들의 풍요를 위해 일정한 시기마다 왕을 죽임으로써 종족의 번영을 꾀했던 것과 동일한 원형적 의미를 지닌다.

신화비평가들은 인류의 보편적 가치인 신화가 지금도 우리의 집단 무의식에 그대로 전수되고 있다고 믿는다. 문학 작품이 감동을 주기 위해서는 작품 내에 이러한 신화적 원형이 그대로 존재해야 한다는 것이다. 아무리 잘 짜여 진 문학작품이라도 그곳에 신화적 원형이 없다면 독자를 감동시킬 수 없다는 논리다. 신화는 단순한 신들의 이야기가 아니라 인류의 꿈이 집약되어 하나의 원형을 이루었다는 관점이 그것인데, 그러한 인류의 보편적 원망과 꿈은 현대에 와서도 그대로 인간의 집단 무의식에 생생히 존재한다는 것이다. 다만 이러한 원형이 현대에 와서 그 옷만 바꿔 입어 새롭게 단장되었을 뿐 그 본래의 모습은 변하지 않았다는 관점이다.

이러한 신화 원형 비평적 관점은 지금도 많은 설득력을 지닌다. 여기서 말하려는 희생양 모티프는 기독교 문학을 논할 때 많은 시사점을 제공한다. 예수의 희생과 부활은 단순히 그 성서적 사건만을 보면 종교적 구원의 역사에 지나지 않지만 이것이 문학 작품에 들어와 인류를 감동시키는 미학적 차원에 이르면, 예수의 수난과 부활은 희생양 모티프의 원형으로 작품을 감동적 차원으로 이끄는 핵심요소가 된다. 문학은 감동을 주는 미학

---

21) 월프리드 L 궤린 외(정재완 역), <신화 원형 비평방법>, 『문학의 이해와 비평』, 청록출판사, 1984년, 176쪽.

의 한 양식이다. 감동을 주지 못하면 문학은 문학으로서의 존재 가치가 없다. 본고에서 「무정」에 나타나는 희생양 모티프[22]와 부활의 모티프를 찾아내어 그 의미를 규명하여 보려는 것도 이러한 의도에서이다.

「무정」에서 희생양 모티프적 죽음에 이르는 인물은 박 진사와 그의 딸 영채다. 영채가 평양에서 따르던 기생 월화도 시대의 희생물로 자살에 이르나, 이것은 자기를 알아주는 사람이 없음을 한하여 스스로 목숨을 끊는 인물로 진정한 의미에서의 희생양이라 하기엔 부족하다. 자기의 모든 것을 바쳐 의로운 일을 하든가, 아니면 시대의 희생물이 되어 시대의 제물이 되든가 하여야 진정한 의미에서의 희생양이 될 수 있다.

박 진사는 '원래 일가가 수십여 호 되고, 양반이요 재산가로 고래로 안주 일읍에 유세력자'였다. 이런 박 진사가 구국의 일념으로 교육 사업에 헌신하게 된 것은 '거금 십오륙 년 전에 청국 지방으로 유람을 갔다가 상해서 출판된 신서적을 수십 종 사가지고 와'서 부터다. 박 진사는 이를 통해 '서양의 사정과 일본의 형편을 짐작하고 조선도 이대로 가지 못할 줄 알고 새로운 문명운동을 시작'한(33쪽) 것이다. 박 진사는 '즉시 머리를 깎고 검은 옷을 입고 아들 둘도 그렇게 시켰다.' 이것은 '사천여년 내려오던 굳은 습관을 다 깨뜨려 버리고, 온전히 새것을 취하여 나간다는 표'였다. 이로 볼 때 박 진사는 유학자지만 신문명 수입의지가 강한 개화파 지식인, 곧 박은식 계열의 개화파 유림에 속한 인물로 짐작된다. 그러나 이 교육사업은 실패로 돌아간다. 주위의 몰이해와 자금의 부족이 큰 이유였다. 더구나 자금난으로 학교가 문을 닫게 되자, 이를 보다 못한 제자 홍모가 자금을 구할 목적으로 이웃마을에서 강제로 돈을 탈취하려다

---

22) 이광수 작품에 나타난 속죄양 모티프를 살핀 소론은 신익호의 앞의 책(15쪽)과 한승옥의 <이광수 소설에 나타난 희생양 모티프> (《한국문학이론과 비평》 제26집, 2005년 3월, 13-31쪽)가 있다.

살인을 하게 되자, 박 진사가 이에 연루되어 감옥에 투옥됨으로 해서 구국의 위대한 뜻은 종언을 고하게 된다. 여기에 영채마저 기적에 몸을 팔았다는 소리를 듣게 되자 박 진사는 절식 자살하고 만다. 이로써 박 진사의 일생은 미감된다. 풍진등화의 위태로운 나라를 구하려다 그 뜻을 이루지 못하고 희생의 제물이 되는 것이다. 그러나 박 진사의 부활은 소설 내에서 이루어지지 않는다. 오히려 두 아들이 따라 죽음으로 하여 박 진사 가계는 몰락하고 만다.

이 작품에서 희생양적 모티프가 제대로 작동하는 인물은 박 진사의 딸 박영채다. 그녀는 아버지를 구한다는 명목으로 기적에 몸을 판 것인데, 이 행위만 보면 개인적인 희생으로 비춰질 수 있다. 그러나 박 진사가 구국을 위해 자신을 희생했고, 그 아버지를 구하기 위해 영채가 몸을 바쳤다는 점을 감안한다면 영채의 희생은 아버지의 희생과 궤를 같이 하는 것으로 해석할 수 있다. 또한 작품을 면밀히 검토하면 영채는 단순한 여주인공이 아니라 조국을 상징하는 인물로 등장한다.[23] 영채가 기적에 몸을 팔아 육욕을 탐하는 남성들의 노리갯감이 되었다는 것은 조국이 일제에 의해 강점되면서 우리 민족이 일제의 탐욕의 노리개가 되었다는 점과 상통하며, 결국은 친일파 세력인 경성학교 교주 김현수에게 정조가 훼손된다는 것은 일제에 의해 우리 민족의 정기가 말살되어 죽음에 이르게 된 당대의 현실과 조응된다. 영채는 선하게 살며 선한 일을 하려 하였으나 세상의 악이 이를 용납지 않고 영채를 자살하게 만드는 것이다.

그러나 정조가 훼손되어 죽음에 이르게 된 영채는 평양으로 자살하러 가는 도중 기차에서 김병욱을 만나 그녀에 의해 구원된다. 새 삶을 찾게 되는 것이다. 물론 이때 구원되는 것은 기독교적 신앙에 의해서거나 신적

---

23) 한승옥, 『이광수연구』, 67쪽. 박영준, <「무정」의 강간 모티프 연구>, 《현대소설연구》 22호, 2002년 6월, 117-137쪽. 참조.

인 구원에 의해 부활되는 것은 아니다. 오히려 과학적인 진화론적 생명관이 영채를 죽음으로부터 구원한다. 이것은 이광수의 당시의 가치관이었던 진화론적 생명 사상이 작품을 통해 나타난 결과다. 하기에 영채의 새로운 삶의 탄생을 기독교적 부활로 해석하는 것은 무리일 수 있다. 그러나 이것은 표피적이고 피상적인 해석에 지나지 않는다. 신화 비평적 입장에서 보면 문학 작품이 인류에게 감동을 주는 것은 신화적 원형이 작품에 순환적으로 내재하기 때문이다. 그 원형은 희생양 모티프다. 제의적 의미를 지니는 속죄양은 종족의 부활을 위해서 희생된다. 이런 의미에서 볼 때, 「무정」에서 영채의 희생과 부활은 원형 상에서 일제의 강탈로 민족의 정조가 유린되고, 그렇게 유린된 한민족이 영채를 통해 상징적으로 부활함을 웅변적으로 보여주는 것이다. 지금도 「무정」이 독자들을 감동시키고 있는 것은 이러한 신화적 희생양 모티프가 심층구조로 살아 숨 쉬고 있기에 가능한 것이다.

4. 맺음말

지금까지 필자는 「무정」에 투영된 기독교가 어떤 의미를 지니는지를 살펴보았다.

서술자는 이형식이란 인물 초점자를 통해 김 장로가 믿고 있는 기독교가 진정한 의미의 기독교가 아니라 개화의 겉치레거나 아니면 자신의 부와 체면을 유지하고 공동체에서 자신의 입지를 공고히 하기 위한 방편으로서의 기독교였음을 설파하면서 김 장로와 그의 딸 선형이 사이비 기독교도이거나 설익은 기독교도임을 거의 노골적으로 빈정거리고 있다. 그러면서 이형식은 자신만이 진정한 '참사람'으로서의 진정한 기독인이 되었음을 은연중에 과시하고 있다. 그런데 이러한 기독교적 개안이 리비도의 충동에 의해 이루어진다는 점에서 특이한 구조를 지니고 있음이 논의되었다. 이러한 개안은 창조주의 그것에까지 이르고 있다.

「무정」을 기독교적 관점에서 보았을 때, 작품을 이루는 명암 구조가 마치 천국과 지옥으로 양분된 구조를 지니고 있으며, 밝음인 천국의 이미지에 김 장로의 가계가, 어둠인 지옥의 이미지에 박 진사의 가계가 위치하고 있음도 살펴보았다. 이러한 명암 구조에서 궁극적으로 이형식이 취한 곳은 밝음의 상징인 김 장로의 가계다. 이것은 많은 것을 암시한다. 이형식이 김 장로의 사이비적 기독교 신앙에 대해 일관되게 조롱과 냉소를 보냈으나 궁극적으로는 비하의 대상인 김 장로의 데릴사위가 됨으로 해서 결과적으로는 김 장로에게 종속된다는 점에서 그렇다. 이것은 이형식이 구조적으로 기독교인의 집안에 편입됨을 뜻한다. 다만 이형식은 김 장로나 선형과 같은 사이비 기독교도가 아니라 진정한 기독교도가 될 수 있음을 암시하는 열린 결말로 지향된다는 점에서 차이가 난다.

그러나 이 작품이 진정한 기독교적 의미를 지니는 것은 희생양 모티프를 통해서다. 비록 이광수는 표면적으로는 유일한 기독교 집안이 김 장로 가계를 비아냥거리고 조롱하였지만, 이형식이 진정한 기독교인으로 개안하였다는 점과 박 진사와 영채를 통한 희생양 모티프의 작품 내적 실현과 병욱을 통한 영채의 구원과 부활을 작품의 중요한 서사 구조로 채용했다는 점에서 이 작품은 기독교적 모티프를 지니고 있는 작품으로 해석할 수 있다. 여기서 끝으로 부가하여 언급할 것은 앞으로 기독교 문학의 탐구는 표피적인 기독교적 어귀나 표현 등의 해석에 머물러서는 안 될 것이란 점이다. 기독교적 예수그리스도의 속죄양 모티프가 어떻게 작품에 원형으로 존재하면서 독자에게 감동을 주느냐를 면밀히 검토해야 진정한 의미에서의 기독교 문학이 판명될 것이기 때문이다.

1. 머리말

본 연구는 이광수 소설을 기독교적 관점에서 분석하려는 것이 본래의 목적이다. 여기서는 성서의 모티프 중에서 가장 중심을 이루는 예수의 죽음과 부활 모티프가 어떻게 이광수 장편 소설에 핵심적 요소로 나타나며 소설의 감동을 위해 어떻게 그것이 작동하며 그 의미는 무엇인가를 살피려는 것이다.

모티프는 주지하는 바와 같이 구조주의에서 주로 쓰이는 개념이다. 구조주의는 개념이 다양하여 그 정확한 개념 정의에는 많은 논의와 시간이 필요하다. 여기서는 그러한 다양한 혹은 이견이 있는 구조주의적 개념을 새삼 정리하거나 고찰하지는 않으려 한다. 다만 문학 작품 분석에 필요한 핵심적 의미만을 추출하여 그를 토대로 논의를 전개해 나가려 한다. 여기서는 구조의 개념을 문학 작품을 만들어 나가는 작품 창작의 구조 원리, 곧 '문학 창작의 문법'이란 의미로 한정하여 쓰려한다.

문학작품을 분석하는 잣대로 구조주의가 쓰이기 시작한 것은 오래전 부터임은 이미 아는 바와 같다. 그 중에서도 우리에게 친숙한 이론가들은 그레마스, 토도로프, 쥬네뜨 등이다. 이들은 문학작품 구조의 원리를 단순화시키는데 공헌한 이론가들이다. 그러나 이들의 이론은 작품 구성의 원리를 단순화시켜 그 핵심적 문법을 추출하는 데는 어느 정도 성공하였지만 정작 문학 작품이 주는 감동적 요소를 추출하는 데는 미치지 못하였다. 같은 구조주의 이론가 중에서 이를 신화 원형과 결부시켜 장르론적 접근을 시도한 이론가는 노드롭 프라이다. 노드롭 프라이는 신화 원형을 통해 문학 작품을 사계절과 결부시켜 봄을 희극, 여름을 로망스, 가을을 비극, 겨울을 풍자와 아이러니 양식으로 분류한 바 있다. 또 주인공의 능력의 정도에 따라 상위모방 양식과 하위 모방 양식으로 분류한 것도 주지하는 바와 같다. 이러한 프라이의 이론은 우리 문학 연구에 있어 지대한 공헌을 하였다. 특히 대부분의 작품이 작가 미상인 한국 고전을 연구할 때는 매우 유용한 이론이 되었다. 문학이 신화 원형의 반복 출현이란 점을 강조하며, 신화 원형이 핵이 되어 있는 작품일수록 좋은 작품이란 논리는 우리 작품 분석이나 논의에 있어 아직도 유효하다. 본고에서 살펴보려는 '예수의 죽음과 부활'모티프도 그것이 기독교적 신앙인의 관점에서 보면 실제로 일어난 역사적 사건이고, 기록되어 있는 사실임에도 불구하고 지금은 거의 신화나 다름없는 모티프다. 몇 발 양보하여 예수의 죽음과 부활을 신화적 원형으로 보지 않더라도 죽음과 재생의 이미지는 신화가 시작된 이래 지금까지도 계속되고 반복되는 상징적 이미지에 해당한다. 태양은 오늘도 지고 내일이면 다시 떠오르기 때문이다. 봄에 새 생명이 움트고 겨울에 삼라만상이 죽고 다시 이듬해 봄에 새 생명으로 태어나는 것은 만고의 진리다. 이러한 모티프는 우리 인간에게 가장 친숙한 사건이며, 동시에 자연의 순리이며, 이를 통해 우리는 우주와 하나가 되고 거기에서 기쁨을 느끼고 평화와 안식을 얻게 되고 영원한 진리를 체험하게 된다. 여기서는 이러한 가장 근원적인 신화의 원형을 중심으로 그것이 어떻게 이광수 소설에 나타나는 가를 살피려 한다. 필자가 이를 이광수 소설에서 찾아보려는 의도는 이광수의 작품이 계몽주의적 성격이 강하여 그것이 큰 약점이 된다는 기존의 설을 인정은 하면서도 계몽주의 작품이 대부분 당대의 계몽에 충실하다가 혜성처럼 사라지고 마는 것이 속성인데 이광수 소설만큼은 계몽성의 한계를 뛰어 넘어 명작으로 읽히고 있는 이유를 밝혀 보려는 의도에서다. 여기서는 그의 대표적 장편 소설인 「무정」, 「재생」, 「흙」, 「사랑」을 중심으로 죽음과 부활 모티프를 살피고 이를 기독교적 관점에서 예수의 죽음과 부활이란 모티프와 연결시켜 논의하려 한다.

2. 죽음의 상징성과 진화론적 가치관-「무정」

장편 「무정」은 1917년 1월 1일부터 동년 6월 14일까지 《매일신보》에 연재된 소설이다. 우리 민족의 역사적 거사가 일어나기 두 해전, 나라가 일제에 강점된 지 10여년이 돼가는 지점에서 연재된 작품이다.

「무정」에서의 죽음은 실제적인 죽음과 상징적인 죽음으로 나누어 논할 수 있다. 실제적인 죽음은 박영채의 아버지인 박 진사와 그의 아들들의 죽음이며, 상징적인 죽음은 여주인공 박영채의 정조 상실이다.

「무정」에는 대표적인 두 가계가 나온다. 하나는 전통적인 유가 집안이면서 유교적 가치관을 가지고 구국입국을 하려는 박 진사 가계이며 또 하나는 현실주의자이면서 기독교 신자인 김 장로의 가계이다. 하나는 구시대의 가치관을 대표하며 다른 하나는 신세대의 가치관을 대표한다. 박 진사는 나라가 외세에 의해 풍전등화와 같은 위험에 처하게 되었을 때 자신의 사유재산을 털어 학교를 세우고 인근에 있는 젊은이들을 불러 모아 교육에 심혈을 기울인다. 이 소설의 남주인공인 이형식도 이때 박 진사가 데려다 키운 젊은이다. 그는 고아였다. 그러나 이미 국운은 기울고 일제강점이 서서히 그 실체를 드러내는 때라서 박 진사 개인의 힘으로 구국을 위해 헌신한다 해도 그것은 한계에 부딪칠 수밖에 없었다. 박 진사가 하는 교육사업은 장애를 만나게 되고, 재정난으로 문을 닫을 위기에 처하게 된다. 이를 보다 못한 박 진사를 흠모하던 홍모라는 사람은 박 진사를 돕기 위해 이웃 마을에서 돈 오백 원을 탈취한다. 그러나 박 진사와 두 아들은 이 사건에 연루되어 감옥에 갇히게 된다. 나라를 구하기 위하여 교육사업을 하려다가 오히려 도둑으로 몰려 감금되는 비운을 겪게 되는 것이다. 이에는 상징적 의미가 담겨져 있다. 일제의 강인한 힘과 보이지 않는 억압에 의해 우리 민족 운동이 좌절되고 마는 것을 암시적으로 보여주기 때문이다. 일제에 아부하지 않고 우리 민족의 자주성을 회복하기 위해 선비정신을 발휘한 박 진사 가계가 이렇게 속절없이 억압당하고 부당하게 유린당하는 것은 비극임에 틀림없다. 물론 박 진사의 측근이 그 빌미를 제공한 것은 사실일지 모른다. 그렇지만 구조적으로 불가능하게 되어 있는 상태에서 거미줄 같은 억압체제로 인해 한 애국지사가 파멸해 가는 것은 당시로 보아서는 너무나 당연한 일이었을지도 모른다. 이 사건을 계기로 감옥에 갇힌 박 진사와 그 두 아들은 비극적 최후를 맞게 되고 세상을 하직하게 된다. 어린 영채가 아버지를 구하기 위해 기적에 몸을 팔았다는 사실을 알고 난 후에 두 아들과 함께 자결하기 때문이다. 자결은 예로부터 선비가 취할 수 있는 지고의 고귀하고 치열한 마지막 결단이었다. 이 것은 옳은 일을 위해서는 목숨까지도 버릴 수 있다는 강인한 선비 정신의 발로이며 이것이 있었기에 조선조는 500년 동안 그 맥을 이어올 수 있었 다. 영채가 기적에 몸을 팔았다는 사실은 가문의 수치이기도 했지만, 당 대의 현실을 감안해 볼 때 이미 일제의 자본주의 사슬이 우리를 억매고 있었음을 암시하고, 그들의 기획이 심층까지 침투해 들어 왔음을 의미한 다. 이렇게 하여 박 진사의 가계는 몰락한다.

그러나 김 장로의 가계는 박 진사 가계의 궤적과는 정반대로 상승일로 의 길을 걷는다. 김 장로는 기독교인이면서 현실적인 이익, 특히 자본주 의적 치부에 능한 인물로 그려진다. 주식에 투자하여 자본을 늘리는가 하 면, 가문은 형편없지만 유능한 능력을 지닌 인물을 발탁하여 사위를 삼는 현실주의자의 영악함을 보이기도 한다. 비록 고아 출신이지만 인물이 장 래성 있는 경성학교 영어선생 이형식을 데릴사위로 맞아들이는 것이 이 에 해당한다. 그는 일찍이 서구화에 눈을 떠 가옥 구조도 서양식으로 고 치고, 서양에서 일찍이 발달한 자유연애를 딸을 통해 실현하려 한다. 딸 선형을 데릴사위 형식과 함께 서양으로 유학 보내는 것은 그의 서구화 편 향이 최고조에 달한 행위다. 그에게는 구국이란 대명제는 안중에도 없다. 다만 개인의 출세와 영달만이 목전에 있을 뿐이다. 그를 실천하기 위해서 총력을 기울일 뿐이다.

이상과 같은 두 가계에서 죽음의 모티프가 적용되는 것은 당연히 박 진사 가계다. 김 장로 가계에는 죽음이 있을 수 없다. 그의 가계에는 승승 장구의 현실적인 이익만 있을 뿐이다. 그러나 예수의 죽음을 보았을 때, 역시 죽음은 의인의 것일 때 신화적 원형을 지니게 된다. 현실의 이익을 추구하다가 죽는 것은 단순한 생물학적인 죽음에 지나지 않는다. 그것은 신화적 모티프가 될 수 없다. 박 진사의 죽음은 자신의 영달이나 자신의 안일을 위하다가 죽은 것이 아니기에 그것은 비극적인 동시에 의인적인 죽음에 해당한다. 그것은 이타적인 죽음이다. 죄 없이 옳은 일을 하다가 희생된 희생양적 죽음이다. 그가 직접 도둑질을 한 것도 아니고, 그렇다고 그 두 아들이 나쁜 짓을 하여 감옥에 갇히게 된 것도 아니다. 다만 일제 통치라는 상황적 원인이 의인을 비극의 나락으로 추락하게 만든 것이며, 이러한 상황을 바로 잡으려는 열정과 정의감 때문에 희생된 것이다. 예수가 옳은 일을 하다가 십자가에 못 박힌 것이나 크게 보아서는 같은 맥락의 죽음인 것이다.

　이러한 박 진사 일가의 비극은 남자에게만 해당되지 않는다. 그것은 기생이 된 영채에게까지 이어진다. 그러니까 가계 자체가 모두 몰락의 길을 걷는 동시에 비극적 궤적에서 헤어나지 못한다. 영채가 기적에 몸을 파는 것은 이미 우리 고전 소설에 자주 등장하는 낯익은 모티프다. 그러면서도 고전소설과 다른 것은 고전소설에서는 기적에 몸을 팔았으면서도 그 결과는 해피엔딩으로 끝난다. 자기 아버지도 구하고 자신도 정조를 굳게 지켜 좋은 배필을 만나기 때문이다. 그러나 「무정」에서는 이와는 반대로 아버지도 구하지 못하고, 아버지가 배필로 정해 준 이형식으로부터도 배반당한다. 여기에 영채의 비극이 내재한다. 그것은 영채의 비극인 동시에 당대의 우리 민족의 비극이기도 하다. 영채가 청량사에서 배학감 일당에게 정조가 유린당하는 것은 크게 보아서는 우리 민족이 일제에게 유린당하고 정조가 훼손되는 것이나 다름없다는 상징성을 띤다.[24] 영채의 정조 훼손은 당대로 보아서는 박 진사의 육체적 죽음이나 그 내적인 의미에서는 동일한 의미를 지닌다. 여인에게 있어 정조는 생명과 같은 것이었다. 비록 영채가 기적에 몸담고 있는 몸이었지만, 영채는 형식만을 위해 정조

---

24) 한승옥, 『이광수연구』, 선일문화사, 67-68쪽.

를 꿋꿋이 지켜 오고 있었다. 그것이 하루아침에 물거품이 된다는 것은 형식에게 지켜야 할 약속을 지키지 못했다는 점과 당대의 지고의 가치였던 여인으로서 마지막 생명과 같은 것을 지키지 못했다는 점에서 이중의 죽음을 의미한다. 비록 육체적으로는 생명이 유지되고 있을지 몰라도 정신적으로나 관습적으로는 죽은 것이나 다름없다. 이로서 영채의 집안은 완전히 몰락하게 된다. 아무런 잘못이 없으면서도 조국 주권의 상실과 정체성의 회복을 위해 헌신하다가 희생되는 희생양의 전형이 영채네 가계라 하겠다.

그런데 이광수는 이런 영채를 다시 살려 놓는다. 평양으로 가는 기차 안에서 대동강으로 자살하러 가는 영채를 일본 유학생 김병욱이 설득하여 새 삶을 찾게 만드는 것이다. 병욱은 영채의 기구한 사연을 듣고 선현의 말이나 정조보다도 생명이 더 소중함을 역설한다. 남의 부속물이 아니라 자신의 의지로 자유로운 선택을 하여 새로운 가치를 실현할 것을 강조한다.

"여자도 사람이지요. 사람일진댄 사람의 직분이 많겠지요. 딸이 되고, 아내가 되고, 어머니가 되는 것도 여자의 직분이지요. 또 혹은 종교로, 혹은 과학으로, 혹은 예술로, 혹은 사회나 국가에 대한 일로 인생의 직분을 다할 길이 많겠지요. 그런데 고래로 우리나라에서는 남의 아내 되는 것만으로 여자의 직분을 삼았고, 남의 아내가 되는 것도 남의 뜻대로, 남의 말대로 되어 왔어요. 지금까지 여자는 남자의 한 부속품, 한 소유물에 지나지 못하였어요. 영채씨는 부친의 소유물이다가 이씨의 소유물이 되려 하였어요. 마치 어떤 물품이 디 사람의 손에서 저 사람의 손으로 옮겨 가는 모양으로…… 우리도 사람이 되어야 합니다. 여자도 되려니와 우선 사람이 되어야 합니다."[25]

---

25) 이광수, 「무정」 155-156쪽.

　다른 사람의 소유물로부터 벗어나 자신의 가치를 회복하여야 한다는 병욱의 생각은 당시로서는 획기적인 사상이었다고 생각된다. 지금 같으면 페미니즘적 사고방식이라 하여 일반화된 것이었겠지만 당시로서는 가히 혁명적인 사고방식이 아닐 수 없었을 것이다. 이러한 가치관은 이광수가 이미 그의 논설에서 수없이 반복하여 역설한 점이기도 하다. 이것은 그의 진화론적 가치관에서 나온 당시의 이광수의 일관된 생각이었다.[26] 진화론은 창조론과 대척에 서는 우주관이다. 본고에서 논하는 이광수의 기독교적 가치관 추출에는 정면으로 배치되는 가치관이기도 하다. 그렇다면 이것을 어떻게 해석해야 할 것인가가 문제이다. 죽음의 모티프에서 박 진사와 그 일가, 그리고 영채의 정조의 훼손까지가 문제되었다면, 영채가 다시 재생하게 된다는 점은 어떻게 설명되어져야 할 것인가의 문제이다. 이것을 부활의 모티프로 볼 수 있을까의 여부이다.

　필자는 영채의 재생을 구태여 부활의 한 형태로 설명하고 싶지는 않다. 영채의 재생은 이광수의 당시의 가치관에 의한 재생일 뿐 그것이 창조신화에서의 기독교적인 부활과는 다르다. 그것은 이광수의 진화론적 생의 유지 발전이란 가치관에 의해 새롭게 생명을 부여받은 것이다. 이때는 이광수가 젊었을 때였다. 그는 비록 당시에 기독교에 심취해 있었지만 그것은 어디까지나 철학적 호기심이거나 톨스토이를 흠숭하는 젊은 이광수의 지적인 경사였을 뿐 예수의 죽음과 부활의 모티프에는 미치지 못하고 있을 때였다. 다만 신화적 원형에 있어서의 죽음과 부활의 원형을 간직하고 있다는 점에서 그 의미를 찾아야 마땅하리라 생각된다. 이것은 이광수가 보다 성숙해 가기 위한 교두보에 해당한다. 이러한 죽음과 부활의 이미지는 다음 작품인 「재생」에서 한발 진전된 모습을 보인다.

---

26) 한승옥, 앞의 책. 19-26쪽 참조.

3. 죄의 업보와 죽음을 통한 재생의 약속-「재생」

「재생」은 1924년 11월 9일부터 1925년 7월 28일까지 《동아일보》에 연재된 이광수의 세 번째 장편소설이다. 이 소설에 대한 평가는 극과 극을 달린다. 통속소설이라고 폄하하는 평자가 있는가 하면, 당대의 사회상을 여실히 반영한 소설이며 기독교적 사상이 충실히 반영된 소설이라고 긍정적 평가를 하는 평자도 있다. 한 가지 분명한 사실은 이 작품이 3·1운동 이후에 타락해 가는 젊은이들을 있는 그대로 묘파하면서 그들이 조국을 위해 다시 일어설 것을 독려하는 소설이란 점이다. 이 점은 제목을 '재생'이라 명명한 것에서도 나타나지만, 그가 소설을 연재하기 바로 전날 《동아일보》에 피력한 <작가의 말>에서도 핍진하게 드러난다.

> 지금 내 눈앞에는 벌거벗은 조선의 강산이 보이고, 그 속에서 울고 웃는 조선 사람들이 보이고, 그 중에 조선의 운명을 맡았다는 젊은 남녀가 보인다. 그들은 혹은 사랑의, 혹은 황금의, 혹은 명예의, 혹은 이상의 불길 속에서 웃고, 눈물을 흘리고 통곡하고 미워하고 시기하고 죽이고 죽고 한다. 이러한 속에서 새 조선의 새 생명이 아프게, 쓰리게, 그러나 쉬임 없이 돋아 오른다.[27]

'조선의 운명을 맡았다는 젊은 남녀'들이 사랑하고 시기하고 죽이고 죽고 하면서 황금에 눈이 멀기도 하고 명예에 탐닉하기도 하면서 타락해 가는 것을 그리면서도 그 속에서 '새 조선의 새 생명'이 '아프게 쓰리게, 그러나 쉬임 없이 돋아 오르는' 것을 그리려 했던 것이 이광수가 「재생」을 연재하게 된 동기임을 알 수 있다. 이러한 재생이 가능하기 위해서는 그

---

27) 이광수, <작가의 말>, 《동아일보》 1924년 11월 8일.

전제로 많은 다양한 죽음이 필요했다. 그럼에도 불구하고 「재생」에는 여성 인물들의 죽음만 나온다. 그 대표적인 것이 순흥의 아내와 주인공 김순영과 그의 소경 딸의 죽음이다. 순흥의 아내는 독립운동을 하던 그녀의 남편 김순흥(김순영의 셋째 오빠)이 서대문 감옥에 폭탄을 던지려하자 그것을 눈치 채고 대신 폭탄을 투척하여 목숨을 바치는 헌신적인 여인이다. 이 여인의 희생도 절망적인 당대의 시대적 뒤틀림을 바로 잡으려는 숭고한 희생 정신의 소산인 동시에 간난 속에서 재생의 씨앗을 심는 거룩한 행위에 해당한다. 그러나 이 행위는 「재생」 전 작품을 통해 볼 때 지엽적인 의미에 불과하다. 그것은 단지 시대정신의 증표를 나타내기 위한 양념에 불과하다. 이 작품에 나타나는 본격적인 죽음과 재생 모티프는 순영을 통해 드러난다.

순영은 날씬한 몸맵시와 곱고 예쁜 얼굴을 가진 갓 스물의 처녀이다. 공부 잘하고 재주 있고, 음악에도 뛰어난 재능을 가지고 있어 장안 뭇 남성들의 흠모의 대상이 된다. 평양 출신으로 이화학당 여학생이다. 처음에는 다른 젊은이들과 마찬가지로 독립운동에 가담하여 조국의 정체성 회복을 위해 노력하나 백윤희의 재물에 현혹되어 같이 운동을 하던 신봉구를 배반하고 백윤희의 첩이 되면서 타락의 길로 접어든다. 오로지 순영만을 사랑하고 그녀를 위해 모든 것을 바쳐온 신봉구는 2년간의 감옥 생활을 마치고 나오자 순영이 백윤희의 첩이 되었음을 알게 된다. 신봉구는 복수를 결심하고 돈을 벌기 위해 김영진이란 가명으로 미두취인점에 취직한다. 그러나 살인 누명을 쓰고 다시 감옥에 갇히게 된다. 예수의 행적을 본받아 누명을 쓰고도 그것을 밝히려 하지 않고 예수처럼 죽기로 결심한다. 그러나 김경훈이 운동자금을 구하기 위해 미두취인점 아버지를 살해한 것이 밝혀져 신봉구는 풀려난다. 이후 깨달은 바가 있어 봉구는 농촌 운동에 매진할 것을 결심하고 금곡으로 들어간다. 한편 김순영은 백윤희의 씨를 잉태하고, 그를 낙태시키려 노회환을 먹지만 실패하여 소경 딸을 낳는다. 이후 교사 자리도 알아보고, 간호부로 취직하려 노력하지만 매독과 임질에 걸려 거절당한다. 정미소 쌀 고르는 일이나 영등포 방직공장등을 전전하면서 아이를 양육하려 하나 생활은 더욱 어려워진다. 고생을 견디다 못해 농촌으로 귀향한 옛 애인 신봉구를 찾아가 용서를 구하나 신봉구는 냉정하게 이를 거절한다. 순영은 이에 실망하여 소경 딸을 업고 금강산 구룡연에 투신자살한다.

이상의 내용으로 보면 순영의 죽음은 단지 죄의 인과응보에 의한 단순한 죽음으로 비쳐질 가능성이 있다. 죽음과 부활의 모티프가 없는 것처럼 보일 수도 있다. 왜냐하면 이 작품에서 현실적으로 재생한 것으로 나타나는 신봉구의 농촌 투신 행위가 순영의 죽음보다도 먼저 제시되기 때문이다. 만일 봉구가 순영의 죽음을 보고 대오 각성하여 농촌으로 투신하여 계몽 사업을 펼쳤다면 고난과 죽음, 그리고 부활의 모티프를 지닌 예수의 행적에 비견될 수 있다. 그러나 작품에서는 순영의 죽음이 단지 죄의 업보에 의한 인과론적인 죽음으로 치부되어, 봉구의 재생과 무관한 것처럼 평가될 수도 있다. 그러나 이러한 통찰은 단견에 지나지 않는다. 보다 넓게 이 작품을 고찰하면 순영의 죽음은 순영 본인의 본능적 욕구와 허영에 바탕을 두고 있는 듯 보이지만 크게 보아서는 시대의 희생양임을 알아차리게 된다. 이 작품은 이광수가 3·1 운동 후의 젊은이들의 타락을 다룬 것이란 말에서 이 근거를 찾을 수 있다. 순영은 그 타락한 젊은이들의 업보를 대신 짊어진 상징적 존재다. 현세의 유혹에 빠진 젊은이들의 타락상을 대표한다. 그녀는 그 젊은이들이 잉태한 죄의 씨를 안고 금강산 구룡연에 투신하여 자살하는 것이다. 작가는 순영의 죽음을 통해 젊은이들의 속죄를 이끌어 내려하였고, 그 결과가 비록 순서는 앞서지만 신봉구의 농촌 투신이라 볼 수 있다. 만일 순영의 타락과 속죄양적 죽음이 없었다면 신봉구의 부활은 그 의미가 축소되었을 것이다.

4. 무구의 희생양과 계몽적 부활 -「흙」

　　허숭은 보성전문을 다니는 농촌출신의 고학생으로 윤 참판의 집에서 가정교사로 기거한다. 여름방학 동안 살여울에서 야학을 하던 허숭은 유순과 언약을 하고 서울 윤 참판댁으로 돌아온다. 그는 윤 참판의 큰아들 인선이 죽은 후 윤 참판의 신임을 받아 집안일을 도맡다시피 한다. 민족주의자인 한민교 선생 집에서 미국 박사 이건영과 순진한 처녀 심순례는 서로 만나 결혼을 약속하는 사이가 되지만, 이건영은 윤 참판의 친척인 윤한은의 손녀 은경과 혼인하기 위해 심순례를 버린다. 갑진과 허숭은 고등문관시험을 치르러 일본에 간다. 갑진은 떨어지고 허숭만 합격하여 변호사가 된다. 변호사가 된 허숭은 신교육을 받고 미모가 뛰어난 윤 참판의 딸 정선과 혼인을 하지만 시골에 두고 온 유순 때문에 고민을 한다. 유순은 허숭의 혼인 소식에 마음이 뒤숭숭하기만 하다. 허숭은 변호사 일에 염증을 느끼고 부귀영화와 개인적 향락에 눈먼 정선에게도 실망을 하던 중, 야학시절 유순과의 일로 정선과 다투고 살여울로 돌아가 농촌계몽사업에 몰두한다. 그리하여 살여울을 몰라보게 변모시킨다.

　　허숭은 살여울로 찾아온 정선에게 함께 농촌운동에 참여할 것을 권유하게 되고, 정선은 탐탁해 하지 않는다. 그러나 경성의 재산을 정리하여 다시 되돌아오기로 약속하고 귀경한다. 허숭은 농민들을 위해 헌신적으로 일하다가 병이 들고 만다. 유순의 연락을 받고 살여울에 내려온 정선은 허숭의 숭고한 생각에 감동하여 시골에서 살 결심을 한다. 순례는 이건영에게 받은 상처 때문에 괴로워하며, 이건영은 부잣집 여자들을 계속

해서 유혹하는데 몰두하게 된다. 그러나 서울로 돌아온 정선은 살여울을 떠날 때의 마음은 사라지고 갑진과 놀아나기에 정신이 없다. 이를 질투한 이건영이 이 사실을 허숭에게 편지로 알린다. 편지를 받고 서울에 올라온 허숭은 우연히 갑진과 정선이 자동차 뒷자리에 나란히 앉아 연인처럼 어딘가로 가는 장면을 목격한다. 갑진과 정선은 이날 오류정에서 불륜을 저지른다. 허숭은 집에 들어갈 마음이 없어 여관을 정하고 외출했다가 친구을 만나 그들에게 끌려 기생집에 간다. 여기서 허숭은 산월을 만난다. 산월은 전문학교를 나온 인텔리 여성으로 본명은 백선희인데, 정선의 친구로 정선의 집에 드나들 때 허숭을 만난 바 있어 허숭을 알아보고 허숭에게 사랑을 고백한다. 산월은 만취된 허숭을 자기 집으로 데리고 가 온갖 정성을 다 하여 간호한다. 갑진과 간통을 한 정선은 양심의 가책을 느껴 괴로워하다가 허숭을 만나기 위해 살여울로 떠나지만 허숭과 길이 어긋나 만나지 못하고 서울로 되돌아온다. 허숭은 김갑진과의 불륜을 알면서도 애써 감정을 억누르고 아내를 용서하려고 하지만 정선의 태도에 끝내 실망하고 이혼하고 싶을 때 도장을 찍으라며 필요한 서류들을 건네준다. 그리고 정선이 시집 올 때 가져온 재산을 윤 참판 앞으로 공증해 놓고 살여울로 떠난다. 허숭은 살여울로 향하는 기차에서 산월(백선희)을 만나 동행하게 된다. 이 때 자살하려 열차에 뛰어든 아내 정선을 발견하고 병원으로 옮겨 산월과 정성을 다해 간호하나 결국 정선은 한쪽 다리를 잃고 만다. 이후 정선과 산월은 살여울로 같이 내려가 허숭과 함께 농촌생활을 시작하게 되고, 산월은 유치원을 경영하고 정선도 농촌의 불편한 삶에 서서히 적응해간다.

그러나 살여울의 부자이며 고리대금업자인 유산장의 아들 정근이 등장하면서 조용하던 살여울에 분란이 일어난다. 허숭을 받들며 따르는 유순은, 그의 권유로 듬직하고 건강하지만 불같은 성질을 지닌 한갑과 혼인한다. 유정근은 허숭을 몰아낼 계획을 세우며, 이의 한 계책으로 전에 신문에서 보도됐던 내용, 즉 허숭은 윤 참판의 딸 정선을 후려 혼인했으나 다방골 여의사와 유순과 산월을 건드려 정선이 이에 반감을 일으켜 갑진과 간통했으며, 산월과 숭이 타고 가는 기차에 질투에 불틴 정신이 뛰어들었다는 내용을 퍼뜨려 한갑이 허숭과 유순이 정을 통했다는 사실을 믿도록 헛소문을 퍼뜨린다. 한갑은 유정근의 악의적인 거짓말을 진실로 알고 임신 오 개월이 된 유순을 구타하여 죽인다. 살여울이 정근의 농간으로 다시 피폐해 지는 것을 보고 허숭은 자신의 뜻을 펼 수 없음을 알고 운영권을 작은갑에게 넘겨주고 검불랑으로 떠날 결심을 한다. 그러나 정근의 밀고로 허숭, 산월(백선희), 한갑, 작은갑 등은 유순의 살인과 독립운동 혐의로 검거되어 투옥되며 살여울은 다시 과거의 가난하고 암울한 생활로 돌아간다. 홀로 남은 정선은 성실하게 생활하여 살여울 사람들의 존경을 받는다. 허숭이 없는 살여울 사람들은 정근의 횡포로 어려움을 당하지만 먼저 출옥한 작은갑이 정근을 위협하여 마을의 이익을 되찾으며 작은갑의 헌신적인 행위에 감동한 정근은 자신의 잘못을 시인하고 새로운 삶을 살아갈 것을 결심한다. 이건영과의 이루지 못한 사랑으로 유학을 떠났던 순례는 귀국하여 독주회를 연다. 그러나 독주회장에 나타난 이건영과 재회하는 순간 그녀는 충격을 받고 기절한다. 순례는 한민교 선생과 함께 정선이 있는 살여울로 떠난다. 그들은 도중에 기차 안에서 갑진을 만난다. 갑진은 정선과의 불륜 이후 느낀 바가 있어 검불랑에서 개간사업 등을 펼치며 그간의 방탕한 생활에 대한 반성을 하고 있었다. 소설은 비록 허숭과 한갑이가 아직 감옥에 투옥되어 있는 상태에서 끝이 나지만 미래에 대한 밝은 전망을 암시하며 대단원의 막을 내린다.

이상에서 살펴 볼 때 「흙」에서는 순박한 무구의 농촌 여성 유순이 무지와 오해로 희생양이 되어 죽음에 이르게 되며, 이를 통해 타락한 윤정선과 김갑진이 재생하고 부활한다. 이 작품에서는 무구한 희생양 외에도 유사 희생양으로 윤정선이 제시된다. 그러나 윤정선은 완전한 죽음에 이르지 않고 농촌계몽에 동참한다. 작가의 강한 계몽의지가 드러난 결과로 해석된다.

5. 부활의 현존과 이타적 사랑 실천-「사랑」

　여학교 교사였던 순옥은 어릴 적부터 사모하던 안빈의 곁에 있고 싶어서 그의 병원에 간호부로 취직한다. 안빈은 순옥이 간호부로 적합지 아니하다 생각하고 자택으로 보내 부인 옥남의 면접을 보게 한다. 부인 천옥남은 순옥이 간호부를 하기에는 너무 인텔리이고, 미인이라 적합지 않음을 알지만, 안빈을 사모하는 순옥의 마음을 읽어 간호부로 두기로 결정한다. 안빈은 그 결정에 그리 탐탁해 하지 않으나, 옥남은 남편의 사랑에 대한 믿음을 확인하고자 그렇게 결정한다.

　안빈이 문사로서의 명성이 자신에게 적합지 않음을 느끼고 의학 공부를 한 것에는 부인 천옥남의 공적이 컸다. 안빈은 부인의 병을 생각해서 인류의 생명을 가장 많이 좀먹는 정서가 슬픔과 걱정 그리고 연애의 감정이라고 생각하고 혈액 속에 그러한 성분이 있을 것이라는 실험을 하고 있다. 안빈은 여러 가지 실험을 하지만 혈액을 구할 수가 없어 동물을 상대로 실험한다. 순옥은 그런 안빈의 모습에 안타까움을 느끼고 자신의 혈액을 뽑는다. 순옥은 안빈의 실험에 좀 더 도움이 되고자 자신을 오랫동안 사모해온 허영을 만나 자신을 포기해달라고 말하고 그에게서 욕정의 피와 절망의 피 그리고 자신의 피를 뽑아 안빈에게 준다. 순옥의 피에서 아우라몬이 검출되고 이로써 안빈의 연구는 성과를 이룬다.

안빈은 그 동안의 연구로 박사학위를 받고 명성이 더해진다. 허영은 안
빈과 순옥이 불미한 관계라는 이상한 소문을 내고, 안빈을 찾아와 순옥과
혼인하게 해달라고 한다. 안빈은 순옥에게 허영과 순옥의 관계는 모두 전
생으로부터 오는 은원 관계로부터 비롯된 것이라고 하고 순옥이 가만히
있는 것이 좋을 것이라고 말해준다. 삼청동 집에는 옥남의 친구 배은희가
찾아와 안빈과 순옥이 불미한 관계라고 옥남에게 경고한다. 그러나 옥남
은 어떤 일일지라도 남편을 믿는다고 고집한다. 안빈은 옥남과 아이들을
데리고 원산으로 휴양을 간다. 그곳에서 두 사람은 서로의 깊은 믿음과
사랑을 확인하고, 병원으로 돌아와야 하는 안빈은 순옥을 원산으로 보내
옥남을 간호하게 한다.

　순옥은 원산으로 가 옥남을 지성껏 간호한다. 옥남은 순옥의 정성에
감화된다. 순옥에 대한 질투의 감정이 사라지고 순옥에게 참회한다. 옥
남은 순옥이 안선생을 사모하는 것을 알고 있었다며 자신이 죽으면 안선
생과 혼인해 아이들을 돌보아 달라고 부탁한다. 하지만 순옥은 거절한
다. 생물학적인 부부관계보다 거룩하고 영원성을 지닌 사제관계로 남겠
다고 말한다.

　순옥은 서울로 돌아와 허영과 결혼할 것임을 안빈에게 밝힌다. 옥남의
병세가 더욱 심해져 순옥은 안빈의 집에서 아이들을 돌보고 안빈은 옥남
을 간호한다. 옥남은 남편에 대한 애정이 더욱 깊어져 떠나는 길이 슬프
기만 하다. 안빈은 그러한 아내를 관세음보살과 아미타불에게 맡기고 의
지한다. 순옥은 옥남이 죽기 전에 자신이 허영과 결혼할 것임을 밝혀 그
간의 오해를 풀려한다. 그리고 인원에게 안선생과 결혼해 달라고 부탁한
다. 인원은 순옥을 만나서 자신의 정신세계가 순옥이의 깨끗하고 숭고한
세계로 변했다며, 순옥과 허영 역시 인연으로 엮어졌음을 말한다. 순옥은
오빠 영옥을 통해 허영을 만난다. 허영은 순옥을 보고 그 동안의 잘못을

뉘우치며 눈물을 흘리고, 그런 허영에게 순옥은 결혼을 허락한다.

옥남은 온몸이 부어오르며 병세가 심해진다. 안빈은 불안해하는 옥남에게 내생에 다시 부부인연으로 만나리라고 말한다. 그 말에 옥남은 마음의 평안을 갖는다. 옥남은 순옥에게 아이들과 안선생을 맡기고 순옥의 결혼을 알지 못한 채 죽는다.

인원은 안빈을 만나 순옥과 결혼하라고 말하지만, 안빈은 거절한다. 대신 인원이 안빈 집에 가정교사로 들어가게 된다. 허영은 순옥과의 결혼을 서두르기 위해 약혼 준비를 하고, 안빈과 인원, 영옥이 자리를 준비한다. 순옥은 전생에 허영에게 많은 빚을 지어 금생에 갚는 것이라 생각하고 몸과 마음을 다해 기쁘게 헤주어야 한다고 생각한다. 모두 그들의 앞날의 행복을 기원한다.

만취된 허영의 토사물을 닦아내며 결혼 첫 날밤을 치른 순옥은 이후 허영의 애무와 사랑 속에 행복을 느끼며 살아간다. 순옥을 찾아온 인원은 안빈을 잊은 순옥의 모습에 배반감을 느낀다. 인원은 안빈이 순옥을 그리워하고 있음을 말하자 순옥은 결혼을 후회하지만, 인원에게 안빈을 맡긴다. 결혼 일 년 후 허영은 회사를 그만두고 사업을 하겠다고 주식을 시작하지만 사기에 걸려서 재산을 모두 탕진하고 만다. 순옥은 자신의 돈으로 허영이 빚으로 저당잡힌 집을 되찾는다. 오빠 영옥은 그런 순옥에게 이혼을 권고하지만 순옥은 거절한다. 순옥은 생계를 위해 의사 시험을 보겠다고 한다.

순옥은 여러 사람의 도움으로 의사 시험에 합격하여 안빈의 병원에 의사로 근무한다. 인원은 순옥에게 안빈을 사모하게 된 자신의 마음을 이야기하고, 순옥과 안빈이 서로 마주 달리는 기차와 같은 사이라고 이야기한다. 순옥은 그 말을 듣고 크게 깨달아 안빈을 떠나겠다고 결심하지만, 정작 자신은 안빈 곁을 떠나서는 살 수 없음을 실감한다. 허영과 시어머니

한씨는 순옥이 버는 돈으로 생계를 꾸려나간다. 순옥에게 미안하게 생각하여 전과 같이 허세를 부리지 않는다. 순옥은 허영에게 거짓과 탐욕을 버린 시를 쓰라고 격려하고 다독인다. 순옥은 현재의 생활에 행복감을 느끼며 하루하루를 살아간다.

어느 날 한 여인이 병원에 폐렴에 걸린 아기를 안고 온다. 입원비를 낼 처지가 못 되나, 안빈의 연구실에 입원시킨다. 다음날 아기의 어머니가 찾아오고 며칠 뒤 순옥은 그 아기가 허영의 아들임을 알게 된다. 아기 어머니 이귀득은 아기 허섭을 순옥에게 맡기겠다고 한다. 순옥은 안빈과 상의한다. 순옥은 그 아이를 자신이 맡아 기르는 수밖에 없다고 생각한다. 순옥은 안빈에게 사모하는 정을 누를 수 없음을 고백한다. 안빈은 이제 그러한 정은 누르고 의사로서 자신의 병원에 있어달라고 말한다. 순옥은 허영에게 이혼을 제의한다. 허영은 거짓된 마음으로 순옥과 헤어질 수 없다고 한다. 순옥은 아이 허섭을 받아들여 키우겠다고 결심한다.

순옥은 자기가 병원에 출근해 있는 동안 이귀득이 집에 와 허영과 한방을 쓰고 며느리 행세를 하고 있음을 알게 된다. 분노와 함께 질투를 느낀다. 안빈은 순옥에게 진정한 사랑은 자비이므로 그들을 바른길로 인도하라고 충고한다. 안빈은 결핵환자를 위한 요양원 건설 계획을 밝힌다. 지금의 병원은 영옥이 맡으라고 제의한다.

순옥은 그런 일 없다고 발뺌하는 허영에게 이혼을 제의한다. 허영은 거절하지만 한 달 뒤 이귀득과 혼인하기 위해 순옥과 이혼한다. 영옥은 허영의 결혼비용을 안빈에게 부탁한다. 이들은 안빈의 돈으로 신혼여행까지 다녀온다. 신혼여행에서 돌아온 후 이귀득은 하혈을 하여 급히 순옥을 불렀으나 출혈량이 많아 죽고 만다. 허영은 귀득의 장례를 치르고 오다가 언덕에서 굴러 사경을 헤매게 된다. 어머니 한씨도 충격으로 몸져눕는다. 순옥은 돌볼 이 없는 그들을 돌보기 위해 안빈 곁을 떠나 허영의 곁으로 간다.

순옥은 생계를 이을 방도로 개업을 하기 위해 허영 모자를 데리고 북간도 연길로 떠난다. 허영 모자는 처음에는 순옥에게 고마움을 느끼나, 연길에 와 순옥이 낳은 딸 길림이 안빈의 씨라며 순옥을 괴롭힌다. 순옥은 안빈이 말한 자비심에 의지하며 견뎌낸다. 북간도에서 같은 병원에 근무하는 이 의사는 순옥의 미모와 마음씨에 반해 순옥을 사모하기 시작한다. 부인과의 관계가 소원해져 부인이 떠난다. 이로 인해 허영은 순옥을 더욱 의심한다. 순옥은 병원을 그만둔다. 이 의사는 원장의 충고로 아내를 다시 찾는다. 순옥에게 향한 감정은 존경과 사모의 마음으로 변모한다. 연길에 심한 감기 바이러스가 퍼져 많은 사람이 죽어간다. 허영 모자와 아이 허섭에게까지 전염하여 순옥은 모두를 진료하느라 쇠약해져 각혈을 한다. 허영 모자는 마지막까지 추악한 모습으로 죽는다. 아들 허섭도 죽는다. 탈진한 순옥은 안빈의 요양원으로 돌아와 진료를 받는다. 안빈의 곁으로 돌아온 순옥은 행복감을 느낀다. 그리고 안빈이 환갑이 되던 날, 모두 한자리에 모여 그간 서러웠던 일을 이야기하며 헌신적 사랑에 대해서 이야기한다. 안빈은 공부를 계속하겠으니 요양원은 나머지 사람이 운영하라고 하며 자리를 일어선다.

「사랑」에서는 이광수의 앞서의 작품에 주요한 특징으로 나타난 희생 양적 죽음이 제시되지 않는다. 이 작품에서는 부활의 현존이 바로 드러난다. 안빈을 이념적 축으로 하여 석순옥이 이타적 사랑을 실천하는 구도로 짜여 져 있다. 이 작품에서 제시되는 석순옥의 하루하루의 삶은 바로 그 자체가 예수의 죽음과 부활의 상징이다. 지고한 이타적 사랑의 실천이다. 이광수는 이 작품에서 죽음과 부활 모티프를 현존하는 부활한 예수의 모습으로 환치시켰다. 예수의 현존인 것이다.

6. 맺음말

본고는 이광수 소설을 기독교적 관점에서 분석한 것이다. 여기서는 성서의 모티프 중에서 가장 중심을 이루는 예수의 죽음과 부활 모티프가 어떻게 이광수 장편 소설에 핵심적 요소로 나타나며 소설의 감동을 위해 어떻게 그것이 작동하며 그 의미는 무엇인가를 살폈다.

이광수의 최초의 장편소설이자 한국 문학사의 획을 그은 「무정」에서는 영채를 통해 이 모티프가 구현되고 있다. 박영채를 겁탈 당하게 만들어 죽음에 이르게 하고 김병욱을 통해 그녀를 구해 부활에 이르게 하고 있다. 이 작품에서는 생의 유지발전이란 진화론적 가치관에 의해 영채가 재생된다. 「무정」에 나타나는 죽음은 상징적 죽음이며 이를 통해 민족계몽 의지와 진화론적 가치관이 피력되고 있다.

「재생」에서는 여주인공 김순영이 죄의 업보로 인해 죽음에 이르게 되며, 이를 계기로 복수심에 불타 세속적 욕망에 사로잡혔던 남주인공 신봉구가 대오 각성하여 농촌으로 들어가 재생을 약속한다. 순영은 비록 죄로 인해 자살을 하지만 크게 보아서는 시대의 희생양이고 욕망의 희생양이다. 이것이 없었다면 봉구의 부활도 불가능했다.

「흙」에서는 순박한 무구의 농촌 여성 유순이 무지와 오해로 희생양이 되어 죽음에 이르게 되며, 이를 통해 타락한 윤정선과 김갑진이 재생하고 부활한다. 이 작품에서는 무구한 희생양 외에도 유사 희생양으로 윤정선이 제시된다. 그러나 윤정선은 완전한 죽음에 이르지 않고 농촌계몽에 동참한다. 작가의 강한 계몽의지가 드러난 결과로 해석된다.

「사랑」에서는 이광수의 앞서의 작품에 주요한 특징으로 나타난 희생양적 죽음이 제시되지 않는다. 이 작품에서는 부활의 현존이 바로 드러난다. 안빈을 이념적 축으로 하여 석순옥이 이타적 사랑을 실천하는 것이 그것이다. 석순옥의 하루하루의 삶은 바로 그 자체가 예수의 죽음이며 부활인 동시에 사랑의 실천이다. 이 작품에서 죽음과 부활 모티프는 살아있는 부활한 예수의 모습으로 환치된다. 예수의 현존인 것이다.

3절. 희생양 모티프의 지속과 변이

1. 머리말

    본고에서는 이광수 소설에 나타난 희생양 모티프를 탐색하고 그 의미를 규명하는 데 목적을 두려한다. 희생양 모티프는 신화적 원형으로 인류의 역사가 시작되고 제의가 이루어지면서 면면히 이어온 인류 문화적인 유산이자 사상적 뿌리이기도 하다. 신화비평적 관점에서 볼 때, 이광수 소설에 희생양 모티프가 초기작부터 중심 모티프로 나타나 지속적으로 그의 후기 장편소설에까지 계속 이어진다는 것은 그의 소설이 신화적 원형을 근저에 보편적 가치로 지니고 있다는 의미도 된다.

    신화에는 인류의 꿈이 응고되어 있다. 그 꿈이 이야기로 정착된 결정체가 바로 신화다. 하기에 신화를 보면 인류의 꿈을 읽을 수 있고, 인류가

지향해 나가야할 전망을 읽을 수 있다. 지금 우리는 신화를 잊고 산다. 하지만 우리의 무의식의 심층에는 아직도 이 꿈이 생생히 살아 숨 쉬고 있다. 이 신화를 끌어 올려 현재의 우리의 꿈으로 다시 소생시키는 작업을 하는 사람들이 작가다. 이광수도 이 중에 하나다. 그의 작품이 계몽성의 과다 노출과 주제의 생경한 표출로 폄하되고 있는 것은 사실이나, 그럼에도 불구하고 항상 문제되는 것은 그가 신화적 원형을 적절히 차용하여 이를 성공적으로 작품에 투영하였기 때문이다. 구조주의적 관점에서 보았을 때, 그의 장편소설은 신화적 원형을 기본 구조로 하면서 여기에다 시대에 따라 새로운 옷을 입혀 나간 하나의 살아있는 신화의 한 변형태라 할 수 있다. 이처럼 이광수의 장편소설에서는 희생양 모티프가 지속적으로 내재하며 소설의 중요한 의미소로 작동한다. 여기서는 그의 주요 장편소설을 중심으로 희생양 모티프가 어떤 형태로 존재하며 그 의미는 무엇인지를 살펴보려 한다.

2. 무구의 희생양-「무정」

「무정」에서 핵이 되는 희생양 모티프의 체현자는 박영채다. 이 작품에서 죄 없는 한 여인 영채는 시대의 희생양이 되어 그 동안 고이 간직하였던 순결을 잃는다. 이 모티프는 「무정」의 서사 속에서 원형으로 존재하며 작품 전체를 이끌어 가는 기본 동력으로 작용한다.

박영채는 박 진사의 딸이다. 박 진사는 개화가 시작되자 풍전등화와 같은 나라의 운명을 건지기 위해 자기의 재산을 털어 교육사업을 벌인다. 그러다가 재산이 바닥나 교육사업을 더 이상 지속할 수 없게 되자 이를 보다 못한 학생이 이웃마을에서 재산을 강탈하다가 검거되고, 박 진사 일가도 이에 연루되어 감옥에 갇히게 된다. 박 진사가 아들과 함께 감옥에 갇힌다는 것은 단순히 도둑질을 하였다는 형사사건만을 의미하지 않는다. 그 배후에는 일제의 악랄하고 음흉한 식민지 기획이 존재한다. 일제 강점기에 나온 작품이기에, 거기다가 총독부 기관지인 《매일신보》에 연재된 소설이기에 이광수는 「무정」에서 그것을 적나라하게 묘파할 수는 없었을 것이다. 그러나 이것은 민족 정체성 회복의지가 일제의 강압에 의해 좌절되었음을 의미한다. 박 진사와 그 아들이 모두 감옥에 갇혔다는 사실은 박 진사 일가가 모두 감금되었음을 의미한다. 그것은 그 일가의 일인 동시에 우리 민족 전체가 족쇄가 채워졌음을 상징한다. 왜냐하면 소설에 나오는 인물은 그 자체로 보편성을 지니며, 시대의 전형성을 띠기 때문이다. 박 진사는 자기의 사리사욕을 위해 교육 사업을 벌인 것은 아니다. 그것은 구국의 일념 때문이었다. 이것이 좌절되고, 더 나아가서는 이로 인해 박 진사와 그 아들 모두가 자결한다는 것은 박 진사 일가의 패가인 동시에, 전형성으로 보아 조선의 중심 엘리트계급인 양반 가문이 일제의 강압에 의해 붕괴되었음을 의미한다. 물론 박 진사 일가가 죽음에 이르는 것이 직접적으로는 영채가 아버지를 구하기 위해 기적에 몸을 팔았다는 사실에 기인한다. 기적에 몸을 파는 모티프는 고전소설에서도 빈번히 등장하였던 모티프다. 그러나 거기서는 아버지가 쉽게 죽지 않는다. 오히려 「채봉감별곡」에서는 아버지를 구하고, 채봉이는 필성을 만나 행복하게 사는 것으로 사건이 종결된다. 그러나 「무정」에서는 이와는 반대로 아버지와 오빠가 모두 자살한다. 이것은 리얼리즘이다. 동시에 당시의 사회가 행복한 결말로 짜일 수 없었음을 의미하기도 한다. 여기서 박 진사 일가는 일차적인 시대의 희생양일 수 있다. 박 진사는 아무런 잘못이 없다. 그는 우리 민족이 지켜야할 가치와 존엄성 때문에 희생되는 것이다. 마치 예수그리스도가 아무런 잘못이 없었음에도 불구하고 빌라도에게 처형되는 것이나 다름없다. 예수그리스도가 처형된 것은 정치적인 목적이었지 잘못이 있어서 그렇게 된 것은 아니다. 희생양은 새 생명을 탄생시키기 위한 제사의 희생물이다. 예수가 그렇게 처형된 것은 인류의 구원을 위한 구원사업의 한 과정이었다. 박 진사의 희생도 그 진정한 의미에서는 우리 민족의 구국을 위한 구원사업의 일환이었다.

「무정」에서 희생되는 것은 박 진사와 그 아들에 그치지 않는다. 이 희생은 그 일가 모두에게 해당된다. 물론 죽음으로 보아서는 박 진사와 그 아들이 직접적인 희생양일 수 있다. 희생양은 조직을 살리기 위해 순진무구한 어린 양이 피를 흘리는 것이다. 여기서 피를 흘린다는 것은 죽음을 의미한다. 「무정」에서 죽음에 이르는 인물은 박 진사와 그 아들이 대표적인 경우이다. 그 이외의 인물은 죽음에까지는 이르지 않는다. 그러면서도 박영채를 희생양의 핵으로 보려는 것은 그 상징성 때문이다. 영채는 김현수와 배학감 일당에게 순결을 더럽힌다. 당시 여인에게 있어 순결은 목숨보다도 더 소중한 것이었다. 목숨보다 더 소중한 것을 잃었다는 것은 상징적으로 죽었음을 의미한다. 이것은 또한 우리 민족의 순결의 더럽힘이며, 동시에 우리 민족의 죽음을 의미한다.[28] 영채가 순결을 더럽혔을 때 흘린 피는 바로 희생양을 제물로 바칠 때 흐르는 희생의 피에 다름 아니다. 그러나 이광수는 영채를 병욱을 통해 살려내어 자기 정체성을 찾도록 하였다. 이것은 다음 편인 「개척자」에서 주인공이 자아각성을 하고 그로 인해 스스로 목숨을 끊는 희생양으로 전이된다.

---

28) 이에 대해서는 한승옥, <「무정」 연구>,(『이광수연구』, 선일문화사)에서 보다 자세히 논의되었기에 여기서는 상론을 피하기로 한다.

3. 자아 각성의 희생양-「개척자」

　이광수의 두 번째 장편소설인 「개척자」는 1917년 11월 10일부터 1918년 3월 15일까지 총 76회에 걸쳐 《매일신보》에 연재된 소설이다. 「무정」을 발표한 지 얼마 되지 않은 기간에 발표된 작품이라 「무정」의 빛에 가려 문학사에서 비중 있는 평가를 받지 못한 작품이다. 주로 단편적인 논문이나 문학사를 통해 한 두 마디 간단히 언급되고 있을 뿐이다. 그러나 본고의 주 관심사인 희생양 모티프의 입장에서 본다면 매우 중요한 의미를 지니는 작품으로 평가된다.

　「개척자」에 나타나는 희생양 모티프는 자아 각성의 실현과 그 좌절에서 오는 절망으로 인한 희생양이다. 여기서 희생양으로 작품에 구현되는 인물은 여주인공 김성순이다. 김성순은 고등 보통학교를 졸업한 인물로, 오빠 성재의 실험을 도우면서 자신의 꿈을 키워나가는 인물이다. 그러나 성재의 거듭된 실험 실패로 집안이 기울고, 성순은 끝내 자신의 꿈을 접는다. 하지만 오빠의 친구 민은식을 사랑하게 되면서 그에게 영향을 받아 새롭게 개안한다. 그러나 민은식은 이미 아내가 있는 몸이다. 그러면서도 성순은 진정한 사랑을 위해 유부남임에도 불구하고 자신의 사랑을 실천하려는 용기를 보이며 새로운 자아로 각성하여 자기 정체성을 찾아 나간다. 성순은 처음에는 오빠 성재와의 동일시를 통해서 자아를 확인하였으나, 민은식을 만난 후 그의 새로운 사상에 매료되어 그와 동일시함으로 하여 자아를 실현해 나간다. 성순의 어머니나 오빠 성재는 각각 다른 목적으로 부자인 변영일과 성순을 혼인시키려 한다. 그러나 성순은 그를 끝까지 거부한다. 어머니는 몰락한 가정을 다시 살려 안락한 생활을 하려는 욕심에, 또 오빠인 성재는 실험실을 다시 가동시키고 실험을 계속하려는 욕망에 성순이 변영일과 혼인하기를 강요하지만 당사자인 성순은 민은식의 사상에 매료되고, 그를 진정으로 사랑하기에 이를 거부하는 것이다. 이렇게 하여 시간이 지남에 따라 성순은 오빠 성재와 민은식의 사상까지를 뛰어 넘어 자신만의 주체적인 자아로 거듭나게 된다. 그러나 이런 자아 확립에도 불구하고 현실에 대한 구체적인 타개책을 찾지 못한 성순은 끝내 유산을 들이키고 자살한다. 성순의 좌절과 죽음은 자아각성의 실현이 이루어지지 못하고 끝내 죽음으로 생을 마감하는 한계를 드러낸다. 그러나 이러한 한계는 그 당시로서는 불가항력적인 의미를 지닌다. 지금의 입장에서는 이런 행위가 어리석은 일에 지나지 않지만, 당시 1917,8년대에서는 용기 있는 행동에 해당한다. 김동인은 「배따라기」에서 형수가 남편의 오해를 사게 되자 스스로 목숨을 끊는 길을 택하게 하였다. 지금으로 보아서는 납득이 가지 않는 처사라 할 수 있다. 그러나 당시의 가부장적 이데올로기에서 결백을 주장하는 방법은 그것밖에 없었을지도 모른다. 이와 같이 「개척자」에서도 진정한 자아의 각성과 그것의 실현은 민은식과의 혼인을 통한 현실적인 해결 방안보다는 비극적인 자기희생을 통해 세상의 부조리에 대항하는 것이 훨씬 택하기 쉬운 방법이었는지도 모른다. 이것은 당시의 상황을 참작해 볼 때 새로운 의미로 해석 가능하다. 바로 희생양 모티프를 통해 보다 감동적인 효과를 이끌어 내기 위한 작가의 고도의 전술이거나 아니면 그가 무의식적으로 익혀온 문학 패턴이라 해석할 수 있기 때문이다. 이광수는 「개척자」에서도 근본에 희생양 모티프를 설정하여 당시의 과학입국 사상을 계몽하였다는 결론에 도달한다.

4. 시대의 희생양-「재생」

「재생」은 1924년 11월 9일부터 1925년 7월 28일까지 《동아일보》에 연

재된 장편소설이다. 「무정」, 「개척자」에 이어 세 번째로 발표된 이 작품
은 몇 가지 점에서 평자들의 각별한 주목을 받은 바 있다. 그 관심사는
주로 당대 사회상의 반영과 기독교적 사상의 수용에 초점을 맞춘 것이었
다. 김동인은 「재생」을 '독자에게 많은 환영을 받으면서도 빨리 잊혀진
작품'으로 평가하면서 이 작품에 드러난 '성격의 불통일성'과 통속성을
가장 큰 문제점으로 지적하였다. 이러한 김동인의 지적은 그 후 이 작품
을 통속적인 애정소설로 파악하게 만드는 빌미를 제공하였다. 그러나
「재생」은 단순한 애정소설이 아니다. 당대 현실의 비판과 경계를 통해
민족 계몽에로 나아가는 사실주의적 작품이다. 「재생」은 3·1운동 직후
의 시대 현실과 밀접하게 관련되어 있다. 삼일운동이 실패한 후 우리 젊
은이들은 현실의 억압의 힘과 일제의 악랄한 식민 정책에 좌절하였다. 이
때는 날로 더해가는 압제의 사슬에 숨통이 막히면서 역사적 전망과 확신
이 불투명해 졌던 시기였다. 독립투쟁을 하던 젊은이들은 투옥되어 있거
나 석방되더라도 전망 부재의 현실에 쉽게 타협하거나 무기력해졌던 시
기였다. 사회 분위기는 개인주의와 이기주의적 사고가 팽배해져 있을 때
였다. 젊은이들은 역사적 전망을 상실한 채 개인의 안락에만 침잠하고 있
었을 뿐이었다. 그렇다고 우리의 정체성을 포기하고 일제의 식민지배에
일방적으로 무기력하게 끌려가고만 있을 수만도 없는 것이 우리의 현실
이었다. 마치 숨은 신을 찾아가야 하는 비극적 세계인식을 지닌 파스칼의
세계나 다름없는, 아니 그것보다도 더욱 비극적인 처참한 시기가 바로
「재생」의 시대배경이었다. 이러한 비극적인 세계를 잘 형상화한 작품이
바로 「재생」이다.

　「재생」에는 독립 운동 시기의 젊은이들의 타락과 죄의 업보로 인한 희
생양 모티프가 나타난다. 작품에서 희생양 모티프가 구체적으로 체현된
인물은 김순영이다. 20살의 김순영은 얼굴 예쁘고 피아노도 잘 치는 기독

교 학교 이화학당의 여학생이다. 그녀는 선배 '인순'과 이화학당 'P부인'
을 정신적으로 의지하며 존경한다. 순영은 셋째 오빠 김순흥과 같이 독립
운동을 하던 신봉구와 어울린다. 그러나 신봉구가 2년간 감옥에 가 있는
동안 순영은 그의 존재를 잊게 된다. 순영은 백만장자 백윤희의 유혹에
넘어가 동래 온천에서 순결을 잃고 그의 첩이 된다. 작가는 이 지점에서
순영을 물질적 타락에 빠지게 함으로써 순영이 희생양이 될 수 있는 서곡
을 준비한다. 그러한 와중에 순영은 신봉구를 다시 재회하게 된다. 신봉
구와 함께 원산을 여행하면서 그에게 적극적인 사랑의 감정을 고백한다.
그러나 김순영의 이중적 심리나 생활 실상을 확인하게 된 봉구는 그녀에
게서 인간적 배신감을 느끼며 끝내 절망하고 만다. 순영은 현상적 유혹에
잘 넘어가거나 외적 현실에 쉽게 동조하는 착하고 순진한 인물 유형이다.
이러한 인물이기에 순영은 고난을 맞게 되고 그로 인해 희생양이 되는 것
이다.

그 후 신봉구는 돈을 벌기 위해 인천 미두 취인소에 김영진이라는 가명
으로 취직한다. 여기서 그는 성실히 일함으로써 주인 김연오의 신용을 얻
는 한편, 그의 딸 김경주로 부터 구애를 받게 된다. 김연오의 아들 김경훈
은 조도전 대학 유학생이다. 그는 생각이 단순하며 가족 속에서 소외감을
느끼고 있었다. 그러다 우연히 독립단의 일원이 되어 귀국한다. 자신이
소속된 단체를 위해 내놓기로 약속한 돈을 시급히 구해야 하는 상황에서,
이를 해결하려다가 급기야 자신의 아버지를 살해하고 만다. 이 지점에서
작가인 이광수의 이데올로기를 확인할 수 있다. 그는 공산주의자를 결코
긍정적으로 보지 않고 있다. 이념을 위해서는 아버지까지 살해하는 비정
한 집단이 공산주의자란 사고다. 독립운동에는 긍정적이나 공산주의에는
부정적인 시각을 지니고 있음이 그의 다른 소설에서도 나타나는데 여기
서도 예외는 아니다.

그 시간에 김경주와 함께 있던 신봉구는 김경훈의 거짓 증언으로 말미암아 살인누명을 쓴 채 사형언도를 받기에 이른다. 그러나 살인사건이 발생하던 시각에 신봉구는 인천에서 우연히 마주친 김순영의 방문을 받고 그녀와 대화 중이었다. 신봉구의 자식 '낙원(모세)'을 낳고, 다시 백윤희이 아이를 잉태하고 있던 김순영은 자신의 결혼생활에 회의를 느낀 나머지, 신봉구를 구하기 위해 알리바이를 제공한다. 그러나 봉구에게 그것은 전혀 도움이 되지 못한다. 오히려 김순영은 그 일로 인하여 백윤희로부터 소박을 맞게 된다. 사형 언도를 받았던 신봉구는 스스로 항소를 포기하고 새로운 자기로 거듭 날 것을 다짐하며 자신의 죽음을 담담하게 받아들이려 한다. 천하만민을 자기의 가슴에 품고 예수가 십자가에 못 박힌 것처럼 살고자 했던 것이다. 이 지점에서 무고한 봉구가 모든 죄를 뒤집어쓰고 묵묵히 죽음을 기다리는 모습은 희생양이 되기에 충분하다. 그러나 작가는 신봉구를 죽이지 않는다. 이는 진정한 희생양 역할을 여성인물인 순영에게 맡기기 위해서다. 봉구는 민족 정체성 회복을 위해 재생하여야 하기 때문이었을 것이다.

봉구가 감옥에 있는 동안 김순흥은 동지들과 함께 서대문 감옥, 총독부 등에 폭탄 투척 계획을 세우게 되고, 이를 눈치 챈 그의 아내가 대신 감옥에 폭탄을 던지고 죽게 된다. 여기서 순흥의 아내도 조국을 위해 죄 없이 죽어가야 하는 희생양의 하나로 설정되어 있다. 그러나 이것은 더 큰 희생양, 곧 순영의 희생양 모티프 설정을 위한 소도구에 불과하다. 아내가 자기 대신 폭탄을 투척하고 죽은 것에 충격을 받은 순흥은 두 아이를 순영에게 맡기고 잠적하여 중이 된다. 김순영은 백윤희의 설득에도 불구하고 그와의 관계를 청산하고 조카들을 키우며 살아간다. 본부인과 이혼한 김박사의 끈질긴 유혹에 잠시 현혹되었던 김순영은 뱃속의 아이를 낙태시키려고 약을 먹었으나 실패하고 만다. 김순흥 아내의 폭탄투척 사건을 조사하는 와중에 김경훈이 체포되고, 그는 급기야 아버지 살해사건을 자백하게 된다. 석방된 신봉구는 김경주의 청혼을 받지만 거절한다.

　김경훈과 그의 어머니는 자기 집안의 유산과 함께 김경주를 신봉구에게 부탁하지만, 신봉구는 이를 거절하고 금곡에서 농사와 야학에 전념하며 남을 위해 헌신하는 삶을 실천한다. 신봉구는 이 지점에 와서 새로운 생명으로 다시 태어난 것이나 다름없다. 작가는 다음을 기약하기 위해 신봉구를 죽이지 않고 다시 살려 농촌에 투입한 것이다. 이는 다음 작품인 「흙」을 위한 준비 작업인 동시에 타락한 젊은이들이 어떻게 개과천선하여 조국의 정체성 회복에 효과적으로 투입될 수 있는가, 혹은 재생할 수 있는가를 보여주기 위한 장치다. 이때 김경주는 농촌으로 돌아간 봉구를 따라와 동거하며 일을 돕는다. 한편 가련한 희생양 김순영은 '모세'를 백윤희에게 빼앗기고 눈먼 딸과 함께 영등포 방직공장 등을 전전하며 힘겨운 삶을 영위한다. 3년 만에 신봉구를 찾아온 김순영은 용서를 구하지만 그는 냉정하게 대한다. 순영은 금강산에서 마주친 '인순'과 'P부인'에게까지 냉대를 받게 되고, 끝내 딸을 데리고 구룡연에서 자살하고 만다. 이렇게 하여 「재생」의 희생양 순영은 비극적인 최후를 맞는다. 시신은 신봉구와, 중이 된 김순흥에 의해 수습되어 장례가 치러진다.

　이 작품에서 김순영은 시대의 상황에 의해 희생된 어린 양이다. 물론 작품에서는 순영을 순결한 처녀였다가 물질에 현혹되어 타락하는 연약한 여인으로 그렸다. 그러나 이러한 서사적 설정은 순영이 자신의 죄를 회개하고 구룡연에 업보인 자기의 소경 딸과 함께 자살하게 만들기 위한 하나의 서사적 장치에 불과하다. 이것은 순영 혼자만의 자살이 아니다. 또한 순영 혼자만의 죄나 업보가 아니다. 당대의 많은 젊은 지식인들이 이기주의자가 되고, 물질에 현혹되고 타락해 가는 세태를 상징적으로 보여준 것에 지나지 않는다. 순영은 일개 아녀자로 설정된 것이 아니다. 또한 순영이 안고 같이 구룡연에 빠져 숨을 거두는 또 다른 희생양인 순진무구한 어린 아이는 죄의 업보로 잉태된 것이지만 그 자체로는 더없이 순결한 영혼이다. 잘못이 있다면 어른들의 몫이다. 「재생」에서는 순영과 그 소경 딸의 희생이 있었기에 신봉구의 농촌으로의 귀향이 있을 수 있었고, 그것의 의미가 새로운 부활로 나타날 수 있었다. 여기서 신봉구는 타락한 젊은이들이 어떻게 재생될 수 있는가를 나타내며, 모든 젊은이들이 처음에는 순결하였지만 타락하여 목숨을 거두게 되는 순영의 희생에 힘입어 새로운 생명을 얻게 되는 제의적 상징성을 나타낸다. 이 모든 것이 순영의 희생이 없었다면 불가능한 일이었을 것이다.

5. 오해의 희생양-「흙」

「흙」은 이광수가 편집국장으로 있던 《동아일보》에 1932년 4월 12일부터 1933년 7월 10일까지 총 291회에 걸쳐 연재된 소설이다. 이 소설에 나타나는 희생양은 여성과 남성으로 구별된다. 지금까지 살펴본 소설에 나타나는 희생양은 모두 여성인물들이었다. 「무정」의 영채, 「개척자」의 성순, 「재생」의 순영이 그들이다. 이들은 모두 순진무구한 여성인물들이거나 처음에는 순결하였으나 죄를 짓고 타락하는 순진한 욕망의 희생물들이었다. 그러나 「흙」에서는 본격적으로 윤리적인 측면과 정치 사회적인 측면에서의 희생양이 제시된다. 윤리적인 측면에서의 희생양은 여성인물들에게서 나타나는 반면, 정치적인 희생양은 남성 인물에서 주로 나타난다. 여성인물 중 희생양 모티프를 체현한 대표적 인물은 유순이다.

유순은 살여울에 사는 농촌 여성으로 허숭의 농촌 사업을 적극적으로 돕는 인물이다. 허숭을 받들며 따르는 유순은, 허숭의 권유로 듬직하고 건강하지만 불같은 성질을 지닌 한갑과 혼인한다. 이때 이 소설의 악의 축인 살여울 갑부 유산장의 아들 유정근이 허숭을 몰아낼 한 계책을 세운다. 우직한 한갑은 유정근의 악의적인 거짓말을 진실로 알고 임신 오 개월이 된 유순을 마구 매질한다. 이렇게 하여 임신까지 한 죄 없는 유순은 생을 마감한다. 윤리적인 모함에 의해 순진무구한 어린양이 어이없이 희생되는 것이다. 여기서 유순은 순결하며 순박한 시골처녀로 나온다. 그녀는 오로지 허숭을 사모하고, 허숭의 숭고한 농촌 계몽사업에 경도되어 그를 무조건적으로 수용하며 따르고 살여울을 지상낙원으로 만들기 위해 자신의 모든 것을 바치는 인물이다. 이런 인물이 어이없는 오해로 희생된다는 것은 「흙」의 선제석인 의미에서 볼 때 보다 차원 높은 농촌 계몽을 위한 의도적인 서사 설정이라 할 수 있다. 작가는 희생양 모티프로 유순을 현현시킨 것이며, 이를 통해 살여울로 상징되는 민족 주체성 회복을 실현하려 했던 것이다.

순진무구한 희생양으로 유순이 설정되었다면, 죄를 짓게 하고 그를 다시 재생시키는 희생과 재생 모티프로 설정된 인물이 윤정선이다. 윤정선은 서울 양반 가문 윤 참판의 딸이다. 허숭은 시골에서 올라와 윤 참판 댁에서 가정교사로 일한다. 가정교사라 하지만 실에 있어서는 하인이나 다름없는 지위다. 이런 허숭이 김갑진과 함께 변호사 시험을 치르게 되고 갑진은 떨어지나 허숭은 합격하여 변호사가 된다. 허숭은 윤 참판의 절대적인 신임을 얻어 신교육을 받고 미모가 뛰어난 윤 참판의 딸 정선과 혼인한다. 하지만 허숭은 돈만 오로지하는 정선과 변호사 일에 염증을 느끼고 살여울로 돌아가 농촌계몽 사업에 열중한다. 허숭은 농민들을 위해 헌신적으로 일하다가 병이 들고 만다. 유순의 연락을 받고 살여울에 내려온 정선은 허숭의 숭고한 생각에 감동하여 시골에서 살 결심을 한다. 그러나 서울로 돌아온 정선은 살여울을 떠날 때의 마음은 사라지고 갑진과 놀아나기에 정신이 없다. 갑진과 간통한 정선은 양심의 가책을 느껴 괴로워하다가 허숭을 만나기 위해 살여울로 떠난다. 그러나 허숭과 길이 어긋나 만나지 못하고 서울로 되돌아온다. 허숭은 살여울로 향하는 기차에서 산월(백선희)을 만나 동행하게 된다. 이 때 자살하려고 열차에 뛰어든 아내 정선을 발견하고 그녀를 병원으로 옮겨 산월과 정성을 다해 간호하지만 결국 정선은 한쪽 다리를 잃고 만다. 이후 정선과 산월은 살여울로 같이 내려가 허숭과 함께 농촌생활을 시작하게 되고, 산월은 유치원을 경영하고 정선도 농촌의 불편한 삶에 서서히 적응해간다. 이렇게 하여 정선은 새로운 사람이 된다. 이 지점에서 우리는 작가의 의도를 읽을 수 있다. 정선을 타락시킨 것은 그를 새로운 사람으로 거듭나게 하여 농촌 운동이라는 거룩한 사업에 투신시키기 위한 하나의 서사적 장치인 것이다. 여기서 정선은 유순과 같이 무구의 희생양으로 설정되어 있지는 않다. 다만 그녀는 한쪽 다리를 잃는 것으로 희생을 최소화 한다. 그것은 정선이 「흙」 전체의 희생양으로 설정된 것이 아니라 윤리적 계몽의 한 수단으로만 역할하도록 역할 분담시켰기 때문이다. 이광수에게 있어 희생양은 하나이면 족했다. 그의 목적은 농촌 계몽에 있었다. 한 사람이라도 더 이 사업에 동참하여 우리 민족이 재생할 수 있다고 믿었을 것이다. 이것은 그가 신봉한 도산의 준비론적 사고에서 비롯되었음은 두말할 필요가 없다. 작품의 결말에서 모든 인물들이 농촌으로 돌아와 허숭의 사업에 동참하는 것도 이러한 맥락에서 이해될 수 있다. 다만 허숭과 한갑이 작품이 끝날 때까지 그대로 감옥에 투옥되어 있다는 것이 독특하다면 독특할 수 있다. 이광수의 거의 대부분의 작품이 해피엔딩으로 끝나는 데 비해 이 작품만 유독 결말 부분에서도 고난이 끝나지 않는다. 이것은 앞에서도 언급한 것처럼 또 하나의 희생양으로 허숭과 한갑은 설정하였기 때문으로 해석된다.

결론적으로 볼 때, 이 작품에서 가장 중심 되는 희생양은 순진무구한 시골처녀 유순이며, 이를 보좌하고 작품의 내용을 심화시키는 희생양으로 윤정선이고, 남성 캐릭터로 한갑과 허숭이 이에 동참하는 것으로 작품이 짜여 있음을 알 수 있다. 앞서 여성 인물이 윤리적 원인에 의해 희생된다면, 뒤의 남성 인물은 정치적 원인에 의해 희생된다. 당시의 상황이 일제 강점기라는 점을 염두에 둘 때, 현상적으로는 정치적 질곡에 의해 우리 민족이 억압당하고 있음이 남성 인물에 의해 표상되었다면 내재적으로는 인간성의 유린과 그에 따르는 윤리적 희생이 여성인물을 통해 현현되었다는 결론에 도달한다.

6. 애욕의 희생양-「애욕의 피안」

「애욕의 피안」은 1936년 5월 1일부터 12월 21일까지 《조선일보》에 연재되었으며, 1937년 조광사에서 단행본으로 간행된 작품이다. 이 작품은 통속적인 성격으로 인해 그동안 본격적인 논의의 대상이 되지 못하였다. 작품이 발표될 당시에도 커다란 반응을 얻지 못했으며, <조광>(1938.2. 1938.11.8)지에 잠깐 광고가 나갔을 뿐이다. 그러나 이 작품은 자기의 애욕을 위해 딸의 사랑을 희생하려는 아버지, 사랑하는 여자를 위하여 자기의 사랑을 희생하려는 남자 등 여러 형태의 희생이 드러난다. 특히 이 작품이 본고의 논의 전개에 있어 간과할 수 없는 점은 김혜련의 희생양적 모티프의 구현에 있다. 오빠와 친구인 이문임의 죽음을 보고도 회개하지 못하는 아버지를 참회시키기 위해 죽음을 택하는 혜련의 희생은 이 작품의 중심 모티프가 된다. 곧 애욕으로 인한 희생과 이에 따르는 자기희생이 중심 모티프인 것이다. 이를 보다 자세히 고구하기 위해 작품의 내용을 살펴보면 다음과 같다. 잘 알려지지 않은 작품이기에 보다 자세히 소개하기로 한다.

　김인배 장로는 본래 가난하여 학우 설태영의 도움을 받았지만 장사를 해서 부자가 된 후, 고아가 된 설태영의 아들 설은주를 야간 상업학교만 마치게 한다. 그리고는 10여 년째 가게점원을 시키며 징당한 보수도 없이 부려먹는 배은자(背恩者)이다. 여학교 학생인 그의 딸 김혜련은 교회 성가대에서 바리톤을 부르는 임준상에게 이성의 감정을 느끼고 있다. 그런데 배우지도 못하고 아버지 가게에서 점원으로 일하는 설은주가 혜련에게 사랑을 고백하자 자존심 상해하며 쌀쌀맞게 뿌리친다. 그러면서도 많은 재산을 독립협회와 학교설립으로 날리고 만주로 망명해 거기서 암살당한 지사 설태영의 아들, 은주의 착실하고 정직한 인간 됨됨이만은 인정을 한다. 또 혜련은 암을 앓고 있는 어머니가 죽음에 임박한 상황에서도 남편에 대한 불신, 그 주위 여자들을 미워하는 마음을 버리지 못하는데 대해 정신적으로 괴로워한다. 혜련에게는 일찍 부모를 여의고 그녀의 집에 얹혀서 살면서 서로를 위로하며 의지하는 이문임이라는 친구가 있다. 외로움과 인생의 허무를 느낀 혜련의 아버지는 그런 문임이 성숙해 가자 그녀를 여자로 생각하게 된다. 그러던 어느 날 병원에 입원한 아내를 간호하는 혜련이 집을 비운 사이에 아버지는 문임의 방에 들어가 문임을 겁탈하려 한다. 이 상황을 자신의 재치로 넘긴 문임은 곧 혜련 아버지의 가게로 달려가 은주에게 자기와 결혼하자고 말한다. 문임은 혜련에게 마음이 가 있는 은주의 마음을 돌리기 위해 혜련에게는 이미 마음을 준 사람이 있노라고 거짓말을 한다. 이렇게 하여 문임은 은주의 몸과 마음을 빼앗는다. 착하고 정직한 은주는 혜련을 잊고 문임을 사랑하리라고 마음먹는다.

　혜련의 어머니는 끝내 마음을 비우지 못하고 남편에 대한 미움과 의심을 가진 채 세상을 하직한다. 끝까지 아버지를 미워하며 떠나는 어머니를 보면서 혜련은 세상의 모든 것에 대한 불신과 어떻게 살아가야 하는지에 대한 괴로움으로 학교도 나가지 못하고 수척해진다. 그런 혜련을 위로한 다는 핑계로 아버지는 금강산 유람을 작정하고, 거기에 문임을 동행시킨 다. 유람하는 동안에 아버지는 문임으로부터 결혼 승락을 얻어낸다. 한편, 향락주의적 성향을 지녔지만 죄 지을 용기는 없고 지사적 열정은 있지만 이를 행동으로 옮기지 못하는 중간치기 임준상은 혜련을 사랑하게 되면 서 이기심을 버리고 점점 진실된 사랑을 깨달아 가게 된다. 하지만 그의 갖은 노력에도 불구하고, 이미 자신의 학교 선생인 강선생을 사모하게 된 혜련은 준상의 사랑을 받아들이지 않는다, 그러나 혜련에 대한 사랑이 그 녀에게 번민과 고통을 안겨줄 것을 염려한 강선생은 금강산 영원암에서 스스로 목숨을 끊는다. 혜련은 그의 죽음을 목격하고도 시신을 거두어주 지 못한 채 서울에 돌아와, 아버지와의 혼인을 앞두고 있던 문임더러 은 주에게 사과하라고 충고한다.

혜련의 말을 듣고 문임은 결혼식 날 시끄러운 일이 일어 날까봐 은주를 찾아가 사정을 얘기하고 거짓말까지 하면서 자기변명을 한다. 설은주는 격분하여 문임을 죽이고, 경찰에 스스로 자수하여 마땅한 처벌을 요구한 다. 한편 혜련의 아버지는 사회의 질타와 문임을 잃은 실의 때문에 혜련 도 멀리하고 술로 세월을 보낸다. 재판정에서 은주에게 불리한 증언을 하 고 억울한 누명을 씌우면서도 일말의 가책도 느끼지 못하는 아버지와, 부 모를 용서하지 못하고 방황하는 오빠의 영혼을 구하는 길이 자기의 죽음 밖에 없음을 알고 혜련은 결국 어머니 무덤 앞에서 칼로 가슴을 찔러 자 살한다. 딸의 죽음 앞에서 아버지는 비로소 은주의 살인죄에 자기가 그 동안 위증했음을 시인한다. 혜련의 오빠도 새 인생의 길을 약속한다. 혜 련을 깊이 사모하던 준상은 혜련의 관이 집을 떠날 때 관머리를 든다.

이 작품의 기본 서사는 주인공 김혜련을 둘러싼 주변 인물들의 애정갈

등이다. 바로 이 애정갈등을 통해서 이광수는 진정한 사랑을 이야기 하고 싶었던 것이다. 이광수가 밝힌 집필 동기를 보면 육체를 떠난 높은 사랑, 곧 정신적 사랑을 묘파하려는 의도를 간파할 수 있다. 강선생의 죽음, 이 문임의 죽음, 어머니의 죽음, 혜련의 죽음 등 이 작품에는 서사 과정상 죽음이 많이 포함되어 있다. 이러한 죽음의 과다한 상황 설정이 「애욕의 피안」을 통속적으로 만든 한 요인이 되었을 수도 있다. 그러나 이러한 죽음은 모두 지고의 정신적 사랑에 수렴된다. 물론 문임의 죽음과 어머니의 죽음은 애욕과 질투가 점철된 죽음이다. 그러면서도 이들 죽음이 지고의 정신적 사랑에 수렴될 수 있는 것은 강선생과 혜련의 속죄양적 죽음이 심층에 자리 잡고 있기 때문이다. 이광수는 애욕을 초월하는 지고의 순결한 사랑을 창조하기 위해 두 인물을 속죄양적 모티프로 설정한 것이다. 이러한 지고의 사랑은 다음 작품인 「사랑」에서 구체화된다.

7. 구원의 희생양-「사랑」

「사랑」에 구현된 속죄양적 모티프의 의미는 비극적 세계 인식을 토대로 한 자기 희생과 구원의 의지다. 「사랑」은 이광수가 1938년에 병보석으로 출감한 후 창작하여 박문서관에서 출간한 전작 장편소설이다. 병원에 입원하여 글을 쓸 기력이 없자 자기를 따르는 박정호에게 대필을 시켜 써 나가기 시작하였다는 설도 있다. 이때의 이광수의 심정은 우리의 상상을 초월하는 극한적인 상태였다. 정신적 지주였던 도산 안창호가 서거하였고, 사랑하는 아들 봉근이 8살이란 나이로 패혈증으로 갔고, 수양동우회 사건으로 일제는 이광수에게 변절을 강요하였던 때였다. 상황은 점점 우리 민족이 독립할 수 없는 쪽으로 불리하게 진행되고 있었다. 뿐만 아니라 일제는 대륙 침략은 물론 세계를 제패하겠다는 망상에 군국주의를 노골적으로 드러냈던 때였다. 한마디로 말해 우리 민족에게는 질곡 그대로의 상태였다. 이런 극단적인 상황 하에서 집필된 작품이 「사랑」이다. 하기에 여기에 희생양 모티프가 심층에 내재하는 것은 어찌 보면 당연한 일일지 모른다. 이 작품에서의 희생양은 두말할 것도 없이 석순옥이다. 그녀의 이타적인 사랑은 앞서 살핀 소설에 나타난 죽음을 통한 희생양 모티프의 현현과는 다르다. 여기서는 살아 있으면서 자신을 이타적으로 희생하여 중생을 구원하는 범종교적으로 구원의 희생양이다.

이 작품에서 순옥은 말할 수 없이 많은 고초를 겪는다. 이것은 안빈을 사모하는 마음으로부터 시작된다. 여기서 안빈은 순옥이 사랑을 실천하기 위한 중간 매개자에 해당한다. 안빈이 있기에 순옥은 허영이나 그 어머니, 이귀득과 같은 자기를 괴롭히는 악마와 같은 추악한 존재들을 사랑으로 보살필 수 있었다. 위에서 살펴보았듯 「사랑」의 전 과정은 순옥이 어떻게 현실의 부조리를 사랑으로 극복하는 가를 보여주는 대서사시다. 이 작품에서는 악의 상징인 허영, 어머니, 이귀득, 안빈의 아내 등이 죽는 반면, 이를 보살펴 주고 자기를 목숨처럼 내놓고 그들을 위해 희생하며 모든 것을 바치는 순옥은 죽지 않고 끝까지 살아남아 희생을 구원으로 바꿔놓는다. 희생양의 모티프를 실천하되, 원형에서와 같이 죽음을 통한 희생이 현현되는 것이 아니라 살아 있는 모습으로 자신을 현현한다. 기독교적 관점에서 말하면 부활한 예수의 사랑의 실천이며, 불교적 관점으로 말하면 보살의 자비행의 실현이다. 그러나 이 역시 희생양 모티프임은 두말할 여지가 없다. 오히려 성숙한 희생양 모티프의 실현이라 하겠다.

8. 맺음말

이광수 소설에 나타난 희생양 모티프의 특성을 장편소설을 중심으로 살펴본 결과 다음과 같은 특성이 추출된다.

「무정」에서는 무구의 희생양이 중심 모티프가 되고 있다. 하여 영채를 중심으로 한 죄 없는 희생양의 순결성의 더럽힘이 문제되고 있다.

「개척자」에서는 자아 각성의 희생양이 중심 모티프가 되고 있다. 이 작품에서는 여주인공 성순의 자아 각성과 그에 따르는 좌절과 절망이 문제되고 있다.

「재생」에서는 시대의 희생양이 중심 모티프가 되고 있다. 독립 운동 시기의 젊은이들의 타락과 죄의 업보로 인한 희생양이 문제되고 있다.

「흙」에서는 오해의 희생양이 중심 모티프가 되고 있다. 악의적인 의도와 그로인한 오해로 무구한 여인이 목숨을 잃는 희생의 원형이 제시되고 있다.

「애욕의 피안」에서는 애욕의 희생양이 중심 모티프가 되고 있다. 애욕으로 인한 희생양과 자기희생이 문제시되고 있다.

「사랑」에서는 구원의 희생양이 중심 모티프가 되고 있다. 비극적 세계 인식을 토대로 한 자기 희생과 구원의 의지가 문제시되고 있다.

이상의 것을 종합해 볼 때, 이광수 소설에서는 희생양 모티프가 중심 모티프가 되고 있음을 알 수 있다. 이 모티프는 예수의 희생양 모티프와 궤도를 같이하는 것이기에, 이광수 소설은 표면적으로는 기독교 소설을 표방하지 않았으나, 내면적으로는 희생양 모티프를 통해 간접적으로 기독교적 의미를 드러낸 것이란 결론이 가능해 진다.

제 3장 | 전통의 계승과 고향 회귀

1절. 「무정」과 「채봉감별곡」의 대비

1. 머리말

소설 연구에 있어서 어느 한 소설의 계보를 확정짓는다는 것은 바람직하면서도 어려운 일이다. 문학 연구는 궁극적으로 문학사에 연결된다. 현재는 물론 과거와 미래를 통시적으로 연계하는 관점이 정당하게 설정되어야 문학 작품의 가치가 보다 선명하게 파악되어 질 수 있다.

「무정」의 경우도 예외는 아니다. 「무정」의 계보를 확정짓는다는 것은 어렵지만 의미 있는 작업에 해당한다. 「무정」만큼 문학사에서 큰 비중을 차지하는 작품도 드물기 때문이다. 그러면서도 정작 「무정」의 계보나 영향 관계에 대한 연구는 매우 영성한 편이다. 있더라도 피상적인 고찰에 머문 것이 대부분이다. 예를 들자면, 톨스토이의 영향을 입었다든가[1] 자구적으로 고대소설에 힘입었다든가[2] 하는 추상적인 지적에 머문 것이 대부분이다. 구체적인 작품 대비를 통한 영향 관계의 세밀한 분석은 소루한 형편이다. 철저한 재검토가 요청되는 이유가 이에 있다.

「무정」이 한국 현대 문학사에 주요한 획을 그은 작품이라면, 그것은 전대소설과 다른 특징이 있다는 의미에서이다. 새로운 소설이 창조될 때는 여러 면에서 어려움이 따르게 마련이다. 특히 독자와의 관계는 중요하다. 독자를 도외시한 채 절대적으로 작품 자체만을 혁신할 수 는 없다. 소설은 다른 어떤 장르보다도 독자와 밀착되어 있기 때문이다. 독자들도 혁신적인 것만을 좋아하는 독자만 있는 것은 아니다. 보수성을 지니고 있거나, 지적으로도 매우 저급한 독자가 대부분이다. 이런 독자들에게 낯익지 않은 새로운 형태의 소설을 선보인다는 것은 어려운 일에 속한다. 그들은 거부반응부터 나타낼 것이다.

작가는 새로운 소설을 시험하려 할 때 과거 소설적 관습이나 규약을 무시할 수 없다. 이미 쌓여진 소설적 관습이나 규약을 최대한도로 활용해야 한다. 이러한 제약을 딛고 그 속에서 자기의 창작성을 살려낼 때 새로운 소설은 탄생된다.[3] 춘원 이광수도 이에서 예외가 될 수 없다. 특히 이광수는 소설을 자기의 본업으로 생각하지 않았던 사람이다.[4] 사상을 전달하는 계몽의 수단으로 이것을 이용했노라고 공언했던 작가였다. 독자를 염두에 두지 않았을 리 없다. 그렇다면 당시의 독자가 가장 친근했던 소설적 관습이나 규약은 어떤 것이었을까? 이 문제가 해결된다면 상대적으로 그와 다른 이질적 요소도 추출될 수 있을 것이다. 또한 「무정」의 독창성 여부도 가려낼 수 있을 것이다.

---

1) 구인환, <이광수소설에 수용된 톨스토이>, 『이광수소설연구』, 삼영사, 1983년, 275-300쪽.
2) 성현경, < 「무정」과 그 이전의 소설>, 《어문학》 32호, 1975년.
3) A.A Mendilow, {Time and novel} (New York: Humanities Press, 1968), 35-52쪽.
4) 이광수, <다난한 반생의 도정>, 『이광수전집』 8권, 우신사, 1979년, 452쪽.

여기서는 「무정」을 면밀히 검토하고, 역으로 과거 소설로 거슬러 올라가는 방법을 이용하려 한다. 이리하여 「무정」의 계보를 확인함은 물론, 당대 독자들의 문학적 기호까지도 파악하려는 것이 본래의 의도이다.

2. 예비적 고찰

이광수는 「무정」을 《매일신보》에 연재하기 이전에 이미 원고를 완성하였을까? 아니면 구상만 하고 있었는데, 마침 청탁이 와서 이것을 토대로 부분 부분 조정해 가면서 연재한 것일까? 이것도 아니라면, 아예 준비도 되지 않은 상태에서 첫 회 분부터 새롭게 구상하여 쓴 것일까? 이러한 의문은 「무정」의 형성 과정이나 영향 관계를 알아보려 할 때 선결되어야할 문제점이라 생각된다. 왜냐하면, 개고의 과정을 살펴봄으로써 어느 정도 작품의 형성 과정을 알 수 있는 동시에, 그 원형까지도 추정할 수 있겠기 때문이다.

이광수는 「무정」의 제작 동기를 다음과 같이 밝히고 있다.

> 「무정」을 쓰게 된 직접 동기는 《매일신보》사에 신년소설 하나를 쓰라. 그 제호를 전보하라는 전보를 받고 쓰다 말고 쓰다 말고 하던 원고뭉텅이에서 영채에 관한 원고를 내어서 동기 방학 동안에 불면불휴로 종 칠십회분을 써보낸데서 시작이다.[5]

「무정」은 126회로 끝난다. 70회분이면 거의 반 이상에 해당한다. 이미

---

5) 이광수, <다난한 반생의 도정>, 452쪽.

신문 연재 전에 기본 골격이 갖추어진 셈이다. 그렇다면 「무정」은 '영채에 관한 구고'를 개작하였다는 이야기가 되는데 과연 구고는 어떤 형태였을까가 관심의 대상이 된다. 유감스럽게도 구고는 확인할 길이 없다. 한 가지 편법은 위험을 무릅쓰고라도 「무정」을 통해 그 원형을 추출해 내는 방법이다. 「무정」에서 '영채'의 원형을 추출하는 길은 영채를 중심으로 '영채'의 스토리를 재구성하는 방법이다. 「무정」을 영채를 중심으로 재편한다면 다음과 같이 될 것이다.

'영채가 어렸던 시절, 영채의 아버지 박 진사가 개화에 뜻이 있어 사재를 털어 학교를 개설했는데, 그때 박 진사의 친구 아들 형식이 부모를 잃고 고아가 되어 의탁할 곳이 없자, 박 진사가 데려다 공부를 시킨다. 박 진사는 형식이 영리하므로 영채의 장래 배필로 정한다. 이곳에서 영채와 형식은 어린 오누이처럼 다정하게 지낸다. 박 진사가 사재를 터는 것도 한계가 있어 재산이 바닥나게 되어 어려움을 겪게 되자, 딱한 사정을 보다 못한 홍모라는 학생이 이웃 마을에서 돈을 얻기 위해 강도 살인을 한다. 박 진사도 이 사건에 연루되어 교사 및 공범 혐의로 투옥된다. 이로 인해 학교는 해체되고 집안은 패가가 된다. 영채는 외가에 의지하다가 구박이 심해 탈출하여 아버지를 만나기 위해 평양으로 간다. 가는 도중 몹쓸 사람을 만나 위기를 당하나 개의 보은으로 위기를 모면한다. 무사히 평양에 와 아버지를 면회하나 그 비참함이 말이 아니다. 여기서 아버지를 봉양할 방법을 생각하다가, 필요한 돈을 얻기 위해 기적에 몸을 판다. 그 돈으로 아버지를 봉양한다. 박 진사가 이 소식을 듣고 가문이 망했다며 자결한다. 두 오빠도 따라 죽게 되고, 영채는 천애의 고아가 된다. 이후 영채는 과거에 박 진사가 배필로 정해 준 이형식만을 오로지 희망으로 삼고 어려움을 극복해 나간다. 기생의 몸이면서도 정절을 지키면서 형식을 만날 날만을 고대한다. 막상 그리던 형식을 만나니 아직 독신이기는 하나, 경성학교 영어 교사가 되어 있었다. 자신의 처지가 천한 기생이 되었음을 돌아보고 결혼 희망이 희박해짐을 의식하게 된다. 이때 백 학감 일당에게 정조마저 유린당한다. 그러자 자살을 결심을 하고 평양행 기차에 몸을 싣는다. 여기서 김병욱이란 은인을 만난다. 병욱의 설득으로 영채는 자살을 포기하고 병욱의 집으로 향한다. 이후 김병욱과 함께 유학을 떠나게 된다. 유학 가는 기차 안에서 또한 미국으로 유학차 떠나는 이형식과 김선형을 만나게 된다. 서로 애정문제로 갈등한다. 삼랑진에서 홍수를 만나 기차가 서게 된다. 이를 계기로 구호 사업을 벌인다. 모두는 과거의 애정관계로 인한 갈등을 초월하여 오로지 구국사업에 전념키로 한다."

대강 위와 같은 줄거리가 될 것이다. 그러니까 영채를 중심으로 소설을 재구성한다면, 스토리상에서는 선형과의 관계가 약화될 뿐, 다른 점에서는 커다란 차이가 없다.

그러면 다음 단계로 이러한 영채의 이야기가 실제 「무정」에서는 어떻게 용해되었는가가 문제가 된다.

「무정」은 주지하는 바대로, 이형식으로부터 이야기가 시작된다. 형식이 선형의 집에 가정 교사하러 가는 장면이 발단이다. 현재로부터 출발하고 있음을 알 수 있다. 이 점만 보아도 「무정」이 이전의 소설보다 박진감이 있음을 알 수 있다. 시간과 공간이 현실에 밀착되어 있다. 만일 「무정」이 영채로부터 기술되었다면, 이광수는 소설의 실마리를 풀어 나가는데 매우 고심하였을 것이다. 그러나 작가는 과거담을 삽입하는 형태로 영채를 끌어들였다. 시간 구성을 현재로부터 출발하여 과거를 환기시키는 복합 구성의 기법을 사용한 것이다. 이광수는 이미 입체적 소설 구성법을 터득하고 있었던 것으로 보여 진다. 이로 인해 영채의 이야기는 역설적으로 생동감을 얻게 되었다.

「무정」에서 주인공이 형식인 것처럼 출발하지만 영채가 소설의 중추적 역할을 함은 소설을 조금만 정성들여 읽으면 쉽게 드러난다. 이점은 당대의 독자의 반응으로도 능히 짐작된다. 당대의 독자의 모든 관심은 형식이나 선형보다는 기구한 운명의 영채에게 쏠릴 수밖에 없었다. 이 점을 동인은 매우 못마땅하게 지적하고 있다.[6] 그러나 독자의 입장에서는 이형식이나 김선형 보다도 영채가 더 낯익었을 것이다. 또한 그 운명의 우여곡절이 독자의 기호나 소설적 흥미에도 합당했을 것이다. 영채의 간난의 역정과 기구한 운명은 단연 독자를 사로잡을 만한 것이었다. 영채는 소설에서는 비록 과거의 윤리관을 대변하는 인물로 설정되어 있지만, 그녀의 소설내적 전기적 사실로 미루어 볼 때, 추상적인 과거의 인물이 아닌 현실에서 만나 볼 수 있는 인물의 한 전형이다. 박 진사도 유가의 전통을 대표하는 인물이었지만, 뜻한 바 있어 개화파가 된 사람으로, 사재를 털어 교육에 힘쓰던 인물로 개화기 구국자의 한 전형이다. 이광수가 재직했던 오산학교 교주 남강 이승훈의 편모이거나, 어린 시절 그가 만났던 동학교도 중의 한 사람이었을 가능성이[7] 크다. 박 진사에 대한 묘사나 행위의 서술을 보면 가공의 인물로 생각되지 않을 정도로 박진감 넘친다. 이광수가 실제로 대면했던 경험을 되살려 묘사했을 가능성이 크다. 그리고 이형식과 박영채가 어렸을 때 만난 것도 상상이라기보다는 사실일 가능성이 농후하다. 이광수가 회고록에서 「무정」을 어린 시대의 동경의 일부분을 쓴 것[8] 이라고 말 한 것도 이와 무관하지 않다.

그런데 문제는 그 다음부터다. 이 지점까지는 사실성이 나타나고 타작품을 모방하거나 차용한 흔적이 안 보인다. 그러나 박 진사가 투옥되고

---

6) 김동인, 『춘원연구』, 『동인전집』 8권, 홍자출판사, 1968년, 497-499쪽.
7) 최원식, <이광수와 동학>, 《관악어문연구》, 3집, 서울대 국문과, 1978년.
8) 이광수, 앞의 글 452쪽.

나서부터 고대소설적인 인용이 본격적으로 나타나기 시작한다. 영채가 감옥에서 아버지 박 진사를 면회할 때, 그 비참한 모습에 충격을 받게 되는데, 이때 아버지를 구할 방법으로 고대소설의 예가 제시되는 것이다. 영채가 효행을 실천하려 한 순간 우리 고대소설에 있었던 효행의 관습이 독자에게 미끼로 던져지는 것이다.

　　옛날 책을 보면, 혹 어떤 처녀가 제 몸을 팔아서 죄에 빠진 부모를 구원하였다는데, 나도 그렇게나 하였으면……
　　영채는 옛말을 생각하였다. 그때 아버지께서 제 몸을 팔아 그 돈으로 아버지의 죄를 속한 옛날 처녀의 말을 들을 제, 아직 열 살이 넘지 못하였던 영채는 눈물을 흘리며 나도 그리하였으면 한 일이 있음을 생각하였다.[9]

이광수는 이 지점에서 왜 고대소설을 일부러 끌어들였을까? 그전까지 현대소설의 기법을 유감없이 발휘해 왔는데 말이다.
　　필자는 그 이유를 다음과 같이 분석하고 싶다.
　　첫째, 그의 문학적 소양의 연원과의 관계이다. 그는 문학 생활의 씨 얻음에 대하여 다음과 같이 진술하고 있다.

　　내 외조모 되는 이가 거년에 이야기책을 좋아하셔서, 그러나 눈이 어두워서 남을 보면 이야기책을 읽어 달라는 습관이 있었는데 아마 그것이 자극이 되었음이겠지요. 나도 오, 육세에 한글을 깨쳐 외조모께 이야기책을 보아 드리고 상급으로 밥을 얻어 먹었습니다.
　　《덜걱전》, 《소대성전》, 《장풍운전》이런 이야기 책들을 외조모님께 읽

_____

9) 「무정」, 36쪽.

어 드린 것이 기억됩니다.⋯⋯(략)⋯⋯

　　외조모가 세상을 떠난 뒤에는 내 삼종 누님 한 분이 내게는 문학교사였습니다. 그이는 몸에 병이 있어서 밖에 나오지 아니하고 계선하는 여가에는 이야기책을 읽었는데 그 영향으로 《월봉기니》, 《창선감의록》, 《사씨남정기》 등을 비롯하여, 인근에서 구할 수 있는 이야기책을 많이 읽기도 하고 읽는 소리를 듣기도 하였습니다.[10]

　이광수는 11세 이전에 이미 고대소설을 토대로 이야기를 꾸며 삼종들에게 보인 일이 있다.[11] 그의 문학에 대한 조숙성을 알만한 대목이다. 이러한 사실은 어린 시절의 사고 형성에 고대소설이 결정적 역할을 하였음을 짐작케 한다.

　둘째, 독자에 대한 우월함과 과잉 친절이다. 이광수는 누구보다도 독자를 예민하게 인식하였던 작가였다. 하기에 항상 독자를 염두에 두었을 것이다. 독자의 반응까지도 미리 꿰뚫어 보고 있다고 자부하였을 것이다. 하여 독자가 혹시나 자기의 의도로부터 빗나가지나 않을까, 혹은 새로운 소설에 소양이 없는 독자를 새로운 기법으로 끌고 나간다는 것은 무리가 아닐까 스스로 자문해 보았을 것이다. 하여 과거에 익숙하였던 고대소설을 인용하여 빗나가거나 포기하려는 소설에 대한 흥미를 되돌려 보려는 술수를 썼을 가능성이 농후하다. 이렇게 하여서라도 순탄하게 이야기를 끌고 나가고 싶었을 것이다.

　셋째, 새로운 소설을 쓰고 싶은 충동과 그에 대한 자신감이다. 이광수는 독자가 이미 알고 있는 고대소설과는 전연 다른 소설을 쓰려 했고, 이에 대한 자신감도 있었기에, 고대소설의 인용이나 차용을 일부러 했을 가

---

10) 이광수, <다난한 반생의 도정>, 445쪽.
11) 이광수, 위와 같음.

능성이 크다.

그렇다면 당시의 독자가 이 순간 머리에 떠올릴 수 있는 고대소설은 과연 어떤 것인가가 문제가 된다. 또한 작가는 어느 고대소설을 염두에 두었을까가 관심의 대상이 된다. 이것을 알아야 당대의 독자와 작가와의 상호 긴장 관계를 파악할 수 있고, 또한 「무정」의 원형이나, 아니면 적어도 강하게 영향을 준 과거 소설의 유무나 실상을 파악할 수 있다.

위에 인용한 부분에서 가장 핵심이 되는 것은 고대소설에서 빈번히 발견되는 '희생적 효행'이다. 우리 고대소설에서는 효행을 기린 소설이 많다. 그 중에서도 제일 먼저 떠오르는 것이 「심청전」이다. 심청은 주지하는 바와 같이 아버지를 위해서 몸을 파는데, 이것은 곧 죽음을 의미한다.

「무정」에서는 영채가 기적에 몸을 판다. 그러나 그것이 곧 죽음을 의미하지는 않는다. 이 점에서 「심청전」과는 다르다. 같은 동기, 같은 효행의 실천임에도 불구하고, 하나는 죽음의 선택이며, 하나는 기생으로서의 신분의 강등이다. 동기는 유사하지만 근본에 있어서는 패턴이 다르다.

그렇다면 여주인공이 기생이 되어 효행을 실천하는 이야기와 맥락이 닿아야 한다. 이러기 위해서는 여주인공이 기생으로 전락하는 것부터 찾아보아야 한다. 특히 그 중에서도 「무정」에서 영채처럼 양가집 처녀가 기생이 되는 이야기부터 찾아야 한다.

기생 이야기라면 대표적인 것이 「춘향전」이다. 「춘향전」에서 춘향의 신분은 이본에 따라 다소의 차이는 나지만 양가집 소생이라기보다는 퇴기 월매의 딸이다. 비록 춘향이 기생은 아니더라도 양반집 딸은 아니다. 또한 춘향이 아버지를 위해 기적에 몸을 판다는 스토리는 어느 판본에도 없다. 영채의 스토리와 유사성을 찾는 견지에서 본다면 「춘향전」은 일단 제외되어야 한다.

양가의 규수가 기생으로 전락되는 예는 오히려 「유록전」이나 「청년회

심곡」에서 발견된다. 그러나 이들은 사랑의 이야기라는 점에서는 「무정」 과 공통적이나 영채의 효행이나 기구한 운명의 우여곡절이란 면에서는 유사점이 발견되지 않는다. 과거 소설과 「무정」이 근사한 것을 찾으려면 기생으로의 전락과 아버지에 대한 효행을 둘다 충족시키는 소설이라야 한다.

이로 볼 때 가장 근사한 것이 「채봉감별곡」이다. 「채봉감별곡」은 우선 채봉의 가문이 사족의 집안이며, 아버지가 투옥되었을 때 채봉이 자진하 여 기적에 몸을 팔아 그 돈으로 아버지를 옥에서 구출하려 한다는 점에서 「무정」에서 영채의 행위와 너무나 흡사하다.

「채봉감별곡」에서 '채봉의 아버지 김 진사는 벼슬에 눈이 어두워 허 판 서에게 소실로 딸을 바치고 벼슬자리를 얻으려 한다. 채봉이 서울로 올라 가는 도중에 도망쳐 평양으로 돌아온다. 김 진사는 허 판서와의 약속을 지키지 못함으로 해서 투옥된다. 어머니가 허 판서의 소실이 될 것을 간 곡히 권한다. 채봉은 이를 단호히 물리치고 자기의 몸을 기적에 팔아 아 버지를 구할 돈을 마련하여 서울 허 판서에게 보낸다'는 내용이 「채봉감 별곡」의 전반부인데 「무정」에서도 아버지가 옥에 갇힌 상황이나, 봉양을 위해 돈이 필요한 점이나, 자기의 몸을 기적에 팔아 돈을 마련하는 내용 이 너무나 흡사하다. 물론 그 동기나 세부적인 면에서는 차이가 남은 물 론이다. 그러나 그 근본 구조에 있어서는 동일함을 알 수 있다.

「채봉감별곡」은 개화기인 1910년대까지도 활자본으로 간행되어 일반 에게 유포되고 있었던 소설이다.[12] 「무정」이 연재될 무렵에도 일반 독자 에게 읽히고 있었다는 의미가 된다. 내용이나 인물의 설정, 주제면에서도 조선조 소설로는 드물게 보는 현대적인 요소를 많이 지니고 있는 작품이

---

12) 본고에서는 1914년 5월에 활자본으로 간행된 「원본채봉감별곡」을 text로 하였다.

다.[13] 특히 채봉의 부권에 대한 항거와 자유의사에 의한 배우자의 선택과 자신이 결심한 대로 애정의 결실을 맺어 행복하게 산다는 소설 결구는 이광수가 논설과 소설을 통해 강력히 주장했던 사상과 일치하는 내용이다. 과거 전통적인 결혼 제도의 모순에 대한 인식과 그에 대한 해답을 명료하게 제시한 소설이라 해도 과언이 아닐 정도이다. 따라서 「채봉감별곡」은 이광수의 의기에 전적으로 투합되는 작품이라 하겠다.

「무정」에서 영채는 아버지를 구하기 위해 기적에 몸을 파는데, 판 후의 스토리의 전개는 그 기본 골격에 있어 「채봉감별곡」의 기본 구조와 너무나 흡사하다. 우연의 일치로 보기엔 너무나 많은 공통점이 발견된다.

노한 에펠레이션의 문제도 간과할 수 없다.[14] '영채'란 이름의 명명이다. 한편 영채가 기생이 된 후, 그녀가 가장 가까이했던, 그래서 가장 영향을 많이 받은 기생이 월화였다. 이 월화가 항상 사모하고 자신의 이상으로 삼았던 기생이 송이(松尹)였다. 「무정」에서는 송이가 절개의 화신으로 묘사된다.

제 눈에 낮게 보이는 손님을 대할 때는,
솔이 솔이 하니 무슨 솔이로만 여겼던가,
천인 절벽에 낙락장송 내기로다. 길 아래초동이 낫이야 걸어 볼 줄 있으랴.

하는 솔이가 지은 시조를 불렀다. 그래서 그의 친구는 월화를 솔이라고 별명을 지었다. 실로 월화의 이상은 솔이(松尹)였다. 영채가 월화를 사랑하게 된 것도 이 때문이다.

영채의 눈에 월화라는 기생은 족히 열녀전에 들어갈 만하다. 그리고 솔이라는 기생이 어떠한 기생인지도 모르면서 월화가 솔이를 이상으로 하는 것

---

13) 김기동, <「채봉감별곡」의 비교문학적 고찰>, 《동대논문집》 1, 1964년.
14) 한승옥, <이광수연구>, 《동아논총》, 제17집, 1980년, 43쪽.

을 보고 자기도 그 모양으로 솔이를 이상으로 하였다. 영채가 일찍 월화에게 안기면, "형님! 형님과 저와 솔이와 세 사람이 친구가 됩시다."한 일이 있었다. 그리고 나도 반드시 월화 형님과 같이 솔이가 되리라 하였다.[15]

영채가 이상으로 여겼던 이상형이 송이였음을 알 수 있다. 송이란 기명은 「채봉감별곡」에서 채봉의 기명이다. 「무정」에서 이광수는 영채를 송이처럼 끝까지 절개 굳은 기생으로 만들려 했는지도 모른다. '영채'의 '채'자도 결국 '채봉'의 '채'에서 차자한 것이 아닌가 여겨진다.

그러면서도 한 가지 의문되는 것은 왜 「무정」에서 「춘향전」이나 「이태백」, 「양창국」, 등의 이름이 거론되는데 「채봉감별곡」에 대해서는 한 마디의 언급도 없는가 하는 점이다. 필자의 소견으로는 이것은 당연한 트릭이었으리라 생각된다. 만일 독자가 「채봉감별곡」과 같은 아류의 이야기를 다시 읽고 있다는 생각이 든다면, 독자는 그 순간 소설에 대한 흥미를 잃고 말 것이기 때문이다. 이는 이광수의 자존심이 허락지 않았을 것이다. 아니면 뜻 그대로 받아들여 무의식중에 과거 어린 시절에 읽었던 고대 소설이 제목도 잊은 채 막연히 떠올랐을 가능성도 배제할 수 없다. 실에 있어 「무정」은 사건 진행 과정에서 「채봉감별곡」의 것을 교묘히도 의도적으로 배반하고 있다.

이를 증명하기 위해 다음의 두 작품을 세부적으로 대비 분석해 보기로 한다.

---

15) 「무정」, 62쪽.

3. 작품의 대비

「무정」을 영채와 형식을 중심으로 구조 분석하면 만남과 헤어짐의 반복 패턴으로 단순화된다. 「무정」은 이로 보아 애정소설의 일반적인 구조를 지니고 있다고 볼 수 있다.

「무정」을 계몽소설인 점에서 보다 애정소설인 점에서 파악하려는 태도는 새삼스러운 것이 아니다.[16] 이미 김우종은 이 점을 간파하여 애정소설의 대가로 이광수를 평가하기까지 한다. 「무정」이 소설의 형상화면에서 결점을 지닌다면, 그 기교의 미숙과 양면성 때문일 것이다.[17] 이광수는 「무정」에서 계몽적 주제를 너무 노골적으로 표출하여 생경성을 그대로 드러내고 있다는 점이 약점인 것이다. 이것은 주제의 내면화란 점에서 결점으로 지적되어 마땅하다.

따라서 계몽소설로서는 그 의도가 너무 노골적으로 표면화되었다는 점에서 저급의 계몽소설에 해당한다고 볼 수 있다. 곧 개화의지를 표현한다는 의미의 계몽소설로는 당대에서 가치를 지닐지 모르나, 그 시대를 벗어난 지금은 계몽성을 잃고 있다는 뜻과 상통한다. 앞으로 「무정」이 계속 읽힐 수 있다면, 그것은 애정소설로의 가능성 때문일 것이다. 계몽성은 시대에 따라 변하지만 남녀의 애정 문제는 인류 역사가 지속하는 한 근본에 있어서는 불변이기 때문이다.

애정소설의 바탕은 우리에게 생소한 것이 아니다. 조선조소설에서도 애정소설의 전통은 매우 뿌리 깊다. 또한 대부분 기녀형 애정소설이란 점에서 공통적인데 「무정」과 연관시켜 볼 때 흥미있는 일이기도 하다.

폐쇄된 사회에서 정상적인 회로를 통한 애정의 발로나, 진정한 남녀의

---

16) 조연현, 『한국현대문학사』, 성문각, 1972년, 178쪽.
17) 정한숙, 『현대한국작가론』, 고대출판부, 1977년, 14쪽.

사랑이 차단되었을 때 기녀와의 애정이 유일한 통로였고, 이러한 비정상
적인 애정관계는 그 속성으로 보아 소설의 주요한 테마가 될 수밖에 없었
을 것이다.[18] 기독교적 전통사회에서는 청교도적 도덕관 때문에 결혼한
사이 이외의 남녀 관계가 죄악시되었으나,[19] 우리의 경우 조선소 시대에
는 유가적 전통으로 인해 기생과의 애정 행각은 도덕에 위배되는 것이 아
니기에 죄악감을 느낄 필요가 없었다. 이러한 방면으로의 자유분방한 애
정의 표출이 기녀형 애정소설이 발달한 이유 중의 하나일 것이다.

　물론 애정소설이라 하여 모두 일률적으로 동일한 구조를 지니는 것이
아님은 사실이다. 그러나 대부분의 애정소설에 기녀가 등장한다는 것은
시사하는 바 크다. 「무정」에서 영채가 기적에 몸을 팔 수 있었던 것도 기
녀형 애정소설의 전통이 있었기에 가능했고, 소설 밖의 현실도 이와 흡사
했기에 자연스럽게 독자가 그것을 받아들일 수 있었고, 작가는 이를 염두
에 두었기에 영채를 기생으로 전락시킬 수 있었을 것이다. 따라서 「무정」
은 결국 기녀형 애정소설과 연관될 것이며 앞으로도 이러한 관점에서 연
구가 진행되어야 하리라 생각된다.

　이러한 공통점을 지닌 두 작품을 '만남'과 '이별'이란 애정소설의 근본
구조를 통해 대비 분석해 보려한다.

---

18) 김기동, 『한국고전소설연구』, 교학사, 1981년, 150쪽.

19) I. Watt, [Love and novel], *The Rise of The Novel*, Berkeley: University of California Press, 1974, pp.135~173.

4. 구성의 대비

구조/작품	채 봉 감 별 곡	무 정
만남	1. 채봉이 동산에서 꽃구경을 하다가 손수건을 인연으로 필성과 만나게 됨. 채봉과 필성이 채봉 어머니의 허락 하에 약혼함.	1. 영채가 소녀 때, 이형식이 고아가 되어 박 진사댁에 의탁됨. 박 진사가 이형식을 영채의 배필로 정함.
이별(시련)	2. 관직운동 겸 택서를 위해 김 진사가 상경함. 벼슬 욕심에 허판서에게 딸을 첩으로 줄 것을 약속하고, 평양에 내려와 전답 팔아 채봉을 비롯 가족 데리고 상경함. 도중에서 화적 만남. 채봉 탈출하여 평양으로 돌아옴. 3. 이 소식 듣고 허 판서가 재봉의 아버지를 하옥시킴. 4. 어머니가 채봉을 찾아와 아버지 투옥된 사실을 알리고 허 판서의 소실이 되어줄 것을 간청함. 채봉이 첩 되기를 거절함. 기적에 몸을 팔아 돈을 마련하여 서울로 보냄. 허 판서가 채봉이 데려 올 것을 고집하며, 채봉의 아버지를 계속 하옥시킴. 5. 채봉은 기생 송이가 됨. 명기로 소문이 나며, 필성과의 재회를 위해 정절을 굳게 지킴.	2. 박 진사 전답 팔아 학교 세움. 재정난으로 문닫을 위기에 처함. 박 진사의 돌봄을 받던 학생 홍모가 사정이 딱함을 보다 못하여, 돈을 구하기 위해 이웃 동네에 가 살인 강도 하게 됨. 3. 박 진사가 이 사건에 연루되어 두 아들과 함께 투옥됨. 4. 영채 집 파산되어 형식과 헤어짐. 영채 외가로 갔다가 구박이 심하여 탈출하여 아버지 만날 생각으로 평양으로 오던 중에 못된 사람 만나 위기를 당하게 되나, 개의 보은으로 무사히 평양에 도착하여 아버지 면회함. 아버지의 비참한 모습 보고, 기적에 몸을 팔아 돈을 마련함. 박 진사 그 소식을 접하자 자결함. 5. 영채 기생 계월향이 됨. 형식을 재회할 희망으로 정절을 굳게 지킴.
만남	6. 필성이 채봉이 내건 시제를 보고 자신과 화답한 시임을 알고 찾아가 상봉함. 필성, 채봉이 기생이 되었음을 보고 내적인 갈등함.	6. 형식이 서울에 있다는 소식 듣고 영채 형식의 하숙으로 찾아가 재회함. 형식, 영채가 아무리 보아도 기생인 것 같아 갈등함.
이별	7. 채봉이 지닌 돈 다 떨어져 더 이상 필성과 만날 수 없는 위기에 처했을 때, 평양 감사 이보국에 의해 구원됨.	7. 영채는 형식을 만나고 온 후, 청량사에서 배 학감, 김현수에게 정조가 훼손됨. 이 사건으로 영채는 자살하러 평양 가던 중 기차에서 김병욱을 만나 구원됨.

만남	8. 채봉 평양감영에서 이보국의 비서로 두문불출 보호됨. 필성이 이 소식 듣고 이방이 되어 재회의 기회만 엿봄. 채봉 어느 날 밤 필성을 그리워 하는 추풍감별곡을 짓고 느껴 울다가, 이보국에게 발견되어 사연이 알려짐. 이보국 두 사람을 혼인시켜 잘살게 함.	8. 형식 영채를 평양으로 찾으러 갔다가 그냥 돌아와 선형과 약혼함. 영채 병욱에게 설득되어 그의 집에 있다가 성악을 공부하러 유학차 병욱과 함께 기차에 오름. 형식도 선형과 미국 유학차 기차에 오름. 영채와 형식, 재상봉함. 영채, 형식 선형 서로 갈등함. 삼랑진역에서 홍수를 만나, 모두 구제 사업을 벌림. 모두 유학하여 나라를 구할 결의함.

　이상에서 대비적 구성분석을 종합해 보면, 세부적인 삽화를 제외하면 커다란 골격은 「채봉감별곡」이나 「무정」이나 동일함을 알 수 있다. 두 소설 모두 만남과 이별의 반복 구조로 짜여져 있다.

　다음에는 위의 분석을 토대로 만남과 이별이 지니는 상이점과 공통점을 검토하고 그 의미를 추출해 두 소설이 지니는 상관성을 가려내 보기로 한다.

5. 내용의 대비

1). 만남

　〈공통점〉: 여자의 가문이 두 소설 모두 사족의 집안(進士)이다. 「채봉감별곡」은 김 진사 가문이고 「무정」은 박 진사 가문으로 그 고을에서는 덕망이 높고 지체가 있는 가문이다.

　두 소설 다 남주인공이 인물은 비범하나, 가세가 기운 영락한 집안의 자손이다. 「채봉감별곡」에서 필성은 전 선천부사의 자제이나 현재는 매우 궁색하다. 「무정」에서 이형식은 고아이나 형식의 아버지가 박 진사와 절친한 사이였다는 점으로 보아 형식의 집안도 사족의 가문이었다가 현재는 영락한 집안임을 알 수 있다.

두 소설 모두 사회상을 여실히 그려 주고 있다. 비록 사회 배경은 다소 차이가 나나, 조선조말, 혹은 구한말 시대란 점에서는 공통적이다. 좀 더 확실하게 말하면 「채봉감별곡」이 조금 앞선다.

「채봉감별곡」에서는 탐관오리의 작태가 허 판서를 통해 여실히 드러난다. 딸까지 팔아서라도 벼슬을 사려는 그 당시의 작태나 부패한 삶의 형태가 생생하게 묘사되고 있다. 「무정」에서는 이와는 다르게 모순을 척결하고 개화 의지로 시련에 처한 조국을 구원하려는 또 다른 유학자의 전형이 박 진사를 통해 제시된다. 두 작품 모두 당대 사회의 절실한 문제점이 소설을 통해 표출되고 있다.

〈상이점〉: 만나는 장면이나 그 동기가 전연 이질적이다. 「채봉감별곡」에서는 채봉이가 떨어뜨린 손수건에 필성이 시를 써서 들여보내, 그 회답을 시로 받음으로 인연이 맺어진다. 고대소설 특유의 수법이다.[20] 이에 비해 형식과 영채의 만남은 낭만성이 배제된 비정한 현실의 한 결과로 이루어진다. 여자 쪽이 형식을 고아로 데려다가 공부를 시키는 시혜자의 입장이 된다. 대등한 관계에서 로맨틱한 상황 설정이 불가능한 상태다.

또한 주인공들의 나이에서도 두 작품이 차이가 난다. 「채봉감별곡」에서는 두 주인공의 나이가 이팔청춘이라면, 「무정」에서는 이제 열 살도 채 못 되는 어린 나이다. 따라서 「채봉감별곡」에서의 채봉과 필성의 만남이 자유의사에 의한 선택이라면, 「무정」에서의 만남은 박 진사의 부권적 권

---

20) 김기동, 앞의 논문 참조.

위에 의해서 선택되어지는 과거 인습적 맺어짐이다. 「채봉감별곡」이 자유연애를 실천이라면, 「무정」은 인습을 답습한 것이 된다. 곧 「채봉감별곡」이 성숙한 만남이라면 「무정」은 여러 의미에서 미숙한 만남이다.

  2). 이별

  〈공통점〉: 두 작품 모두 여주인공 집의 가산이 탕진된다는 점이다. 여주인공이 기생으로 전락할 수밖에 없었던 이유도 이에 기인한다. 당대에 이루어지고 있던 신분 계층의 이동을 잘 읽을 수 있는 사례 중의 하나이다. 곧 양반 가문의 몰락과 그로 인한 신분 계층의 이동을 의미한다. 비록 동기는 「채봉감별곡」에서는 벼슬을 위해 가산을 팔고, 「무정」에서는 개화 교육을 위해 가산을 소모하나, 결과적으로는 모두 몰락한다는 점에서 공통적이다.

  또 하나는 부권의 실추이다. 「채봉감별곡」에서는 채봉이 아버지의 말을 불복종함으로써 부권이 부정되며, 「무정」에서는 그와 반대로 부권에 절대적으로 종속하려는 것이 결과적으로 부권을 실추시킨다. 아버지를 구하기 위하여 딸이 기적에 몸을 판 것을 비관하여 아버지인 박 진사가 자결한다는 것은 위기에 처한 부권이 완전히 소멸됨을 의미한다. 이것을 구한말 일제의 식민지 잠식과 연결시켜 볼 때, 국가의 정체성(identity)의 위기와 동일 선상에서 파악될 수 있는 성질이라 생각된다.

  또 하나, 이로부터 가녀린 여자로서 시련을 만나기 시작한다는 점에서 공통적이다. 기적에 몸을 판 후 「채봉감별곡」이나 「무정」 모두 정절을 지키기 위해 피나는 노력을 한다.

  〈상이점〉: 「채봉감별곡」에서 어머니는 채봉이 첩이 될 것을 강권하나 채봉이 이를 거절한다. 어머니의 명령을 거부하는 것은 가독권에 대한 도

전이며 동시에 개인의 자유의사에 대한 신념의 신장이다. 또한 애정을 전제로 한 결혼에 대한 신봉이며, 가족제도의 모순에 대한 항거이다. 이러한 점에서 「채봉감별곡」은 오히려 현대적인 자각이 싹튼 소설이라 볼 수 있다.

이와 반대로 「무정」은 아버지를 구하기 위해 과거의 효행을 본뜬 결과가 된다. 이 점에서 「무정」이 「채봉감별곡」보다 오히려 고대소설적인 요소를 강하다. 그러나 이것만으로 「무정」이 고대소설과 동격이라거나, 그에서 탈피하지 못하였다고 평가하는 것은 성급한 판단이다. 이광수는 더 큰 효과를 노리기 위해 일부러 과거 소설적 수법을 차용한 것으로 보인다.

「채봉감별곡」과 「무정」에서 아버지를 구하기 위해 기적에 몸을 파는데, 「채봉감별곡」에서는 아버지가 종국에 가서는 탐관오리 대숙정으로 구출되어 행복한 결말로 이어지는데 비해 「무정」에서는 오히려 영채의 고대소설적 효행으로 말미암아 박 진사가 자결하고 그 오빠 둘도 따라 죽음으로써 가문은 일시에 황폐화 된다. 「채봉감별곡」이 행복한 결말에 이르는 고대소설의 한 전형이라면 「무정」은 하강구조를 지니는 비극적 결구의 한 패턴이다. 사건을 비정하게 처리함으로써 리얼리즘적 서사구조를 보여주고 있다. 「무정」은 고대 소설의 패턴을 차용하는 듯하면서도 그를 과감하게 배반하고, 독자의 기대를 깨뜨려 버림으로써 충격을 주는 수법을 쓰고 있다. 이광수의 현대소설 작가로서의 역량을 엿볼 수 있게 해주는 점이라 하겠다.

3). 재회

〈**공통점**〉: 「채봉감별곡」이나 「무정」이나 여주인공이 기생으로 전락하였으면서도 그 생의 목표를 오로지 배필로 정해진 남자 주인공을 만나려

한다는 점에서 공통적이다. 두 소설 모두 그를 위해 정절을 고수한다. 그리고 결국은 배필로 정해진 남자를 만나게 되는데, 남주인공들이 여주인공의 기생이란 신분 때문에 갈등한다. 또한 필성이나 형식이나 모두 기생 속량할 돈이 없어 고민한다.

〈상이점〉: 재회하는 방법이 다르다. 「채봉감별곡」에서는 고대소설 특유의 상투적 수법이 사용되나, 「무정」에서는 영채가 정보를 수집하여 직접 형식을 찾아가는 새로운 패턴이 시도된다. 「채봉감별곡」에서는 남자가 움직이나, 「무정」에서는 여자가 움직인다. 이를 통해 우리는 「채봉감별곡」의 시대가 아직은 여자가 활동적이지 못한 때였음을 알 수 있다. 반면, 「무정」의 시대는 많이 개방된 사회임을 알 수 있다.

또한 「채봉감별곡」에서는 채봉과 필성이 만나 만단정회를 푸는 고대소설의 궤적을 그리는는 반면, 「무정」에서는 이와는 반대로 비극적 궤도로 사건이 진행된다. 영채는 결국 형식으로부터 외면당하고, 배 학감과 김현수에게 정조를 유린당한다. 독자들이 지니고 있을 고대소설적 상식을 깨뜨려, 이에 따르는 상승 효과를 노리려는 작가적 전략으로 내재한 것으로 해석된다.

4). 재이별

〈공통점〉: 재회가 이루어지고 난 후 두 작품 모두 시련이 온다. 「채봉감별곡」에서는 채봉이 지니고 있던 돈이 바닥나 기생 신분으로 다른 남자를 상대하지 않을 수 없는 처지에까지 이른다. 이것은 역으로 채봉과 필성의 이별이 가까워졌음을 암시한다.

「무정」에서도 유사한 형태로 이별이 암시된다. 영채가 형식을 만나고 나온 후, 형식이 영채를 구원할 생각이 없음이 암시된다. 영채도 더 이상 희망을 갖지 못한다. 물러나와 자신이 기생이 되었음을 비관한다. 그날 청량사로 배 학감과 김현수를 만나러 간다. 이는 조만간 사태가 변화될 조짐을 암시한다. 만일 영채가 형식의 굳은 언약이나 아니면 최소한의 확신있는 태도를 접할 수 있었다면, 그녀의 행동이나 의지로 보아 충분히 위기를 모면할 수 있었을 것이다. 그러나 작품에서는 자포자기한 상태에서 정조가 훼손되는 것으로 상황이 설정되어 있다. 「채봉감별곡」이나 「무정」이 두 남녀 주인공의 재회를 통해 재이별이 암시되고, 그에 합당한 분위기가 설정되어 두 주인공이 다시 이별하게 된다는 점에서 동일한 구조를 지닌다.

다음 단계인 구원의 과정도 동일하다. 두 작품 다 여주인공이 위기에 처했을 때 구원된다. 「채봉감별곡」에서는 채봉이 돈이 다 떨어져 일반 기생으로 전락하게 될 위기에 처했을 때 평양 감사 이보국에 의해 속량되어 감영에 비서로 들어 와 외부와 절연된 상태에서 보호 받는다. 「무정」에서는 이와는 다르게 기차 안에서 은인을 만나 구원된다. 영채가 평양으로 자살하러 가던 기차 안에서 병욱을 만나는 것이 그것이다. 영채는 병욱에게 자신의 처지를 이야기하게 되고, 영채는 병욱으로부터 새로운 가치관을 주입받는다. 영채는 심경의 변화를 일으켜 자살을 단념하고 병욱의 집으로 가게 된다. 방법에서는 다를지라도 은인을 만나 구원된다는 점에서 동일하다.

〈상이점〉: 앞에서 보았듯이 구원되어 보호되는 점에서는 동일하나, 「채봉감별곡」에서는 의식의 변화가 없으나 「무정」에서는 가치관이 변화된다는 점에서 근본적인 차이가 난다.

「채봉감별곡」에서 채봉은 오로지 일념 필성을 다시 만나 행복한 결혼 생활을 하는 것이 지고의 목표이다. 그러나 「무정」에서는 이미 정절을 잃고 난 후이며, 또한 형식도 선형과 약혼을 한 후이다. 영채와 형식이 맺어지리라는 기대는 이 지점에서 무산된다. 「무정」에서는 이를 전제로 영채의 가치관이 병욱에 의해 유도된다.

또한 소설 기법 상에서도 차이가 난다. 「채봉감별곡」에서는 평면적인 인물로 일관되는 반면, 「무정」에서는 성격의 변화를 꾀하는 동적인 인물로 형상화되고 있다. 소설 기법상의 한 진전이라 할 수 있다.

5). 다시 만남

〈**공통점**〉: 두 작품 모두 대단원을 준비하기 위하여 주인공들이 다시 만나게 된다는 점에서 공통적이다.

「채봉감별곡」에서는 평양 감사 이보국이 채봉의 추풍감별곡을 듣고 그 사연을 묻는다. 여기서 평양 감사 이보국은 채봉에게 애절한 곡절이 있음을 알고, 필성과의 재회를 허락하고 백년가약을 맺어 준다. 「무정」에서는 영채와 병욱이 함께 동경에 유학하게 되고, 선형과 형식도 미국으로 유학하는 도정에 오른다. 이들은 모두 기차 안에서 재회하게 된다.

「무정」과 「채봉감별곡」은 상황 설정으로 보아 이 지점부터 두 소설이 동일한 궤도를 그릴 수 없는 것이었다. 「채봉감별곡」이 고대소설의 전형을 따라야 했기에 은인의 도움으로 구원되어 해피 엔딩으로 끝나는 것이 불가피했다 하더라도, 현대소설인 「무정」은 그와는 다른 수법을 보였어야만 했을 것이다. 「무정」에서 영채를 비극의 주인공으로 만들었다면, 끝까지 비극의 주인공답게 냉정한 붓끝으로 조상하였어야만 마땅했을 것이다.[21] 그럼에도 불구하고 은인의 구원으로 옛 애인을 다시 만나게 된다는 것은 고대소설적 결구법을 답습한 결과가 되어 문제점이 될 수 있다.

〈**상이점**〉: 비록 재회한다는 점과 행복한 결말이란 결구에서는 공통적

---

21) 김동인, 앞의 책. 497쪽.

이나 내용상으로는 전연 판이하다.

「채봉감별곡」에서는 두 남녀가 혼인함으로써 명실상부한 행복한 결말이 되나, 「무정」에서는 영채와 형식이 맺어지지 못함으로 해서 비극적 파탄으로 이어진다. 영채의 입장에서 볼 때는 세상의 '무정함'이 계속 확인될 뿐이다.

또한 두 여주인공이 구원되는 점에서도 차이가 난다. 「채봉감별곡」이 절대적인 은인의 막강한 힘에 의해 구원되나, 「무정」에서는 두 인물이 수평선상에 위치하며, 설득에 의해 가치관이 변화되어 죽음을 포기한다는 점이다. 죽음의 포기라는 면에서는 구원이나, 내적이고도 진정하는 구원은 이루어지지 않는 다는 점에서 「채봉감별곡」과 차이가 난다.

전자가 감사에 의해 구원되는 신적인 힘의 확인이라면 또 후자는 이성적으로 의지적인 자발성에 기인한다. 이 점에서 「채봉감별곡」과 「무정」이 근본적으로 다른 의미를 지니게 된다.

6. 맺음말

지금까지 필자는 「무정」과 「채봉감별곡」을 대비적으로 고찰하였다. 「무정」의 기본 구조나 전개 양상이 「채봉감별곡」과 너무 흡사한 점에 새삼 주의를 요하게 되었다. 위에서 두 작품을 비교 검토한 결과 「무정」은 고대소설을 막연히 반영한 것이 아니라, 「채봉감별곡」을 현대판으로 각색한 소설이나 다름없다는 결론에 도달한다. 그러면서도 이광수의 작가적 역량을 높이 평가할 수밖에 없는 것은 「무정」에서 전연 외적으로는 「채봉감별곡」의 구투를 발견할 수 없고, 신선한 당대의 사회현상이나 시대정신을 표현함은 물론 구소설적인 잔재를 일소하고 새로운 소설을 만들었다는 점이다. 그 이유는 무엇보다 사건 진행에서 철저히 고대소설을 배반하고 새로운 소설적 기법을 선보였기 때문이다. 골격은 고대소설에서 취했으나 액션의 전개는 고대소설과는 정반대로 진전시켰다 뜻이다. 또한 묘사도 박진감있게 서술되어 탁월하다.

이로 보아 이광수는 고대소설 중에서도 가장 뛰어난 자유연애 실천 소설인 「채봉감별곡」에 감화를 받아 그를 토대로 비록 한계점을 지니고 있지만 새로운 애정소설을 창작하였다고 볼 수 있다. 「무정」은 위의 검토로 보아 계몽적인 의도에서 집필된 것은 사실이지만, 그 기본구조가 「채봉감별곡」에 근거한, 계보상으로는 애정소설이며, 앞으로도 계몽소설보다는 애정소설로서 그 가치가 살아남아 있거나 아니면 문제점이 제기될 수밖에 없으리라 사료된다.

「무정」은 신소설에 맥락이 이어짐도 사실이나 그 보다는 더 직접적으로 고대소설인 「채봉감별곡」에 이어지는 것이며, 이로 보아 「무정」은 한국 애정소설(혹은 염정소설)과 같은 맥락에서 파악되어져야 할 것이다. 또한 이광수의 전체 소설도 이러한 계보의 맥락에서 파악되는 것이 보다 바람직 않을까 생각된다. 이는 앞으로의 과제로 보다 사려 깊은 고구가 필요하리라 본다.

2절. 고향 회귀 모티프의 농민소설적 변용

1. 머리말

본고는 「재생」, 「삼봉이네 집」, 「흙」을 중심으로 이광수 농민소설의 전개 양상을 살펴보려는 데 그 목적이 있다.

이광수는 태어나기는 농촌에서 태어났지만, 유년기를 제외하고는 대부분 도회에서 생활한 사람이다. 그의 작품도 도회를 배경으로 한 것이 대부분이다. 작품에서 농민이나 농촌이 대상이 된 예는 매우 드문 편에 속한다. 그러면서도 지금까지 농민문학론에서 이광수가 중요하게 취급되어 온 것은 그의 대표작이라 할 수 있는 「흙」때문이었다.

「흙」은 농민문학론에서 많은 논쟁의 대상이 되어 왔다. 농민문학론을 전개한 평자치고 「흙」을 지나친 예는 거의 없다 해도 과언은 아닐 것 같다.

그러면서도 한 가지 유감스러운 것은 농민을 주인공으로 하거나 농촌을 배경으로 한 이광수의 타작품에는 눈길이 닿지 않고 있다는 점이다. 이광수의 「흙」이 나오기까지는 당대의 시대적 요청도 있었겠지만, 이광수 자신의 작품 전개상의 필연적 변모 과정도 중요한 몫을 담당하고 있음이 사실인데, 이를 도외시하고 「흙」만을 대상으로 한다는 것은 여러 면에서 오류를 범할 가능성이 많다.

이광수가 농촌에 관심을 보인 것은 「흙」에서부터가 아니다. 「흙」보다도 훨씬 앞선 「재생」에서부터 귀농사상이 싹트고 있음을 볼 수 있다.[22]

따라서 이광수의 농민소설의 전개를 고찰하기 위해서는 「재생」부터 검토해야 할 것이다. 그 다음으로 「흙」이 나오게 된 구체적 모태가 된 「흙」의 바로 전단계의 소설 「삼봉이네 집」이 검토되어야만 한다. 오히려 「흙」보다도 더 본격적인 농민소설이라 할 수 있는 「삼봉이네 집」을 전제로 할 때만이 「흙」은 그 필연성과 의미가 밝혀질 수 있다.

따라서 본고에서는 「재생」에서 지식인의 귀농 의미를, 「삼봉이네집」에서 이농에 따른 이민의 실상과 기구한 역경 및 문제점을, 「흙」에서는 「재생」과 「삼봉이네 집」의 변모된 의미의 실상을 차례로 규명하여 이광수 농민소설의 본질을 밝혀보기로 한다.

2. 민족 갱생의 모색 — 「재생」

「재생」은 농민소설이 아니다. 농촌을 배경으로 하거나 농민이 주인공으로 등장하지도 않는다. 그러면서도 농민소설을 다루는 본고에서 논의의 대상으로 삼은 것은 「재생」의 결말 때문이다.

---

22) 구인환, 앞의 책, 85쪽.

「재생」은 타락한 인물이 인과응보에 의해 죽고, 사랑에 몰두했던 인물이 소아에서 대아적 자세로 각성하게 되는 과정을 그린 소설이다. 이 작품에서 봉구가 각성하는 순간 마지막 찾아가는 곳이 농촌이다. 「재생」에서 '재생'의 의미는 따라서 농촌과 밀접하게 연관된다.

이광수는 「재생」에서 삼・일운동 후 타락한 지식인들의 실상을 신랄하게 비판하고 있다.[23] 작품에 나오는 인물군은 대략 세 부류로 분류될 수 있다.

첫째, 개인적 이기주의와 향락에 몰두하는 타락한 인물군이다. 순영을 비롯하여, 그의 둘째 오빠 순기, 순영을 첩으로 맞아들이려 혈안이 된 부자 백윤희, 미국 유학까지 하고 돌아온 김모 등이다. 이 외에도 선주 또는 그의 친구들이 이에 해당한다.

둘째, 3・1운동 때부터 지속해 온 폭력적 저항을 투쟁의 수단으로 삼는 인물들이다. 순흥과 그 아내 그리고 경훈의 행위이다.

셋째, 소아에서 대아로 지향하며 계몽에 자신을 불사르려는 생산적 인물군이다. P부인이나 봉구가 그에 해당한다. 이상의 세 부류의 인물들이 「재생」을 엮어 내고 있는데, 작가가 어떻게 그들에게 가치를 조명하고 있는가가 마지막 장면을 이해하는 데 필수적 요소가 된다.

「재생」에 나오는 인물들은 모두 변질되고 있다는 데 특징이 있다. 특히 지식인들은 사회상황의 변화와 더불어 행위의 양상을 바꾼다.

주인공인 봉구는 처음에는 투쟁형의 인물이었다. 이런 성격이 순영 때문에 변신한다. 순영의 셋째 오빠 순흥과 함께 독립운동을 하다 피검되어 감옥에 갔다 나온 후, 순영이 백부자의 첩이 된 것에 충격을 받아 사랑의

---

23) 이광수, <余의 작가적 태도>(1931년 4월, 《동광》소재), 『이광수전집』 10권, 우신사, 1979년, 461쪽. 김봉구, <신문학초기의 계몽사상과 근대적 자아>, 『한국인과 문학사상』, 일조각, 1977년, 53쪽.

복수를 결심, 돈을 벌기 위해 미두 취인점에 김영진(金英鎭)이란 가명으로 서기로 취직하게 되는데서 본격적인 행위의 변화가 시작된다. 순영의 배반이 원인이 되어 조국 독립이라는 대아적 명제를 소아적 사랑의 복수로 전환시킴으로 해서 여타의 독립에 참가했던 지식인의 변절에 동참하게 된다. 아니 오히려 다른 사람들보다도 더한 반민족적 행위를 자행하는 결과가 된다. 미두 취인점에 들어가 서기가 된다는 것은 곧 일제의 합법을 가장한 식량 약탈행위에 동참한다는 의미를 지니기 때문이다. 순영을 첩으로 받아들여 온갖 육체적 향락에 탐닉하는 백윤희도 간접적으로 반민족적 행위를 하는 인물이다. 그의 재산 증식과 보호 방법에서 친일적인 행위를 상정할 수 있기 때문이다. 고로 봉구와 백윤희, 그에 붙어사는 순영의 둘째 오빠 순기, 돈만 아는 윤변호사, 그의 첩이 될 선주 등은 모두 같은 속성을 지닌 인간군이 되며, 이들은 친일적인 성향과 함께 반민족적 행위를 함으로써 조국의 갱생을 약화시키는 역할을 담당한다는 의미를 지닌다.

그렇다고 작자는 투쟁형의 인물군에도 조국 독립의 희망을 걸지는 않는다. 오히려 회의적인 반응을 강하게 보인다. ○○단에 소속된 미두 취인점 아들 경훈의 자금 조달 요청을 단호히 거부하기 때문이다. 경훈은 막바지에 가서 아버지를 죽이면서까지 자금을 강탈해 가 소기의 목적을 달성하는데, 오히려 작자는 이 지점에서 마르크시즘의 비윤리성을 제시하려는 의도가 아닌가 여겨질 정도로 경훈의 행위를 무모하고 비윤리적인 것으로 제시하고 있다. 그러나 막상 봉구가 경훈의 아버지를 죽인 유력한 용의자로 혐의 받아 체포되었을 때, 사실을 알면서도 묵비권을 행사하며, 스스로 죄를 뒤집어쓰고 사형 선고를 이의 없이 받아들이는데, 이 점은 봉구의 내심의 새로운 변화를 암시함과 동시에 투쟁형 인물군에 대한 또 다른 작가의 시각을 투시하게 만든다. 봉구의 이러한 행위는 속죄양이 되려는 의지와 자기의 이기주의에 대한 반성을 암시한다고 해석할 수 있다.

이광수는 이 지점에 도달하기까지 일제에 폭력적으로 저항하는 투쟁형 방법에 회의적인 반응을 보여 왔다. 경훈을 시대 인식의 미숙아로 파악하고 있을 뿐 아니라, 하수인으로 전락한 데 대해 동정어린 시선을 보냈고, 그의 백치적인 행동에 냉정한 태도를 견지해 왔었다. 경훈 자신의 자발적인 의사가 아니라 ○○단의 압력에 의한 피동적인 행동 결과로 묘사함으로써 정당성보다는 부당하고, 비이성적이고, 폭력적인 모습을 제시했었다. 결과적으로 이것은 경훈의 역할이나 위치를 약화시킨 것이 되고, 또한 경훈을 비윤리적이고 극단적인 행위를 하도록 하여 독자의 지탄의 대상이 되도록 설정함으로써 폭력적 과격한 투쟁방법이 설 곳을 잃게 했다고 볼 수 있다.

이러한 논리는 순흥에게도 그대로 적용된다. 순흥의 폭력적 저항 운동에도 제동을 걸기 때문이다. 순흥이 서대문 감옥 폭파를 계획하고 있는 것을 안 그의 아내가 순흥 대신 폭탄을 던지고 자폭함으로써 비극적 결말을 맺게 되고 순흥은 자취를 감췄다가 중(僧)이 되는데, 이것은 폭력적 저항의 결말이 어떻게 나는가를 보여주려는 작가의 의도가 표출된 결과라 해석된다. 경훈도 결국 ○○단 검거로 체포된다는 점에서 폭력적 저항의 불가능함을 강력하게 제시한다고 볼 수 있다.

그러나 이 사건을 계기로 봉구의 마음의 변화가 일어난다는 데 더 큰 의의가 있다. 경훈이 체포되었을 때 묵묵히 죄를 뒤집어쓰고 경훈 대신 죽을 각오를 하게 되는 것은 양심의 가책이 온 때문이다. 이로 볼 때 비록 그가 직접적 투쟁 방법에 희망을 걸지는 않지만 그에 동정적인 시선을 보내고 있음을 간과할 수 없다. 봉구가 농촌으로 돌아가고, 순영이 자신의 죄과를 회개하고 노동현장으로 들어간다는 것은 이런 경훈의 행위가 없었다면 불가능했겠기 때문이다.

  위의 것을 종합해 볼 때 「재생」의 의의는 다음과 같이 요약될 수 있다.

  1) 독립운동 후의 지식인의 타락과 향락에의 탐닉, 이기주의화, 도피 순응적 자세와 독립운동을 포기한 비관적인 모습을 비판적 안목에서 제시하려 했다.

  2) 그러면서도 후에 경훈의 죄를 쓰고 사형을 감수하려는 태도는 비록 경훈의 폭력에 동조하지는 않지만 그에 가치를 둔 결과적 행위로 해석할 수 있다. 왜냐하면 미두 취인점에서의 자신의 행위를 반성한 결과로 해석되기 때문이다.

  3) 미국 유학을 하고 온 김모를 호색한, 이기주의자로 묘사하는데서 미국 유학에 대한 기대나 신뢰가 사라져 가고 있음을 읽을 수 있다.

  4) 순영을 노동자화시키고 결국 눈먼 딸과 동반 자살하게 하는 것은 개인주의와 이기, 향락이 져야 할 업보를 제시한 것으로 인과응보을 믿는 독자들에게 경각심을 깨우쳐 주고, 민족 갱생의 의지를 고무하려는 의도로 해석할 수 있다.

  5) 봉구가 개인적 복수심 때문에 일제의 구조적 착취제도인 미두 취인점에 종사한다는 것은, 자기도 의식하지 못한 채 반민족적 행위를 한 것이 되는데, 나중에 이를 깨우치고 농촌으로 재생을 기약하며 들어간다는 것은 새로운 의미를 암시한다고 볼 수 있다. 그러나 아직은 추상화에 머문다는 한계를 지닌다. 다만 방향을 제시한 것으로 만족할 뿐이며, 또 다른 의의가 있다면 이광수 개인적 시각의 이동, 곧 「무정」이나 「개척자」에서 추구했던 민족갱생의 방법이 여기에서부터 새로운 시각으로 전환됨을 알 수 있다. 외국 유학에의 기대도 어그러지고, 투쟁에의 기대도 무산되어 도회에서의 폭력적 항거가 불가능하게 되자, 농촌으로 무대를 옮긴다는 데 새로움이 있다. 이것은 당대의 시대적 추세이기도 한데,[24) 「재생」

은 그에 동참한 것이 된다. 곧 1920년대의 소설의 주요 쟁점인 '가난'과 '죽음'의 문제에 시선이 머물렀다는 것과,[25] 마르크스주의의 과격한 운동을 거부하면서도 경향 문학의 영향을 간접적으로나마 받고 있다는 의미도 된다.

또한 1924,5년대의 시대적 유행인 농촌으로 돌아가 고향을 살리려는 당대의 요구에 부응하여 그의 실천을 준비한다는 데에도 숨은 뜻이 있다고 보여 진다.[26]

따라서, 유사한 소재인 이익상의 「흙의 세례」와 그 의미상의 차이를 대비 검토해 보는 것도 의미 있는 일이라 생각된다. 단편과 장편의 서사적 서술 방식의 자이 때문에 파생되는 이질성도 있겠지만, 외미상으로도 명백한 차이가 난다. 「흙의 세례」[27]가 감상적 전원 예찬, 흙의 예찬이라면, 「재생」은 그것이 결말 부분에 짤막하게 제시되었지만 이러한 감상보다는 한발 진전된 노동자, 농민에게의 동일화와 민족갱생이란 주제 하에서의 농촌 투입이 암시된다는 점에서 앞의 작품과는 전연 다른 의미를 지닌다. 이미 이때부터 농촌 계몽 의지가 싹텄다고 볼 수 있다.

그러나 노동자, 농민에게의 경도라 할지라도, 이광수는 이미 마르크시스트도 거부했고, 투쟁도 회의적으로 취급했기 때문에 비록 노동자 농민에게 시각을 맞췄다 하더라도 카프파와는 다른 노선을 지향할 수밖에 없는 것이 이광수의 세계관이었다. 작품에서 순영의 마지막 행위로 보여주는 노동자의 모습은 노동자로서 투쟁하는 모습이 아닌 노동에 지친 모습이다. 그것은 카프파와는 상통할 수 없는 속성을 지닌다. 오히려 역으로

---

24) 이성환, <신년문단을 향하야>, 《조선문단》, 1925년 1월, 참조.
25) 이재선, 『한국현대소설사』, 홍성사, 1979년, 217-264쪽.
26) 신춘호, 『한국농민소설연구』 (박사학위논문) 고대대학원, 1980년 5월, 34쪽.
27) 이익상, 「흙의 세례」, 《개벽》, 1925년 5월호.

노동에 적응하지 못하는 양상을 제시하여 반대의 효과를 자아내고 있다. 노동을 속죄의 한 과정으로 처리하는 것은 노동 자체를 신성시하고 투쟁 시하는 이데올로기와는 근본에서 차이가 난다.

또한 마지막으로 지적되어야 할 것은 소설 상에서 여주인공 순영의 육체적 탐닉에는 과민한 반응을 보여, 그에는 가혹한 벌(소경 딸과의 자살)을 주고, 남주인공 봉구의 체제 순응적이고 이기적·비논리적·반민족적 행위에 대하여는 아무런 제재가 없이 농촌으로 들어가게 한다는 점이다. 편견에 사로잡힌 이광수의 농민소설에 대한 시각을 읽을 수 있는 장면이다. 또한 그의 소설의 주요한 특징인 계몽성과도 맥이 닿는 점 이기도 하다.

3. 고향 상실과 몰락 구조의 실상 ─「삼봉이네 집」

앞에서 「재생」을 검토하면서 작가의 시각이 농촌으로 향하는 것을 보았다. 그것은 독립운동의 좌절에 따른 재기의 몸부림으로써 도회보다는 농촌이 더 절실한 문제를 안고 있으며, 그 자체가 민족의 현실임을 새삼 깨닫게 되었음을 의미함과 동시에, 당시 맹렬히 일어난 카프 계열의 농민에 대한 관심도 은연중에 반영된 결과로 해석된다.[28] 재생을 농촌에서 찾으려는 시도는 민족갱생의 다른 측면에서의 인식이란 점에서 카프 계열이나 보수 민족주의 계열이나 비록 방법은 달리했지만 당대의 공통된 관심의 집중이란 점에서 의의가 있다.

「재생」은 지식인의 귀농이란 점에서 「흙」과 직접 연결되지만 「삼봉이네 집」은 「흙」보다도 한발 앞서 민족의 한 전형을 농민을 통해 보여주었

---

28) 김성근, <춘원의 문학현실 -「군상」 삼편을 통하야->, 《문예월간》, 제 3호, 1932년 1월, 62쪽.

고, 또한 무대가 대부분 농촌을 배경으로 했다는 점에서 또 다른 의미가 있다. 이런 점에서도 「삼봉이네 집」은 농민소설로 다루어져야 올바른 평가를 받을 수 있다는 것이 필자의 생각이다. 「흙」이 이광수의 농민소설의 대표작처럼 논의되어 왔으면서도, 본격적인 농민소설이라 할 수 있는 「삼봉이네 집」은 거론조차 되지 않았던 점은 재고되어야 마땅하다. 만일 「군상」이 흥미 위주로 씌어진 통속소설이란 선입관념[29] 때문에 그런 현상이 있어 왔다면 시정되어야 할 점이라 생각된다. 「삼봉이네 집」은 통속을 뛰어 넘는 그 무엇을 지니고 있기 때문이다.[30] 지금까지 농민소설 논의에서 「흙」이 「삼봉이네 집」보다 많이 거론되어 왔다면, 위의 이유에 서라기보다도 「흙」이 시대를 잘 만난 탓으로 보는 것이 합당하다. 「흙」은 당시 브나로드 운동이 본격화되었고, 문단에서는 농민소설론이 활발히 전개되던 때에 나왔기 때문이다.

그러면서도 「흙」이 농민소설이란 관점에서는 발표 당시부터 관념적이어서 농민소설로는 실패했다는 의견이 지배적이었다는 데 문제가 있다. 이것은 현재까지도 계속되고 있는 현상이다.[31] 그러니까 「흙」은 농민소설의 모범 케이스로서보다는 실패의 예로서 더 자주 거론되어 왔다는 아이러니가 성립된다.

「삼봉이네 집」을 본고에서 거론하려는 이유는 「흙」의 그간의 평가와도 무관하지 않다. 「흙」의 평가가 주로 농민소설로 논의될 때는 「상록수」나 「고향」과 대비되어 논의되어 왔을 뿐, 이광수의 전단계의 소설과 연결시키지 않았었다. 그만큼 「삼봉이네 집」은 농민소설론에서뿐 아니라 이광

---

29) 임인식, <통속소설론>, 『문학의 논리』, 학예사, 393쪽.
30) 김선근, 앞의 논문, 62-64쪽.
31) 홍효민, <귀농운동의 관념화-「흙」의 제구성의 양상>, 《인문평론》, 제 14호, 1941년 1월. 을 위시하여 지금까지도 이러한 평가가 우세를 보이고 있다.

수론에서도 소외되어 왔다고 볼 수 있다. 「삼봉이네 집」의 가치를 인정한 소론은 극히 드문 형편이다.[32]

「삼봉이네 집」은 「재생」의 시각 의 변화가 구체화된 것으로 「재생」이 「흙」과 직접 맥이 닿는다 할지라도 그 중간 단계로 「삼봉이네 집」을 고려 하지 않는다면 「흙」도 옳게 파악될 수 없고, 또 「흙」을 염두에 두지 않는 다면 「삼봉이네 집」도 적절히 규명되지 않는다. 그만큼 같은 작가의 작품 이면서도 두 작품은 모든 면에서 상반되는 작품이다. 가장 두드러진 차이 점은 「흙」이 고향 회귀의 모티프로 구성되었다면 「삼봉이네 집」은 고향 을 등지고 떠나가는 고향 상실로부터 소설이 전개된다는 점이다. 이것은 「흙」과 「삼봉이네 집」을 구분 짓는 가장 중요한 핵심 요소다.

또 하나는 주인공이 순수한 농민이냐 아니냐의 구분이다. 이광수 소설 에서 지식인이거나 탁월한 힘을 지닌 주인공이 아닌 소설은 찾아보기가 힘든데 그 드문 예 중의 하나가 「삼봉이네 집」이다. 지금까지 이광수 작 품이 지탄을 받아 온 이유 중의 하나가 주인공의 비현실성이었다면 이런 점에서도 재평가 받을 만한 요소를 지니고 있다. 또한 「흙」이 주인공의 비농민적 지식인이란 점에서 관념적이란 비난을 받아 왔다면 그 점에서 도 이 작품은 거론할 가치가 있다. 고향을 떠나며, 그 떠나는 사람이 농사 를 천직으로 알아 온 농민이란 점에서 당대 현실의 사실적 포착이 드러나 며, 이 점에서 더욱 독자에게 현실감을 주는 작품이라 하겠다.

삼봉이가 고향을 떠나는 데에는 일제의 식민지 자본의 침투가 주원인 이 되고 있다. 비록 소작농이지만 '근면하고 성실한 관계로 신용도 있고 하여 박 진사 집 노른자위 논을 10여대 동안 붙여 오면서 자작농이나 다 름없는 안락과 평화와 안정감을 누리던'[33] 삼봉이네가 하루아침에 땅을

---

32) 김성근, 전게논문 및 노양환, <「군상」삼부작>, 『이광수전집』 제2권 653쪽. 구 인환, 앞의 책 86-105쪽. 등이 이에 해당한다.

떼이게 되고 뿌리를 잃게 된 것은 동탁과 식은에 의한 자본 침투에 의한 결과다. 박 진사 손자가 '만주 좁쌀 장사를 한답시고 서울로 봉천으로 덤벙대고 돌아다니다가 동탁과 식은에 저당하였던 토지가 경매되어 일본인 이주민 손에 넘어가게 되었기'[34] 때문이다.

이것은 아주 작은 사건이지만 삼봉이네 한 집에 머무는 것이 아니고 당대의 대부분의 농민의 현실이었다는 데 문제가 있다.[35] 이 시기의 대부분의 농민들은 토지를 잃거나 아니면 계약에 의한 두벌 소작인으로 전락하게 되는데,[36] 삼봉이네는 그나마도 형편이 안 되어 서간도로 이민을 가게 되는 것이다. 당대의 농민이 고향을 등지게 되는 주된 동기나 그 과정이 「삼봉이네 집」을 통해 서술되고 있는 것이다.

자기가 살던 고향을 등지고 서간도로 이민을 떠난다는 것은 피눈물 나는 사건에 해당한다. 삼봉이는 20여 세의 청년이기에 혈기로도 견디겠지만 그의 늙은 어머니는 그 자체가 죽기보다도 더 어려운 일이다. 이민을 가야 한다는 절박성과 고향에 남아 있고 싶은 욕망과의 갈등은 심각할 수밖에 없다. 삼봉이의 진취성과 어머니의 보수성과의 갈등이 개인의 갈등이 아닌 전체성을 지니는 것도 이러한 이유에서이다.

삼봉이 어머니가 노 참사의 요구 조건을 들어주고 자신을 의탁하기로 결정하는 행위는 자못 비극적이다. 노 참사에게 딸을 첩으로 주고서라도 고향에 머물고 싶어 하는 어머니의 마음에서 생존을 위해 윤리까지도 반윤리로 바꿔야 하는[37] 절박성을 읽을 수 있다.

---

33) 「삼봉이네 집」, 564쪽.
34) 위와 같음.
35) 김성근, 앞의 논문, 62쪽.
36) 조동걸, 『일제하한국농민운동사』, 한길사, 1983년, 101쪽.
37) 이 점은 김유정과 통하는 바 있다. 정한숙, <해학의 변이-김유정문학의 본질>, 『현대한국작가론』, 고려대 출판부, 1977년, 198쪽 참조.

작자는 이 지점에서 반윤리의 모습뿐 아니라 친일 지주의 실상까지도 함께 묘사하여 비판하고 있다. 또한 지주 밑에 붙어서 반윤리를 서슴없이 행하면서 오로지 자신의 이기만을 추구하는 죽은 고모의 남편 박 주사의 속물적 근성도 함께 매도하고 있다. 이때 노 참사는 지주의 전형으로 제시된다. 소작인에게는 자기 나라 신민으로 여겨 모범적이라고 할 만큼 거만하였지만은, 관리와 '일본인'에게는 또한 모범적이라고 할 만큼 겸손한[38] 위인이다. '주재소 순사가 호구 조사를 나왔던 길에 들리더라도 극진히 대접해 보내는 것이 그의 인생관이요 처세술'[39]이다. 그러면서 그가 하는 행위는 첩을 갈아 대는 일과 지주로서의 축재의 지속이 있을 뿐이다.

노 참사가 삼봉을 읍내로 심부름 보내고 그 기회를 타 을순을 돈으로 회유하려다가 안 되자, 강제로 겁탈하려는 현장을 읍내에서 돌아온 삼봉이가 발견하고 앞뒤 생각 없이 노 참사를 구타하고 그 자리에서 노 참사가 마련해 준 숙소를 떠나는데, 이것은 선량한 삼봉이네를 곤경의 구렁으로 몰아넣게 되는 함정이 된다. 노 참사는 주재소에 고발하여 삼봉을 체포하게 하기 때문이다. 노 참사는 자기의 죄를 오히려 삼봉이 남매에게 뒤집어 씌운다. 삼봉이가 돈을 얻어 내려고 을순을 첩으로 들여 놓고 폭력으로 위협하여 돈을 갈취했다는 것이다. 결국 삼봉이는 고발되어 재판을 받게 된다.

재판을 받기까지의 과정을 통해 작가는 많은 것을 시사해 준다. 무엇보다도 삼봉이네를 중심으로 한 전형적인 농민의 모습이 제시되면서 그들의 순박성이 강조된다. 그들이 보여준 행위나 사고방식은 전통적인 농민이 지녀 온 그것이다. 삼봉이가 자존심과 정의감 때문에 충동적으로 사건을 저질로 놓는 점도 그렇거니와 경찰서에 끌려가서 보여주는 그들 가족

---

38) 「삼봉이네 집」, 572쪽.
39) 위와 같음.

의 태도 또한 농민들이 보편적으로 행할 수 있는 범주내의 행동들이다.

삼봉이의 우직함과 그 어머니의 삼봉이에 대한 신뢰와 가족의 고문을 보다 못해 자신이 죄를 뒤집어쓰려는 삼봉의 인정어린 행위도 농민의 정의로움과 티 없는 선량함을 읽을 수 있게 해주는 요소들이다.[40]

다음으로 같은 농민이면서도 위의 선량함과 대척되는 모습을 제시하고 있다. 노 참사와 박 주사가 그 대표적인 예에 해당된다. 노 참사의 지주로서의 교활함과 그에 빌붙어 조그만 자신의 이익을 탐내는 박 주사의 추한 모습은 또 다른 농민의 모습을 전형적으로 드러낸다.

노 참사를 위증시켜 삼봉이에게 고통을 주게 하여 노 참사를 돕는 윤 변호사도 지나칠 수 없는 인물이나, 부정직 지식인의 모습이기 때문이다.

또한 전중 경무보의 폭력과 지주를 일방적으로 두둔하고 비호하는 모습에서 일제의 강압을 상징적으로 간파할 수 있다. 이때 나오는 조선 순사와 조선인 검사의 태도도 많은 시사점을 제공해 준다. 특히 검사국으로 압송된 후 이 사건을 맡은 조선인 이 검사의 태도는 시사하는 바 많다. 그는 '조선 사람이지만 삼봉이를 심문할 때에는 꼭 일본 말을 썼고 삼봉이가 조선 말로 대답을 하여도 김 서기가 일본 말로 번역하기를 기다리는 성미'[41]다. 조선인으로서 검사까지 되었다면 그가 기회주의자가 되지 않을 수 없는 것이 명약관화한데, 사건 성질상 증거 불충분으로 불기소 처리가 마땅한데도, 그를 주장하다가 일본인 검사장이 '피해자가 공직자요 재산가인 점과, 김삼봉이 가난하여 유리하는 지경에 있다는 것과 을순이가 미인이란 점을 종합하여 재판을 받을 것을 주장'[42]하자 그에 굽혀 버

---

40) 안중언이 <농민문학문제재론>(《조선일보》, 1931년 11월 5일)에서 비판의 적으로 한 것도 이 점이라 할 수 있다.
41) 「삼봉이네 집」, 592쪽.
42) 「삼봉이네 집」. 592쪽.

리고 마는 데서 그의 기회주의적 성격이 더욱 잘 나타나고 있다. 작가의 말대로 '만일 이 검사가 조선 사람이 아니요, 또 성격이 굳건한 사람이었다면'[43] 그의 주장을 관철시키기 위해 투쟁을 불사하였을 것이다.

다른 한편으로는 이 기회를 이용하여 가난한 삼봉이네를 등쳐먹는 농포의 비행이 고발되고 있다. 이들 삼봉이를 석방시켜 준다고 파리 떼처럼 달려들어 피를 빠는 파렴치한 사람들이 제시되어 식민지 치하의 비참함과 이광수의 동족에 대한 혐오감이 적나라하게 제시된다. 특히 간수나 형사들에 대한 삼봉이 어머니의 극진한 대접과 그로 인한 돈의 유실은 이 글을 읽는 독자에게 많은 것을 암시해 주고 있다. 이들로 인해 유랑민이 된 삼봉이네의 전 재산 이백여 원은 바닥나게 되는 것이다.

삼봉이를 구해 주는 것은 일인이나 이들 사기꾼이 아니라 조선인 변호사 장재철이라는 데도 깊은 뜻이 있다. 이 소설에서 지식인의 역할이 본격적으로 드러나기 때문이다. 지식인이 삼봉이를 구해 주는 역할 수행은 그 후 「흙」에서 허숭의 행위와 동일시할 수 있다. 농민 스스로는 제도적인 큰 굴레에 말려들 경우, 지식인의 힘을 빌지 않고는 문제를 해결할 수 없으며, 그것도 합법적인 수단에 의해 정정당당하게 해결해야 한다는 인식을 보여주는 좋은 예라 생각된다.

이광수는 사건의 해결 방법을 카프 계열의 집단적 농민 시위나 투쟁과는 다른 방향에서 찾고 있음이 증명된다. 곧 식민지 통치하의 법 테두리 안에서의 해결 방법을 원칙으로 하고 있다는 얘기가 된다. 이 점에서도 「흙」에서 시도한 테두리 안에서의 개혁이란 명제와 연계된다.

결국 삼봉이는 무죄가 증명되어 석방되고 노 참사가 대신 벌을 받아 진상이 백일하에 드러나 해결되는 데서 일단락되는데, 인과응보를 기본 사

---

43) 「삼봉이네 집」, 593쪽.

상으로 지니고 있는 이광수 자신으로나, 억울함이 풀림으로 안도하고 정의의 승리로 위안을 얻게 되는 민중의 입장으로나 짝이 맞는 해결이라 하겠다.

그러나 삼봉이네는 무일푼이 된다. 이때부터 소설은 더욱 흥미를 돋군다. 스릴과 서스펜스까지 가미되는 것이다. 이로 보아 이광수의 소설가로서의 기교는 이 지점에서 원숙의 경지에 들어선 것이 아닌가 여겨진다. 아마도 지금까지의 「삼봉이네 집」을 평가하기를 꺼린 이유도 이러한 흥미 위주의 기교에 거부반응을 느꼈던 평자의 기위 때문이 아닌가 여겨진다.[44] 또한 농민소설로서 농촌의 제시보다는 흥미 위주의 사건제시, 즉 사건소설과두 같은 소설 전개가 더욱 두드러져 농민소설로 평가하기를 꺼렸던 것이 아닌가 여겨진다. 그러나 「삼봉이네 집」은 분명히 농민소설이다. 그것도 이농형 농민소설에 해당한다.[45]

이광수에게는 농촌 묘사에만 충실한 농민소설이 체질에 안 맞았을 것이다. 플롯이 없고, 사건의 굴곡이 없는 소설은 소설로 여기지 않았을 것이다. 사실에 있어 이광수가 진실로 보여주고 싶은 것은 서간도로 이민 가서의 농민의 모습이었을 것이다. 그러나 이광수로 보아서는 서간도의 생활만 덩그러니 그려 주기보다는 이향으로부터 고난을 겪는 여행구조를 지닌 소설 본연의 패턴을 보여주고 싶었을 것이다. 그에 합당한 소설적 구성을 한 것이 「삼봉이네 집」이다. 이광수의 소설은 이미 하나의 독특한 원형적 패턴을 가지고 있다.[46] 그것은 바로 이광수가 소설가임을 증명해 주는 것이며, 통속성이 있으면서도 그의 소설이 문학사에 남을 수 있는

---

44) 임인식, 앞의 논문 참조.
45) 오양호, 「한국농민소설연구」, 《효성여대논문집》 1981년, 162-172쪽 참조.
46) 우남득, 『한국근대소설의 인물서사유형연구』(박사학위논문), 이대대학원, 1983년 10월.

요소도 되는 것이다. 굴곡을 거쳐서 스릴과 서스펜스를 지닌 채 낯선 땅 서간도에 정착하려는 고난에 찬 노력과 기구한 운명은 바로 이 소설이 소설다운 요건이 되며, 그것을 통해 농민의 구조적 모순을 구체화시켜 제시하고, 이민족과의 관계를 상징적으로 제시함으로 하여 당대의 사회를 총체적으로 파악하게 하여 주는 세계에 대한 인식과 통찰은 이광수다운 점이라 하겠다.

농민소설로서 농민의 실상이 흙을 무대로 구체적으로 제시되는 것은 서간도 이민 이후의 일이다.

작가는 재판이 끝난 후 그곳을 떠나 서간도에 먼 친척뻘 되는 김문제네 집에 도착하기까지의 여정을 짤막하게 그려 주고 있지만 이러한 삽화에서 우리는 당대의 현실을 사진처럼 선명히 인식할 수 있다. 사실주의적 소설 기법과 그에 따른 효과를 무시할 수 없다. 그 초라한 모습은 말로 형언할 수 없다. 이들의 참혹함과 자멸감은 삼봉이네 일행을 사정없이 쫓아 와 못살게 구는 호인의 개에게까지 원망이 간다. '호인의 개까지도 유리하는 조선인을 초개같이 여기는' 듯 느끼는 그들의 처량함과 의지할 데 없는 비참함은 상황의 절실함을 잘 나타내 준다.

그러나 이들이 그 많은 역경을 헤치고 희망에 부풀어 김문제가 사는 H라는 곳에 도착했을 때, 수중에는 무일푼이었고, 기다리는 것은 교묘한 사기극뿐이었다. 김문제가 삼봉이에게 농사지어서 상환하는 조건으로 팔아먹은 농토는 울로초가 우거진 버려진 땅이었다. 그러나 고향에서 살 수 없어 쫓겨 온 이들에게는 개간의 의욕과 함께 농사를 다시 지을 수 있다는 안도와 내 땅이 된다는 희망에 기쁨이 넘친다.

삼봉이는 1년 내내 울로초와 생명을 건 투쟁을 한다. 노력의 결실은 있어서 그해는 대풍이 되었다. 그러나 이 기쁨은 오래 가지 못한다. '그것은 이 해가 동양 어느 나라를 물론하고 무전대풍이 되어서 곡가가 평년의 반

이상으로 폭락'[47]해 버렸기 때문이다.

삼봉이네 논에서는 여러 사람들의 예상과 같이 이십 섬은 못 났어도 십팔 석 반이나 벼가 났다. 이것이 만약 작년과 같다고 하면, 금화로 이백 원 어치는 될 것이니, 논 값과 양식 값을 물고도 일 년 농량은 남았을는지도 모른다. 그러나 금년 벼 금으로는 십팔 석을 다 팔아도 백 원이 다 되지 못하니, 논 값(삭을 도지) 금년 분 일백 원, 집세 삼십육 원, 농량 값 십 개월 육십 원, 도합 일백 구십 육 원보다 부족하기가 백여 원이다.[48]

심봉의 노력은 오히려 백여 원이 부족으로 보상될 뿐이다. 또다시 빚을 내거나 농량을 꾸어 먹을 수밖에 없다. 이 희망은 그 이듬해에도 무참히 깨진다. 오히려 빚은 더 늘 뿐이고, 타작하는 날 김문제는 낱알 한 알 남기지 않고 추수한 것을 모조리 실어가 버린다. 집세는 고사하고 먹을 것마저도 없다. 김문제에게 아무리 피맺힌 호소를 해도 들어 주지 않는다.

결국 삼봉이는 호로야네 돼지몰이로 전락한다.

이광수는 이 지점에서 지금까지 전연 관심을 보이지 않았던 농촌의 구조적 모순을 구체적으로 형상화시키고 있다. 고향을 떠나 올 때도 막연히 추상적으로 토지가 동탁에 넘어가 소작권마저 잃게 된 것으로 언급했을 뿐이다. 그것도 박 진사 손자의 사업 실패라는 원인만을 제시했을 뿐 일제 자본의 교묘한 침투와 그들의 이민정책의 실상에 대해서는 상세히 언급하지 않고 있었다. 그런데 이 지점에서는 삼봉이가 동족에게 그것도 친척인 아저씨 김문제에게 어이없이 수탈당하는 모습을 그려 줌으로써 많은 시사점을 제공한다. <민족개조론> 이후 동족에게 대한 자학에 가까

---

47) 「삼봉이네 집」, 606쪽.
48) 위와 같음.

운 질타가 여기에서도 어느 정도 드러난 결과가 아닌가 해석되며, 이것은 결국 박통사의 비리를 폭로함으로써 더욱 노골화된다.

결국 돼지몰이로 전락한 삼봉이가 살인강도 혐의로 옥에 갇히고, 오빠를 구하기 위해 을순은 김문제에게 정조를 팔고 돈을 얻어 박통사에게 가져가나, 박통사에게마저 사기당한다. 삼봉이의 아내 안씨는 그 충격에 6개월 된 아이를 낙태시키고 죽는 비극적 결말을 보게 된다.

문제는 그 다음부터라 하겠다. 이광수 소설의 패턴으로 보아서는 낙관적 미래관이 작가 개입에 의해 설명되어야 정상이다. 그것도 문화주의적인 비폭력적 해결이어야 한다. 그런데 이 지점에서 폭력적인 해결 방법을 사용하고 있다. 삼봉의 동생 오봉과 금동, 을순, 세재는 합법적인 수단에 의해 삼봉을 구출한다는 것은 불가능하다고 판단하여 삼봉을 호송하는 따후링(打虎嶺)길목에서 호송 순사를 죽이고 삼봉을 구출해 내는 것이다. 그 후 그들은 신출 귀몰하는 수법으로 조선인을 착취하는 중국인 지주들만을 골라 습격하여 죽인다. 그것이 그들이 원수 갚는 유일한 방법이다. 그간에 쌓였던 원한을 폭력에 의해 시원히 해소한다.

그러나 이것은 결과적으로 조선인 전체를 농노로 만들게 한다. 한인 고용법이 공포되기 때문이다. 삼봉이는 이 뜻하지 않았던 기대와는 상반되는 사태에 당황한다. 방향 감각을 잃은 그는 공산주의자 유정석에게 찾아가 앞길을 의논한다. 그의 해답은 개인을 넘어서라는 것이다. 구조적 모순, 제도의 잘못됨을 깨우쳐 준다. 삼봉이는 개인을 넘어 단체를 이뤄 해결해야 한다는 해답을 받고 앞으로 자신이 취해야 할 길을 모색하는 데서 이 소설은 막을 내린다. 「삼봉이네 집」의 이런 결말은 다음과 같은 점에서 의의가 있다.

첫째, 그의 마르크시즘에 대한 태도를 인지할 수 있다. 표면적으로는 공산주의자 유정석을 통해 갈 길을 제시받는 것으로 되어, 삼봉이가 마르크시스트가 되어 마르크시즘화되는 농민의 투쟁과 그 필연성을 역설한 것 같지만, 실에서는 그 반대라 볼 수 있다. 왜냐하면 마르크시스트의 살인과 폭력이 동기로 보면 한민족에게는 정의가 되나, 결과적으로는 농노화되는 역효과를 낳게 함으로써, 충동적·비이성적 폭력, 살인이 어떠한 결과를 가져오는가를 보여줌으로써 결과적으로는 그 것을 부정하고 있기 때문이다. 다음 작품인 「흙」에서 제도내적, 합리적, 비폭력적, 도덕적 개선을 역설하여 그를 실천적으로 행하는 것도 이러한 과정을 거쳤기 때문에 가능했던 필연의 결과로 해석된다.

둘째, 투쟁의 대상이 중국인이라는 데 문제가 있다. 이때는 일본이 적극직인 중국 확산 정책을 쓸 때였다.[49] 중국인의 땅에서 정착해 살려는 우리 민족의 생존을 몰아내려는 중국인들의 방어가 당시의 문제로 부각되었고 그들과의 싸움은 생사권과 직적 연관된 것은 사실이지만,[50] 어디까지나 당대의 우리의 적은 일제였다. 당시 신문소설이란 입장에서 일제에 대한 노골적인 투쟁과 항거를 표시할 수 없었던 것이 사실이라 하더라도 일제는 문제시하지 않고 중국만을 일방적으로 적대시한다는 것은 문제가 된다. 또한 소설 자체에서도 시종 삼봉이가 중국인으로부터 호의를 받고 비호를 받는 것으로 되어 있다가 갑자기 산으로 들어간 후 중국인을 상대로 싸운다는 것은, 비록 한국인을 괴롭히는 중국인을 대상으로 하고, 당시 악덕 중국인 지주가 가장 많이 있었던 것은 사실이겠지만, 이 소설 자체로 보아서는 소설 결구상의 필연성에 약점이 될 수밖에 없다.

셋째, 그러나 중국인 지주에 대한 대항을 좀 더 확대 해석한다면 이민족으로써 우리의 뿌리를 뽑고 착취한다는 점에서 일제와 동일시할 수 있다는 점이 고려될 수는 있다. 일제에게 직접적인 투쟁이나 대항하는 모습

---

49) 조동걸, 앞의 책, 234쪽.
50) 오양호, 앞의 논문, 171쪽.

을 소설에 쓴다는 것은 불가능했을 것이다. 이런 방법으로라도 그 대결 방법을 암시한다는 것은 그것이 소설이라는 점을 감안할 때 의의 있는 일이라 할 수 있다.

　이상의 지적에서 볼 때, 문제의 해결을 폭력에 의해 시도한다는 점에서, 이광수가 <민족 개조론> 이후 전향한 타협적·비폭력적·무저항적 민족주의 노선과는 대비되며,[51] 그런 의미에서도 이 소설은 특색 있는 작품에 해당한다. 「재생」에서의 3·1운동 후의 부정적·이기적 인물에 대한 야유조에 가까운 신랄한 비판과 마르크시스트인 경훈과 순흥의 무력화와는 대조적으로 투쟁적인 모습을 부각시켰다는 점에서이다. 이광수 소설 중에서 가장 카프 계열의 작품과 가까워질 수 있는 요소를 지니고 있는 소설이라 하겠다. 그러면서도 삼봉이를 영웅화시키고, 농민의 실상을 농민의 장인 농사로부터 떠나게 하여 산속에서 활약하게 한다는 점은 우선 그 의도하는 바는 차치하고서라도 근본 방향부터가 다른 것일 수밖에 없다. 곧 카프 계열의 농민소설이 농촌을 무대로 단체를 이루어 실질적인 소작쟁의를 통해 투쟁한 것과는 다른 양상이라 해설할 수 있기 때문이다.[52]

　한편 삼봉이네를 등쳐먹는 동포에 대한 가혹하리만큼 자학적인 비판 태도는[53] 카프 계열의 상황 인식이나 해결 방법과는 다르다 할 수 있다. 카프 계열의 농민소설은 가난의 원인을 한민족의 잘못에서 찾으려 하지 않는다. 오히려 가난한 농민이나 노동자에게는 동정과 신뢰를 보낸다. 대신 그보다는 더 큰 구조적 모순에 원인을 찾아 그에 대항하여 부조리를

---

51) 송건호, 「춘원 이광수론; 한 친일문학가의 의식구조」, 621-629쪽.
52) 김성근도 결말 부분을 오점으로 지적하고 있다(앞의 논문, 63쪽.)
53) 김붕구, <신문학초기의 계몽사상과 근대적 자아>, 『한국인과 문학사상』, 일조각, 1977년, 39쪽.

제거하려는 데 목적을 둔다. 이에 비해, 「삼봉이네 집」은 구조적 모순을 인식하면서도 동족에 대한 신랄한 비판을 쉬지 않는다. 이점에서 카프계열의 소설과 차이가 난다.

이는 이광수의 현실에 대한 인식과도 무관하지 않다. 그는 망국까지도 민족의 열등성 때문에 초래된 필연의 결과로 분석하고 있기 때문이다. 조선조 양반에 대한 부정도 이에 근거한다. 우리 것 자체를 부정적으로 파악한 소치 때문임은 재언을 요치 않는다. 이미 언급하였듯이 그의 아이덴티티가 부정적으로 형성된 것도 이와 무관하지 않다.[54]

결론적으로 볼 때, 「삼봉이네 집」은 순수한 농민으로써 주인공을 삼고, 모든 행위나 사건까지도 농민의 의식구조니 행동 범주 내에서 모든 것이 이루어지고 있다는 점에서 농민소설의 한 전형이라 하겠다.

이광수가 삼봉이네 일가를 통해 제시한 농민의 덕목으로는 선량함과 순박함, 정직함, 또한 그에 따르는 우둔함과 충동적이고 무식함이었다. 또한 그를 보충하고 이끌어가는 역할로 지식인의 필요성을 장재철과 유정석을 통해 암시하고 있었다. 따라서 다음 작품인 「흙」은 이러한 「삼봉이네 집」의 모든 것이 지양되는 과정을 보여주는 것으로서 「삼봉이네 집」의 계속적인 연장선상에서 그 실상이 파악되어야 본래의 필연성이나 의미가 제대로 규명되어질 수 있다.

4. 고향회귀의 필연과 허구의 의미 —「흙」

이광수 소설 중에서 가장 많이 논급된 것을 고른다면 「무정」 다음으로

---

54) 한승옥, <이광수연구>, 《동아논총》, 제17집, 34-59쪽.

「흙」이 아닐까 한다. 「무정」이 우리나라 현대소설사의 기념비적 존재로
자주 거론되었다면, 「흙」은 농민소설이란 관점에서 반드시 언급되는 작
품이었기 때문이다.

그러나 「흙」을 농민소설로 언급한 거개의 논평은 부정적일 수밖에 없
었다. 농민소설을 이야기하기 위한 것이 아니라 농민소설의 실패 케이스
를 제시하려는 아이러니가 성립되었다. 그렇다고 「흙」이 소설 자체가 실
패작이라는 뜻은 아닐 것이다. 농민소설이란 시각을 통해 볼 때 긍정적인
평가를 내릴 수 없다는 입장일 것이다. 「흙」을 당대에 비평한 홍효민도
시종 관념화된 결점을 지적하면서도 쉽게 실패작임을 판정내리지 않고
있다.[55] 이것은 그 후의 「흙」의 평가에서도 계속되는 현상이다. 과다한
계몽성, 시혜적 태도, 농촌 현실의 피상적 파악, 영웅화된 주인공,[56] 초점
을 흐리게 하는 삼각관계,[57] 이상적 결말[58] 등은 「흙」이 지니는 농민소설
로의 약점이 되기에 충분한 것이다.

본고에서는 이러한 약점을 재론할 필요는 없다고 본다. 다만 지금까지
의 논고는 다른 작가의 농민소설과 대비적으로 고찰하였기 때문에 그 약
점만이 지적되었을 뿐, 그렇게 된 동기나 필연성, 또는 개인 작가가 지니
는 특수한 의미 등이 고려될 수 없었다는 점이 지적되어야 마땅하다. 이
광수의 농민소설 하면 「흙」만이 다루어졌을 뿐, 「재생」이나 「삼봉이네
집」은 거론조차 되지 않았을 뿐 아니라, 그를 연계시켜 구체적으로 언급
한 사실이 없었다는 점이다.

「흙」은 적어도 「삼봉이네 집」과 직접 연계시켜 고찰해야 한다. 「흙」이

---

55) 홍효민, 앞의 논문, 83쪽.
56) 정한숙, <농민소설의 변용과정>, 『현대한국소설론』, 고대출판부, 1977년.
57) 오양호, 앞의 논문, 71-99쪽.
58) 이주형, 『1930년대 한국장편소설연구』 서울대 박사학위논문, 1983년, 86-87쪽.

농민소설로 실패했다면, 「삼봉이네 집」은 그 역이 성립되기 때문이다.

「삼봉이네 집」과 「흙」은 모든 점에서 상반되는 작품이다. 이를 좀더 명확히 하기 위해 도해해 보기로 한다.

	삼봉이네 집	흙
주인공	농민(삼봉)	지식인(허숭)
보조인물	지식인(장재철, 유정석)	농민(살여울 사람들)
사건방향	이향	귀향
이념	제도적 모순 개혁	제도내 개혁
태도	투쟁, 폭력적·피해적	순응, 비폭력적·시혜적
결말	이상적 결말	사실적 결말
구성	하강	상승

물론 위의 도표는 특징적인 점을 중심으로 단순화시킨 것에 불과하여 소설이 완전하게 대비된 것은 아니라 할 수 있다. 세부적인 삽화나 자유화소의 기능을 도외시한 경직된 분석의 예에 지나지 않는다. 그러나 「흙」을 분명히 이해하기 위해서는 위의 도표가 시사하는 바 많다.

우선 「흙」이 농민소설로 가장 많이 지탄을 받아온 주인공이 비농민이란 점이 해명될 수 있다.

「삼봉이네 집」에서 농민이 주인공이 되어 고향을 등지고 떠나는데, 그 길은 역경의 연속이었다. 삼봉이가 당하는 곤경은 삼봉이의 잘못이 아니라 지주들의 비리 때문이었다. 삼봉이는 정직하고 순박하며, 농민의 전형답게 선량하게 행동했으나 사회가 그 순박함을 역이용하여 결국 삼봉이는 사회에서 숨어야 했으며, 그 원수를 폭력으로 갚아야 했다. 삼봉이의 행위에서 잘못을 찾자면 우직함으로 인한 충동적 기질이며, 김문제에게 당한 수탈은 그의 무식함과 통찰력이 없기 때문이었다.

　삼봉이를 이러한 몰락에서 구할 수 있었던 것은 장재철과 유정석이었다. 장재철은 법정투쟁을 통해 삼봉이를 구했고, 유정석은 이념적통찰을 제시해 주어 행동의 지표를 설정할 수 있게 해주었다.

　이로 볼 때, 이광수의 농민에 대한 인식은 제도모순을 인식하고 중동적이 아닌 이성적 행위를 할 수 있는 현명함이 필요하다고 본 듯하다. 이는 당대의 프로 작가들의 현실인식과 차이가 난다. 집단행위에 의한 투쟁이 효과는 어느 정도 있을지 모르나 근본적인 해결은 될 수 없다고 본 것이다. 이것은 이광수의 농민에 대한 신뢰가 불가능했기 때문이라 볼 수 있다. 선량하고 정직하기는 하나 그것이 오히려 더 많은 고난을 가져오게 되기 때문에 그들을 계몽할 필요가 있고, 그러한 이유로 이광수는 「삼봉이네 집」에서의 보조적 역할만 했던 지식인을 표면에 부상시킨 결과가 아닌가 여겨진다.

　「삼봉이네 집」에서는 세 유형의 지식인이 나온다. 삼봉이가 억울하게 죄를 뒤집어쓰고 궁지에 몰려 있을 때, 그를 위해 무료 변호를 하여 구출해 주는 장재철 변호사가 한 유형이라면, 같은 변호사라도 악덕 지주 편에 서서 정의를 짓밟는, 그리고 선량한 동포를 몰락시키는 악덕 변호사로, 돈만 아는 이기주의적 지식인으로서의 또한 전형인 윤변호사, 그리고 자신의 안일을 거부하고 전체를 위해 희생할 각오로 이념투쟁을 하는 유정석의 세 유형이다. 이 세 유형의 지식인은 당대에서 쉽게 발견할 수 있는 전형에 해당한다.

　「흙」에서 이광수가 택한 길은 주지하는 바와 같이 장재철의 노선이다. 「흙」에서 허숭이 정선과 결혼 후 정선의 요구대로 돈이 많이 생길 수 있는 '이남작 집의 추악한 사건'의 변호를 거부하고 농촌으로 내려오는 행위는 「흙」 하나만으로는 그 필연성이 미약해 보이지만 「삼봉이네 집」의 이러한 점과 연관시켜 보면 그 이유가 보다 선명해 진다. 그의 민족주의에 대한 이념의 한 소치라 볼 수 있다. 비록 그가 선택한 길이 순응주의였고,[59] 시혜적·관념적이었지만 이광수의 민족주의 이념 하에서는 적어도 최선의 길이 아니었을까 여겨진다. 이것의 옳고 그름은 소설의 성패와는 또 다른 문제라 생각된다. 소설은 역사의 보조 수단으로 사용될 수 없기 때문이다.

그런데 문제는 허숭이 처음부터 장재철의 길을 택하지 않았다는 데 있다. 장재철과 허숭은 소설 상으로 보아 선후 관계가 이루어질 수 있듯, 경력 상으로도 차이가 난다. 장재철은 미혼인데다가 학생 신분이고, 허숭은 학교를 졸업한데다가 결혼까지 한 몸이다. 장재철은 학생의 혈기와 정의감, 독신으로서의 의사 결정의 자유로움이 있었다. 그러나 허숭에게는 이미 그런 자유가 제한된 후의 일이었다. 허숭은 이미 정선을 택한 순간부터 「삼봉이네 집」에서의 장재철의 역할은 할 수 없는 입장이 된 것이다. 그는 신분상승욕구와 그에 따르는 도회의 안락함을 택하였다. 이때부터 이미 그는 대아적인 정의 구현은 포기한 것이나 다름없다. 갈등과 비극은 이런 선택 다음에 그가 자신의 이상을 버리지 못했다는 데 있다. 이 점이 아마도 「흙」이 위선적이고 관념적이란[60] 평가를 받는 데 주요한 몫을 담당하게 된 것이 아닌가 여겨진다. 소설 내용상으로 보아서 이 점은 비판받아 마땅하다. 또한 이런 인물에게 다시 민족주의적 행위를 하게하고, 살여울로 가서 유순에게 추파를 보내는 것은 지탄받아 마땅하다. 대중적 흥미를 불러일으키기 위한 값싼 기교로 매도당해도 할 말은 없을 것이다. 그러나 그것이 이광수임에랴. 이광수를 사상가로 보려 할 때는 이러한 트릭이 졸렬하기까지 할 것이다. 또한 소설의 후반부에서 모든 인물이 개과천선하여 농촌으로 몰려드는 것은 가히 어린애 장난 같기도 하다. 이에 대

---

59) 김봉구, 앞의 논문, 44쪽.
60) 정한숙, 앞의 논문, 60-71쪽.

한 전적인 책임은 작가에게 있다. 독자를 너무나 얕잡아 본 결과라 볼 때, 이광수의 오만함에 새삼 조소를 금치 못하게 한다. 그러나 한편 생각하면 소설이 그렇게 고상한 문학 장르일 수 있겠느냐는 데 문제가 있다. 소설은 가장 대중적인 문학 장르일 수밖에 없겠기 때문이다. 그렇다고 통속을 옹호할 생각은 추호도 없다. 이것은 그리 간단한 문제가 아니기에 고를 달리 할 성질의 것이라 생각된다.

다만 여기서 언급되어야 할 것은 그런 값싼 기교가 또한 이광수를 오늘의 소설가 이광수로 평가할 빌미를 마련해 준다는 점이다.

이 점은 이광수를 평가하는 데 혼란을 가져오기에 충분한 요소가 되는데, 결국 이광수는 소설가로서 남을 수밖에 없다는 점을 염두에 둔다면,[61] 해답은 자명해 질 수 있다. 그의 「흙」에서 보여주는 제도내에서의 개혁의 한계성과 그의 낙관론의 어리석음은 사상가이기보다는 소설가 이광수의 입장에서 보아야 쉽게 이해가 가는 점이기 때문이다.[62] 소설은 허구다. 이광수의 이상대로 동포끼리 반목, 질시, 모함하지 않고, 동포애로 서로 돕고 단결하며 살아갈 수 있다면 그것도 최상이다. 또한 지주가 자신의 사욕만을 채우지 않고 가난한 농민들에게 자시 것을 다 나누어 준다면 일제의 통치도 그다지 무서운 것이 못된다. 그러나 세상은 실제로 그렇지 않다. 이상일 수밖에 없다. 그러나 그 이상은 당대의 민중의 염원일 가능성이 많다. 이광수 소설이 고대소설과 맥락을 같이함도 이런 점에서 찾아질 수 있다. 이광수가 농촌의 현실을 보면서, 그것이 일제 때 뿐 아니라 더 거슬러 올라가 조선조 때부터의 고질적 현상이고, 그것이 양반의 잘못이라 파악하여 동족에 대한 질타를 보내는 것도[63] 이러한 맥락에서

61) 전광용, <이광수연구서설>, 《동양학》 제4집, 단대 동양학연구소, 1974년 참조.
62) 김붕구, 앞의 논문, 88쪽.
63) 이주형, 앞의 논문, 83쪽.

이해되어져야 한다. 이광수조차도 그것이 「흙」에서처럼 이루어지리라고
는 생각하지 않았을 것이다. 다만 허구적 해결일 뿐이다.

그러나 이러한 해결은 자칫 잘못하면 환상만을 조장시킬 수 있다. 하여
현실의 무력함을 조성할 수도 있다.[64] 한때의 허구적 해결에 도취되었다가
현실에 돌아왔을 때의 허탈해 짐은 더욱 큰 악이 될 수도 있다. 지금까지의
「흙」의 부정적 평가도 이와 무관치 않을 것이다.

그렇다고 이와 반대의 입장에 선 프로 계열의 작품이 정당화될 수는 없
을 것이다. 몇몇 평자에 의해 민촌의 「고향」이 「흙」과 대조되었을 때[65]
정당화될 수 있었던 것은 평자의 시각의 편차 때문이었다. 갑숙이가 노동
자가 되어 돈을 대고, 농민이 단결하여 지주와 투쟁하는 것은 당장에는
무력하지 않고 힘이 있어 보이지만 현실로는 더욱 큰 불행을 자초할 수도
있다. 또한 그것은 역시 허구적 환상에 지나지 않는다. 현상적이고 낭만
적임에는 「흙」의 해결과 다를 바 없다.

그런 점에서 두 소설은 당대의 사회 전체의 한계일 뿐만 아니라, 삶의
총체적 파악의 한계를 잘 드러내 준 결과로 해석된다. 「흙」이 관념적이
고, 「고향」을 그보다는 한 단계 발전한 형태로 파악하는 당대의 논문이
나,[66] 그의 계승적 평가는 그런 의미에서 설득력이 부족하다.

이광수는 전대 소설과 대비해 본 결과로는 이광수의 방황이 오히려 더
인간적이고 소설가답다고 생각된다. 프로 계열의 경직된 관념화는 비록
그것이 「고향」에서 많이 약화되긴 하였지만 근본에서는 불변이라 볼 때,
그 한계는 뚜렷한 손실이고 결점이라 생각된다.

---

64) 이주형, 앞의 논문, 86쪽.
65) 민병휘, <춘원의 「흙」과 민촌의 「고향」>, 《조선문단》, 1935년 6월.
66) 위와 같음.

5. 맺음말

지금까지 필자는 「재생」, 「삼봉이네 집」, 「흙」을 중심으로 이광수의 농민소설을 검토하였다.

이에서 얻어진 결론은 다음과 같다.

첫째, 「재생」은 이광수 소설에서 처음으로 농촌이 주인공의 활동 무대로 제시된다는 점에서 의의가 있다.

둘째, 「재생」에서 봉구의 마지막 행위는 「흙」에 직접 연결되나, 「흙」의 전 단계 소설인 「삼봉이네 집」이 구체적인 농촌이 무대가 되고 농민이 주인공이 된다는 점에서 「재생」은 「삼봉이네 집」이 있게 해주는 초석이 된다는 점이다. 곧 「재생」에서 이광수의 시각의 변화가 「삼봉이네 집」을 가능하게 했다고 볼 수 있다.

셋째, 「삼봉이네 집」은 그런 의미에서 「재생」의 연장선상에서 파악되어야 하며, 무엇보다도 의미 있는 일은 농민이 주인공이란 점이다. 지식인은 다만 보조 역할만 할 뿐이다. 그러면서도 사건 해결에 있어서는 지식인이 우월한 입장에 서게 했다는 점에서 이광수의 특색이 드러나고 있다.

넷째, 이 소설에서는 농토를 잃거나 소작권마저 잃게 된 대부분 농민의 전형이 드러난다는데 의미가 있다.

다섯째, 이민을 가야 하는 절박성이 드러나고 있다. 삼봉이 어머니가 을순을 첩으로 주는 반논리적 행위까지도 불사하며 고향에 남아있으려는 모습은 비극적인 것이었다.

여섯째, 동족간의 대립, 착취, 사기의 모습이 제시되고 있다. 옥천에서의 노 참사, 박 주사, 재판 과정에서의 간수나 형사 등이 이에 해당하며, 서간도에서의 김문제, 박통사가 그 대표적 유형이 된다.

일곱째, 농민의 직업 이동과 전락하는 모습이 제시되고 있다. 호로야

집의 돼지몰이로 전락하는 삼봉이의 운명에서 민족의 자존심이 몰락하는 실상을 목격하게 된다.

여덟째, 구조적 모순의 해결 방법이 제시되고 있다. 개인을 넘어서 제도의 모순을 인식하고 그의 개선을 모색하나 다만 추상화에 머물 뿐 구체적 해답을 유보한 상태로 있다.

아홉째, 「흙」은 「삼봉이네 집」의 해답편이라 할 수 있다. 소설의 골격에서 서로 좋은 대조가 될 정도로 상반된 모습을 보여주고 있다.

따라서 「흙」을 그 하나로 보면 관념적이고 시혜적·계몽적인 소설이어서 약점이 지적될 수 있으나 「재생」과 「삼봉이네 집」을 연결시켜 파악해 보면 「흙」의 필연성이 해명될 수 있다. 그러나 그렇다고 「흙」이 농민소설로 성공했다는 의미와는 다르다. 이광수의 농민소설은 그런 의미에서도 재고되어야 한다.

따라서 이광수의 본격적인 농민소설은 「흙」이 아니라 「삼봉이네 집」임이 검증된 셈이다. 이런 의미에서는 「삼봉이네 집」과 타작가의 농민소설과의 대비적 고찰이 이루어져야 할 것이다. 그렇게 할 때만이 이광수의 농민소설의 위치가 명확히 조명될 수 있으리라 본다.

이광수 장편소설 연구

제 4장 │ 당대 현실의 역사적 투시

1절. 이광수 역사소설 「단종애사」

1. 머리말

춘원 이광수는 본격적인 장편소설 이외에도 여러 편의 역사소설을 창작하였다. 「가실」이나 「허생전」, 「일설 춘향전」 등과 같은 가벼운 역사물 이외에도 「마의태자」, 「단종애사」, 「이순신」, 「원효대사」, 「이차돈의 사」, 「세조대왕」, 「사랑의 동명왕」 등 본격적인 장편 역사소설을 집필하여 그때마다 세간의 화제를 모았을 뿐 아니라 수많은 독자를 확보하여 식민지 시대에 우리 민족에게 많은 영향을 끼쳤다.

이광수는 자기 스스로 문학을 餘技라 하였고, 소설을 민족주의를 주입하기 위한 포장 수단으로 사용하였다고 공언하였듯이 그의 문학은 계몽성이 강한 것이 사실이다. 그의 소설이 저평가 받는 이유의 대부분도 이러한 점에 기인함은 주지의 사실이다.

그러나 이러한 점이 소설을 평가 할 때 작품을 저평가 하는 주된 이유가 되어서는 안될 것이다. 서구의 계몽주의를 떠올릴 필요도 없이, 소설은 현실을 떠나서는 살 수 없는 문학 장르임을 감안할 때, 문학이 현실과 유리되지 않고 항상 현실에 앞장서서 민중을 계도하고 갈 길을 밝혀 주는 것이야말로 문학이 마땅히 담당해야할 당연하고도 필연적인 임무다. 문제는 이광수의 소설이 너무 노골적으로 민중을 계도하려 하였다는 데 있다. 소설은 문학이기 때문에 논설과는 다르게 섬세한 문학장치를 통해 구체적으로 사건을 형상화하고 이를 통해 암시적으로 주제를 표출해야 하는데, 이광수는 너무 직설적으로 자신의 생각을 드러냈다는데 문제가 있다. 하기에 이러한 문제점들은 그의 문학이 대중적이라든가, 흥미 위주라든가, 통속적인 요소가 많아 문학성을 저해하는 요소로 치부되어 왔다. 그런데 더 심각한 문제는 이것이 고정관념화 되어 대부분의 문학연구자들이 현재까지도 이광수 문학은 무조건 계몽적인 것으로 기계적인 평가를 서슴지 않고 있다는 데 있다. 물론 이광수 문학이 앞에서도 지적했듯 계몽적인 요소에서 자유스러울 수는 없다. 이광수 문학의 두드러진 특징은 누가 뭐라 해도 계몽성의 과다한 노출이다. 그러나 문제는 이러한 고정관념 때문에 그의 문학이 지닌 또 다른 특징이나, '文學 卽 餘技'라는 말 뒤에 숨겨진 작가의 진의를 파악하지 못할 수도 있다는 데 있다. 만일 이광수의 문학이 계몽성으로만 일관하였다면, 그리하여 문학적 요소가 전무하거나 극히 미약하다면 그의 소설은 지금 벌써 문학사에서 지워졌거나, 아니면 현재의 독자들에게 망각된 채 사라져 버렸을 것이다. 그러나 사실은 그와 정 반대이다. 이광수 연구는 그 어떤 소설가보다도 양에 있어서나 질에 있어서나 압도적이고, 그의 문학 작품도 현재 이 시점에도 새롭게 출판되어 서점가를 장식하고 있다. 그것은 곧 그의 문학이 계몽성만을 지니지 않고 문학성도 함께 지니고 있음을 의미한다. 적어도 단순한 계몽성을 뛰어넘는 또 다른 매력을 지니고 있다는 증거다.

여기서 논의하려는 역사소설도 이러한 점에서는 변함없다. 그의 역사소설은 계몽성으로 인하여 대부분의 평자들로부터 비판의 적이 되어 왔으며, 폄하의 대상이 되어 온 것이 사실이다. 한마디로 말해 이광수는 진정한 역사의식은 지니지 못한 채, 오직 대중을 흥미 본위로 이끌고, 그때그때마다 현실에 안주하면서 설교하려 들었다는 것이다. 이것은 그가 일제 말기에 친일로 훼절하였기 때문에 더욱 설득력을 얻게 되었고, 이광수를 폄하하는데 누구나 쉽게 들이 댈 수 있는 전가의 보도가 되었다.

물론 그의 역사소설이 모두 옳고 잘되었다는 이야기는 아니다. 다만 여기서 문제 삼고자 하는 것은 이러한 고정관념의 늪에서 헤어나지 못한 채 그 속에서만 기존의 평가를 답습할 것이 아니라, 이념이나 역사의식도 문제 삼으면서 더 중요한 개인사적인 정황도 참고하면서 그의 역사소설이 지니는 문학적 특성이나 독자적 반응 양태를 분석하여 이광수 문학이 지니는 폭과 깊이를 폭넓게 천착해야 이광수의 문학에 대한 올바른 평가가 내려질 수 있다는 뜻이다.

2. 이광수 역사 소설을 보는 시각

이광수의 역사소설을 보는 시각에 영향을 끼친 기존 연구는 크게 두 줄기로 요약된다.

하나는 김동인의 <춘원연구>가 준 영향이요, 다른 하나는 루카치의 『역사소설론』이 준 영향이다. 전자는 주지하다시피 김동인이 춘원 이광수 작품을 형식상의 기법이나 소설적 결구상의 모순을 날카롭게 파헤친 것으로 다분히 이광수에 대한 악의와 독선이 서린 평문이고, 후자는 60년대 이후 군사독재가 현실을 심각하게 억압할 때 변증법적 진보 사상을 등에 업고 우리 평단에 교조처럼 등장한 문예이론이었다. 이 두 경향은 새 천년이 시작된 지금도 막강한 영향력을 지니고 이광수 역사소설 평가에 위력을 발휘하고 있는 형편이다.

<춘원연구> (1934년 <삼천리> 연재)에서 김동인은 「어린 벗에게」, 「소년의 비애」 등 초기의 단편소설로부터 시작하여, 신문학사에 획을 그은 이광수의 「무정」과 「개척자」를 비롯하여 「재생」과 「흙」을 면밀히 분석하였고, 역사물로 「허생전」, 「일설 춘향전」, 「마의태자」, 「단종애사」 등도 그의 소설가적인 감각과 날카로운 분석 안으로 가차 없이 재단하였다. 원래 이광수에게 신문학의 기수 역할을 빼앗긴데 대해 콤플렉스를 지니고 있었던 김동인은 누구보다도 심혈을 기울여 이광수의 작품을 연구하여 그의 단점을 파헤치고 나름대로 이광수를 뛰어넘기 위해 그의 지양점을 모색하였는데, 그래서 그랬는지 김동인의 <춘원연구>는 이광수의 장점보다는 작품이 지니는 모순점이나 단점을 적나라하게 파헤치는데 그의 온 능력을 집중하였다. 현대 문학사에서 최초의 장편 소설로 평가되는 「무정」도 김동인의 평필 아래서는 온전할 수 없었다.

역사소설의 경우도 이에서 예외가 될 수는 없었다. 그런데 그중에서도 「단종애사」에 대한 분석은 다른 여타의 작품보다도 그 양에 있어서나 횟수에 있어서나 질에 있어서나 훨씬 앞서고 있다. 총 14장으로 되어 있는 <춘원연구>에서 「단종애사」를 위해 11장 ‘「단종애사」’, 13장 ‘단종 전후의 역사와 문헌’, 14장 ‘춘원의 「단종애사」’ 등 총 3 장의 지면이 할애되고 있다. 이것만 보아도 그가 얼마나 「단종애사」의 비판에 심혈을 기울였나를 짐작할 수 있다. 실제로도 그의 「단종애사」 분석은 비중이 있는 것이며, 많은 부분 구체적인 사례를 들어 문제점을 지적하고 있어 설득력이 있는 것이 사실이다. 김동인이 지적한 문제점들의 진위는 차치 하고서라

도 그가 작품을 구체적으로 분석하면서 지적하였던 이광수의 단점들은 그 후 많은 후학들에게 거의 절대적인 사례로 받아들여지고 있다. 그 만큼 김동인의 <춘원연구>는 후세에 지대한 영향을 끼치고 있다. 위의 예를 일일이 열거하려면 한이 없겠으나, 그 대표적인 것만 든다면, 백낙청은 '생육신의 하나인 추강 남효온의 <육신전>에 지나치게 의존하고 있다는 점, 그 결과 역사적 사실을 너무 일방적으로 해석했을 뿐 아니라 터무니없는 실수를 많이 저질렀다는 점, 궁중풍습과 당시 제도에 관한 인식 부족으로 이야기의 줄기는 궁중비화이면서도 궁정이며 거족들의 생활습관, 풍속 제도 등은 시골(시골서도 양반 없는 평안도나 함경도) 토호의 집안 이야기나 다름없이 되었다는 점, 또는 서술의 순서나 작중 인물 묘사에 많은 무리가 있다는 점 등, 김동인의 상세한 지적은 대부분 정확한 것들이다.'[1]라고 하였고, 이광수에 대한 전기적 고찰로 작품을 분석한 김윤식도 '「단종애사」는 실록과 추강 남효온의 <육신전>을 바탕으로 쓴 것'[2]이라 단정하면서, 그 외에도 김동인이 「단종애사」의 결말부분 '혈루(血淚)편'을 높이 평가하고 있다는 점, 춘원이 '숭례문'을 안평대군의 글씨라 한 것은 착오이고 양녕대군의 글씨라는 것, 궁중 용어의 상스러움, 국록(國祿)과 왕록(王祿)을 구별 못하는 무식함, 사실(史實)과 어긋나는 대목(신숙주 부인 윤씨의 자살, 하위지의 낙향한 것이 사실과 다른 점) 등을 예거하면서 그것들을 사실 그대로 인정하고 있다. 강영주도 이광수의 역사소설이 '디테일의 정밀한 재현에 있어서 무수한 오류를 범하고 있다'고 하면서 '상층 인물들이 대화에 있어 왕실이나 재상가의 언어 예법을 예사로 어기고 있다던가, 단종이 국왕의 몸으로 측근들을 거느리지 않고 혼자서 경회루를 배회하는가 하면, 선위 후 수강궁으로 피신해 나온 단종이

---

1) 백낙청, <역사소설과 역사의식>, 《창작과 비평》, 1967년 봄호, 16쪽.
2) 김윤식, 『이광수와 그의 시대』, 844쪽.

조선 초에는 아직 사용되지 않은 "돈을 꾸어서 초를 사왔다."는 것으로 되어 있는 등, 당시 궁중 풍습과 관습 제도상 모순된 대목을 작품 도처에서 찾아 볼 수 있다.'[3]고 하였다. 이는 모두 김동인의 <춘원연구>를 그대로 수용한 결과라 하겠다.

물론 김동인의 <춘원연구>는 어느 전문가 못지않게 세밀하고 날카로우며 소설가가 아니면 지나칠 수 있는 섬세함까지 지니고 있는 평론이다. 그러나 문제는 김동인의 허세에 가까운 이러한 자기 독설과 권위에 눌려 후학들이 <춘원연구>를 무비판적으로 수용하고 있다는 데 있다. 그것은 김동인이 사료를 모두 섭렵하고 그를 토대로 이광수의 역사 소설을, 특히 「단종애사」를 분석하였다는 굳건한 믿음에 근거한다.

이러한 맹목의 믿음은 두 가지 이유 때문에 저질러지는 오류라 하겠다. 하나는 역사적 사실을 더 이상 확인하지 않은 무책임의 소치이고, 또 하나는 자신의 논리를 펼치기 위한 방편으로 이를 맹목으로 받아들였기에 발생하는 오류다. 이러한 오류를 시정하기 위해서는 김동인의 <춘원연구>를 그 자체로 면밀하게 재검토할 필요가 있다. 이러한 관점에서 볼 때 신봉승의 「단종애사」 연구는 매우 값진 것으로 평가된다.

신봉승은 그의 논문 <역사소설 연구>를 통해서 「단종애사」와 <춘원연구>를 본격적으로 비교하여 <춘원연구>가 지니는 허위를 조목조목 들추어내고 있다.

예를 들자면, 김동인은 「단종애사」에 나오는 한명회의 외모 묘사를 이광수가 자의적으로 흉물로 묘사하였다 하였으나, 신봉승은 이광수가 「연려실기술」이나 「명신록」에 기록된 것을 그대로 끌어와 사실적으로 묘사하였음을 역사적 기록을 통해 논증하였으며[4], 수양대군이 연경에 가게

---

3) 강영주, 『한국 역사소설의 재인식』, 창작과 비평사, 1991년, 52쪽.
4) 신봉승, <역사소설 연구─「단종애사」와 『춘원연구』를 중심으로>, 《경희어

되는 경쟁(競爭)을 김동인이 마치 춘원의 창작처럼 질타하였는데, 이것이 「단종실록」에 근거함을 밝히고 있다.[5] 또한 어린 임금이 궁정에서 팽이를 돌리는 장면이나, 단종이 상왕이 되어 수강궁으로 나올 때 돈이 없어 초를 못사는 장면 등, 김동인이 이광수의 잘못이라 지적한 것들을 적절한 논거를 제시하면서 반박하고 있다.

신봉승이 내린 결론 중에 가장 중요한 부분은 김동인이 <춘원연구>에서 수없이 강조한 '춘원의 「단종애사」는 남효온의 <육신전>과 <추강냉화>를 거의 가감 없이 현대어로 번역하였다'한 부분을 사적과 면밀히 대조하여 그것이 사실이 아님을 논증한 것이다. 신봉승은 '동인은 <추강냉화>를 읽지 않았다.'는 극단적인 결론까지 내리고 있다.[6] 하여 그는 '춘원의 「단종애사」는 남효온의 <육신전>과는 아무 상관이 없는 것이며, <육신전>이 아닌 다른 많은 史料를 취합하여 춘원의 사관으로, 춘원의 문장으로, 춘원의 기교로 창작된 우리 역사소설의 방법과 실제를 보여 준 작품이다.'[7]라고 결론 내리고 있다. 그 중에서도 「단종실록」과 「연려실기술」을 가장 많이 참조하였다는 것이다.[8]

역사소설 연구에서 역사적 사실과 소설적 형상화와의 관계는 언제 어느 때나 중요한 문제로 대두된다. 사실에 근거하지 않는 작가의 작의적이고 환상적인 역사물은 진실성을 획득할 수 없다.

그런데 문제는 역사적 사실을 어떤 관점에서 선택하느냐이다. 곧 역사관의 문제다. 이것은 작가의식과도 관계되는 것이며, 그 나라의 역사 소설의 수준과도 관계되는 것이다.

문학》 제16집, 1983년 8월, 139쪽.
5) 위의 논문, 114쪽.
6) 위의 논문. 144쪽.
7) 위의 논문, 155쪽.
8) 위의 논문. 154쪽.

앞서 말한 이광수의 역사소설을 평가하는 두 가지 경향 중 두 번째에 해당하는 루카치의 영향을 거론한 것도 이러한 사관과 연관되는 것이다. 루카치의 견해는 유물변증법에 근원하고 있음은 주지의 사실이다. 소위 말하는 진보적 사관이다. 헤겔을 종주로 한 총체적 전망을 추구하는 관점이다. 지금까지 이광수의 역사소설을 평가하면서 이러한 루카치의 관점으로 재단한 결과, 이광수의 역사소설은 왕조사이기에 루카치가 주장한 중도적 인물설정에 실패한 것으로 결론 내려질 수밖에 없었다. 역사의 개인화 혹은 사용화(私用化)가 이루어질 수밖에 없었다는 것이다. 이것은 미숙한 역사의식에 기인하며, 현실을 대하는 안이한 태도 때문에 발생된 결과라는 것이다.9) 이러한 견해는 백낙청으로부터 시작하여 김윤식, 강영주, 정호웅까지 다소간의 개인적 시각 차이는 있으나 근본 관점에서는 변함이 없다.10)

　　고전적 역사소설의 형식과 견주어 볼 때 「단종애사」의 이러한 결함은 더욱 눈에 뜨인다. 스코트의 역사소설에서는 사극과 대조적으로 '중도적 주인공'을 등장시키고 역사상의 대인물들은 마이너·캐릭터로 제시함으로써 어느 특정한 시대 생활의 구체적 전모를 보다 효과적으로 그렸던 것을 우리는 살펴보았다.11)

　　여기서 백낙청이 말하는 「단종애사」의 결함은 수양의 인물을 너무 편

---

9) 백낙청, <역사소설과 역사의식>, 《창작과 비평》 1967년 봄호, 18쪽.
10) 김윤식, <우리 역사 소설의 4가지 유형>, 《소설문학》 1985년 6월호.
　　강영주, 『한국역사소설의 재인식』, 창작과 비평사, 1991년.
　　정호웅, <한국 역사소설의 미학적 특성 연구>, 『한국문학과 계몽 담론』, 새미, 1999년.
11) 백낙청, 위의 논문, 19쪽.

파적으로 그렸다던가, 모든 인물을 흑백으로 부자연스럽게 갈랐다던가, 인물 묘사가 수미일관하지 못하다던가 하는 결함을 의미한다.[12] 위의 인용에서 볼 때, 백낙청이 지적한 「단종애사」의 결점은 스코트의 역사소설에 견주어 평가한 것임을 알 수 있다. 그것도 루카치의 분석을 그대로 수용한 결과다.[13] 물론 이광수의 「단종애사」가 완전하다는 것은 아니다. 백낙청이 지적한 흑백의 권선징악적 요소가 없는 것은 아니다. 또한 수양대군의 묘사가 수미일관하지 못하고 어느 부분에서는 수양의 업적을 찬양한다던가, 수양대군의 단종에 대한 긍휼함이나 혈족으로서의 단종에 대한 인정이 묘사되어 독자를 아연케 하는 바도 없지 않다. 그러나 이러한 것은 바로 이광수가 사료를 근거로 하였다는 증거이며, 동시에 그 해석을 소설적 주제에 맞추고 기록된 사료를 참고하다보니 그것을 첨삭할 수 없어서 있는 그대로, 즉 어떻게 보면 스코트가 말하는 사실주의적 기법을 사용함으로써 빚어진 결과라 하겠다. 이광수는 「단종애사」를 쓰면서 누구보다도 많은 전적을 참고하였고, 야담은 물론 지방에서 전해 내려오는 민담까지도 참고하였음을 현금에도 확인할 수 있다. 그만큼 이광수는 역사적 사실에 충실하였다는 이야기가 된다.

그런데 문제는 중도적 주인공이다. 루카치가 말한 대로 단종은 중도적 주인공이 될 수 없겠기 때문이다. 백낙청이 지적한대로 수양이나 단종은 의당 마이너·캐랙터[14]가 되었어야 한다. 그러나 이것은 백낙청이 서구 논리에, 그것도 루카치의 논리를 교조적으로 받았음에서 발생하는 오류일 가능성이 높다. 왜냐하면 루카치는 낭만주의적 역사소설을 지양하고 사실주의적 역사소설을 지향하고 있기 때문이다. 사실주의란 그 해석에

---

12) 위의 논문, 19쪽.
13) 게오르그 루카치(이영욱 옮김), 『역사소설론』, 거름, 1987년.
14) 백낙청, 위의 논문, 19쪽.

따라 의미하는 바가 다를 수 있지만, 있는 사실을 근거로 한다는 점에서
는 차이가 없다. 우리 역사의 경우 멀리 삼국시대나 고려조는 차치하고서
라도 조선조에 민중의 생활을 기록한 사료가 있기나 하였던가 의심스럽
다. 대부분 왕조사가 중심이었고, 야담이나 민담을 통해 구술로 전승되는
것이 존재할 뿐인데, 만일 이런 것을 전거로 삼아 역사소설을 썼다면, 아
마도 백낙청은 더 신나게 근거가 없는 사실을 작가가 마음대로 환상적으
로 그렸다고 혹평을 하였을 것이다. 특히 우리 역사소설이 시작된 1920년
대는 일제에 의해 강점되었던 때였고, 사료를 섭렵한다는 것은 극히 제한
된 범위에서였고, 또한 그것도 한적을 통해 읽을 수 있었기 때문에 일부
식자층에 의한 제한적인 것일 수밖에 없었다. 이러한 현실을 감안할 때
이광수가 「단종애사」를 수많은 전적을 참고하여 그를 근거로 하여 작가
적 상상력과 주제의식으로 역사소설을 창작하였다는 것은 가상한 일이
아닐 수 없다.

　다음으로 문제되는 것이 진보사관의 문제이다. 역사소설은 일반 소설
과 다르게 사관이 중요한 문제가 된다. 일반 소설이라고 작가의 세계관이
문제가 되지 않는 것은 아니다. 주제의식에는 그 작가의 세계관, 혹은 역
사에 대한 그 나름대로의 사관이 필요하다. 그러나 문제는 모든 작가가
진보적 사관을 가져야 하고, 헤겔이나 루카치와 동일한 역사의식을 가져
야 한다는 법은 없는 것이다. 시간에 대한 관념, 곧 사관은 작가마다 다를
수 있고, 바로 이점이 문학이 문학다워질 수 있는 점이다. 또한 역사소설
도 소설이란 큰 장르의 하부 장르에 속한다. 소설적 기본이 무시된 역사
물이거나 진보사관만을 고집하는 역사소설은 오히려 문학적인 항구성을
상실하여 쉽게 묻혀버릴 수 있다. 물론 사관도 중요하다. 그러나 사관이
역사소설을 역사소설답게 하는 모든 것은 아니다. 루카치도 예술성을 강
조하지 않았던가?[15) 여기서 말하는 예술성은 각자의 기준에 따라 달리

정의할 수 있는 것이지만, 이광수에게는 이광수 나름대로의 예술성이 있는 법이고 우리는 이것을 찾아 그의 특징과 당대 민중에게 미치는 영향을 검토하여 그에 적절한 의미를 부여해야 할 것이다.

3. 「단종애사」의 슬픔과 비장의 효과

「단종애사」는 김동인의 말을 빌리자면 이광수가 가장 사랑하는 작품임을 알 수 있다. 김동인이 <춘원연구>를 쓸 때, 김동인에게 "「단종애사」만은 욕하지 말라"고 웃으면서 말하였다는 것이다.[16)

또한 이 작품은 이광수가 폐병이 재발하여 신천온천으로 연등사로 요양을 갔다가 서울로 돌아와 허영숙의 간호를 받으며 1928년 11월부터 연재를 시작하였다가 객혈과 좌측 신장을 절제하는 대수술로 인해 십여 차례나 연재가 중단되었다가 마침내 1929년 12월에 217회로 대단원의 막을 내린 소설이다. 투병으로 인해 무려 십여 차례나 연재가 중단되었으며, 이광수는 병상에서도 사료를 검토하여 집필을 계속할 정도로 혼신의 힘을 기울여 완성한 작품이기도 하다.

춘원 이광수는 「단종애사」 서문에서 다음과 같이 말하였다.

단종대왕(端宗大王)처럼 만인의 동정의 눈물을 끌어내인 사람은 조선만 아니라 전세계로 보더라도 드물 것이다.

육신(六臣)의 충분 의열은 만고에 꺼짐이 없이 조선 백성의 정신 속에 살 것이요, 단종대왕의 비참한 운명은 영원히 세계 인류의 눈물로 자아내는 비

---

15) 루카치, 앞의 책, 49쪽.
16) 김동인, <춘원연구>, 『동인전집』 8권, 홍자출판사, 1968년, 543쪽.

극의 제목이 될 것이다.

　이 사실에 드러난 인정과 의리—그렇다, 인정과 의리는 이 사실의 중심이
다—는 세월이 지나고 시대가 변한다고 낡아질 것이 아니라고 믿는다.

　사람이 슬픈 것을 보고 울기를 잊지 아니하는 동안, 불의를 보고 분 내는
것이 변치 아니하는 동안 이 사건, 이 이야기는 사람의 흥미를 끌리라고 믿는
다.17)

　작가의 말로 미루어 볼 때, 춘원 이광수가 의도한 것은 '사람이 슬픈
것을 보고 울기를 잊지 않는 것'과 '불의를 보고 분내는 것이 변치 않는
것' 즉 의리지심과 측은지심이 「단종애사」의 중심 주제임을 알 수 있다.
「단종애사」의 결점을 조목조목 얄밉도록 꼬집은 김동인도 단종의 비극이
절정에 이르는 '혈루편'을 '아름다운 詩'18)라 극찬한 것을 보면 김동인도
이점에 있어서만은 공감하고 있음을 알 수 있다. 김윤식도 '김동인이 「단
종애사」의 결말부분인 '혈루편'을 높이 평가하는 이유'에 대해 의아해 하
면서 그것이 '춘원의 창작 방법의 일환인 결말의 비장미' 때문이 아닌가
진단하고 있다.19)

　그러나 이런 비장미를 모두 긍정적으로 평가하는 것은 아니다. 대부분
의 평자들은 이를 부정적으로 본다. 독자를 감상에 사로잡히게 하여 당대
의 식민지적 비극을 직시하지 못하게 한다는 것이다. 곧 낭만적 허위에
함몰하게 만든다는 것이다.20) 물론 변증법적인 사관에서 보면 이러한 낭
만적 허위와 역사의 私事化가 당대의 현실 파악에 감상적 오류를 범하게

---

17) 이광수, <「단종애사」 작자의 말>, 『이광수전집』 제10권, 우신사, 1979년,
　　506-507쪽.
18) 김동인, <춘원연구>, 553쪽.
19) 김윤식, 『이광수와 그의 시대』, 844쪽.
20) 앞서 말한 백낙청, 강영주의 소론이 그 대표적인 예라 하겠다.

하는 주범이 될 수도 있다.

　그러나 이러한 관점은 두 가지 이유에서 그 오류를 지적할 수 있다. 하나는 문학 원론적인 이야기로 문학이 감동을 주는 것이며, 정서에 호소한다는 점에서이며, 또 하나는 역사적 관점, 곧 사관은 진보적 관점만 존재하는 것이 아니고 다양한 관점이 존재한다는 점에서이다. 물론 식민지 조선에서는 진보적 관점이 설득력을 얻고 있는 것이 사실이지만, 종교적 관점, 곧 불교적 관점에서 보면 시간은 반드시 진보만 하는 것이 아니라는 세계관도 가능하기 때문이다.

　어떤 역사적 관점이 옳고 어떤 역사적 관점이 그르냐는 사람에 따라 다를 수 있다. 문제는 오직 하나의 관점만이 옳고 다른 것은 모두 그르다는 생각은 문학을 평가할 때 독단이 되기 쉽고, 문학이 지니고 있는 본래의 특성, 곧 다양성과 개성적 특성을 무시하기 십상이기 때문이다.

　문학을 평가할 때는 문학 고유의 잣대로 재단하여야 한다. 세계관도 중요하지만 그것보다도 더 중요한 정서적인 면을 우선적으로 고려해야 한다. 「단종애사」가 당대의 민중과 함께 망국의 슬픔을 나누고 그들에게 더할 나위 없는 위안을 주었다면, 오히려 그것이 진보적 사관을 통한 투쟁의 의지를 불러일으키는 것보다도 더 큰 일을 하였을지도 모르는 일이다. 아니 분명 감동을 통해 당대의 민중을 어려움에 견디게 하는 힘을 주었을 것임이 분명하다. 이광수에 대해 독선에 가깝게 악의적으로 신랄한 비판을 가했던 동인이 「단종애사」의 '혈루편'을 한 편의 감동적인 시로 극찬한 것을 보아서도 이를 미루어 짐작할 수 있다.

　이광수는 원래 민족의 지도자로 자처하였지만 그의 본성은 나약한 소설가였다. 이러한 기질은 그의 초창기 소설 「무정」에서부터 여실히 드러나고 있다. 그는 일생동안 정을 부르짖었던 소설가였다. 곧 '情을 부르짖음으로부터 문학을 시작하여 情을 해결하려다 그것에 위압되어 갈등하다

가 현실의 벽을 허물지 못하고 초월할 수밖에 없었던 無情한 작가'[21], 그
것이 바로 이광수인 것이다.

「단종애사」에서도 이러한 이광수의 소설가적 기질은 변함없이 드러난다.

「단종애사」는 제목부터가 哀史다. 어린 임금의 슬픈 역사다. 힘으로 숙
부에게 왕위를 빼앗기는 비운의 주인공이다. 이 작품은 이야기 자체가 비
극적이다.

이광수의 세계관은 표면적으로 보면 낙관적 세계관이 주를 이루는 것
같지만 그 내면을 심도 있게 파헤쳐 보면 비극적 세계관이 주조를 이루고
있다.[22] 이광수가 계몽주의 작가로 평가받는 것은 이광수의 표면적 주제
에 시선을 고정시킨 결과이며, 이광수를 조금만 심도 있게 천착하면 그가
결코 낙관적 세계관을 지니고 있는 작가가 아니라는 것을 쉽게 알아차릴
수 있다. 「단종애사」도 이러한 비극적 세계인식이 바탕이 되어 창작된 소
설이다. 하기에 그는 혈루편을 한편의 감동적인 시로 빚어내어 비장미를
유감없이 발휘할 수 있었던 것이다.

「단종애사」는 '고명편', '실국편', '충의편', '혈루편'의 기승전결 4개의
단락으로 이루어져 있는데, 앞서의 3개의 단락은 마지막 결미 부분인 혈
루편을 위해 주도면밀하게 진행되고 있다.

이 작품은 두개의 축으로 이루어져 있다. 하나는 주인공인 단종을 중심
으로 한 축이고, 또 다른 하나는 그 대척에 서는 안타고니스트 역의 수양
을 중심으로 한 축이다. 단종을 중심으로 한 축은 하강 곡선을 그리고 수
양을 중심으로 한 축은 상승 곡선을 그린다. 하강 곡선은 悲哀와 슬픔과
哀憐으로 가득차 있으며, 상승 곡선은 殺氣와 陰謀와 殺戮으로 독기를 뿜
고 있다. 기승전결의 결구로 되어 있는 이 작품은 4계절의 원형에 맞춰

---

21) 한승옥, 『이광수연구』, 154쪽.
22) 한승옥, <비극적 세계 인식>, 위의 책 225-256쪽.

볼 때, 하강곡선을 그리는 단종의 일생은 비운의 탄생(고명편), 상실(여름), 조락(가을), 소멸(겨울)로 하강곡선을 그리며, 수양은 탄생, 성장, 수확(풍요), 저장의 상승곡선을 그리며 진행된다. 이 작품이 단순한 단종의 비극으로 끝나지 않고 우리에게 진한 감동을 주는 것은 이러한 두 개의 축이 서로 대조되면서 교차하기 때문이다. 하강곡선이 善이고 상승곡선이 惡으로 상징되는 이 작품의 결구는 선의 몰락과 악의 득세로 인하여 독자로 하여금 더없는 비탄에 사로잡히게 하고 아이러니적 비장감에 빠져들게 하는 것이다.

살기와 음모와 살육으로 뒤덮인 현실, 그것이 당대의 한국 식민지 현실이었다. 이 속에서 숨죽이며 살아야 했던 우리 민족의 슬픈 운명, 그것은 우리의 피할 수 없는 운명이었다. 이러한 극한 상황에서 문학이 할 수 있는 일은 무엇이었던가? 희망을 주는 일, 그것도 물론 필요한 일이었을 것이다. 그러나 그것만이 아니라 슬픔을 슬픔으로 달랠 수 있는 의지처도 필요했을 것이다. 슬픈 사람에게는 어떤 위안의 말보다도 같이 슬퍼하고 같이 울어주는 것이 최대의 위안이 되는 법이다. 이것을 나약하다고 보아서는 안 된다. 또한 감상적인 행위라고 폄하해서도 안 된다. 오히려 문학이 할 수 있는 최고의 것인지도 모른다.

봄철이 되어 초목에 새 움이 나오고 철 찾아오는 새들이 목이 메어 우는 소리를 들으실 때면 노산군의 흉중에도 말할 수 없는 슬픔이 끓어올랐다. 그러나 이 슬픔을 뉘게다 말하랴, 말할 사람이 없었다. 심서가 자못 산란하여 진정키 어려우신 때에는 통소 부는 늙은이 하나를 데리시고 관풍매죽루(觀楓梅竹樓)에 오르시어 봄 달을 바라보시며 통소를 들으시었다. 밤에 통소 소리가 들리면 인근 백성들은 노산군이 관풍루에 오르신 줄 알고 다들 한숨을 쉬었다. 우는 이도 있었다. 혹시 통소 소리를 따라 관풍루 앞으로 지나가는 이도 있었다. 그들의 말을 들으면, 노산군은 반드시 익선관, 곤룡포를 입으시고 난간 앞에 단정히 앉으시와 하늘에 뜬 달을 바라보시되 퉁소 한 곡조가 다 끝나도 몸도 움직이지 아니하시더라 한다.[23]

‘새 움이 나오고 철 찾아오는 새들이 목매어 우는소리’에 봄 달을 바라보며 퉁소 소리를 듣고 있는 어린 임금의 슬픈 실루엣은 이광수의 묘사를 통해 우리에게 절절한 슬픔으로 다가온다. 이것은 ‘민심에 깊이 박혔던 슬픔이나 분함’[24]을 자극하기에 충분한 것이다. 이러한 상처는 ‘언제까지라도—마치 생나무에 낸 생채기와 같이 세월이 갈수록 껍질은 비록 성한데 비슷하게 되더라도 속으로는 더욱 언저리가 커가고 깊어’[25] 가는 것과 같다. 이러한 슬픔의 절정에서 이어지는 노산군의 다음과 같은 시는 독자의 마음을 송두리째 통곡으로 몰아넣기에 충분한 것이다.

一自冤禽出帝宮. 孤身隻影碧山中. 假眠夜夜眠無假. 窮恨年年恨不窮. 聲斷曉岑殘月白. 血流春谷落花紅. 天聲尙未聞哀訴. 胡乃愁人耳獨聰.

(한번 원통한 새가 되어 임금의 궁을 남으로부터 외로운 몸, 짝없는 그림자가 푸른 산 속에 있도다. 밤이 가고 밤이 와도 잠이 깊이 아니 들고, 해가 가고 해가 와도 한이 닿지 않는도다. 우는 소리 새벽 묏부리에 끊이니 지샌 달이 희었고, 뿜는 피 봄 골짜기에 흐르니 지는 꽃 붉었도다. 하늘은 귀먹어 오히려 애달픈 하소연을 듣지 아니하시거늘, 어찌다 수심 많은 사람의 귀만 홀로 밝았는고.)[26]

---

23) 이광수, 「단종애사」, 『이광수전집』 제4권, 483쪽.
24) 「단종애사」, 481쪽.
25) 「단종애사」, 481쪽.
26) 「단종애사」, 482쪽.

영월은 산읍이라 사면이 산이어서 봄철 밤 달 질 때쯤 하여 누에 오르면 반드시 어디선가 두견의 소리가 들린다. 밤이 깊을수록 더욱 슬퍼 울고 새벽 달에 차마 눈물없이는 들을 수 없도록 슬피운다. 관풍헌이나 자규루나 다 노산군이 밤을 새워 자규성을 들으시던 곳이다.27)

어린 단종의 슬픔이 두견에 의탁하여 피맺힌 절규로 표현된 위의 시와 장면 묘사에서 지금의 독자들도 슬픔을 금할 수 없다. 하물며 1920년대 말의 극한 상황에서랴. 당시는 만주사변을 준비하는 일제에 의해 탄압의 강도가 거세어졌던 때였다. 국권을 상실했다는 망국의 설움이 오래된 생 재기와 같이 세월이 갈수록 속으로 언저리가 더욱 커가고 깊어 질 때였다. 카프 조직도 검거가 시작되어 기를 펴지 못할 때였다. 이런 극한 상황에서 이 소설을 읽으며 눈물 흘렸을 민중들을 우리는 나약하다고 탓할 수 없다. 김수영이 시 「풀」을 통해 거대한 비유를 얻었듯 민중이 강인한 이유는 그 연약함 때문이다. 슬플 때 울 줄 알고 또 남보다도 먼저 슬픔을 털고 일어설 수 있는 힘이 있기 때문이다.

그러나 만일 「단종애사」가 이와 같은 슬픔 일변도로만 치닫다가 끝을 맺었다면 거기에는 애상만 있을 뿐 비장미는 존재하지 않았을 것이다. 「단종애사」가 비장미를 획득할 수 있었던 것은 그 뒤에 이어지는 금성대군의 단종 복위 운동의 실패와 금성대군의 장렬한 죽음 때문이다.

"그대들은 살아남아 상왕을 복위하게 하라."28) 금성대군의 이 한마디는 그 어떤 말보다도 비장감을 자아낸다.

여기에 더한 비장감은 작품의 대단원을 장식하는 단종의 최후다.

---

27) 「단종애사」, 483쪽.
28) 「단종애사」, 492쪽.

　　금부도사 왕방연이 울고만 엎드리어 언제 일이 끝날지 모를 때에 평소 노
　산군을 따라와 모시던 공생(貢生) 한 놈이 활시위를 뒤에 감추어 들고 노산군
　의 등뒤로 달려와 노산군의 목을 졸라매고 북창 밖으로 잡아당기었다. 노산
　군은 뒤로 넘어지시어 줄을 따라 끌려가시다가 북창 문턱에 길리시어 절명
　하시었다.[29]

　아마도 김동인은 이런 극적 장면이 매우 마음에 들었을 것이다. 그의
작품에서 작품의 결말은 이런 극적인 죽음이 많기 때문이다. 그러나 여기
서의 죽음은 김동인의 그것과는 차원이 다르다. 김동인의 그것이 소도구
와 같은 작용을 한다면 이 작품에서의 단종의 최후는 민족적 슬픔을 웅변
으로 대변하는 비장한 죽음 바로 그것이다.

4. 맺음말

　필자는 지금까지 「단종애사」의 슬픔을 의미소로 하여 그의 효과를 분
석하고 그것의 문학적 정당성에 대하여 살펴보았다.
　지금까지 이광수의 역사소설은 김동인의 <춘원연구>와 루카치의 『역
사소설론』의 영향으로 부정적인 평가를 받아온 것이 사실이다. 김동인은
춘원 이광수의 작품을 형식상의 기법이나 소설적 결구상의 모순이나, 역
사적 사실성의 오류 등을 지적하여 「단종애사」의 잘못된 점을 날카롭게
지적하였고, 백낙청은 60년 대 이후 군사독재가 현실을 억압할 때 변증법
적 진보사상인 루카치의 이론을 앞세워 이광수의 「단종애사」를 역사의식

---

29) 「단종애사」, 493쪽.

이 없는 소설로 매도하였다.

　그러나 여기서는 이광수가 김동인이 지적하였듯 추강 남효온의 <육신전>이나 <추강냉화>를 그대로 베낀 것이 아님을 기존의 연구를 통해 확인하였고, 루카치의 진보사관만이 문학을 평가하는 유일한 준거가 될 수 없음을 논한 다음, 그 대안으로 문학이 문학다워질 수 있는 정서적인 면을 천착하여 '비장미'가 「단종애사」를 이끄는 핵심 정서임을 논증하고 그의 미학적 효과에 대해서도 알아보았다. 특히 '혈루편'에서의 금성대군의 죽음과 단종의 최후는 비장미를 더하는 소설적 장치가 되고 있었다. 한편, 이광수는 「단종애사」를 쓴지 10여 년 후에 같은 소재를 가지고 「세조대왕」을 전작으로 집필히였다. 「세조대왕」에서는 「단종애사」와는 전연 다르게 세조를 긍정적으로 묘사하면서 세조의 속죄와 참회를 주제로 그리고 있다. 이광수는 이때 이미 친일하였고, 개인적으로는 사랑하는 아들 봉근이 죽었고, 불교에 심취하였을 때였다. 「단종애사」의 시각에서 볼 때, 한 작가가 같은 소재를 10년 만에 전연 다른 관점으로 그렸다는 점은 흥밋거리가 아닐 수 없다. 단종의 애사와 세조의 참회와의 거리는 얼마나 될까? 이 문제는 차후의 과제로 남겨 둔다.

1. 머리말

장편 역사소설 「원효대사」는 1942년 3월 1일부터 같은 해 10월 31일까지 총독부 기관지 《매일신보》[30)]에 연재된 소설이다. 이광수의 마지막 신문연재 소설이며, 그가 본격적으로 친일 행각에 나선 시기의 작품이기도 하다.

「원효대사」는 이광수에게 있어 실질적으로 마지막 장편소설이나 다름 없다. 이 시기에 이광수는 친일 작품을 일본어로 쓰기도 하였는데, 그것은 그의 이전까지의 이광수 문학의 특징을 일관되게 표출하는 작품적 특성을 지니지 못하는 작품들이 대부분이다. 더구나 장편의 경우 미완인 채

---

30) 일제 치하의 총독부 기관지 《매일신보》는 1938년 《경성일보》에서 독립하면서 제호를 《매일신보》로 개명하였다.

마무리 짓지 못하고 있다. 이것은 그의 문학적 상상력이 이에 적합하지 못하여 작품의 형상화에 결정적 부하로 작용하였거나 아니면 의식, 무의식적으로 친일 작품을 쓰는 것이 짐이 되어 그에 전력투구하지 않았거나 둘 중에 하나일 가능성이 높다.

이광수는 해방을 맞고 난 후 「꿈」을 집필하였다. 그러나 이 작품은 조신설화(調信說話)를 차용하여 야담식으로 쓴 소설로 본격 소설의 반열에는 오를 수 없는 작품이다. 어찌 보면 대중에게 한낱 이야기 거리를 제공하였다는 평가를 받을 만한 작품이다. 물론 「꿈」을 이렇게 간단하게 폄하하는 것은 너무 가벼운 평가일지도 모른다. 왜냐하면 「꿈」은 이광수 개인으로서 볼 때는 많은 내용을 함축하고 있기 때문이다. 특히 주인공 조신의 세속적 욕망이 어떻게 파멸에 이르는가를 적나라하게 묘파한 부분에서 우리는 갑작스런 광복으로 이광수가 친일의 업보에 얼마나 절망하고 있었으며, 이로 인한 자신에 대한 회오와 심연을 알 수 없는 자책감에 괴로워하고 있었는지를 알 수 있다. 하기에 「꿈」은 이광수의 심경을 고백한 한 편의 반성문일 수 있으며, 한 편의 우화로 보아 마땅하다.

그 후 이광수는 소설다운 소설을 쓰지 못하고 수필이나 잡문으로 그의 문필 생활을 마감하였다. 오히려 일제시대 보다 해방 후 모든 속박으로부터 벗어나 자유스러운 분위기에서 상상력의 한계를 초월하여 마음껏 자신의 능력을 펼쳐 볼만도 했는데, 역설적으로 그는 친일의 변명만을 토로하며 모든 필력을 그에다 집중하였을 뿐 본격 소설로는 작품다운 작품을 내놓지 못하였다. 이런 의미에서 일제 말기에 쓴 「원효대사」는 이광수 개인사적으로나 민족사적으로나 매우 의미 있는 작품이라 하겠다.

「원효대사」는 역사소설이지만 이광수가 그동안 지속적으로 추구해 왔던 이광수의 모든 철학과 사상, 그리고 작품 구성적 특징까지도 두루 갖추고 있는 장편 소설이다. 「원효대사」에는 그의 종교사상인 불교 사상이

구체적으로 형상화되어 있다. 특히 과거의 관념적 불교사상이 아닌 실천
적 불교사상이 피력되어 있다. 또한 이광수가 줄기차게 주창해 온 민족주
의 사상이 신라어에 대한 복원과 신라 문화에 대한 애착으로 대변되어 있
다. 또한 작품의 구성에서도 고전소설의 기법과 현대 소설의 기법이 적절
하게 배합되어 자연스러운 형태로 조합되어 있다. 특히 이광수의 주특기
인 계몽소설의 구조적 특징이 잘 드러나고 있다.

따라서 본고에서는 먼저 이 소설의 구조적 특징을 환몽실천구조로 파
악하여 구도소설이 지니는 독특한 특징을 점검하여 본 후, 다음으로 이광
수 자신의 당시의 처지가 어떻게 작품에 반영되어 이입되었는지를 살피
고, 이와 함께 '민족혼의 밀수입'이란 작가의 언급이 사실인지의 진위여
부를 가려보려 한다. 특히 '민족혼의 밀수입'이란 측면에서 특기할 만한
사실이라 생각되는 신라어에 대한 복원 의지가 지니는 의미와 신라 문화
에 대한 애착이 지니는 당대적 의의를 살펴보려 한다.

2. 환몽실천구조의 구조적 특징

「원효대사」는 역사소설이면서도 동시에 구도소설적 특징을 지닌다. 구
도소설이란 용어는 아직 국문학 갈래 상 널리 통용되는 용어는 아니다.
그러나 필자는 이 용어를 불교를 소재로 한 소설을 분석하면서 이미 사용
한 바 있다.[31]

---

31) 필자는 현대소설 중 불교를 소재로 한 소설을 분석하면서 그 유형을 크게 둘
로 나누어 환몽구조형 소설과 탐색구조형 소설로 양분한 바 있다. 이광수의
「꿈」을 전자의 대표적 유형으로, 「만다라」를 후자의 대표적 유형으로 분류하
였다. 한승옥, <불교 구도소설의 환몽구조와 탐색구조>, 『한국현대소설과 사
상』, 집문당, 1995년, 85쪽.

필자는 여기서 「원효대사」의 구조를 환몽실천구조(幻夢實踐構造)로 새롭게 명명하려 한다. 왜냐하면 「원효대사」는 환몽구조와 탐색구조를 동시에 지니면서도, 그에 한 발 더 나아가 그를 실천하는 실행까지도 함께 보여주기 때문이다. 이를 작품을 통해 좀 더 자세히 살펴보기로 한다.

「원효대사」는 8개의 장으로 되어 있다. ①<제행무상>, ②<번뇌무진>, ③<파계>, ④<요석궁>, ⑤<용신당>, ⑥<방랑>, ⑦<재회>, ⑧<도량>이 그것이다. ①에서는 신라의 여왕 승만마마의 죽음이 임박했음이 묘사되면서 왕으로서의 영화도 한갓 헛된 일장춘몽에 지나지 않음이 설파된다. ②에서는 왕의 승하와 원효의 중개자이며 사표가 되는 대안대사를 만나는 장면이 연출되며, 원효가 의상과 힘께 당나리에 유학하러 가다가 해골이 빠져있는 웅덩이 물을 마시고 난 후 모든 것이 마음에 있다는 것을 깨닫고 돌아오는 에피소드가 소개된다. 또한 원효의 번뇌의 씨가 되는 요석공주가 본격적으로 등장하면서 요석공주의 원효에 대한 사모의 정이 표출된다. 이러한 번뇌의 씨는 ③에서 파계로 이어진다. 처음 파계는 대안대사에 의해 유도되어 홍등가인 삼모의 집에 가서 주색에 놀아나는 것으로 시작되며, ④에서 마침내 요석궁에 유인되어 요석공주와 단꿈을 이루는 과정이 소개된다. 요석공주와의 짧은 인연의 단꿈은 곧 원효의 자각과 요석공주의 도움으로 즉시 깨어난다. 여기까지가 환몽구조에 해당한다. 그 후 원효는 더 큰 깨달음을 얻기 위해 ⑤에서 용신당 수련이 시작된다. 이것은 고난을 통과하는 통과의례적 성격을 지닌다. 이후 ⑥에서 그동안 닦은 수련을 더욱 견고히 체현하기 위해 방랑의 길을 떠난다. 소승에서 대승의 경지에 이르기 위한 고행의 길에 오르는 것이다. 단샘이마을에서 역질이 돌아 다 죽어가는 마을 사람들을 목숨을 걸고 살려낸 후 감천사에 가서 신분을 속이고 불목하니로 일하면서 방울스님을 만나 금강경, 금강삼매경을 배운다. 이는 고난 극복 후에 이어지는 더 큰 수련의 일종이며, 자비행을 실천하기 위한 예비적 단계라 할 수 있다. 이러한 과정을 거친 후 자신의 암자인 무애암을 짓기에 이른다. 여기에 또 하나의 번뇌의 씨가 될 용신당 수련에서 만난 아사가가 찾아온다. ⑦에 오면 번뇌의 업보인 요석공주가 무애암에 아들 설총을 업고 찾아온다. 수련을 거친 원효에게 다시 한번 시련이 찾아오는 것이다. 거기다가 이번에는 아사가와 요석공주가 질투의 관계로 묶여 원효를 더욱 번뇌케 한다. 원효는 이러한 시련을 자비행의 실천으로 극복한다. 이점이 여타의 불교 구도소설과 「원효대사」가 그 구조상에서 차이가 나는 점이다. 곧 환몽구조는 꿈에서 깨어나 깨달음의 경지에 오르는 것으로 끝나고, 탐색구조는 계속되는 탐색의 과정을 거친 후 깨달음을 얻는 것에서 끝나는 데 반해, 「원효대사」는 꿈에서 깨어난 후 깨달음을 얻고 난 후 그에 그치지 않고 더 큰 깨달음을 얻기 위해 수련하며, 더 큰 깨달음을 얻고 난 후 이를 실천하는 주인공에게 또 한 번의 유혹을 던짐으로 해서 깨달음을 더욱 단련시킨다는 데 그 특징이 있는 것이다. 이러한 과정을 통해 더욱 단련된 원효의 사상은 ⑧에서 절정을 맞는데, 그것이 곧 무애행의 실천이다. 주인공 원효는 뱀복을 만나 거지들의 왕이 되어 그들을 제도하고, 도적의 두목인 바람을 상대하여 그들을 설복하여 결박지어 왕에게 끌고 옴으로 하여 도적을 제도하고 난세를 평정한다. 그러니까 「원효대사」는 환몽구조와 탐색구조는 물론 실천구조까지 두루 갖춘 소설로 구도소설로서는 완벽에 가까운 구조적 특징을 지닌 소설이라 할 수 있다. 여기서는 이를 요약하여 환몽실천구조로 명명한 것이다. 이러한 구조적 특징은 그동안 이광수가 「흙」을 비롯하여 「사랑」 등에서 보여준 계몽소설의 구조와도 유사하다. 이광수가 문학을 餘技로 생각하면서 소설을 써왔다는 그의 젊었을 때의 생각이 이 지점에 와서도 어느 정도 그대로 유지되고 있음도 동시에 확인할 수 있다.

3. 자전적 감정이입과 민족혼의 밀수입

이광수는 1939년 6월에 김동인 박영희 임학수 등과 같이 소위 '북지황군위문'을 하였고, 같은 해 10월에는 조선문인협회 회장이 되었다. 1940년 3월에는 香山光郎으로 창씨개명을 하였다. 이 시기에 그는 <창씨와 나>[32], <심적 신체제와 조선 문화의 진로>[33], <신체제하의 예술의 방향>[34] 등의 글을 씀으로 해서 친일의 기치를 본격적으로 드러내기 시작하였다. 이런 와중에 순수한 우리말로 일제 총독부 기관지 《매일신보》에 「원효대사」를 연재한 것은 일대 아이러니라 아니할 수 없다. 이광수에 대한 평기가 양극으로 치닫는 것도 이러한 사실과 무관하지 않을 것이다.

이것은 이광수가 후에 나의 고백에서 밝혔듯 민족을 위한 일념에서 소설로 포장한 민족혼을 보여주기 위한 것으로 해석할 수 있다. 이광수는 <나의 고백> 서문에서 '나는 내 이익을 위해서 친일 행동을 한 일은 없다. 벼슬이나 이권이나 내 몸의 안전을 위해서 한 일은 없다. 어리석은 나는 그것도 한 민족을 위하는 일로 한 것이었다.'[35]라고 고백하고 있다. 「원효대사」도 이런 관점에서 이해되어야 할 것이다.

이광수는 예외적으로 「원효대사」 서두에 '내가 왜 이 소설을 썼나'라는 긴 서문을 싣고 있다. 그 전에도 서문을 쓴 예는 많지만 이렇게 긴 서문을 쓴 예는 쉽게 발견되지 않는다. 이광수는 이 글에서 '내가 원효대사를 내 소설의 주인공으로 택한 까닭은 그가 내 마음을 끄는 사람이기 때문이다. 그의 장처 속에서도 나를 발견하고 그의 단처 속에서도 나를 발견한다.

---

32) 《매일신보》 1940. 2. 20.
33) 위와 같음.
34) 『이광수전집』, 20, 삼중당, 174-177쪽.
35) 이광수, <나의 고백>서문. 『이광수전집』 16, 삼중당, 333쪽.(《매일신보》, 1940. 9. 12.)

이것으로 보아서 그는 가장 우리 민족적 특징을 구비한 것 같다.'라고 언급 한 후, 서문의 마지막 부분에서 다음과 같이 당시의 이광수의 심정을 원효를 빌어 핍진하게 고백하고 있다.

> 나는 원효를 그림으로 불교에 있어서는 한 중생이 불도를 받아서 대승 보살행으로 들어가는 경로를 보이는 동시에 신라 사람을 보이고, 동시에 우리 민족의 근본정신과 그들의 생활 이상과 태도를 보이려 하였다. 이러한 것은 다 내게는 감당치 못할 과중한 과제다. 그런 줄 알면서도 한번 하여본 것은 내 눈에 어렴풋이 띈 우리 민족의 모습이 아니 그려보고서는 못 배기도록 그리웠기 때문이다.[36)]

라 하였다. 여기서 특히 주목할 부분은 '내 눈에 어렴풋이 띈 우리 민족의 모습이 아니 그려보고서는 못 배기도록 그리웠기 때문이다.'란 심경의 고백이다. 이광수 특유의 감상이 들어간 문구이기는 하나, 언어는 물론 우리 민족의 모든 것이 압살당하고 있었던 당시의 정황에 비추어 볼 때, 이러한 감상은 감상이 아니라 이광수는 물론이요, 모든 것이 내선일체가 되어가는 막바지에 한글로 된 소설을 읽는 독자들에게도 대단한 감회를 안겨 주었으리라 추측된다.

그렇다면 이광수가 파악한 또 그리려한 우리 민족의 모습은 어떤 것이었을까? 그는 이를 웅변적이면서도 감상적인 어투로 다음과 같이 피력하고 있다.

> 나는 우리 민족을 무척 그립게 아름답게 본다. 그의 아무렇게나 차린 허술

---

36) 이광수, <내가 왜 이 소설을 썼나>, 『이광수전집』 16, 삼중당, 319쪽.

한 속에는 왕의 자리에 오를 고귀한 것이 품어 있다고 본다. 그의 재주나 마음씨나 또한 그의 말이나 다 심상치 아니한 것이어서 장차 엄청나게 큰 소리를 치고 큰 빛을 발할 약속을 가진 것으로 믿는다. 그는 과거 수천 년 고통도 수모도 당하였다. 그러나 그는 결코 저를 잃음이 없이 민족의 단일성을 지켜왔다. 그러할뿐더러 그는 그의 고난의 역사 중에서 중국, 인도, 유럽, 아메리카 등 거의 모든 문화를 흡수하여 제 것으로 만들었다. 그는 한 수행자였다. 그는 아직 설산고행 중에 있는 석가세존이요, 광야의 금식기도 중에 있는 그리스도다. 그러므로 그의 외양은 초라하고 아무도 그를 알지 못한다. 그러나 그는 수행자이기 때문에 장차 환하게 큰 빛을 발하여 세계를 비추고 큰소리를 울려서 중생을 기르칠 날이 올 것이다. 지금은 비록 간 데마다 수모를 당하더라도 오늘날에는 가장 높은 영광이 그를 위하여 준비되어 있는 것이다. 거랑방이 행세로 뒤웅박을 두들기고 돌아다니는 원효대사는 우리 민족의 한 심벌이다. 그가 일찍, '서까래 백 개를 고를 적에는 내가 빠졌으나 용마름보 한 개를 구할 때에는 오직 내가 뽑혔노라' 한 말이 또한 우리 민족의 사명을 가리킨 것이라 본다.[37)]

위의 이광수의 언급을 통해 볼 때, 이광수가 당시 우리 민족을 보는 관점을 이해할 수 있다. 그는 원효를 우리 민족의 상징으로 보았다고 진술하면서, 그러한 특징을 지닌 민족의 모습을 여러 가지의 비유적 수사로 표현하고 있다. 그 중에 대표적인 것이 우리 민족을 아직 고행 중에 있는 성자로 비유하였다는 점이다. 하기에 과거 수천 년 동안의 수모가 우리 민족을 더욱 거듭나게 하는 의미 요소로 파악할 수 있으며, 지금은 비록 일제의 압제에 억압당하며 신음하고 있지만 장차 용마름보를 구할 때, 세

---

37) 이광수, 앞의 글, 319-320쪽.

계를 빛낼 동량으로 빛을 발할 때가 올 것이란 확신의 메시지를 보내고 있는 것이다. 지금 '외양은 초라하고 아무도 그를 알지 못'하지만 작품에서 전개되는 원효의 고행과 같이 우리 민족도 언젠가는 세계 인류를 제도하고 구원할 날이 올 것이란 확신이 피력되어 있다. '그는 수행자이기 때문에 장차 환하게 큰 빛을 발하여 세계를 비추고 큰 소리를 울려서 중생을 가르칠 날이 올 것'이란 그의 메시지는 지금 우리에게도 유효한 포효가 아니겠는가?

그러나 이광수가 「원효대사」를 쓴 것은, 위의 사실을 백번 인정한다고 하여도, 반드시 민족혼을 일깨우기 위함 그 자체만은 아니었다고 판단된다. 그는 빗발치는 여론의 비난을 어떠한 방법으로든 변명하여야 했을 것이다. 그가 「세조대왕」을 쓴 것도 이와 같은 속죄의 의미이며, 「원효대사」도 이와 같은 맥락의 일환이라 생각된다. 그러니까 「원효대사」는 민족혼의 밀수입과 자신의 입지의 변명이 혼합된 작품이라 볼 수 있다.

이러한 점은 다음과 같은 대비를 통해 어느 정도 증명될 수 있다.

첫째, 작품의 주인공 원효대사가 파계승으로 대중을 교화하였다는 史實과 이광수가 조선문인협회 회장이 되고 창씨개명을 하여 본격적인 친일행각을 하였다는 事實과 대응된다는 점이다. 또한 원효가 일찍이 고아가 되었다는 점도 이광수가 초년에 고아가 된 점과 일치한다.

둘째, 원효대사는 법계를 지키지 못하고 요석공주와 관계를 맺음으로 하여 파계를 하였다. 요석공주의 유혹에 못내 넘어가 그와의 사이에서 설총을 낳았다. 이것은 그가 친일의 유혹을 뿌리치지 못하고 창씨개명을 하고 본격적인 학병 권유까지 하였다는 점과 유사하다. 후에 이광수는 자신이 조선문인협회에 회장이 된 것은 많은 문인들이 희생되는 것을 막기 위한 것이었다고 술회한 바 있다. 이것이 어느 정도 인정은 된다 하더라도 그가 친일 한 것만큼은 부정할 수 없는 사실이다. 그는 결과적으로 결정적인 파계를 단행한 것이다.

셋째, 원효가 일찍이 고아가 된 것도 이광수가 졸지에 콜레라로 부모를 여의고 어린 시절 고아가 된 것과 유사하다. 그뿐 아니라 원효는 외모도 출중할 뿐 아니라 지력이나 행동이 대중의 선망이 될 정도로 출중하다. 이광수는 이를 다음과 같이 묘사한다.

'나는 원효대사를 생각할 때에는 키가 후리후리하고 눈이 어글어글하고 옷고름을 느슨히 매고 갓을 앞으로 수긋하게 쓰고 휘청휘청 느릿느릿 걸어가는 모습을 본다. 이것은 신라의 화랑의 모습이요, 최근까지도 우리 선인들의 대표적인 모습이었다.'고 하면서, '그는 글 잘하고, 말 잘하고, 칼 잘 쓰고, 기운 좋고 날래고, 거문고 잘 타고, 노래 잘하고, 잘 놀고, 이 모양으로 화랑에도 으뜸이었다.'[38]고 묘사하고 있다. 이광수가 상상한 원효의 외모는 이광수의 모습을 연상케 한다. 그리고 이광수의 비상한 재주와 출중한 능력은 화랑으로 묘사된 원효의 그것과 이미지가 동일하다.

넷째, 이광수가 항상 스승으로 모시며 일생동안 사표로 삼았던 사람이 도산 안창호인데, 「원효대사」에서도 대안대사나 방울스님이 원효의 스승이나 앞길의 비젼을 제시하는 인물로 창조되어 있다. 도산이 민족혼을 일깨우는 이광수의 중개자였다면, 대안대사나 방울스님은 원효가 보살행을 실천할 수 있도록 이끌어 주는 중개자들이다. 대사는 근엄하지도 않고 격식을 차리거나 까다롭지 않으며, 어느 곳에 안주하여 영화를 탐하지도 않는다. 그들은 동굴에서 살거나 저자거리를 떠돌며 민중과 함께 고락을 같이 하면서, 호의호식하는 것이 아니라 조야한 음식으로 최소한의 생명을 유지하면서 모든 것을 대중을 위해 바치면서 보살행에 전념한다. 이러한 이미지는 이광수가 만난 도산 안창호나 남강 이승훈의 이미지들이다.

---

38) 이광수, 앞의 글, 317쪽.

이상에서 볼 때 「원효대사」는 이광수의 자전적 감정 이입과 민족혼의 밀수입 포장이 혼효된 이중성을 지닌 소설이란 결론에 도달한다.

4. 신라어의 복원과 범신론적 세계관

「원효대사」에서 이광수는 신라어에 대해 깊이 있는 통찰과 천착을 보여 준다. 우리 고유어에 대한 해박한 예증을 제시하면서 멸실되어가는 민족혼을 일깨우고 있다. 소위 대동아공영권을 주장하며 민족의 정체성을 말살하려는 일제에 간접적으로 저항하였다는 데 그 의의를 찾을 수 있다. 이 점은 원효가 당나라 유학파가 아니라 자체적으로 독특한 불교 이론을 세웠다는 점과도 상통한다.

이광수는 「원효대사」 서문에서 다음과 같이 말하였다.

'나는 원효와 불가분의 것으로 당시의 신라 문화를 그려 보려 하였다. 그 고신도(古神道)와 거기서 나온 화랑과 역사에 남아 있는 기록으로, 또는 우리말에 풍겨 있는 뜻으로 당시의 사상과 풍속을 상상하려 하였다. 특별히 나는 '말의 역사다' 하는 것을 믿음으로 우리말에서 문헌에 부족한 것을 찾아 보충하려 하였다. 그중에서는 나의 억측도, 견강부회도 있을 것이다. 그러나 나는 그중에 버릴 수 없는 진리가 있음을 믿어서 장담한다. 나는 독자가 이것을 웃어버리지 말고 연구의 대상을 삼아서 우리의 역사의 성격을 천명하기 바란다.'[39] 하였다.

이광수가 「원효대사」에서 신라의 문화를 복원하려 하였다는 점은 중요한 의미를 지닌다. 실제로 「원효대사」에서 작가는 많은 지면을 신라 고신

---

39) 이광수, 앞의 글, 318쪽.

도와 신라어의 복원에 할애하고 있다. 이것은 소설에서 사족과 같아 매우 어색하며, 균형을 깨뜨리는 부분이기도 하다. 이광수도 이를 의식했음인지, 작품에서 독자가 지루하지만 참고 들어주기를 서술자 직접 개입 형태로 언급하고 있다.[40]

이광수가 「원효대사」에서 소설의 전체적인 균형을 깨면서까지 애착을 가지고 신라문화를 복원하려 했던 예를 한 부분만 인용하기로 한다.

> 신라 시조를 박혁거세라고 하거니와, 박혁(朴赫)은 방아라고 읽는 것이다. '바'는 해요, 불이다. '방아'라는 것은 '불이 낳은', '불에서 온'이라는 뜻으로서 일신(日神)과 화신(火神)이다. 동물에 있어서는 병아리, 즉 닭이다. 병아리라 함은 불의 자손이라는 뜻이다. 신라 시조가 탄생한 곳을 계림(鷄林)이라 하고 탄생하실 때에 닭이 울었다 함이 이 뜻이다. 금빛 나는 궤짝에 아기가 들었다 하는 것은 금은 '강아' 또는 '가나'라 하여 지금 말로 하늘에 있는 해요, 땅에 있는 쇠다. 신라 임금이 김(金)이라는 성을 쓰게 된 것은 해의 자손, 즉 하늘의 자손임을 표하는 것이요, 신라의 시조가 금 바가지에 담겼다는 것도 이 뜻이다. 방아는 동물에 있어서는 닭이요, 식물에 있어서는 바가지요, 꽃이요, 기구에 있어서는 쌀을 찧는 방아다. 방아는 병아리가 무엇을 쪼는 형상이다. 지금 조선에 남아 있는 흥타령이란 것은 항아(흥아)신, 즉 일신(日神)을 맞이할 때에 부르던 소리(소리란 원래 신께 사뢰는 말이란 뜻이다)요, 강강수월래의 강강은 강아강아로서 항아항아의 고어(古語)다. 일신의 동물에서의 대표는 강아지다. 일신의 당 앞에 개를 만들어 놓은 것이 이 때문이다.[41]

---

40) '독자에게는 좀 지리할지 모르거니와 이 기회에 우리 고신도 신앙에 관하여 약간 설명할 필요가 있다.…' 라 하여 서술자의 직접 개입이 드러난다. 『이광수전집』제5권, 우신사, 414쪽.

41) 이광수, 「원효대사」 414쪽.

　이광수가 신라의 시조를 새삼스럽게 거론한 것은 두말할 필요도 없이 우리의 사라져 가는 민족혼을 이를 통해 되살려 보려는 시도였으리라 짐작된다. 우리 민족이 '하늘의 자손'이요 '불의 자손'임을 민중에게 일깨워 준 것이다. 이에는 잦아들어가는 민족정기의 불씨를 되살려 보려는 강력한 의지가 담겨 있다. 강강수월래의 어원을 일신을 맞이할 때 부르는 노래임을 증명해 내는 것도 당시로서는 매우 뜻 깊은 일이었으리라 생각된다. 이광수는 '바가지'가 지니는 심원한 뜻을 다음과 같이 풀이하여 고구하고 있다.

　　신라 시조가 방아이기 때문에 시조묘(始祖墓)는 병아리(鷄林)에 짓고 닭을 만들어놓고 바가지를 심어 지붕과 담에 박꽃이 피게 하고 뒤웅박과 바가지로 제기를 만들고 장식을 만들고 또 악기도 만든 것이다. 바가지를 긁는다는 것은 화신께 마지를 올릴 때의 음악이다. 또 커다란 박을 두드리는 것이 곧 북이다. 북이란 박이라는 말이다. 박은 해와 같이 둥글어서 열매 중에 가장 해와 비슷한 것이다.
　　조그마한 바가지는 뒤웅박, 조롱박이라 하거니와 뒤웅박이라 함은 당아방이라는 것으로 달에서 온 것이라 하는 뜻이다. 당아라는 것은 달에서 온 것, 즉 월신(月神)이라는 뜻이다. 덩글덩글, 딩글딩글, 당그랑당그랑은 다 바가지에서 나온 소리요, 동시에 월신을 맞이하는 소리다.[42]

　당시로서는 하찮게 굴러다는 것이 바가지였을 것이다. 이런 일상 하찮은 생활 용품에 그토록 심원한 의미가 담겨져 있는 것을 일반 민중들은 알지 못하였을 것이다. 쉽게 깨어지고, 그러면서도 끊임없이 다시 심어

---

42) 위와 같음.

새롭게 태어날 수 있는 바가지, 이런 생활 용구가 우리 민중의 심원한 종
교적 함의를 내포하고 있다는 사실을 안다는 그 자체만으로도 우리 민족
은 자존심을 살려나갈 수 있었을 것이다. 민중은 이를 통해 민족의 정체
성을 회복할 수 있었으며, 민족정기가 쉽게 말살될 수 없는 것임을 암묵
적으로 받아들여 힘을 얻었을 것이라 추론된다.

이광수는 이어서 신라 시조 다음의 임금인 석탈해(昔脫解)에 대해서도
그 깊은 뜻을 다음과 같이 풀이하고 있다. 즉 '석가(昔哥)는 '상아'요, 탈해
는 '당아'다. 상아라 함은 사라(술) 즉 물에서 온 이, 즉 수신(水神)이라는
말이요, 당아는 달에서 온 이, 즉 월신이란 말이다. 탈해는 동해 바다로서
떠들어 왔다는 것이 이 때문이다.'라 풀이하면서, 이어서 '해, 달, 불, 다음
에 물이다. 농업국에서는 물이 소중하다. 물은 곧 생명이다.'라고 적어 놓
고 있다.

이러한 이광수의 우리 민족의 시조의 어원[43]에 대한 깊이 있으면서도
평이한 풀이는 자연스럽게 신라 문화와 신라어의 복원으로 이어진다.

상아는 수신이요, 사랑이라는 생명신이다. 상아는 생기게 하고 사랑아는
사랑되게, 즉 사랑하게 한다. 사라신은 여성이요, 사랑아는 남성이다. 슬슬,
설설, 술술, 살살, 졸졸, 줄줄, 질질, 이러한 말들은 모두 사라신을 맞이할 때
에 하는 소리요, 내는 소리요, 비는 소리다.

상가는 꿇어앉는 것이요, 싱거는 소금을 아니 치는 것과 무엇을 땅에 넣는
것이요, 숭글, 성글, 싱글은 다 상아신 앞에서 하는 짓으로 그 춤은 이러한

---

43) 이광수는 신라 시조 뿐 아니라 고구려의 시조 주몽(朱蒙)에 대한 어원도 밝히
고 있다. '주몽이란 사망이다. 무당들이 지금도 사망이라는 말을 쓴다. 사망이
란 상아망이다. 수신(水神), 지신(地神)의 자손이란 뜻이다. 동명왕의 어머니
어랑아(柳花)는 하백(河伯), 수신의 딸이요, 어랑아라는 것은 달빛의 자손이란
뜻이다. 물에 비친 달그림자가 어렁이다.'(「원효대사」 415쪽.)

모양으로 하는 것이다.

상아신이 동물에 있어서는 송아지, 즉 소다. 상아당 즉 서낭당 앞에서 소를 만들어 놓고 또 소를 잡아 제사한다.

사랑은 남신이기 때문에 남자를 사랑이라 하고 남자의 방을 사랑이라고 하거니와 사랑은 곧 사랑신을 위하는 당아를 모신다. 당아는 다나도 된다. 사랑아당을 시렁이라고 부른다. 사랑방이라 함은 사라신과 방아를 모셨다는 뜻이다.[44]

'사랑', '싱거' 등 우리 주변에서 널리 쓰이는 평범한 말이 이렇게 깊은 속뜻이 있다는 것을 알게 된 독자들은 우리 문화나 정체성에 깊은 애착과 자존심을 지니게 되었을 것이다. 또한 당시 창씨개명은 물론 전적으로 일본어만을 사용해야 했던 비극적 상황임을 감안할 때, 이러한 우리 고어에 대한 새로운 조명은 민족혼을 불러일으키고 이를 보존하는데 결정적인 역할을 하였으리라 추론된다. 또한 과거 조상들이 받들었던 신을 복원함으로 하여 당시 신사참배라는 억압을 눈물로 견뎌야 했던 당대 민중들에게는 태양과 같은 빛을 선사한 것이나 다름없었을 것이다.

「원효대사」에는 이 외에도 신라어를 복원하려 한 예가 부지기수이다.[45] 특히 우리말의 '가나라사아'를 원어로 하여 많은 언어를 복원해 낸 것은 특기할 만하다. 특히 신의 이름을 이를 통해 밝힘으로 하여 우리 민족이 범신론적 세계관을 가지고 있었음을 증명하고 있다. 앞으로 국어학자들이 고어를 깊이 연구하여 그 진실을 가려내어야 할 부분이라 생각된다. 현재 우리 국어학계에서는 고어 연구가 답보 상태에 있는 것처럼 보

---

44) 위와 같음.
45) 「원효대사」에 나오는 신라어에 대한 풀이는 『이광수문학사전』(한승옥 편저, 고려대 출판부 펴냄) 참고 바람.

인다. 대부분의 연구가 외국의 최신 이론을 수입하기에 바쁜 것처럼 보이는 것은 안타까운 일이 아닐 수 없다.

이러한 이광수의 고유어의 복원 작업은 당시가 일제 강압기였고, 우리 말고 글을 송두리 채 없애려 했던 암흑기 중의 암흑기였음을 감안 할 때, 매우 의미 있는 일이 아닐 수 없다. 당시는 일제가 대동아 공영권을 들고 나와 동양 전체를 일본 식민지화하려는 야심아래 대동아 전쟁을 주도면 밀하게 준비하고 있었던 시기였다. 언어 뿐 아니라 민족혼까지도 말살하려 하였던 잔인한 식민통치가 이루어지고 있었던 시기였다. 이러한 끔찍한 상황 하에서 일제 기관지《매일신보》를 이용하여 신라어를 복원하려 했다는 점은 이광수의 용기나 지혜가 아니었다면 불가능했을지도 모를 일이다. 이것은 이광수가 비록 창씨개명을 하고 일제에 적극적으로 친일을 하였지만, 우리 민족의 유일성이나 정체성을 잃지 말아야 한다는 사명감이 있었기에 가능했던 일이라 생각된다. 원효가 유학파가 아니라 자체적으로 불교의 교리를 해석하여 대학자가 되어 당당하게 우리 민중을 교도하였다는 점도 이와 무관하지 않다.

5. 대승기신론적 세계관과 진속일여의 사상

「원효대사」의 사상적 기저는 불교이며, 그 중에서도 <大乘起信論>적 사상이 근간을 이루고 있다. <대승기신론>의 진속일여(眞俗一如)의 사상[46]이 주축을 이루고 있다. 出世間的 自利만이 불교의 진의가 아니라 利他의 실천이 중요함을 역설하고 있다.

---

46) 원효, 『대승기신론 소·별기』(은정희 역주), 일지사, 2000년 11월, 30일.

이광수는 주지하다시피 처음에는 유학을 신봉하는 유교가문 집안의 종손으로 태어났다. 그러나 가세의 빈곤과 아버지의 방기로 유가에 대해 반감을 가지게 되었다. 여기에 신학문을 배운 것이 계기가 되어 극렬하게 유교에 저항하면서 자연스럽게 기독교로 전향하게 되었다. 그 후 사랑하는 아들 봉근이 어린 나이로 세상을 떠남으로 하여 인생의 허무를 의식했음인지 불교에 심취하기 시작하여 후기에는 창작에서도 불교적인 색채가 농후한 작품을 집필하기 시작하였다. 특히 역사소설에서 이 점이 두드러지게 나타나는데, 「세조대왕」과 「원효대사」는 불교적 이념을 근간으로 창작된 대표적 작품이다.

이광수는 「원효대사」 서문에서 원효의 불교사상을 다음과 같이 기술하고 있다.

'원효대사는 우리 민족이 낳은 세계적인 위인 중에도 머리로 가는 한 사람이다. 그는 처음으로 <화엄경소> <대승기신론소> <금강삼매경소>를 지어서 인류 문화에 불교와 더불어 멸할 수 없는 업적을 남긴 학자일 뿐 아니라, 그가 몸으로 보인 무애행(無碍行)은 우리 나라의 불교도에게 산 모범을 주었다.'고 하였다. 실제로 「원효대사」에는 <화엄경>, <대승기신론>, <금강삼매경>의 사상이 근간이 되어 무애행을 실천하고 있는 원효의 삶이 그려지고 있다.

이광수 소설에 나타난 불교 사상을 연구한 이화형은 「원효대사」에 나타난 불교 사상을 다음과 같이 결론내리고 있다.

'장편소설인 「원효대사」에 가장 중요하게 나타나고 있는 중생구제의 사상은 다름 아닌 <화엄경>의 사상에서 연유되고 있다는 사실을 확실히 파악할 수 있고, <화엄경> 중에서도 '如來光明覺品'과 '十地品'이 직접 스토리와 연관되어 불교소설로서는 절정에 이르는 작품이라 할 수 있겠다.[47]'라고 말하였다.

물론 위의 이화형의 지적도 맞는 말이지만 「원효대사」의 불교사상을 논하려면 반드시 <대승기신론>을 언급해야 한다. 작품에는 원효가 대승기신론을 설법함으로 하여 그의 명성이 진동하는 것으로 묘사되어 있다. 하기에 이 작품에서 대승기신론을 빼고 불교사상을 언급하는 것은 노른자위를 빼고 불교를 언급하는 것이나 다름없다. 특히 「원효대사」는 대승기신론의 '眞俗一如'의 사상이 녹아 육화된 작품이다. 원효가 대중(속)과 불교의 진의를 넘나들면서 그를 통합하여 무애행을 실천하는 것은 대승기신론적 사상이 근간을 이루고 있다. 원효가 큰 박을 차고 춤을 추고 노래를 부르며 민중 속을 돌아다닌 것은 '협소한 주장에 사로잡히지 않는 보편적 인간, 귀족적 편견에서 벗어난 민중적 인간, 분열을 극복한 통일적 인간의 본보기'[48]를 보여 준 것이다. 원효는 대승에 대한 믿음이 있었기에 의혹을 제거하고 아집을 버렸고, 이를 통해 止觀을 닦아 실천을 결행함으로써[49] 圓融會通에 이를 수 있었다. 곧 出世間으로만 만족하지 않고 出出世間으로 이타의 실천을 몸소 행하는 것은 대승기신론의 眞俗一如의 會通思想[50]이 있기 때문에 가능했던 것이다.

6. 불교적 세계관의 생태학적 조명

이 작품이 연재될 1942년 당시는 일제가 우리 민족의 생명을 말살해 가는 최악의 상황이었다. 이러한 민족적 죽음의 시기에 씌어진 작품에서 생

---

47) 이화형, 「춘원소설에 나타난 불교사상」, 『이광수연구』(하), 태학사, 135쪽.
48) 조동일, 『한국문학사상사시론』, 지식산업사, 1979년, 45쪽.
49) 은정희, <원효의 대승기신론 소·기에 나타난 신관>, 《원효학연구》 제2집 원효학연구원, 1997.
50) 한종만, <원효의 회통사상>, 《원효학연구》 제2집 원효학연구원, 1997.

태적 특징, 혹은 생명주의적 정신을 추출하고 그 의미를 재해석하는 것은 매우 뜻 깊은 작업이라 생각된다.

「원효대사」에서 주인공 원효는 강건・호방・웅혼의 氣象[51])을 고루 갖춘 성격적 특성을 지니고 있다. 원효는 작품에서 요석공주와 파계는 하였으나 바로 대오 각성하여 그러한 세속적 욕망에서 벗어나 강인한 수련을 계속하면서 학문적으로나 중생 제도 행위로나 剛直한 실천행을 보여주는 인물로 나온다. 또한 원효의 행동은 거칠 것이 없는 豪放함을 보여준다. 고기를 먹고 여자를 가까이 하며, 조롱박을 차고 춤을 추고 노래를 부르며 중생과 함께 거리낌 없이 노니는 모습이며, 거지떼의 두목이 되기도 하고, 땅꾼의 두목이 되기도 한다. 바람이라는 도적 떼와는 氣싸움을 벌려 도적 두목을 제압하기도 한다. 또한 원효의 뜻은 雄渾하기 그지없다. 그는 왕족이면서 화랑의 무리였으며, 개인을 위해 사욕에 사로잡히는 바가 없으며, 항상 신라의 부강을 위해, 또한 인류의 구원을 위해 자신의 모든 것을 오로지 한다. 이러한 원효의 성격은 대안대사나 방울스님의 중개자를 통해 더욱 빛나며, 원효의 성격은 이 작품 전체를 지배하는 기상의 상징이 된다. 특히 기상론의 세 특성 중 豪放함이 가장 두드러지게 나타난다. 이러한 기상은 민족의 생명을 고무시키는 역할을 한다. 이러한 생명주의는 말살되어가는 민족정기를 불러일으키는 데 중차대한 역할을 하

---

51) 氣文學論에서는 문학론에서의 氣에 대한 관점을 크게 둘로 나누고 있다. 氣質論과 氣象論적 관점이다. 기질론이나 기상론은 문학론에서 모두 중요한 위치를 점한다. 문학은 개성의 발로이기 때문에 개인의 독특한 기질이 전제되지 않으면 개성이 살아날 수 없을 것이며, 한편 글쓴이의 힘이나 창의력, 의지가 없다면 표현 예술인 문학은 애초에 존재할 수 없을 것이기 때문이다. 「원효대사」는 위에서 말한 기질론과 기상론적 특성 중 기상론적 성격이 강한 작품이다. 이러한 분류가 가능한 것은 그 주인공을 중심으로 특성을 고려할 때 얻어지는 결론이다. 주인공 원효대사의 성격은 氣象論的 관점의 세 특성인, 剛健・豪放・雄渾의 氣象을 고루 갖춘 성격으로 나타난다.(기문학에 대한 논의는 한승옥, 『한국 전통 비평론 탐구』(숭실대출판부, 1995년) 참조 바람).

며, 한편으로는 자연스럽게 생태학적 특성과 연결된다.

「원효대사」에 나타나는 생태학적 특성은 다중적 의미를 띤다. 미물까지도 긍휼이 여겨 생명을 존중하는 심층생태학적 특성이 표출되는가 하면, 불교도로서, 또한 대사로서 살생을 금해야 하는 입장임에도 불구하고 뱀을 잡아 먹고 육식을 하며, 술과 계집을 가까이 하는 파계를 서슴지 않는데, 이것은 그런 행위가 단순한 파계가 아니라 우주적 차원에서의 相生의 원리를 지향한다는 데 더 큰 의의가 있다 하겠다. 우주를 생명의 순환고리로 인식하는 원효의 생태적 사유가 드러난 결과인 것이다. 이것은 김지하가 생명, 생태적 문제를 세 가지 측면, 즉 다양성, 관계성, 순환성으로 범주화했을 때 순환성의 원리에 해당한다.[52]

작품에 드러나는 심층생태학적 행동의 대표적인 예는 원효가 대안대사를 따라 그가 살고 있는 동굴로 갔을 때, 어미 잃은 너구리 새끼를 측은히 여겨 그 새끼들을 돌보며, 마치 갓난아기 다루듯이 동물을 인격화하는 대안대사의 행동에서 나타나며, 순환성의 원리는 대안대사를 따라가 파계를 시작하는 홍등가 삼모 집에서의 음주와 육식, 뱀복이를 만나 땅꾼들과 어울리며 뱀을 죽이는 勿殺戒를 어기는 행위에서 드러난다. 이 경우 살생을 하였지만, 이것은 생명의 순환법칙 하에서 볼 때, 더 큰 생명을 살리기 위한 相生이기에 죄가 되지 않는다.

「원효대사」는 역사소설이지만 종교적 범주로는 불교소설로 분류된다. 이 소설은 전체가 불교적 세계관, 그 중에서도 앞 장에서 검토한 眞俗一如의 세계관이 지배한다. 즉 모든 세속과 진리가 떨어져 존재할 수 없으며, 둘일 수 없다는 생각인데, 이것은 모든 만물이 동등하다는 전제하에 출발해야 가능한 세계관이다. 이러한 세계관이 반영된 작품은 자연스

---

52) 김지하, <접화군생(接化群生): 인문학과 생태학>, 경상대학교 인문학연구소 엮음 『인문학과 생태학』, 백의, 2001년, 24-26쪽.

럽게 생태적 특성을 지니게 된다. 그러니까「원효대사」는 세계관 그 자체
로 이미 생태적 관점을 포용하고 있다는 결론에 자연스럽게 도달하게 되
는 것이다.

7. 맺음말

　지금까지 필자는「원효대사」의 구조적 특징과 함께 그의 자전적 특질
이 어떻게 소설에 반영되었나를 살폈고, 그가 작품의 서문에서 언급한 민
족혼의 투영 실상과 신라어나 문화에 대한 애착과 그의 복원의지를 검토
하였다. 이어서 작품이 지니는 사상적 특질도 함께 검토하였다.

　「원효대사」는 구도소설의 형식적 특성을 지니고 있으며, 그것은 환몽
구조와 탐색구조를 포함한 실천행까지 보여줌으로써 환몽실천구조의 구
조적 특징을 지니고 있다. 이것은 구도소설이 구도의 제시에만 머물지 않
고 그 실천행까지 보여 주었다는 점에서 그 의의가 인정된다.

　「원효대사」에는 자전적 감정이입이 작품 전체 큰 틀로 작용하고 있다.
이광수 자신의 자전적 체험이 원효의 일생과 동궤를 이루면서 사건이 진
행되고 있다. 하여 자연스럽게 민족혼 역사소설이란 장르에 포장되어 개
진되고 있다.　이러한 민족혼의 투영은 신라어의 복원과 범신론적 세계관
의 피력에서 잘 나타나고 있다. 당시가 신사참배를 강요당했던 일제 말기
라는 점을 감안할 때, 이런 범신론적 세계관의 환기가 얼마나 중요한 일
이며. 의미 있는 작업이었나를 되돌아볼 수 있게 한다.

　「원효대사」는 대승기신론과 진속일여의 사상이 녹아져 있는 작품이다.
원효의 광대와 같은 행위나 땅꾼이나 도적떼들과의 어울림도 다 이런 그
의 사상에서 나온 결과다.

　「원효대사」에서는 불교적 세계관을 바탕으로 한 생태적 세계관이 발견되어 현대문학적인 재조명은 물론 생태학적 관점에서 재평가되어야 함도 아울러 검토되었다.

3절. 이광수의 「이순신」과 나관중의 「삼국지」 대비 연구

1. 머리말

이광수와 「삼국지」를 연관시켜 논하려면 둘 사이에 공통점이 있어야 가능하다. 그러나 이광수와 「삼국지」는 상식적으로나 논리적으로나 연관되는 부분, 즉 공통분모가 거의 없는 편이다. 이광수의 자전적 언급에 「삼국지」가 거론되는 것도 과문한 탓인지 몰라도 찾아보기 어렵다. 또한 이광수는 홍명희같이 「열국지」나 「수호지」와 같은 무협 소설을 본땄거나 그를 저본으로 자신의 작품 세계를 펼쳐나간 작가도 아니다. 이광수는 주지하는 바와 같이 계몽소설을 주로 썼던 작가다. 그의 작품에는 삼각관계가 주로 나타나며, 그것도 애정 삼각관계가 주목적이 아니라 그것을 이용한 민족 계몽이 주목적이었다. 이런 상황에서 이광수와 「삼국지」를 비교한다는 것은 매우 어려운 작업에 속한다. 비교문학적 관점에서 본다면 이광수의 작품이 「삼국지」를 직접적으로 영향 받았다는 흔적이 나타나야 비교가 가능해짐은 물론이다. 이것이 발견되지 않으면 비교 문학적 접근 방법을 접어두고 대비적 방법을 써야 한다. '비교'가 불란서를 기점으로 하여 실증적 접근 방법으로 발전된 문학 연구 방법이라면 '대비'는 미국을 중심으로 발전한 일반 문학적 접근 방법임은 주지하는 바와 같다. 불란서에서는 유럽을 중심으로 하여 서로 영향을 주고받은 문학적 유산을 실증적 방법으로 연구하여 주종관계를 밝혀낼 수 있었다. 그러나 미국은 이민 역사가 짧을 뿐 아니라 동유럽에서 망명한 르네월렉이나 어스틴 워랜 같은 문학이론가들이 기댈만한 전통이 전무했던 지역이 있다. 이들이 메달릴 수밖에 없었던 것은 그들이 알고 있는 방법을 중심으로 미국 문학을 포함한 전 세계적인 문학을 폭넓게 연구하는 길 밖에 없었다. 또한 이것은 그들에게 자유로운 사고의 영역을 제공하기도 하였다.

그렇다면 우리의 경우는 어떠한가? 이광수와 「삼국지」는 어떤 영향관계에 있었는가가 문제이다. 필자의 생각으로는 이광수가 「삼국지」를 읽지 않았으리라고는 상상되지 않는다. 우리의 문학 전통으로 보아서는 「삼국지」는 어쩌면 서구의 문학인들이 성서를 필독하였듯, 한국의 아니 더 나아가서는 동양의 문학인들은 「삼국지」가 필독도서였으리라는 것은 불문가지의 일이라 하겠다. 단지 그것이 자료에 나타나지 않았거나 아니면 그의 취향에 그것이 적합하지 않았기에 그것을 이용하지 않았을 뿐이었을 것이라는 추론이 가능하다. 아니면 우리에게는 그와 같은 영웅들의 군웅할거라든지 그들 간의 피나는 전쟁이 역사상 존재하지 않았거나 미미한 단계에 머물렀기 때문일 가능성이 높다. 우리나라는 역사적으로 단일 민족이 한 나라를 이루어 오면서 그 명맥을 유지해 왔다. 지정학적으로 삼국의 분열이 있기는 있었지만, 독립국가로서의 국가대 국가의 영역 확보 전쟁의 성격이 강했기 때문에 중국에서와 같은 극렬한 군웅할거를

통한 왕권의 창출 과정은 미약했다. 때문에 「삼국지」와 같은 역사적 대
서사시가 나올 수 없었던 것이 아닐까 추론된다. 물론 삼국통일의 과정을
그린 역사소설이 없는 것은 아니다. 이광수에게도 「마의태자」와 같은 소
설이 있다. 그러나 이것은 소멸의 미학을 비애적으로 형상화하는데 주력
하였을 뿐이지 「삼국지」와 같은 영웅들의 패권다툼이나 군웅할거의 대
서사시는 창출하지 못하였다. 오히려 이광수에게서 「삼국지」적 풍모나
모티프를 발견할 수 있는 작품은 그의 유일한 전쟁 소설이라 할 수 있는
「이순신」을 통해서이다. 이 작품에는 「삼국지」에서 발견되는 영웅의
서사시적 특성이 두드러지게 나타난다. 작품 전반에 전투 실황이나 전쟁
장면이 주를 이루고 있다. 전쟁에는 전략이 필요하고 승패가 서사의 쟁점
이 된다. 전쟁 상황이 액션을 이끌고 인물의 성격도 적나라하게 드러난다.
비록 「삼국지」와 같은 대서사시적 풍모는 약하지만 왜적을 만나 목숨을
걸고 싸우고, 계책과 술수가 동원되고, 왕실과의 관계에서 음모가 자행되
고, 그에 의해 희생되고 재생되는 모습이 「삼국지」의 모습과 닮아 있다.
전쟁은 게임의 법칙을 철저하게 따른다. 힘의 논리가 절대적으로 작용하
며, 같은 세를 가지고 있더라도 계책을 쓰지 않으면 전쟁에서 이기기 힘
든다. 또한 승리하지 않으면 곧 죽음이 따르고 그것이 종말이라는, 순간
순간에 생사를 선택해야하는 절대적 법칙이 작동한다. 이런 면에서는 오
히려 「삼국지」 보다도 「이순신」의 경우가 더 절박하다. 그러면서도 이
상황에서도 작품 내에 엄연히 존재하는 숨어 있는 진실의 법칙과 내재적
진리는 人義와 忠의 가치이다. 이것이 있기에 두 작품은 지금까지도 살아
남아 그 감동을 우리에게 전하고 있는 것이다. 문학 작품은 역사적 현실
과 다를 수 있다. 나관중의 「삼국지」가 역사소설이라면 「이순신」도 이
광수가 집필한 역사소설이다. 그렇다고 역사적 사실과 전연 다른 작품을
쓸 수는 없다. 이광수가 「이순신」을 쓰면서 「난중일기」를 역사적 사실

의 근거로 차용했지만 그것을 중심으로 자신의 가치관을 드러내는데 최선을 다했던 것처럼, 나관중도 「삼국지」를 쓰면서 이와 같은 과정을 거쳤음은 재언을 요치 않는다. 다음 항에서 이러한 사실들을 근거로 두 작품이 지니는 공통점을 중심으로 논의를 전개하기로 한다.

2. 영웅들의 서사시

「삼국지」와 「이순신」의 가장 두드러진 공통점은 두 작품 모두 영웅들의 서사시를 다루고 있다는 점이다. 「삼국지」는 수없이 많은 영웅들이 명멸한다. 대표적인 영웅들만 나열해도 유비, 관우, 장비 삼형제를 비롯하여 조조와 손권이 패권다툼을 벌인다. 유비가 자식만큼이나 아끼는 장수이며 무예가 출충하고 충성심과 의리가 강한 조자룡. 이들 말고도 무수한 전쟁 영웅들이 등장하여 별처럼 찬란히 빛을 내다가 사라지거나 탐욕에 휩쓸려 멸망하거나 천운을 얻어 성공하기도 한다. 예를 들면 다음과 같다. 어린 황제와 하태후를 죽인 뒤, 조정을 장악하여 잔인한 공포 정치를 펴 만인의 적이 된 동탁. 시기심에 불탄 여포에게 죽임을 당한다. 삼국시대의 최고의 무장이라 불릴 만큼 힘과 무예에 뛰어난 여포. 그는 동탁의 부하로 있다가 초선을 빼앗긴 것에 앙심을 품고 동탁을 처단하는 어리석음을 보인다. 여포는 서주를 빼앗아 기세를 올리지만 진등의 계략에 빠져 조조에게 잡혀 교수형을 당한다. 또한 여포를 헌신적으로 보필하지만 어리석은 여포가 말을 듣지 않아 조조의 손에 잡혀 비장한 죽음을 맞는 진궁도 아까운 장수중에 하나다. 명문가의 후손으로 제후군의 맹주로 추대되지만, 여러모로 역량이 부족하여 70만 대군을 이끌고 조조와 관도에서 맞붙었으나 조조의 계략과 용병술에 말려 참패하고 화병으로 죽는 비운의 야심가 원소. 손책에게 옥새를 얻자 스스로 황제를 칭하다가 부하들에게 배신당하고 비참한 최후를 맞는 원술. 호탕한 성격의 천하장사로 조조가 자식보다 아낀 명장 진위. 진위는 조조를 구하고 장렬하게 싸우다 죽는다. 여강과 예장을 점령하여 기세를 떨쳤으나 두인 우길을 죽인 뒤 망령에 시달리다 죽는 손책. 손책의 차남으로 형의 뒤를 이어 강동의 주인이 된 손권. 강하를 공격해 황조를 죽여 아버지 손권의 원수를 갚는다. 조조의 항복 요구에 고민하다가 결전의 의지를 다진다. 박망파에서 제갈량에게 화공을 당해 참패하는 하후돈. 용맹이 뛰어난 노장으로 원래 장사 태수 한현의 부하였으나 유비의 사람이 된 황충. 사항계와 고육계를 펼치고 화공으로 적벽대전에서 승리하나 공명을 죽이려 하다가 실패하여 죽고 마는 주유. 전한의 명장, 마원의 후손으로 강족의 여인에게서 태어나서 조조를 참하기 위해 나섰으나 죽음을 당하는 마등. 서천 공략에 큰 공을 세우나 낙봉파에서 적의 화살에 맞아 요절하는 방통. 조조에게 패한 뒤 장로에게 의지하다 유비에게 귀순하는 마초. 백발 노장에도 불구하고 한중 쟁탈전에서 여러 차례 공훈을 세워 촉군을 대승리로 이끈 황충. 용맹과 지략을 겸비한 동오의 명장으로 형주 탈환의 일등 공신인 여몽. 본래 마초 휘하의 장수였는데 조조의 사람이 되어 번성 전투에서 관우에게 패한 뒤 패장답게 죽음을 택한 방덕. 본래 위의 장수였으나 제갈량에게 등용되어 최측근으로 활략하다가 제갈량이 죽은 뒤에 실질적으로 촉을 이끌고, 검각에서 최후까지 위에 맞서 싸우는 강유. 1차 북벌 때 제갈량의 충고를 무시하고 산 위에 진채를 세워 촉에 패배를 안겨준, 그리하여 제갈량이 울면서 목을 벤 마속. 제갈량에게 계속 패하자 병이 나 자리에 눕게되고, 제갈량의 야유어린 편지를 받고 격분한 나머지 급사하는 조진. 조예가 죽은 뒤, 위의 정권을 장악한 사마의. 그리고 그가 죽은 뒤 권력을 이어 받은 사마의의 아들 사마사와 사마소. 이외에도 무수한 장수들이 명멸한다.

그뿐 아니라 계책과 술수에 능한 모사와 군사들이 등장한다. 이들 군사나 모사들이 없었다면 영웅들은 자기의 위업을 달성할 수 없었을 것이다. 그중 대표적인 전술가가 제갈량이다. 제갈량은 유비가 삼고초려하여 어렵게 모신 군사이다. 그는 뛰어난 전략으로 적벽전투에서 동남풍을 불러 일으켜 적벽대전을 승리로 이끄는 등 여러 싸움에서 혁혁한 공을 세운다. 「삼국지」 전체를 통틀어 가장 뛰어난 전략가로 불세출의 명인이다. 이 외에도 유비를 도운 모사는 서서, 미축, 손건, 미방 법정, 이회, 장저 등이 있다. 이들의 도움으로 유비는 싸움에서 이기고 인의의 정치를 펼칠 수 있었다. 또 당대의 제일가는 모사로 조조에게 가장 큰 힘이 되었던 순욱도 있다. 조조에게 힘이 되었던 모사들은 순욱 외에도 정욱, 곽가, 순유, 사마의, 가후, 유엽, 양수 등이 있다. 유비와 공손찬의 스승으로 학문에 능통했으며, 황건난 때 중랑장으로 활약한 노식도 빼놓을 수 없다. 불의를 보면 참지 못하는 대쪽같은 성품의 소유자 왕윤도 기억할 만하다. 왕윤은 역적 동탁을 죽이는데 성공하나, 동탁의 무리인 이각과 곽사를 끝까지 용서하지 않아 스스로 목숨을 내놓는다. 한나라 황실에 가장 충직했던 신하로 꼽힌다. 오나라를 세운 손권에게는 제갈근, 장소, 여범, 우번, 고옹, 보질, 좌함 등의 모사가 있어 전쟁에 승리할 수 있었다.

이에 비해 이광수의 「이순신」은 이순신 자신이 홀로 외롭게 전투에 임하여 고군분투하고 장쾌한 승리를 이끌어 내고, 종국에는 의리를 지키다가 장렬하게 전사하는 모습을 보인다. 영웅이 군웅 할거하는 것이 아니고 대부분의 장수들이 망명도생하는 비겁함의 연속 속에서 목숨을 바쳐 조국을 지키다가 산화하는 독특한 양상을 보인다. 이순신에게는 또한 「삼국지」에서와 같은 모사나 군사들이 없다. 모든 지략과 전술과 전략들이 이순신의 머리 속에서 나온다. 그런 점에서는 「삼국지」에 나오는 어떤

장수보다도 뛰어나다. 이것은 동양 삼국, 일본, 조선, 명나라를 통틀어서
도 뛰어남을 의미한다. 비록 당대의 조선 해전에 국한하여 말할 때 그 조
건이 성립된다 해도 일본의 경우는 다르다. 일본은 풍신수길이 국력을 다
기울여 조선을 침략하였기 때문에, 또한 그 준비성이 철저했기에, 중국에
서 원병으로 온 진린 등과는 다르게 평가돼야 한다. 일본은 해전에 능한
나라다. 사면이 바다로 둘러싸여 있고, 조선을 침략하기 위하여 전력을
키워온 나라다. 이러한 막강한 적을 맞아 싸워 연전연승한 이순신의 용맹
과 지략은 일본 전체의 수군 어느 장수보다도 뛰어나고 탁월하다. 비록
「삼국지」에서와 같이 군사나 모사가 없었다고 하더라도, 아니 오히려
그 점 때문에 이순신은 「삼국지」의 어느 장수보다도 위대할 수 있는 것
이다. 「삼국지」가 영웅들의 서사시라면 「이순신」은 우리 고전에서 이미
낯익은 영웅소설의 패턴을 지닌다.

3. 계략과 술수와 음모의 서사

「삼국지」나 「이순신」을 장르상 현대적 명칭을 부여한다면 전쟁소설
로 분류할 수 있다. 전쟁소설이란 장르가 명확한 이름을 획득한 것은 아
니라도 전쟁을 소재로 하였고, 전투가 중심을 이루는 소설이란 점에서 편
의상 전쟁소설이라고 명명할 수 있다. 현대문학사에서는 6.25 동족상잔의
전쟁을 다룬 소설을 전후소설이란 명칭으로 통칭되어 왔다. 그것은 전후
라는 시기적 문제라기보다는 전쟁을 다룬 소설 중에 그에 걸맞는 작품이
없었기 때문에 붙여진 이름이다. 물론 「이순신」이나 「삼국지」 모두 역
사소설이다. 역사소설로 분류하는 데는 이의를 제기할 사람이 아무도 없
을 것이다. 다만 속성상 그 내용이 전쟁을 다루었고, 그것이 중심이 된 소

설이란 점에서 전쟁소설로 분류한 것이다.

전쟁은 적과 아군의 싸움이다. 여기에는 단순한 법칙이 있을 뿐이다. 적을 죽이지 않으면 내가 생존할 수 없다. 내가 생존하고 목숨을 부지하려면 적을 무찔러 죽이는 수밖에 없다. 만일 적에게 죽임을 당하거나, 비겁하게 도망하거나 아니면 화해를 청한다 해도 그것은 이미 패배한 것이나 다름없다. 패자에게는 씻을 수 없는 굴욕과 노예적 치욕이 따를 뿐이다. 적과 싸워 이기기 위해서는 힘과 능력이 있어야 하고 이에 따르는 전술과 전략이 필요하다. 계략과 술수, 계책이 뒤따라야 한다. 아무리 병력이 많고 전력이 우수하다하더라도 장수가 어리석고 전략에 실패하거나 술수에 넘어가 계략에 걸려들면 여지없이 패하게 된다. 또한 용기를 잃고 겁을 먹거나 전의를 상실하면 아무리 전력이 우수하고 숫자가 많다하더라도 필패하게 마련이다. 하기에 전쟁은 고도의 게임이라 할 수 있다. 모든 것이 전체적으로 작동하며 수단과 목적을 가리지 않고 승리해야만 하는 게임인 것이다. 「삼국지」와 「이순신」에서도 많은 전투가 펼쳐진다. 특히 「삼국지」는 전쟁이 주 내용을 이루는 소설이다. 「이순신」에서도 여러 번의 전투가 나온다. 육전과 해전이 고루 다뤄진다. 그러나 역시 주류는 이순신이 통솔하는 조선 수군과 침략군인 일본 수군과의 해전이다. 육지 전투에서는 대부분의 싸움에서 조선 장수들의 무능과 비겁함으로 인해 조선군이 연전연패한다. 이것은 또한 역사적인 사실이기도 하다.

여기서는 「삼국지」에서 대표적인 결전이라 할 수 있는 '적벽전투'와 「이순신」에서의 '벽파정' 싸움을 대비하기로 한다. 적벽전투는 주지하는 바와 같이 「삼국지」를 통틀어 가장 유명한 전투일 뿐 아니라 막강한 조조의 군사에 맞서 전력적으로 절대적으로 열세인 유비와 동오 연합군이 제갈량의 계책에 힘입어 대승을 거둔 전투이다. 「이순신」에 나오는 벽파정 전투는 이순신이 원균의 모함과 당파싸움의 희생으로 감옥에 갇혔다가 나라가 다시 위기에 처하자 백의종군하여 이미 모든 것이 파괴되고 실종된 상태에서 오직 남은 12척의 전선만 가지고 500여척의 일본 수군을 격파한, 믿어지지 않는 신화적 전투이기 때문에, 이 둘을 비교한다는 것은 의미 있는 일이라 생각된다. 특히 이 두 전투는 뛰어난 계책과 자연과 지리를 이용한 탁월한 전략으로 대군을 무찔렀다는 점에서 공통점이 발견된다. 「삼국지」에서는 수전을 거의 찾아 볼 수 없다. 적벽대전은 「삼국지」지 전체를 통틀어 볼 때 쉽게 찾아 볼 수 없는 대대적인 수전이라 할 수 있다.

먼저 「삼국지」의 적벽대전부터 살펴보기로 한다.

적벽대전에는 속임수와 음모와 술수, 그리고 적의 진로와 작전을 미리 예측하여 그 약점을 이용하여 싸움을 유리하게 이끌고 승리를 쟁취하는 전략과 지략이 총출동되는 게임의 법칙이 철저하게 작동되는 서사로 사건이 진행된다. 원래 조조가 천하를 제패하기 위해 동오를 쳤을 때, 동오의 맹주 손권은 열세를 자인하고 항복하려 하였다. 동오가 조조의 손에 들어가면 그때 별로 세력이 없고 강하와 하구에 겨우 의지해 있었던 유비도 조조에게 쉽게 함락될 수밖에 없었다. 이러한 차제에 제갈량은 손권으로 하여금 유비와 손잡고 조조와 맞설 수 있게 동오를 부추긴 것이다. 제갈량은 유비 혼자서의 힘으로는 수적인 열세에 의해 조조와 맞설 수 없다고 판단하여 손권을 부추겨 조조와 맞서게 한 것이다. 제갈량은 조조와 손권과 싸우게 하여 어부지리를 얻으려는 계략이었다. 결국 이 계략은 성공하여 손권이 주유를 앞세워 조조와 싸우게 된다. 이때 주유와 제갈량과 조조 사이에 치열한 머리싸움과 음모와 술수가 난무하게 된다. 주유는 조조의 군대가 수전에 경험이 없고 북방에서 먼 길을 이동하여 온 것을 알고 이를 물리칠 자신이 있음을 내비친다. 그리고 실제 적벽대전이 시작되자 그는 유표의 밑에 있다가 조조에게 투항하여 조조의 수하에 들어가 조

조의 수군을 지휘하고 있는 해전의 명장 채모와 장윤을 제거하기 위해 계
책을 세우고 이를 실천에 옮겨 성공한다. 주유는 채모와 장윤이 조조에게
거짓 투항한 것으로 꾸며 이를 조조로 하여금 믿게 하여 조조가 채모와
장윤을 목 베게 한 것이 그것이다. 큰 힘 들이지 않고 전투 없이 주유는
적장을 제거한 것이다. 이제 조조 진영은 수군을 지휘할 유능한 장수를
잃게 된다. 그러나 제갈량은 주유가 쓴 이 계략까지 이미 꿰뚫고 있었다.
이를 안 주유는 제갈량을 제거하기 위하여 술수를 쓴다. 주유가 공명을
궁지에 빠뜨리기 위하여 10일 안으로 화살 10만개를 만들어 올 것을 요구
하는 것이 그것이다. 이 불가능한 요구에 공명은 단 사흘 만에 화살을 준
비하겠다고 큰소리를 친다. 그러나 공명은 마지막 날까지 태연하게 낮잠
만 잔다. 당일이 돼서야 공명은 약간의 배를 끌고 안개가 낀 날씨를 이용
하여 조조 군에게 다가가 계책을 써 조조군이 쏜 화살 10만개를 고스란히
받아 싣고 유유히 돌아온다. 주유는 제갈량의 꾀에 탄복한다. 한편 주유
에게 속고 제갈량의 계책에 넘어간 조조는 복수를 꿈꾸며 그 또한 술수를
꾸민다. 채모의 아우인 채중과 채화를 동오에 보내 거짓 항복하게 만드는
것이 그것이다. '사항계'를 써 적진의 정황을 알고자 함이다. 그러나 이를
미리 꿰뚫고 있는 주유는 이들을 역으로 이용하여 '고육계'를 써 이를 역
이용한다. 황개로 하여금 거짓으로 주유에게 저항하도록 하여 모진 매를
맞게 함으로 하여 조조로 하여금 황개가 변심했다고 믿게 하는 것이 그것
이다. 그리고 주유는 감택을 조조에게 보내 거짓으로 황개가 조조에게 투
항할 의사가 있음을 알리는 밀서를 보낸다. 조조는 황개의 항복을 받아들
이기로 한다. 또한 방통은 주유에게 '연환계'의 계책이 상책임을 알려 준
다. 배를 쇠사슬로 함께 묶어 자유롭게 움직일 수 없게 만드는 계책이다.
주유는 사항계를 역이용하고 고육계를 적절히 이용한 후 방통으로 하여
금 조조의 진영에 들어가 조조의 모든 배를 쇠사슬로 한 데 묶어 못 움직

이게 만든다. 당시 조조군은 육전에 능한 군사들이었기에 배를 타면 멀미가 심하였고, 많은 군사들이 역질에 걸리거나 설사병에 걸려 고생하고 있었는데, 배를 서로 묶으면 배가 흔들리지 않아 육지에 있는 것이나 다름없는 효과를 낼 수 있었던 것이다. 조조에게 수하 참모들이 화공을 펼칠 경우를 우려하여 그것이 위험함을 역설하기도 했으나 계절이 겨울이라 북서풍이 불기에 오히려 화공을 펼치면 공격하는 주유 편에서 당하게 되어 있다고 믿고 있던 조조는 방통의 계교대로 배와 배를 묶어 기동성을 떨어뜨리게 함으로써 주유의 연환계 계책에 말려들게 된다. 이렇게 하여 주유와 제갈량은 화공을 펼칠 준비를 완료한다. 이제 남은 문제는 화공을 펼치기 위해 바람을 역풍으로 만드는 일이다. 이때 제갈량은 제단을 쌓아 제사를 지내 서북풍을 동남풍으로 바꾼다. 이것은 자연의 이치를 적절히 이용한 전략이라고 하겠다. 그곳의 지리나 자연의 이치를 잘 알고 있었던 제갈량이 서북풍이 동남풍으로 순간적으로 바뀌는 순간을 이용하여 제사를 지낸 것으로 볼 수 있기 때문이다. 동남풍이 불자 주유는 고육계를 써 거짓으로 조조에게 항복한 황개로 하여금 항복을 가장하여 푸른 깃발을 달고 조조의 배에 다가 가게하고 항복하러 오는 것으로 생각하여 방심한 조조 진영에 불화살을 쏘게 만든다. 순식간에 조조의 백만 대군의 배는 화마에 휩싸이게 된다. 연환계에 휘말려 꼼짝달싹 못하게 된 상태에서 불바다가 됨으로 하여, 일시에 조조군은 초토화된다. 제갈량은 조조를 화전으로 몰살시키다시피 하였으면서도 패배하여 퇴각하는 조조의 퇴각로까지 병사를 매복하여 조조의 패군을 거의 섬멸한다. 제갈량은 관우를 조조가 반드시 선택하여 도망갈 수밖에 없는 길목을 지키게 하여 조조와 조우하게 하여 그를 죽이게 만든다. 그러나 인정 많은 관우는 막상 조조와 맞부딪치자 그 전에 진 빚 때문에 조조를 놓아 보낸다. 이렇게 하여 적벽대전은 유비 측의 큰 승리로 끝나게 되며 유비는 힘들이지 않고 어부지리로 세력을 얻게 된다.

　이상의 '적벽대전'을 볼 때 승리를 위해 수많은 계책과 음모와 술수가 동원되고 자연의 이치가 적절히 이용되었음을 알 수 있다. 이 점은 「이순신」의 경우에도 그대로 적용된다. 「이순신」에는 수많은 싸움이 나온다. 그 중에서도 막강한 일본군을 맞아 싸움에 승리하는 것은 주로 해전에서다. 이광수의 「이순신」에 나오는 대표적인 싸움은 작품의 장으로 나누어진 것만 보아도 '옥포 승전', '당포 승전', '한산도 큰싸움', '안골포 싸움', '부산 싸움', '칠천도 대패전', '벽파정'싸움 등이다. 이중 패전한 것은 칠천도 싸움뿐인데, 이 싸움은 원균이 이순신을 모함하여 통제사를 빼앗은 후 원균이 통제사가 되어 이끈 전투이기에 실로 이순신이 이끈 싸움은 모두가 승전하였다는 이야기다. 그러니까 이순신은 백전백승한 것이다. 「삼국지」에서도 이러한 예는 없다. 「삼국지」에는 항상 쫓고 쫓기는 이야기가 전개된다. 이런 점에서 볼 때 「이순신」에서 이순신은 가히 영웅 중에 영웅이라 하겠다. 여기서는 그 중 '적벽대전'에 버금가는 또한 여러 면에서 유사한 싸움인 '벽파정' 싸움을 예로 들어 보기로 한다.

　벽파정 싸움은 이순신이 원균의 음모에 의해 통제사에서 물러나 고초를 겪고 있는 동안 원균이 통제사가 되어 칠천도 해전에서 대패한 후 일본군이 전라도마저 종횡무진으로 휩쓸자 백의종군한 이순신을 다시 통제사로 삼아 치러진 전투이다. 순신이 통제사를 명받고 전라도로 내려갈 때, 국토는 이미 초토와 된 후였다. 바다에도 전선은 거의 전멸 상태였다. 단지 배설이 도망가려고 숨겨 놓은 병선 12척이 고작이었다. 이 12척을 가지고 이순신은 500여척이 넘는 일본 전선과 힘겹게 싸워야 했다. 하여 이순신은 일대일로 싸운다는 것은 도저히 승리할 수 없다고 판단하여 지세를 이용하기로 한다. 그것이 울뚝목이다.

순신이 외로운 열두 척 함대를 이끌고 서쪽으로 돌아 온 뜻은 이 울뚝목의 지세를 이용하자는 것이었다.

울뚝목은 난바닷물이 목포 앞바다로 돌고 나는 좁은 문이어서 하루 네 차례 조수가 들고 날 때에는 악악 소리를 지르고 물결이 길이 넘게 턱이 지고 거품이 일고 용솟음을 쳐서 배가 다닐 수가 없게 되는 곳이다. 그 이름을 울뚝목이라고 하는 것은 우는―골―목이라는 뜻이니, 그러한 물목을 남방말로 도라고 하는데 도라는 것은 돌(梁)이라는 말이 변한 것으로 한산도 싸움으로 유명한 겨내도라는 도도 이 도다. 순신의 생각에는 이 울뚝목이 있었던 것이다.

순신이 임진년에 전라 수사로 있을 때에 좌수영 앞 경상도로 통한 바다에 쇠사슬을 건너 매어 방비한 것이 있거니와 순신이 통제사가 된 뒤에 전라 우수사 이억기에게 명하여 울뚝목에도 쇠사슬 두 줄을 안목과 밖목에 건너 매게 하였었다. 울뚝목의 급한 조류와 두 줄의 쇠사슬, 이것은 순신이 크게 믿는 것이었다.[53]

숫적으로나 전력적으로나 절대적인 열세인 우리 수군을 이끌고 중과부적인 상태에서 일본군과 싸우기 위해서는 남다른 계책과 전략과 용맹성이 있어야 가능하다. 바로 전에 패배를 모르던 조선 수군이 칠천도에서 원균의 어리석음으로 인해 대패하지 않았던가? 이순신이 울뚝목을 전선으로 삼은 것은 그의 뛰어난 안목과 지세를 이용할 줄 아는 지혜와 미리 쇠사슬을 쳐놓았던 미래를 내다보는 혜안과 방책이 있었기 때문이다. 이를 안 피난 간 백성들은 이순신의 수하로 모여들기 시작한다. '순신의 함대가 벽파진에 와 있다는 소문을 듣고 각처 바다에 흩어져 있던 민간의 상선과 어선이 모여들기 시작'했기 때문이다. 이때 경상 수사 배설은 겁

---

53) 이광수, 「이순신」, 『이광수전집』 제5권 311쪽.

이나 새벽에 배를 타고 도주해 버린다. 남아 있는 김억추는 좌의정 김응
남의 사사로운 정분으로 우수사에 임명된 사람으로 나이 30살의 아무것
도 모르는 철부지였다. 그러니 민심은 물론 이순신조차도 싸움에 임한다
는 것이 얼마나 힘든 상황이었는지 가히 짐작되는 바라 하겠다. 이러한
상황에서 처음으로 적선 55척이 나타난다. 이로부터 치열한 전투는 시작
된다. 모두가 겁을 먹고 싸우기를 주저하나 이순신은 용감하게 앞에 나아
가 죽음을 무릅쓰고 싸워 적선을 무찌른다. 이에 용기를 얻은 병사들은
싸울 마음을 먹게 되고, 피난선들도 점점 모여들기 시작한다. 드디어 대
해전이 임박해 온다. 이순신은 이것을 미리 간파하고 철저히 대비한다.
이때 이순신은 제장을 불러 '必死則生 必生卽死'하고 '一夫當逕, 足懼千
夫'임을 다짐한다. 또한 이순신은 '적선은 반드시 오늘 밤 달이 진 때에
그늘에 숨어 습격할 것'임을 알고 이에 대비할 것을 준비시킨다. 그리고
이순신은 '피난 민선들에게 영을 내려 더러는 활 서너 바탕 밖에, 더러는
너더댓 바탕 밖에 안익진(기러기 날개)형으로 벌려 있기를 명하여 의병
(疑兵)을 삼고 방포를 군호로 하여 진퇴하기를 명'한다. 이렇게 하여 5백
척 적선과 12척의 우리 병선과의 싸움이 시작되는 것이다.

　본격적인 싸움이 시작되면서부터 이순신의 투혼은 빛나기 시작한다.
앞서 말한 병법대로 그는 죽음을 각오하고 싸웠으며, 또한 모두 적을 두
려워하여 나아가 싸우기를 주저할 때에 한사람이 길을 막으면 천사람을
두렵게 할 수 있다는 신념을 가지고 '바다를 덮은 것'같은 적선을 맞아
단신으로 나아가 싸운다. 그는 "적선이 비록 천척이 오더라도 내 배 하나
를 당치 못하리라."라는 기개로 나아가 싸우면서 겁에 질린 군사들을 독
려하면서 싸움을 돋우어 전투를 유리하게 이끈다.

　이때에 적선은 다섯 겹 여섯 겹으로 순신의 배 한 척을 에워싸기 시작하여

222 제 4장 | 당대 현실의 역사적 투시

빗발같이 쏟아지는 적의 탄환과 화살이 배의 주위에 떨어지고 더러는 순신이 선 곳에서 한두 걸음 밖에 와 박혔다. 적은 분명히 순신의 배를 꽉 에워싸고 순신의 배에 기어올라 단병전을 하려는 것이었다. 이때에 오직 적을 두렵게 한 것은 순신의 활이었다. 순신의 활이 한 번 울 때마다 적병 하나가 쓰러졌다. 수백 척 적선을 지척에 두고 순신 혼자서 배 한 척을 버티고 선 것만도 적의 간담을 서늘하게 하였거든, 하물며 백발백중하는 그의 활의 힘은 적에게 신비한 두려움을 주었다.[54]

이렇게 외로운 싸움을 고군분투하는 동안 이를 보고 용기를 얻은 안위와 김응함의 배가 이순신의 배와 합세하기 위하여 달려온다. 이순신의 용맹이 겁에 질린 다른 장수들에게 용기를 준 것이다. 이렇게 하여 처절한 싸움이 한동안 계속되고 이순신은 적선 중에 삼층루가 있고 오색기 단 배에서 적장을 쏘아 물에 떨어뜨린다. 이것이 적장 마다시다. 이때 마침 조수가 썰물로 바뀐다. 이순신은 이 자연의 이치를 이용하여 총공격 명령을 내려 대장을 잃고 오합지졸이 된 일본군을 대패시킨다. 이때 '3백여 척의 피난선들도 북을 치고 소리를 지르고 따라 나와서 벽파정 앞바다에는 구름 같은 큰 함대를 이룬'다. '열두 척밖에 없는 줄로 알았던 적병은 이렇게 큰 함대가 있는 것을 보고 더욱 놀란'다. 이렇게 하여 상상할 수 없는 대승을 거둔 것이 벽파정 해전이다.

이순신은 앞서의 싸움에서도 자연의 이치와 지형을 이용하여 수많은 적선을 수장시킨 바 있다. 특히 한산도 큰 싸움에서는 '학익진'을 쳐 적선을 무찔렀던 전력이 있다. 또한 견내도에서는 풀과 암초가 있는 것을 이용하거나 그것을 알기에 적절히 대처하여 싸움을 승리로 이끌기도 하였

---

54) 이광수, 「이순신」, 315쪽.

다. 한산도 속바다를 일본 수군이 터진 바다로 알고 도망하여 들어가 독 안에 든 쥐가 되게 만든 후 대파하기도 하였다. 이와 같이 이순신은 탁월 한 전략과 자연 지세와 조수의 물때나 그데 따라 부는 바람을 이용하여 전투를 유리하게 이끌고 전투를 승리로 이끌었다. 특히 벽파정 전투는 「삼국지」의 적벽대전과 마찬가지로 중과부적인 상태에서 계책과 용맹 으로 불가능을 가능으로 이끌었다. 그런데 벽파정 전투는 적벽대전보다 도 더욱 이순신의 활약이 두드러진다. 적벽 대전은 동오의 군대와 유비의 군대가 동맹하였고, 그들에게는 제갈량 같은 모사가 있었고, 황개나 황충 같은 자기를 희생하여 충성을 다하려는 의로운 신하가 있었다. 그러나 「이순신」에는 모함과 당파 싸움과 망명도생이 있었을 뿐 이순신을 도와 줄 충성스러운 부하나 풍부한 군량이나 전선이나 아니면 뛰어난 군사나 모사도 없었다. 오직 이순신 혼자만의 외로운 싸움이었다. 이순신 혼자만 의 죽음을 무릅쓴 용맹이 있었을 뿐이었다. 이점에 있어서 「삼국지」의 영웅과 「이순신」의 영웅이 차이가 난다. 결국 이순신은 명나라에서 구원 병으로 온 진린의 어리석음으로 인해 곤경에 처한 진린을 구하려다 아까 운 생을 마감하기까지에 이른다. 구원군이 도리어 화를 부른 것이다. 이 때 구원군인 명나라 군사가 패전한 것이나 이 때 적장을 구하러 갔다가 이순신이 적탄에 맞아 장렬한 전사를 한 것이나 모두 지형을 잘 알지 못 한 명나라 장수 진린의 어리석음 때문이었다. 이는 전투에서 계략과 자연 지세의 이용이 얼마나 중요한지를 웅변으로 대변해 주는 예라 하겠다.

4. 인의와 야망의 대립구조

「삼국지」 전편을 통해 가장 두드러진 성격을 찾는다면 유비와 조조의 성격이다. 이들 둘은 한편이 인의를 중시하는 유교적 가치관에 충실한 인자한 성격이라면 다른 한편은 야망과 목적을 위해서는 수단과 방법을 가리지 않는 불같은 성격이다. 한편이 왕도주의를 지향한다면 한편은 패도주의를 지향한다. 유비는 도성을 점령할 때도 인의를 중시하여 유씨 가문이 수장으로 있는 성은 침략하지 않으며, 한번 언약한 바는 그 약속을 깨뜨리지 않고 의리를 지키며 약속을 실천한다. 그러나 조조는 목적을 위해서는 사사로운 인정을 돌보지 않는다. 내가 세상을 버릴지언정 세상이 나를 버리게 하지 않는다. 철저한 힘의 논리에 의해 자신을 지켜나갈 뿐 아니라 야망을 이루고 대업을 완수하기 위해 정분에 얽매이지 않는 인물로 설정되어 있다. 하기에 조조는 능력을 중시하는 인물로 그려진다. 한 예로 원소의 부하 진림이 관도대전에 앞서 조조를 비난하는 내용의 격문을 지었는데, 원소가 패망한 뒤 조조는 자신을 비난하는 격문을 지은 진림을 처단할 만도 하건만 그의 능력을 높이 사 자신의 부하로 삼는다. 조조는 리더십이 뛰어난 인물이기도 하다. 그러기 위해 부하의 능력을 키워주고 그들의 능력을 최대한 끌어낼 수 있는 능력이 있었으며, 또한 자기 자신이 솔선수범하였고, 부하들의 허물을 대범하게 용서할 줄도 아는 통이 큰 인물이었다. 작은 허물을 용서함으로 하여 더욱 더 큰 충성심을 불러일으키는 통솔력을 지닌 인물이었다. 하지만 그는 그가 지향하는 야망을 위해 모든 것을 희생할 수 있는 인물이기도 하다.

이에 비해 유비는 겸손하였고 유한 인물로 그려진다. 유비가 제갈량을 군사로 모시기 위해 행한 삼고초려는 이를 단적으로 드러내 주는 좋은 예이다. 유비는 그 인자함과 후덕함, 그리고 백성을 긍휼이 여기고 그들을 잘 다스림으로 해서 어느 곳에 가나 민심을 얻는 인물이다. 유비는 어느 상황에서나 대의명분을 따르며 유가적 가르침대로 정도를 걷는다. 역사서 「삼국지」는 조조를 영웅으로 묘사하는 경향이 있으나 나관중의 「삼국지」는 소설답게 인자하고 후덕하며 인의를 중시하는 성인군자적 인간상을 지닌 유비를 중심인물로 설정하였다. 이것은 그의 인격을 높이 산결과라 하겠다. 하여 「삼국지」에서는 두 인물을 뚜렷하게 대비시킨다. 이것은 인의를 중시하면서 민심을 얻어 천하를 통일하려는 유비의 왕도정치와 능력을 위주로 하면서 힘의 논리를 펼치는 조조의 패도정치를 대비시키려는 작가의 의도라 하겠다. 조조의 능력이 당장은 효과가 있다. 하지만 유비의 덕이 시간이 걸리더라도 결국은 좋은 결과를 낼 수 있다. 이점을 강조하기 위한 인물 설정이라 보여 진다.

　이에 비해 이광수의 「이순신」에서는 선악의 인물이 대비를 이루며 사건이 진행된다. 「이순신」에 등장하는 인물 중 가장 작가가 심혈을 기울여 형상화한 인물은 역시 이순신이다. 이광수는 실록이나 「난중일기」를 바탕으로 거의 사실에 가깝게 이순신의 인물됨을 그렸다. 그럼에도 불구하고 소설적 캐릭터로 성골할 수 있었던 것은 그의 삶 자체가 파란만장한 그것이었기에 작품으로서도 성공을 거둘 수 있었다고 해석된다. 특히 그가 원균의 모함과 당파싸움에 희생되어 관직을 박탈당하고 옥에 갇히는 수난과 고난을 당한 후, 나라가 재차 일본군에 의해 쑥대밭이 되자 백의종군하여 백척간두의 위기에 처한 나라를 구하다가 장렬하게 산화하는 이순신의 일생은 소설적이기에 충분하다. 작가가 이순신의 위대함을 다음과 같이 말한 것도 이러한 이유에서 일 것이다.

　　나는 이순신을 철갑선의 발명자로 숭앙하는 것도 아니요, 임란의 전공자로 숭앙하는 것도 아닙니다. 그것도 위대한 공적이 아닌 것은 아니겠지마는, 내가 진실로 일생에 이순신을 숭앙하는 것은 그의 자기희생적, 초훼예적, 그리고 끝없는 충의(애국심)입니다.[55]

이순신은 '군소배들이 자기를 모함하거나 말거나, 군주가 자기를 총애하거나 말거나, 성산(成算)이 있거나 말거나, 자기의 의무라고 믿는 바를 위하여 국궁진췌하여 마침내 죽는 순간까지 쉬지 아니하고 변치 아니한 그 충의, 그 인격을 숭앙'한다고 이광수는 피력하고 있다. 이와 함께 이순신의 휘하에 들어가 충성을 다하다가 부산진 싸움에서 분연히 전사하는 녹도 만호 정운, 전라 우수사로서 기동타격군의 임무를 수행하며 이순신을 도와 임진왜란 때 충의를 다해 싸우다가 전사한 이억기, 의병장 곽재우, 승병장 사명당 등이 선인으로 그려진다.

이에 비해 대부분의 조정 대신들이나 벼슬아치들, 그리고 도성을 지키는 장수들은 대부분 비겁하거나 무능하거나 자기의 안일과 출세만을 위해 나라도 버릴 수 있는 악인들로 그려진다. 단지 대신들 중 유성룡만이 선인으로 묘사되고 있다. 그러니까 「이순신」은 성웅 이순신을 중심으로 유성룡과 정운, 이억기, 곽재우, 사명당 및 죄없는 백성들이 선의 편에 서며, 그 반대편에 당파싸움만 일삼고 사리사욕에 눈이 어둔 조정 대신들과 도성을 치키다 망명도생하기에 바쁜 비겁한 장수나 군관들이 악인으로 등장한다. 악인 중에 가장 첫손 꼽히는 악인은 두말할 필요도 없이 원균이다. 그를 묘사하는 것은 어쩌면 과장된 것일 수도 있다. 그는 한창 전투 중일 때도 계집을 희롱하고 술에 취해 있으며, 이순신과 함께 싸움에 나아가도 전투는 하지 않고 적의 수급 베는 데만 혈안이 된 인물로 묘사된다. 그리고 이순신의 통제사 자리를 빼앗기 위해 음모와 술수를 부린다. 사리사욕에 철저하게 물들어 나라를 도탄에 빠지게 하는 악인 중에 악인으로 그려지고 있다. 그리하여 그는 칠천도 해전에서 대패하여 도망한다.

이상에서 볼 때 「삼국지」와 「이순신」은 대립구조로 짜여져 있음을

---

55) 이광수, 「이순신」, <작자의 말>, 《동아일보》, 1931. 5. 30.

알 수 있다. 다만 「삼국지」가 군웅할거를 통한 왕도정치 지향 인물과 패도정치 지향 인물의 양대 대립 구조로 짜여져 있다면, 「이순신」은 충의를 중히 여기며 자기 희생정신에 투철한 선인형의 인물과 사리사욕과 탐욕과 어리석음으로 가득 찬 악인형의 인물로 대분되어 서사가 진행된다는 점에서 차이가 난다.

5. 맺음말

이상에서 「삼국지」와 「이순신」을 그 공통점을 중심으로 살펴보았다.
여기서는 서사에 중점을 두어 두 작품 모두 전투를 그리고 있다는 점에 초점을 맞춰 그 양상이 어떻게 다르게 나타나며 작가의 의도가 어떻게 다르게 투영되었는가를 살펴보았다. 그 결과 두 작품 모두 영웅들의 서사시란 점에서 공통점을 발견할 수 있었다. 다만 차이가 난다면 「이순신」은 영웅들의 서사시가 아니라 단수의 외로운 영웅의 고군분투의 서사시라는 점에서 차이가 나고 있다.

그러면서도 두 작품 모두 전투에 승리하기 위해 계략과 술수를 쓰고, 자연 이치와 지세를 십분 잘 이용하는 편이 승리하고 있음이 확인되었다. 그것은 병법과도 통하는 이치이며 또한 계략과 전략과도 통하는 이치라 하겠다.

또한 두 작품은 모두 대립 구조로 짜여져 있음을 알 수 있다. 「삼국지」가 유비를 중심으로 인의를 중시하는 왕도정치와 힘과 능력을 중시하는 조조의 패도정치가 맞서고 있다면 「이순신」은 이순신 유성룡을 중심으로 한 선인과 원균과 당파싸움만 일삼는 조정 대신이 대비적으로 그려지고 있다. 「삼국지」가 그 스케일의 방대함과 다기한 사건과 군웅들의 할거로 다

양한 사건들이 펼쳐지고 있다면, 「이순신」은 단선 구조로 선악의 대립구
조로 계몽성이 강한 소설적 성격을 드러낸다는 점에서 차이가 난다.

● ● ● 부록 ● ● ●

1. 연구서지
2. 전기 및 작품 목록

이광수 장편소설 연구

1. 연구서지

최남선, <「검둥의 설움」서문>, 스토우 저 이광수 抄譯, 『검둥의 설움』, 1913.2.

국 여, <춘원의 소설을 환영하노라>, 《매일신보》, 1916.12.28.

양건식, <춘원의 소설을 환영하노라>, 《매일신보》, 1916.12.28~29.

김기전, <무정 122回를 讀하다가>, 《매일신보》, 1917.6.15.

백일생, <문단의 혁명아야>, 《학지광》15, 1917.12.

현상윤, <이광수군의 '우리의 이상'을 讀함>, 《학지광》15, 1918.3.

최남선, <病友생각>, 《청춘》13, 1918.4.

최남선, <「무정」 서>, 《청춘》15, 1918.9.

이희철, <K선생을 생각함>, 《창조》5, 1920.3.

황석우, <최근의 시단-羊鳴・步星・燿翰・春園, 春聖군의 시를 읽고>, 《개
　　　　벽》5, 1920.11.

최원순, <춘원에게 問하노라-'민족개조론'을 읽고>, 《동아일보》, 1922.6.3~4.

신상우, <춘원의 '민족개조론'을 독하고 그 일단을 논함>, 《신생활 》6, 1922.6.

신일용, <춘원의 '민족개조론'을 평함>, 《신생활》7, 1922.7.

염상섭, <文人印象互記 - 이광수>, 《개벽》44, 1924.2.

염상섭, <이광수의 인상>, 《개벽》44, 1924.2.

주요한, <문단시평>, 《조선문단》1, 1924.10.

박한영, <'金剛山遊記'題辭>, 《금강산유기》, 1924.10.

박영희, <文學上으로 본 이광수>, 《개벽》55, 1925.1.

이성태, <이광수론-내가 본 이광수>, 《개벽》55, 1925.1.

전영택, <춘원이 앓는다>, 《조선문단》7, 1925.4.

방인근, <이광수 主宰에 대하여>, 《조선문단》10, 1925.7.

호형아, <「재생」을 읽으면서>, 《동아일보》1925.9.

유완희, <현실에 대한 반역-춘원의 소위 신 이상주의 문학 해부>, 《시대일보》, 1925.12.7.

백기만, <춘원 이광수군의 「중용과 철저」를 읽고>, 《시대일보》, 1926.1.17~1.18.

양주동, <餘論二三-이광수씨에게 답하야>, 《조선일보》, 1926.2.19.

성 호, <조선이 가질 문학-이광수군의 「중용과 철저」를 보고>, 《신민》10, 1926.2.

김수산, <이광수류의 문학을 매장하라>, 《조선지광》4권 5, 1926.5.

김윤경, <培花를 따라 동경에 가서>, 《동광》2, 1926.6.

P. B생, <춘원의 「재생」을 평함-상식문학의 표본으로>, 《시대일보》, 1926.6.21~7.5.

김홍제, <트로이에서>, 《동광》5, 1926.9.

김기진, <문예 시평>, 《조선지광》, 1927.3.

이수창, <문단제가 측면관-춘원 이광수,염상섭>, 《중외일보》, 1928.8.9~8.21

문원태, <「젊은 조선인의 소원」을 읽고>, 《조선지광》, 1928.9.

방인근, <춘원 병상방문기>, 《문예공론》1, 1929.4.

방인근, <문일평씨와의 문답기>, 《신생》8, 1929.5.

미 상, <문예사상문답-이광수,염상섭씨와 일문일답기>, 《문예공론》, 1929.5.

이광수, <동아일보 '단종애사'에 대하여>, 《삼천리》1, 1929.6.

허영숙, <춘원 수술기>, 《문예공론》3, 1929.7.

주요섭, <신문예운동의 선구자>, 《삼천리》2, 1929.9.

김기진, <통속소설고-문예시대관단편>, 《조선일보》, 1928.11.9~20

전홍진, <「단종애사」 독후감>, 《동아일보》, 1929.11.14

백 철, <「흙」에 나타난 창작태도와 묘사>, 《중외일보》, 1929.11.29

이광수, <최근 10년간 필화, 설화사-민족개선론과 경륜>, 《삼천리》, 1930.5.

효　종, <파인시편을 주로 하여-삼인시가집을 음미>, 《조선일보》, 1930.3.7〜3.

김소저, <이광수씨 가정 방문기>, 《별건곤》34, 1930.11.

주요섭, <'서평' 통속화의 비애-「단종애사」상하양권>, 《동광》17, 1931.1.

김동인, <작가4인-춘원, 상섭, 빙허, 서해 그들에게 대한 단평>, 《매일신보》,
　　　　1931.1.1〜1.8.

최명익, <이광수씨의 작가적 태도를 논함-주로 '余의 작가적 태도'라는 씨의
　　　　一文에 대하야>, 《비평》4, 1931.9.

최명익, <조선문인의 프로필(이광수)>, 《혜성》6, 1931.9.

김명식, <지도 이념과 원동세력-이광수씨의 '지도자론' 비판>, 《삼천리》9,
　　　　1931.9.

김동인, <문단회고>, 《매일신보》, 1931.8.23〜9.2.

이라한, <이광수의 김성수론을 '戱'함>, 《비평》7, 1931.11.

김경석, <'민족개조론' 독후감 - 이광수저 「조선의 현재와 장래」를 읽고>, 《동
　　　　광》29, 1932.1.

김성근, <춘원의 문학현실-'군상' 3편을 통하여>, 《문예월간》3, 1932.1.

미　상, <이광수씨와 '기독'에 대하여 語함>, 《삼천리》22, 1932.1.

임　화, <1932년을 당하야 조선문학운동의 신단계>, 《중앙일보》, 1932.1.1〜28.

백　유, <이광수씨의 유심사관 비판>, 《제일선 17》, 1932.

이광수, <나의 해외망명시대-상해의 2년간>, 《삼천리》22, 1932.1.

최의순, <사이비 인상기, 문인 인상기>, 《문예월간》3, 1932.1.

최의순, <이광수씨와 기독을 語함>, 《삼천리》22, 1932.1.

김명식, <영웅주의와 파시즘-이광수씨의 啓蒙을 계함>, 《동광》31, 1932.3.

이광수, <최초의 저서>, 《삼천리》24, 1932.3.

황석우, <나의 七人觀>, 《삼천리》25, 1932.4.

정인과, <香港의 雨>, 《동광》36, 1932.8.

윤기정, <이광수씨의 조선문학에 대하야>, 《신조선》1권3, 1932.9.

백 유, <이광수씨의 유심사관비판>, 《제일선》17, 1932.9.

정래동, <이광수씨의 꿈-그의 공상을 타파함>, 《제일선》18, 1932.10.

박화성, <이광수저 「이순신」-신간소개>, 《동광》39, 1932.11.

양주동, <집단주의의 어노성-이광수씨의 소론에 대하야>, 《조선중앙일보》,
        1933.1.3~1.9.

안석주, <명모의 양인같은 춘원 이광수씨-문단 메리꼬라운드>, 《조선일보》,
        1933.2.1.

윤요섭, <춘원이광수씨의 작품-독일문학에 소개>, 《조선일보》, 1934.3.31.

단남생, <검불랑의 흙이 될 갑진군을 위하여-춘원의 「흙」을 읽고서>, 《동아일
        보》, 1933.7.18~7.19.

염상섭, <시대착오의 지도원리-춘원의 「흙」을 읽고>, 《조선중앙일보》, 1933.
        7~30.

백 철, <이광수씨의 근작 「흙」에 대한 소감-문예시평>, 《조선중앙일보》,
        1933.10.17.

백 철, <문예시평-「흙」에 나타난 창작태도와 묘사>, 《조선중앙일보》, 1933.
        10.18.

이기영, <「혁명가의 안해」와 이광수>, 《신계단》7, 1933.4.

이광수, <「흙」을 다쓰고서-(동아일보) 장편소설과 작자심경>, 《삼천리》42,
        1933.9.

단남생, <이광수씨와의 交談錄>, 《삼천리》42, 1933.9.

정래동, <「흙」과 「무지개」>, 《조선문학》4, 1933.11.

이광수, <나의 문단생활 삼십년-감사와 참회>, 《신인문학》1, 1934.7.9.

이무영, <춘원 출가 방랑기 - 조선일보 부사장 사임 내면과 산수방랑의 전후사
        정기>, 《삼천리》52, 1934.7.

윤의종, <작가춘원은 어디로?>, 《조선중앙일보》, 1934.8.25.

望雲樓人, <이광수씨 인물론>, 《신인문학》4, 1934.10.

望雲樓人, <이광수씨 연애비화>, 《신인문학》6, 1934.12.

望雲樓人, <이광수씨 가정 신풍경>, 《신인문학》7, 1935.1.

이무영, <선배에게-춘원 이광수씨에게>, 《조선중앙일보》, 1934.6.20~6.22.

김동인, <「무정」수준에서 재출발해야 한다>, 《조선중앙일보》, 1935.5.9.

임 화, <춘원 문학의 역사적 가치>, 《조선중앙일보》, 1935.10.22.

김동인, <춘원 연구>, 《삼천리》57~67, 1934.12~1935.10.

이용설, <誠과 才의 人 이광수>, 《삼천리》60, 1935.3.

빙인근, <조선문단과 그 시절>, 《문예공론》, 1935.4.

민병휘, <춘원의 「흙」과 민촌의 「고향」>, 《조선문단》23(4권 3호), 1935.5.26.

이광수, <나의 사십반생기>, 《신인문학》2권6 (4권3), 1935.6.

홍효민, <문예적 생산과 생산적 문예>, 《조선문단》4권3, 1935.6.

김문집, <재생이광수론>, 《문장》4・5, 1935.5~6.

김남천, <문단시감-「이광수전집」간행의 사회적 의의>, 《조선중앙일보》, 1936.
        9.5~9.7.

김태준, <조선소설 발달사(속)>, 《삼천리》69, 1936.1.

춘 성, <이광수씨와의 일문일답기>, 《신인문학》19, 1936.1.

민병휘, <작가방문기-이광수편>, 《문학》1, 1936.1.

박팔량, <조선 신시운동사(2)>, 《삼천리》71, 1936.3.

이선희, <조선작가의 군상>, 《조광》6, 1936.4.

홍효민, <춘원과 「이차돈의 사」>, 《고려시보》, 1936.6.

미 상, <조선문학의 발전책을 이광수씨에게 들음>, 《월광》2권11, 1936.11.

이광수, <(대담)「무정」등 전 작품을 어하다>, 《삼천리》81, 1937.1.

김남천, <조선문화의 큰 혁명 춘원 이광수 선생>, 《조선일보》, 1937.1.10.

이동규, <이광수론>, 《풍림》4, 1937.3.

홍성한, <이광수선생과 인정>, 《배광》6, 1937.6.

김동인, <춘원연구-계속 집필에 관하여>, 《삼천리문학》1, 1938.1.

김동인·전영택·김문집, <춘원의 소설-나의 춘원관>, 「사랑」 독후감, 《박문》2, 1938.11.

이태준, <이광수씨의 전작 「사랑」을 추천함>, 《조선일보》, 1938.11.14.

김남천, <소설성과 개념의 알력-춘원의 전작소설 「사랑」, 《조선일보》, 1938.11.13.

김동인, <춘원과 「사랑」>, 《박문》3, 1938.12.

김기진, <춘원의 「사랑」>, 《박문》3, 1938.12.

이태준, <춘원의 전작-춘원의 「사랑」독후감>, 《박문》3, 1938.12.

김기진, <춘원의 『사랑』-춘원의 「사랑」독후감>, 《박문》3, 1938.12.

不忘草, <이광수씨의 연애관>, 《삼천리》, 제10권, 1938.12.

모윤숙, <이광수씨의 「사랑」 평>, 《삼천리》, 제10권1938.12.

김광섭, <「영월영감」과 역작 「무명」-신년창작평>, 《동아일보》, 1939.1.28.

이원조, <구월창작평-춘원의 상식철학>, 《조선일보》, 1939.9.16.

남목월, <路傍人物評>, 《신세기》4, 1939.6.

이광수, <시가집을 내며>, 《박문》8, 1939.6.

김동인외, <영화 「무정」의 밤>, 《삼천리》134, 1939.7.

노춘성, <춘원과 반딧불>, 《화구구락부》1, 1939.7.

모윤숙, <이광수선생에게 문학, 연애, 종교를 묻는 여류문사의 모임>, 《삼천리》134, 1939.7.

모윤숙, <「사랑」후편을 읽고-특히 여주인공의 인간투쟁을 감상함>, 《조광》46, 1939.8.

박태원, <이광수 단편집-신간평>, 《문장》8, 1939.9.

박태원, <이광수선 「이광수 단편집」>, 《박문》11, 1939.9.

이광수, <붓 한자루를 들고(나의 전진목표)>, 《신세기》11, 1940.1.

이광수, <내 시가>, 《박문》16, 1940.3.

허영숙, <병상일기>, 《삼천리》, 1940.5.

김억·노자태 外 <'關西出身文人諸氏가 鄕土文化'를 말하는 座談會>, 《삼천리》, 1940.5.

김원건아, <조선의 작가 이광수씨의 인상>, 《문학자》2권7, 1940.7.

임　화, <이광수씨の소설 「무정」に就て(상·하)>, 《경성일보》, 1940.2..15～16.

홍효민, <귀농운동의 관념화-「흙」의 제구성의 양상-장편소설검토>, 《인문평론》14, 1941.1.

박　송, <연극시감-이광수 원작 「그 여자의 일생」 관극기>, 《삼천리》142, 1941.3.

홍효민, <춘원, 요한교담록>, 《신시대》14, 1942.6.

김동인, <춘원과 「나」>, 《신천지》3권3, 1948.3.

김민철, <이광수론- 위선자의 문학>, 《국제신문》, 1948.10.16～26.

김동인, <문단30년의 자취>, 《신천지》24-33, 1948.3～1949.

조연현, <「무정」-소설 감상>, 《협동》28, 1948.6.

조연현, <상품화한 양심-춘원 등의 재등장에 관하야>, 《국제신문》, 1948.7.17～7.18.

김동인, 『춘원연구』, 영창서관, 1948.

조영암, 『한국대표작가전』, 광문사, 1948.

서창제, <이광수의 「꿈」에 대하여>, 《평화일보》, 1949.11.10～12.

김동석, <위선자의 문학>, 《'부르주아의 인간상'》>, 탐구당서점 1949.

윤태웅, <춘원 이광수는 과연 위변가인가-최근에 토로한 그의 심경>, 《신태양》, 1949.7·8.

김소운, <춘원 이광수의 편모>, 《자유세계》3, 1952.4.

박용구, <선배의 예술-춘원의 문학>, 《중앙일보》, 1954,3,14.

허영숙, <내가 본 춘원의 생애>, 《현대공론》4, 1954.3.

신낙현, <춘원 이광수는 과연 친일파였던가?>, 《신태양》22·23, 1954,6~7.

김동인, <기미운동 당시의 춘원>, 《청춘》, 1954.10.

최남선, <한국문단의 초창기를 말함>, 《현대문학》1, 1955.1.

전영택, <'창조'와 '조선문단'>, 《현대문학》2, 1955.2.

안동민, <춘원 이광수론-작품에 반영된 그의 인간성>, 《현대문학》1권5~6, 1955,5~6.

최문진, <춘원의 「단종애사」와 나>, 《자유신문》, 1955.9.6~9.8.

천일두, <「무정」의 주제-「무정」을 통해 본 춘원의 일생>, 《국어문학》, 전북대, 1955.

이연화, 『아버님 춘원』, 문선사, 1955.

김소운, <푸른하늘 은하수-인간 춘원의 편모>, 『삼오당잡필』, 진문당, 1955.2.

문순성, <춘원문고 발간 취지>, 『춘원문고』, 문선사, 1955.6.

안동민, <생의 고민과 초월의 시련>, 《고대문화》1집, 1955.

천이두, <『무정』의 주제>, 《국어문학》3, 전북대, 1955.

박용구, <춘원의 역사소설-방법론적 분석서설>, 《현대문학》2권6, 1956.6.

박용구, <춘원의 역사소설1>, 《현대문학》2권7, 1956.7.

박용구, <춘원의 역사소설2>, 《현대문학》2권8, 1956.8.

박용구, <춘원의 역사소설3>, 《현대문학》2권9, 1956.9.

박용구, <춘원의 역사소설4>, 《현대문학》2권10, 1956.10.

박용구, <춘원의 역사소설(완)>, 《현대문학》2권11, 1956.11.

구외행, <작품을 통해서 본 춘원의 여성관-특히 이상주의에서 본>, 《국어국문학연구논문집》3집, 1956.11.

이항녕, <저작권법의 시비-춘원 작품을 중심으로>, 《세계일보》, 1957.7.1.

홍효민, <소설이론의 신전개-춘원의 시대적 음미>, 《평화일보》, 1957.11.30, 12.2~12.3.

조연현, <춘원 이광수편-한국현대작가론> 《새벽》17, 1957.3.

허영숙, <억류인사 부인들의 단장의 書>, 《주부생활》, 1957.2.

정태용, <현대시인 연구-육당과 춘원>, 《현대문학》3권3, 1957.3.

조연현, 『이광수론 휴일의 의장』, 인간사, 1957.

주요한, <춘원의 인간과 생애>, 《사상계》6권2, 1958.2.

이은상, <육당·춘원의 시대적 배경>, 《사상계》6권2, 1958.2.

김팔봉, <작가로서의 춘원>, 《사상계》6권2, 1958.2.

함석헌, <육당·춘원의 밤은 가고>, 《신태양》, 1958.2.

정상구, <설교의 광장-춘원 이광수론 -, 한국작가연구>, 《신조문학》1, 1958.5.

구인환, <춘원의 처녀작-문학사의 재검토와 시정을 위하여>, 《조선일보》, 1959.3.3

정태용, <작가와 생활방식-춘원과 금동과 이상>, 《한국일보》, 1959.10.9.

홍효민, <춘원 이광수론-인물문학사>, 《현대문학》55(5권7), 1959.7.

김동인, 『춘원연구』, 춘조사, 1959.11.

백 철, <춘원의 문학과 그 배경>, 《자유문학》32, 1959.11.

정태용, <한국적 동키호테상-이광수론의 하나로>, 《현대문학》6권6, 1960.6.

송민호, <춘원의 초기 작품고>, 《현대문학》81(7권9), 1961.9.

김소운, <춘원 이광수의 편모-푸른 하늘 은하수>, 《자유세계》4, 1962.4.

모윤숙, <춘원 추모기>, 《현대문학》8권12, 1962.12.

조연현, <이광수의 문학과 불교사상> 12, 1962.

곽학송, <그치지 않는 춘원 박해>, 《조선일보》, 1962.1.17.

박계주·곽학송, 『춘원 이광수-그의 생애·문학·이상』, 삼중당 1962.2.

구인환, <춘원의 처녀작>, 《국어교육》3, 1962.1.

하재철, <춘원 이광수론>, 《동아》2, 동아대, 1962.

송민호, <춘원의 습작기 작품과 장편-「무정」>, 《국어국문학》25, 1962.6.

김기진, <비극적 인간상-인간 이광수 소고>, 《고내문화》4집, 1962.11.

주요한, <춘원, 그 문학과 사상>, 《서울신문》, 1963.11.15.

최병국, <춘원 문학의 기독교적 사상분석>, 단국대 대학원, 1963.2.

박계홍, <한국역사소설사>, 《어문연구》3, 충남대, 1963.

허영숙, 『춘원을 앗아간 공산주의』, 신세계, 1963.7.

양주동, <문단교우록>, 《신사조》3권2, 1964.2.

백 철, <춘원문학과 기독교>, 《기독교사상》75, 1965.

주요한, <다섯 치의 솔 - 이월과 춘원>, 《동아일보》, 1964.2.3.

김송연, <초기소설의 원천 탐구>, 《현대문학》117, 1964.9.

김 현, <위선과 패배의 인간상>, 《세대》17, 1964.10.

유종호, <어느 半문학적 초상-이광수론>, 《문학춘추》1권8, 1964.11.

김윤식, <한국현대문예비평사 연구>, 《국어교육》, 1964.

한상준, <이광수-신문학 운동의 선봉>, 『20세기강좌』7권, 박문사, 1964.2.10.

김봉구, <신문학초기의 계몽사상과 근대적 자아-춘원의 경우>, 《한국인과 문
       학사상》, 일조각, 1964.

김 현, <위선과 패배의 인간상-「흙」과 「상록수」를 중심으로>, 《현대문학》11
       권2, 1965.2.

강인숙, <춘원과 동인의 거리-역사소설을 중심으로>, 《현대문학》122(11권2),
       1965.2.

송 욱, <한국지식인과 역사적 현실>, 《사상계》, 1965.4.

송민호, <춘원 초기작품의 문학사적 연구-「무정」, 「개척자」까지는 신소설이
       다>, 《고대 60주년 기념 논문집》, 1965.5.

손연자, <작품에 나타난 농촌계몽활동-이광수의 「흙」에 나타난 허숭의 사상을
    중심으로>,《한국문화연구》6집, 이화여대, 1965,10.

이선영, <춘원의 비교문학적 고찰>,《새교육》134, 1965.12.

모윤숙, <작품에 나타난 농촌계몽활동>,《한국어문연구》6집, 이대, 1965.

백 철,『이광수 '한국의 인간상'』, 신구문화사, 1965.

김학운, <동인문학 Recurrent Imagery연구-춘원과 대비하여>,《문학춘추》3권4,
    1966.7.

송 욱, <일제하의 한국 휴머니즘 비판-이광수 작 「흙」의 의미와 무의미>,《동
    아문화》5, 서울대, 1966,6 .

정태용, <「무정」의 근대성>,《한양》54, 1966.8.

경환철, <이광수의 문학과 불교사상>,《경기》1, 경기대, 1966.10.

김우종, <춘원문학 연구>,《논문집》5, 충남대, 1966.11.

송 욱, <자기만의 윤리-이광수 작 「무명」>,《아세아학보》2, 아세아학술연구
    회, 1966.11.

이철주,『북의 법술』, 계몽사, 1966.

임종국,『이광수론 친일문학론』, 평화출판사, 1966.

구환철, <이광수의 문학과 불표사상>,《경기》창간호, 경기대, 1966.

안병욱, <이광수의 '민족개조론'>,《사상계》15권1, 1967.1.

김붕구, <한국의 지식인상>,《신동아》, 1967.3.

전대웅, <춘원문학의 주제-사랑과 자비의 윤리>,《기독교사상》11권6, 1967.6.

김영기, <이인직·이광수·손창섭·최인훈-문제작가 문제작품>,《현대문
    학》156 (13권12), 1967.12.

하동호, <처녀작 주변, 이광수 편>,《신아일보》, 1967.2.18.

박화성, <춘원의 두 글자>,《한국일보》, 1967.11.22.

백낙청, <역사소설과 역사의식-신문학에서의 출발과 문제점>,《창작과 비평》,

2권1, 1967.

구인환, <춘원의 문체론적 연구>, 《국어국문학》34·35 (合), 1967.1.

이화형, <춘원소설에 나타난 불교사상>, 《어문론집》10, 고려대, 1967.9.

서연호, <한국 국문학상에서 본 춘원>, 《어문론집》10, 고려대, 1967.9.

전대웅, <춘원의 작품과 종교적 의의>, 《동서문화》1, 계명대, 1967.

강용현, <이광수의 미학-그의 문학론을 중심으로>, 《제주도》20, 1967.9.

송민호, 『「무정」 한국의 명저』, 현암사, 1967.

김붕구, <신문학 초기의 계몽사상과 근대적 자아-춘원의 경우>, 『한국인과 문
학사상』, 일조각, 1968.

이기백, <민족성과 민족개조론>, 《새교육》, 1968.1.

윤영춘, <이광수 문학의 인간고향을 찾아서>, 《세대》6권5, 1968.5.

구인환, <춘원론 소설>, 《국어교육》14, 1968.

최정석, <춘원과 대승불교사상-작품 「원효대사」에서 보이는 것>, 《국문학연
구》1, 효성여대, 1968.

홍수선, <현대소설의 인물유형론>, 《한국어문학연구》, 이화여대, 1968.

강인숙, <춘원과 동인의 거리-감옥을 배경으로 한 작품의 경우>, 《신상》1,
1968.9.

송백헌, <춘원의 '소년의 비애' 연구>, 《논문집》3집, 대전공전, 1968.11.

이선영, <도덕과 미학-이광수와 김동인을 중심으로>, 《현대문학》, 15권3
1969.3.

신동한, <이광수론>, 《월간문학》9(2권7), 1969.7.

양주동, <문단 교류기-나와 금성 시대(3)>, 《대한일보》, 1969.5.3.

김태준, <춘원의 문학에 끼친 기독교의 영향>, 《논문집》3, 명지대, 1969.10.

추연욱, <춘원문예 비평연구>, 《어문론집》1집, 계명대, 1969.12.

김문배, <작품을 통해서 본 춘원의 여성관-이상주의적 관점에서 고찰>, 《교육

연구논문집》4, 경남교육연구소, 1969.

한영환, <한국근대역사소설의 연구>, 《연구논문집》, 인문과학연구소, 1969.

구인환, <한국소설에 나타난 여인상>, 《아세아여성연구》5, 1969.

김열규, <이광수 문학론의 전개>, 《인문연구논집>>2, 서강대 인문과학연구소 1969.

김 현, <한국 개화기 문학인-육당과 춘원의 경우> 《아세아》 1권2, 1969,3.

장순하, <한국현대소설사전(10)-이광수편>, 《현대문학》16권4, 1970.4.

계광순, <돌아오지 않은 납치인사들」, 《신동아》, 1970.6.

김윤식, <이광수-한국 근대 인물 백선>, 《신동아》65, 1970.9.

조진기, <춘원의 「무정」 연구>, 《국어국문학연구》2, 영남대, 1970.9.

박명숙, <춘원 수필의 성격과 그의 단편소설에 나타난 수필성>, 《한국어문학연 구》10, 이화여대, 1970.

김태준, <춘원 이광수의 예술관>, 《명지어문학》4, 1970.

김영덕, <전통 가운데 현대의 불을 밝힌 육당과 춘원>, 《녹원》11, 이화여대, 1970.

이동희, <작가의 의식구조와 문체특성-춘원의 경우>, 《논문집》3집, 안동교대, 1970.

정명환, <이광수의 계몽사상>, 《성곡논총》1, 1970.

이선영, <춘원문학의 비교문학적 고찰>, 《소외와 참여》, 연대출판부, 1971.

이상범, <춘원에의 새 관심>, 《독서신문》, 1971.8.8.

이웅근, <춘원과 대승불교사상-작품 「원효대사」에서 보이는 것>, 《충청》3권 11, 1971.1.

김동명, <춘원문학의 연구-특히 기독교사상을 중심으로>, 《동아대논문집》, 동 아대 대학원, 1971.2.

진영환, <춘원문학의 연구>, 《논문집》7, 대전공전, 1971.4.

최정석, <작품 「사랑」의 사랑분석-사랑의 육파라밀>, 《연구논문집》8 · 9(合), 효성여대, 1971.

유윤식, <시의 전경과 후경-춘원의 경우>, 《성대문학》17, 1971.10.

윤병노, <문학의 사회적 기능-춘원의 경우>, 《성대문학》17, 1971.11.

김태준, <한국소설의 윤리적 가능성>, 《논문집》4, 1971.

염무웅, <민족문학, 이 어둠 속의 행진>, 《월간중앙》, 1972.3.

이항구, <춘원선생은 이렇게 최후를 마쳤다>, 《북한》1권6, 1972.6.

홍기삼 외, <'좌담' 이광수와 개화기의 문학>, 《문학사상》1, 1972.10.

천이두, <춘원문학의 주제론-근대와 전근대의 이율배반>, 《문학사상》1, 1972. 11.

김용직, <춘원의 문학사적 위치>, 《문학사상》1, 1972.11.

김용직, <통념과 작품의 진실-춘원의 문학사적 위치>, 《문학사상》1, 1972.10.

노양환, <동경유학시대의 이광수>, 《문학사상》1, 1972.10.

이형기, <춘원연구의 재검토-춘원 비판의 재비판>, 《문학사상》1, 1972.10.

김우종, <이광수와 개화기의 문학>, 《문학사상》1, 1972.10.

문영수, <관념체와 즉물체-동인과 춘원의 문장비교>, 《문학사상》2, 1972.11.

조진기, <춘원 소설에 나타난 인간상 연구-특히 지도자상을 중심으로>, 영남대 대학원, 1972.2.

조용만, <우리나라 신문학의 초창기에 있어서 일본의 서구문학의 영향>, 《아세 아연구》15권2, 고대아세아문제연구소, 1972.

윤홍로, <춘원 작품 재평가>, 《숭전어문학》1집, 1972.10.

송백헌, <춘원 문학에 미친 톨스토이의 영향-「흙」과 「안나까레리나」를 중심으로, 고려대 교육대학원, 1972.

김영덕, <춘원의 인생철학고>, 《한국문화연구논총》20, 1972.

강우용, <춘원과 동인문학의 비교 연구-윤리문제를 중심으로>, 고려대 교육대학원, 1972.11.

송철헌, <춘원 문학에 미친 톨스토이의 영향-「흙」과 「안나 까레리나」를 중심으로, 고려대, 1972.11.

정한숙, <농민 소설과 변용과정-춘원, 심훈, 포석, 무영, 영준의 작품을 중심으로>, 《아세아연구》48, 고려대, 1972.12.

신동욱, <춘원의 문학비평>, 『한국현대 문학론』, 박영사, 1972.

백 철, <「무정」의 사적인 위치>, 『이광수 전집(1)』, 삼중당, 1972.

백 철, <「개척자」의 작품의도>, 『이광수전집(1)』, 삼중당, 1972.

백 철, <춘원의 초기문장>, 『이광수전집(1)』, 삼중당, 1972.

김용제, <「허생전」>, 『이광수전집(1)』, 삼중당, 1972.

이형기, <「재생」·「마의태자」>, 『이광수전집(2)』, 삼중당, 1972.

노양환, <「군상」 3부작>, 『이광수전집(2)』, 삼중당, 1972.

주요한, <「흙」·「선도자」>, 『이광수전집(3)』, 삼중당, 1972.

정비석, <「유정」>, 『이광수전집(4)』, 삼중당, 1972.

박종화, <「단종애사」>, 『이광수전집(4)』, 삼중당, 1972.

곽종원, <「이차돈의 사」·「꿈」>, 『이광수전집(5)』, 삼중당, 1972.

이병주, <「원효대사」>, 『이광수전집(5)』, 삼중당, 1972.

주요한, <「사랑」>, 『이광수전집(6)』, 삼중당, 1972.

전영택, <「그의 자서전」·「나」(少年篇·스무살고개)>, 『이광수전집(6)』, 삼중당, 1972.

김팔봉, <「사랑의 동명왕」>, 『이광수전집(7)』, 삼중당, 1972.

안병욱, <「도산안창호」·「나의 고백」>, 『이광수전집(7)』, 삼중당, 1972.

이형기, <미완소설>, 『이광수전집(7)』, 삼중당, 1972.

주요한, <「무명」과 「상기」·「인생의 향기」>, 『이광수전집(8)』, 삼중당, 1972.

박계주, <「단편에 관하여」, 『이광수전집(8), 삼중당, 1972.

노양환, <「묵상록」>, 『이광수전집(8)』, 삼중당, 1972.

노양환, <「기행문・서간・일기>,『이광수전집(8)』, 삼중당, 1972.

주요한, <一事一言・시가집>,『이광수전집(9)』, 삼중당, 1972.

안병욱, <논문>,『이광수전집(10)』, 삼중당, 1972.

주요한, <문학평론>,『이광수전집(10)』, 삼중당, 1972.

김 현, <한국개화기 문학인>,『현대 한국문학의 이론』, 민음사, 1974.

김우종, <이광수론>,『한국현대 작가론』, 동화문화사, 1973.

김윤식, <이광수론>,『한국근대문학의 이해』, 일지사, 1973.

김붕구, <현대작가의 인간관>,『서울대문리대 교양강좌』3, 1973.

유재천, <언론인으로서의 춘원 이광수>,《문학과 지성》21, 1973. 가을

임영택, <신문학운동과 민족현실의 발견>,《창작과 비평》8권1, 1973.

김윤식, <한국문학초창기의 문학론과 비평의 양상>,《현대문학》217・218・
220, 1973.2.4.

정명환, <이광수의 계몽사상-그의 초기작품을 중심으로>,《문학과 지성》18,
1973.3.

이어령, <춘원 초기 단편소설의 분석-한국문학의 구조>,《문학사상》18, 1973. 3.

최원규, <이광수의 시>,《현대시학》55(5권11), 1973.10.

김병익, <작가와 상황>,《심상》, 1973.11.

오양호, <「흙」과「고향」의 원천고찰-1930년대 농민계몽소설이 비교문학적 탐
색>,《영남어문학》1, 1973.3.

안승덕, <춘원시조 연구>,《논문집》9, 청주교대, 1973.5.

이 순, <상황에서 괴리된 참여문학의 오류 이광수와 최인훈을 중심으로>,《연
세어문학》4, 1973.6.20.

양왕용, <춘원의 시 연구>,《국어국문학》62・63 (합), 1973.12.

한영환, <연암 박지원과 춘원 이광수 문학의 비교 연구-특히「허생」과「허생전」
을 중심으로>,《논문집》6, 성신여대 사대, 1973.12.

김봉구, <현대작가의 인간관>, 《교양강좌》3, 서울문리대, 1973.

나봉호, <소설작품에 나타난 3·1운동의 경향고>, 《논문집》, 이화여대, 1973.

서정록, <춘원문학작품의 현장추적>, 《동대논집》3, 1973.

양중해 외, <민족주의적 측면에서 본 한국문학>, 제주대논문집, 1973.

김윤식, <이광수와 그의 시대>, 《월간문학》67(7권9), 1974.9.

서울교대 철학연구회, <춘원의 '무정'에 대하여>, 《지향》5, 1974.9.

정창범, <계몽주의문학>, 《월간문학》7권9, 1974.9.

김광용, <이광수 연구 서설>, 《동양학》4, 단국대, 1974.10.

조진기, <초창기 문학이론과 작품과의 거리-춘원 이광수의 경우>, 《수련어문
      논십》2, 부산여대, 1974.11.

조진기, <작가의 역사해역-춘원, 동인, 월탄의 역사소설을 중심으로>, 《영남어
      문학》1, 영남대, 1974.11.

유지해, <춘원사상과 기독교>, 《숭전어문학》3, 1974.12.

조연현, <이광수의 문학>, 《한국현대문학사》, 성문각, 1974.

최창록, <당대적 소설의 개념-이광수「무정」, 《현대문학》21권4, 1975.4.

최금산, <김동인의 춘원연구의 시비>, 《현대문학》245, 1975.5.

김해성, <춘원시의 불교사상>, 《월간문학》81·82(8권·10~11), 1975.10~11.

오양호, <춘원의 초기문학론>, 《영남어문학》2, 영남대, 1975.

김영덕, <춘원의 정과 기독교 사상과의 관계 연구>, 《한국문화연구워논총》,
      1975.

이선영, <이광수론-개화·식민지시대의 문학가>, 《문학과 지성》22, 1975.12.

김용태, <보살도의 미학-춘원의「사랑」을 중심으로>, 《현대문학》252, 1975.12.

성현경, <「무정」과 그 이전 소설-춘원의 이전 소설, 특히 이조소설에 대한 인식
      태도와 그 작품상의 반영>, 《어문학》32, 한국어문학회, 1975.2.

조재훈, <한국현대 시문학에 미친 불교의 영향-육당, 춘원, 만해, 공초를 중심으

　　　로>,《논문집》12, 공주사대, 1975.3.

김희철, <한국시에 나타난 불교사상 연구-춘원의 불교적 인도주의 세계>,《논
　　　문집》4 서울대, 1975.8.

신춘자, <국초와 춘원이 문체>,《새국어교육》, 1975.

이상섭, <춘원사상과 기독교>,《한국문학》28, 1976.2.

정창범, <신문학 초창기와 기독교>,《한국문학》29, 1976.3.

조남현, <「무정」의 구성방법>,『문학사상』49, 1976.10.

이재선, <「무정」과 전환기의 인간상-춘원 「무정」>,『문학사상』49, 1976.10.

김종욱, <「무정」 소설원전과의 대조>,《문학사상》49, 1976.10.

자료실, <「무정」에 대하여>,《문학사상》50, 1976.11.

정창범, <작중인물의 심층분석-「무정」을 중심으로>,《인문사회계 학술지》21
　　　권1, 건국대, 1977.5.

신동욱, <이광수 문학의 재평가>,《인문논집》22, 고려대, 1977.12.

천두현, <춘원문학 연구 비망록>,『한새벌』14, 1977.2.

최원규, <춘원시의 불교관>,『현대시학』98, 1977.

박한영, <金剛山遊記題辭, 이광수의 金剛山遊記序文, 1920년대의 기행수필(특
　　　집)>,《수필문학》62, 1977.8.

최일수, <역사소설과 식민사관-춘원과 동인을 중심으로>,『한국문학』6권4,
　　　1978.4.

전영태, <대중소설론의 문제점-이광수, 김동인의 경우>,『현대문학』24권5,
　　　1978.5.

김치홍, <춘원의 「단종애사」연구>,《명지어문학》10, 명지대, 1978.2.

김봉군, <춘원문학에 나타난 종교의식>,《논문집》9, 성신여대, 1978.9.

최원식, <이광수와 동학>,《관악어문연구》3, 서울대, 1978.12.

양왕용, <개혁의지와 상황과의 갈등-춘원 신체시 연구>,《한국문학논총》1,

1978.12.

구인환, <이광수 소설의 수용된 톨스토이>, 《국어교육》32, 1978.

조희성, <동인의 「춘원연구」에 대한 고찰>, 《숭전어문학》6, 1978.

조진기, <한국소설에 나타난 지식인상>, 《문교부연구회 보고논문》, 1978.

신상철, <「사랑」논고>, 《논문집》7, 서울사대, 1978.

김 현, 『이광수』, 문학과 지성사, 1978.

손신영, <춘원의 교육사상-사회개조를 중심으로>, 성신여대 사대학, 1978.

최일수, <역사소설과 식민사관>, 《한국문학》, 1978.

주요한, <춘원 이광수와 불교경전>, 《법전》110, 1978.4.

정현기, <권력의 투기꾼-이광수의 「마의태자」의 왕건>, 《문학사상》77, 1979.2.

주종연, 『한국현대 단편소설 연구』, 형설출판사, 1979.

김팔봉외, <춘원 이광수의 문학과 사상의 공과(좌담)>, 《기러기》167, 1979.5.

노장환, <위대한 민족유산의 『이광수전집』>, 《기러기》167, 1979.6.

안병욱, <문호 이광수의 문장>, 《기러기》168, 1979.6.

신춘자,<민족문학의 정통성 .단재, 춘원 소설을 중심으로>, 《국제어문》1, 국제
          대, 1979.

이보영, <「무정」론>, 《표현》1,1979.12.

한승옥, <「무정」에 나타난 시간의식 연구>, 《동아논총》16, 1979.12..

김영일, <이광수의 한국기독교비판>, 《기독교사상》250, 1979.4.

권영민, <개화기 소설의 사회적 성격>, 《한국학보》19, 일지사, 1980.

한승옥, <이광수 연구-「무정」을 중심으로>, 《동아논총》17, 동아대, 1980.12.

원용식, <춘원시조의 불교사상 고찰>, 《논문집》2, 대전보건전문대, 1980.12.

신언철, <춘원문학의 비교문학적 연구>, 《논문집》6, 대전간호전문대, 1980.12.

변정화, <이광수소설>, 《청파문학》13, 숙명여대, 1980.2.

이구영, <무정론 I >, 《표현》2, 1980.5.

윤병노, <한국 근대문학에 미친 일본 근대문학의 영향-이광수의 유학시대를 중심으로>,《인문사회 논문집》27, 성균관대, 1980.2.

이주형, <이광수의 초기 단편소설 연구-정신사적 성격 검시를 중심으로>,《어문학》39, 한국어문학회, 1980.6.

김춘섭, <이광수의 초기소설>,《어문논집》21, 고려대, 1980.4.

조신권, <한국 근대문학과 기독교-춘원 문학에 나타난 기독교 사상>,《인문사회과학논총》16, 연세대, 1980.11.

김규창, <춘원과 수석漱石의 문학론 Parallélisme의 의미>,《논문집》13, 서울교육대, 1980.

김춘섭, <이광수의 초기소설>,『식민지시대의 문학연구』, 깊은샘, 1980.

윤홍로,『한국근대소설 연구』, 일조각, 1980.

구인환,『존재적 현실과 지향적 욕구-한국현대소설 작품론』, 문장사, 1981.

구인환, <이광수의 생애와 문학>,『최남선과 이광수의 문학』, 새문사, 1981.

구창환, <춘원문학에 나타난 기독교사상>,『최남선과 이광수의 문학』, 새문사, 1981.

김우종, <이광수의 계몽의식>,『최남선과 이광수의 문학』, 새문사, 1981.

백 철, <무정의 미학>,『최남선과 이광수의 문학』, 새문사, 1981.

윤홍로, <이광수문학의 연구사적 반성>,『최남선과 이광수의 문학』, 새문사, 1981.

이재선, <춘원의 초기단편과 서간형태>,『최남선과 이광수의 문학』, 새문사, 1981.

이주형, <「흙」의 시대인식과 미의식>,『최남선과 이광수의 문학』, 새문사, 1981.

전광용, <이광수의 문학사적 위치>,『최남선과 이광수의 문학』, 새문사, 1981.

주종연, <이광수의 초기 단편소설고>,『최남선과 이광수의 문학』, 새문사, 1981.

최동호, <이광수시가에 반영된 현실과 '임'>,『최남선과 이광수의 문학』, 새문사, 1981.

최창록, <이광수소설의 당대성과 문체>, 『최남선과 이광수의 문학』, 1981.

김상태, <「무정」의 문체상의 업적에 대한 芻見>, 『한국고전연구』, 동화문화사, 1981.

김윤식, <이광수의 창작방법론의 변화―일본어로 쓴 세 편의 소설 발굴에 대하여>, 『문학사상』 100, 1981.2.

최동호, <춘원 이광수의 시가론―자아의 외면화와 내면화>, 『현대문학』 314, 1981.2.

김윤식, <이광수와 그의 시대>, 『문학사상』 101~156, 1981.4~85.4.

장백일, <츄원의 역사소설관>, 『시문학』 11권5·6, 1981.5~6.

구인환, <이광수의 문학사상>, 『현대사회』 1권2, 1981.7.

권두환, <고전문학과 근대문학의 연결―춘원 이광수의 경우>, 《목화》 9, 1981.2.

이상숙, <이광수의 애정소설에 나타난 여성과 교육>, 《어문론집》 22, 고려대 1981.4.

양원순, <1930년대 농민소설―이광수의 「흙」과 김유정의 단편을 중심으로>, 《건대문화》 10, 건국대, 1981.5.

구인환, <순응적 상황과 지향적 자아>, 《김형규박사고회기념논총》, 서울대 사대, 1981.

구인환, <이광수사상연구시론>, 《논문집》 19, 서울대 사대, 1981.

구인환, <이광수 사상의 원천>, 《석전이병주선생회갑기념논문집》, 1981.

구인환, <이광수 소설의 여인상>, 《아세아여성연구》 21, 1981.

전영태, <브나로드운동의 문학사회학적 의미>, 《국어교육》 38, 1981.

한상무, <「무정」 연구>, 《김형규박사고희기념논총》, 서울대사대 국어교육과, 1981.

구인환, <귀농의식과 전향적 현실―「흙」의 갈등구조와 지향의식>, 《사대논총》

23, 서울대, 1981.12.

임헌도, <춘원의 시조에 대한 고찰-임께 드리는 노래를 중심으로>, 《논문집》 119, 공주사대, 1981.12.

백천풍, <이광수의 초기시고>, 《대학원 연구논문집》11, 동국대, 1981.6.

안채란, <춘원소설연구>, 《교육논총》2, 동국대, 1982.2.

김홍우, <문학작품에서 본 한국현대정치사상의 특색-춘원 이광수를 중심으로>, 《사회과학과 정책연구》4, 서울대, 1982.12.

송명희, <이광수의 문학평론 연구>, 《논문집-인문사회과학연구》, 부산수산대, 1982.12.

안용도, <춘원의 초기소설고-그 계몽문학적 성격>, 《논문집》16, 경기공업전문대, 1982.8.

권영민, <춘원은 동네북이 아니다-춘원의 소설과 김동인의 비판논리>, 《소설문학》8권7, 1982.7.

김성진, <조신설화 형상화를 통한 이광수와 김동인의 대비적 고찰>, 《어문교육》4, 전북대, 1982.

안범란, <춘원소설 연구>, 《교육논총》2, 동국대, 1982.2.

강수길, <「개척자」의 인간관계 논문집>23, 한국국어교육연구회, 1982.9.

표언복, <이광수 문학의 기독교 이해>, 《목원대논문집》, 목원대, 1982.2.

안승덕, <육당과 춘원의 시조작품 대비>, 《공주교대논문집》18, 1982.5.

강수행, <「개척자」의 인간관계>, 《한국국어교육회논문집》23, 1982.9.

신헌재, <「무정」고>, 《한국어교육》, 1982.9.

송명희, <이광수의 평론 연구(1)>, 《부산수산대논문집》29, 1982.12.

송백헌, <이광수 역사소설 연구>, 《개신어문연구》2, 충북대, 1982.12.

이인복, <한국소설문학에 수용된 기독교사상 연구-안국선, 이광수, 김동인을 중심으로>, 《숙명여대논문집》 23, 1982.12.

장백일, <이광수 소설의 재평가-이광수의 역사소설>, 《한국문학연구》5, 1982,12

한용환, <이광수 소설의 재평가-이광수의 장편소설>, 《한국문학연구》5 1982.12.

이래수, <이광수 소설의 재평가-이광수의 단편소설>, 《한국문학연구》5, 1982.12.

김상태, 『문체의 이론과 해석』, 새문사, 1982.

한상무, <「무정」연구>, 《김형규박사고희기념논총》, 서울대 사대, 1982.

신동욱, <최남선과 이광수의 문학>, 《문학연구총서》2, 한국새문사, 1982.

곽학송, <춘원 이광수>, 《월간문학》16권3, 1983.3.

이태동, <이광수와 톨스토이-비교문학적인 접근>, 《현대문학》341(29권5), 1983.5.

이성희, <'특집' 미국 속의 한국문학-춘원의 꿈을 다시 키우는 손녀 앤 리>, 《문학사상》128, 1983.6.

신봉승, <역사소설 연구 I-「단종애사」와 춘원연구를 중심으로>, 《자유》129, 1983.11.

김윤식, <Ⅹ. 상해의 두 해-이광수와 그의 시대26>, 《문학사상》134, 1983.12.

권영민, <자기비판과 자기변명의 거리-이광수와 김동인의 경우 (하)>, 《문예중앙》겨울, 1983.12.

구인환, <「개척자」의 성취의식>, 《국어교육》44・45, 1983.2.

조달곤, <춘원 시의 변모와 실험 정신>, 《부산산업대논문집》, 부산산업대, 1983.3.

한승옥, <「무정」계보 고>, 《숭전대논문집》, 숭전대, 1983.9

우남득, <춘원소설의 영웅적 일대기 연구>, 《이화어문론집》6, 1983.10.

조병춘, <시를 통해서 본 이광수론>, 《새국어교육》37-38, 1983,12

송하춘, <「무정」의 현대소설사적 의의>, 《인문론집》28, 고려대, 1983.12.

권정호, <춘원의 「어린 벗에게」 소고-내용구조를 중심으로>, 《진주교대논문집》27집, 1983.12.

한용환, <이광수 소설 연구방향의 새로운 모색>, 《동학어문논문집》17, 1983

조남철, <춘원의 문학사상과 비평>, 《논문집》6, 강릉대, 1983.10.

송명희, <이광수의 문학평론 연구(2)-아놀드와의 문학관 비교>, 《논문집》31, 부산 수산대, 1983.12.

이내춘, <춘원 이광수의 전기 연구>, 《명지어문학》15, 명지대, 1983.12.

신봉승, <역사소설 연구(2)-「단종애사」의 춘원연구를 중심으로>, 《자유》130, 1983.12.

김윤식, <이광수와 동학>, 《신인간》409, 1983.6.

임영환, <문학관의 대립과 문학평가의 문제-춘원의 「흙」에 대한 평가를 중심으로>, 《논문집》26, 육군사관학교, 1984.6.

김윤식, <이광수와 그의 시대28-동우회의 길과 작가의 길>, 《문학사상》137, 1984.3.

송명희, <이광수의 문학비평 연구(3)-톨스토(Leo Tolstoy)와의 문학관 비교, 《인문사회과학》33, 부산 수산대, 1984.12.

신봉승, <역사소설 연구-「단종애사」와 춘원연구를 중심으로 3>, 《자유》131, 1984.1.

김사림, <이광수 연극에 나타난 인간내부의 의식세계>, 《월간문학》, 1984.10.

한승옥, <이광수 장편소설 연구-비극적 세계인식을 중심으로>, 《숭전어문학》 1집, 숭전대, 1984.1.

주종연, <이광수의 초기문학 비평론>, 《국민대어문학》, 국민대, 1984.2.

허춘일, <이광수의 역사의식고>, 《한성어문학》3집 한성대, 1984.

이상익, <연암의 「허생전」과 춘원의 「허생전」>, 《이두현박사회갑기념논문집》, 1984.4.

조남철, <춘원의 문학사상과 비평>, 《강릉대논문집》6, 1984.5.

정인화, <「무정」 연구>, 《어문연구》41,1984.6.

신헌재, <춘원의 「가실」-「설씨녀」 설화와의 대비 연구>, 한국 국어교육 연구회, 1984.7.

채수영, <절망의 비교 연구-이상, 이광수, 한용운을 중심으로>, 《논문집》1집, 경기대대학원, 1984.

권정호, <춘원의 '어린 벗에게' 관한 소고-내용구조를 중심으로->, 《국어교육》49,50 (合), 1984.12.

이명재, <이광수 연구 서설>, 《인문학연구》12, 1984.12.

최유찬, <「단종애사」 연구>, 《연세어문학》17, 1984.12.

한승옥, 『이광수 연구』, 선일문화사, 1984.

구인환, 『이광수 소설 연구』, 삼영사, 1984.

김정자, 『한국근대소설의 문체론적 연구』, 삼지원, 1985.

김영민, <춘원 이광수의 문학이론>, 《국어문학》25, 전북대 국어국문학회, 1985.

신헌재, <대립된 현실과 화합의 이상-「흙」의 작중인물 분석을 통해>, 《국어교육》51,52 (合), 1985.2.

강영주, <이광수의 역사소설>, 《한국학보》, 1985.6.

김종수, <이광수의 「군상」론>, 《동악어문논집》, 1985.7.

구인환, <이광수의 「사랑」-현대문학 감상>, 《한글새소식》, 1985.10.

김영민, <춘원 이광수의 문학 이론>, 《국어문학》25, 전북대 국어국문학회 1985.

조남철, <춘원 이광수 연구-문학론과 비평론을 중심으로>, 《연세어문학》, 1985.

이희춘, <춘원소설의 정신분석적 연구>, 《한국학논집》, 계명대, 1985.

신헌재, <이광수 소설의 인물관계 연구-「무정」의 경우, 《성대문학》, 1985.

송명희, <이광수의 문학평론 연구-초기의 민족주의와 문학사상을 중심으로>, 《부산수산대논문집》, 1985.

표언복, <이광수 소설양식의 변모와 역사의식>, 《현대사상연구》2, 목원대, 1985.11.

송명희, <이광수의 문학평론 연구(4)-초기의 민족주의와 문학사상을 중심으로>, 《논문집》35, 부산 수산대, 1985.12.

김재경, <춘원사상의 시기구본 검토>, 《논문집》21, 경북공업전문대, 1985.2.

김영일, <이광수의 한국종교의식 비판>, 《논문집》15, 강남대, 1985.12.

김우종, <민족개조론은 과연 타당한가-이광수와 최남선의 한국인론 재고>, 《광장》148, 1985.12.

송광호, <무정연구-인물분석을 중심으로>, 《강남어문》3, 강남사회복지학교, 1985.2.

김춘섭, <이광수의 문학비평과 민족의식>, 《어문논총》7·8, 전남대, 1985.7.

신헌재, <이광수 소설의 여주인공고>, 《수선논집》, 성균관대, 1986.1.

류종렬, <1910년대 전반의 문학론의 성격과 그 의미>, 《외대논총》, 부산 외국어대, 1986.2.

박승규, <제4기 이광수의 문학>, 《논문집》6, 1986.2.

정태헌, <일제치하의 지식인상II-한용환·이광수·조소앙>, 《민족지성》1, 1986.3.

이선영, <서구지향의 의의와 한계-이광수의 민족주의>, 《대학신문》, 1986.5.12.

신헌재, <이광수 소설의 이원성>, 《국어국문학》95, 1986.5.

권희돈, <「무정」의 문학적 효과 구조>, 《이응박사회갑기념논문집》, 1986.5.

권희돈, <「무정」의 수용-김동인의 경우>, 《봉죽헌 박붕배 회갑기념논문집》, 배영사, 1986.11.10.

전기철, <「무정」의 이야기 방식>, 《봉죽헌 박붕배 회갑기념논문집》, 배영사, 1986.11.10.

신헌재, <이광수 소설의 고전소설과의 연속성-작중인물의 기능분석을 통해>, 《봉죽헌 박붕배 회갑기념논문집》, 배영사, 1986.11.10.

윤명구, <이광수 문학의 평가>, 《한국문학사의 쟁점》, 집문당, 1986.

김치홍, <춘원의 「가실」 연구>, 《이응 박사회갑기념논문집》, 1986.5

조희정, <춘원 이광수의 역사소설 소고->, 《숭전어문》3, 숭전대, 1986.5

김현숙, <「무정」의 플롯에 있어서 우연의 기능>, 《한국문학연구》9, 동국대, 1986.6

한용환, <「유정」 연구>, 《국어국문학논문집》13, 동국대, 1986.10

이희춘, <춘원소설에 나타난 질병과 애정의 심층>, 《어문학》, 한국어문학회, 1986.11.

신헌재, <구원자 집단과 수혜자의 관계구조-이광수의 「사랑」의 경우>, 《국어교육》, 1986.

박대호, <「흙」의 세계관 연구>, 《선청어문》, 서울대 사대, 1986.

강인수, <춘원소설에 나타난 동학사상>, 《부사개방대논문집》, 1986.

박덕은, <이광수의 「재생」 연구>, 《한국언어문학》24, 1986.

신헌재, <이광수 소설의 이원성>, 《국어국문학》95, 1986.

김윤식, 『이광수와 그의 시대』, 한길사, 1986.

신헌재, 『이광수 소설의 분석적 연구』, 삼지원, 1986.

이병주, <춘원의 원효대사>, 《문학사상》, 1987.12.

이희준, <춘원소설의 '누이'의 의미>, 《계명어문학》3, 계명어문학회, 1987.4.

정재호, <춘원의 시조>, 《시조문학》51, 1987.6.

제해만, <춘원의 초기문학론 비판>, 《시문학》192·193, 1987.6.

한용환, <이광수의 소설과 주제>, 《논문집》부산여대, 1987.

윤충의, <춘원문학의 사랑과 인물구조>, 《연구논문집》7, 대학신학교, 1987.12.

김상태, <작가 연구의 필요성과 공적 서술을 통한 연구의 한 방향>, 《어문논집》9, 1987.11.

신규호, <「흙」의 위상>, 《예술계》43, 1988.12.

이 재, <춘원 이광수의 대외인식과 주장분석>, 《사회과학논집》14, 고려대, 1988.11.

김종천, <이광수의 흙과 새마을문학의 좌절(상(上))>, 《새마을금고》 114, 1988.3.

이정탁, 《솔뫼어문학》2, 안동대, 1988.4.

김종철, <「무정」의 계보>, 《선청어문》16·17, 서울대 사대, 1988.8.

서정주, <이광수론의 전개양상-제4기의 작가론을 중심으로>, 《논문집》16, 영
      남공업전문대, 1988.2.

신순철, <춘원의 여성관과 그 변이-장편 「무정」과 「흙」을 중심으로>, 《경주실
      전仙桃》1, 1988.1.

유기룡, <이광수 소설에 나타난 '꿈' 모티브>, 《문학과 비평》6(2권 2호), 1988.5.

윤용식, <현대소설의 고전소설 계승문제-「채봉감별곡」>, 《논문집》8, 한국방
      송통신대, 1988.7.

김양호, <춘원의 「사랑」 분석-중간세계와 작품구조를 중심으로>, 《단국문학》
      5, 1988.12.

유금호, 『한국현대소설에 나타난 죽음의 연구』, 동천사, 1988.

임명진, <확산에서 수렴으로-춘원소설론>, 《월간문학》230,1988.

김영민, <이광수 초기 소설 「소년의 비애」연구>, 《문학한글》2,1988.

윤병로, <이광수의 「무정」론>, 《홍익어문》7 ,홍익대, 1988.

한점돌, <이광수 초기 문학사상 비판>, 《호서대논문집》7, 호서대, 1988.

황종언, <진독수와 이광수- 한·중 신문화운동에 있어서의 유교비판>, 《인산
      김원경박사 회갑기념논집》, 1988.11.

윤홍로, <고행하는 순교자의 삶-이광수의 「사랑」」>, 《문학사상》203,1989.9.

신동욱, <가치변동기의 인물들-「무정」>, 《문학사상》204, 1989.10.

구인환, <변혁적 현실과 지향적 욕구>, 『한국현대장편소설연구』, 삼지원, 1989.

강인수, <수운주의와 거룩한 죽음-춘원 이광수 작품분석>, 《신인간》469·450,
      1989.4~5.

이병헌, <이광수 문학론 연구>, 《민족문화연구》, 고려대, 1989.

김영민, <한국문학비평연구 1920년대 효용론의 양상을 중심으로>, 《현대문학의 연구》1, 1989.

송현호, <한국근대초기소설론 연구>, 《국어국문학》101, 1989..

유기룡, <작품요소의 변수인 꿈, 모티브>, 《운당구인환선생 회갑기념논문집》, 1989.

한상무, <이광수의 민족주의와 소설형식>, 《어문학보》12, 강원대, 1989.

김홍규, <이광수의 신문학이념과 반유교주의의 성격>, 《고려대어문논집》28, 1989.

이병헌, <이광수의 문학론 연구>, 《민족문화연구》22, 고려대, 1989.2.

김춘십, <이광수의 문학비평 연구>, 《어문논총》10·11, 전남대, 1989.2.

안태정, <1920년대 일제의 조선지배논리와 이광수의 민족 개량주의 논리>, 《사대논총》, 고려대, 1989.6.

이준형, <이광수의 민족문학적 특징과 똘스또이즘-「흙」과 「안나까레니나」를 중심으로>, 《어문논집》5, 부산외대, 1989.12.

김홍규, <이광수의 신문학 이념과 반유교주의의 성격-1910년대 중국의 陣獨秀와 비교하여>, 《어문논집》28, 고려대, 1989.2 .

강현구, <「재생」연구>, 《어문연구》29, 고려대, 1990.2.

김성렬, <이광수론-춘원 「허생전」의 분석을 통한 일고찰>, 《어문연구》29, 고려대, 1990.2.

송백헌, <춘원의 '꿈'에 나타난 전승모티브의 수용양상>, 《석영홍대표선생 회갑기념논총》, 1990.

임문혁, <이광수의 엘리트 의식과 계몽주의>, 《한국어문교육》1, 교원대, 1990.

김춘섭, <이광수의 초기소설>, 『한국현대소설 연구』, 새문사, 1990.

한승옥, <이광수의 장편소설>, 『한국현대소설 연구』, 새문사, 1990.

서석준, <「무정」의 연구>, 《고황논집》7, 경희대, 1990.9.

이기인, <「무정」의 심미성과 문학사적 위치>,《어문연구》29, 고려대 1990.

김상웅, <'일본화'된 정신편력, 육당과 춘원의 삶>,《옵서버》15, 1991.3.

윤홍로, <위기에 선 경계선의 작가>,《한국문학작가론-나손선생추모논총》,
　　　　(주)현대문학, 1991.4.

윤홍로, <「무정」의 전통성과 근대성>,《어문연구》70·71, 한국어문교육연구
　　　　회, 1991.10.

은종섭, <장편소설「개척자」와 작가의 창작에 대한 고찰>,《문학과 비평》20,
　　　　1991.12.

이동하, <이광수와 채만식의 해방기 작품에 대한 연구>,《배달말》16, 경상대,
　　　　1991.12.

서정주, <이광수의 작품론 연구Ⅱ>,《논문집》20, 영남대, 1991.12.

김태녀, <톨스토이「안나 까레니나」와 이광수「흙」의 비교연구>,《학술논총》
　　　　15, 단국대, 1992.2.

정순진, <晶月 채자석 초기 단편소설고-동시기 춘원 단편과 비교 대조를 중심으
　　　　로>,《어문연구》22, 어문연구회, 1991.12.

김은숙, <「개척자」에 나타난 여권의식 고찰>,《국문학연구》14, 효성여대,
　　　　1991.12.

윤홍로, <「사랑」의 해석>,《동양학》21, 단국대, 1991.10.

최창록, <이광수 소설의 문체평가>,『소설과 시의 문체미학』, 대구대출판부,
　　　　1992.

김상웅, <최남선과 이광수의 친일행적연구>,『친일파Ⅱ』, 학민사, 1992.

윤홍로,『이광수 문학과 삶』, 한국연구원, 1992.

이동하,『이광수-「무정」의 빛, 친일의 어둠』, 동아일보사, 1992.

구수경, <「무정」의 서사기법의 근대성>,《건양논총》1, 건양대, 1992.2.

김윤식, <고아의식의 초극과 좌절-이광수론의 한 시각>,《문학사상》232,

1992.2.

이재선, <형성적 교육소설로서의 「무정」-춘원 이광수 탄생 100주년>, 《문학사상》 232, 1992.

서영채, <「무정」과 소설적 근대성-춘원 이광수 탄생 100주년>, 《문학사상》 232, 1992.2.

권영민, <춘원문학을 향한 열아홉개의 화살-춘원 이광수 탄생100>, 《문학사상》 232, 1992.2.

류철균, <욕망의 근대적 형식>, 《문학과 사회》 17, 1992.2.

유재엽, <춘원의 역사소설 연구 I -「이순신」을 중심으로>, 《논문집》 10, 신구전문대, 1992.2.

정두희, <단종과 세조에 대한 역사소설의 검토-세조의 찬탈을 찬양한 이광수와 김동인의 친일 역사관>, 《역사비평》 16, 1992.2.

정희상, <춘원 '복권'바람, 이대로 좋은가>, 《순국》 21, 1992.4.

간복균, <춘원과 민족주의 리얼리즘>, 《논문집》 22, 강남대, 1992.3.

최갑진, <이광수 「흙」의 시공간성 연구>, 《동아어문논집》 2, 1992.11.

백영근, <근대문학원론의 양상연구-「문학이란 何오」를 중심으로>, 《논문집》 36, 서울산업대, 1992.12.

신동욱, <이광수작 「이순신」의 인물형상화에 관한 고찰>, 《예술논문집》 31, 1992.12.

송지현, <사랑과 구원의 불연속성>, 《여성문제 연구》 20, 효성여대, 1992.9.

김태준, <이광수의 첫 번째 유학시대와 그 저작들>, 《한국문학연구》 15, 동국대, 1992.12.

송명희, <이광수의 소설에 대한 여성비평적 고찰-「무정」이 추구한 근대적 여성의 교양을 중심으로>, 《비교문학》 17, 1992.12.

정상균, <이광수 문학 연구>, 《전농어문연구》 5, 서울시립대, 1992.12.

김영민, <춘원 이광수의 문학비평 연구(2)-1930년대 문학론을 중심으로>, 《매
　　　지논총》10집, 연세대, 1993.

우남득, <낯익은 소설의 낯설게 읽기-이광수, 김동인 소설연구>, 『소설읽기의
　　　새로움』, 이기출판사, 1993.

이중재, <이광수 문학론의 연대기적 고찰>, 《목멱어문》5, 동국대 국어교육과,
　　　1993.

이중재, <이광수 문학론의 연대기적 고찰>, 《목멱어문》5, 동국대, 1993.3.

조진기, <개화기 소설과 가족의식의 변모-이인직과 이광수의 소설을 중심으
　　　로>, 《가야문화》10, 경남대, 1993.7.

서정자, <이광수 초기소설과 결혼 모티브-신문학 초기 페미니즘 소설연구>,
　　　《어문논집》3, 숙명여대, 1993.2.

한승옥, <이광수와 허균의 문학관 대비 연구>, 《대학원 논문집》11, 숭실대,
　　　1993.12.

김승종, <이광수 소설에 나타난 회심과정 연구>, 《배달말》18, 1993.12.

신승희, <한국 근대작가의 세계관-菊初, 春園, 橫步의 경우>, 《어문연구》79, 한
　　　국어문교육연구회, 1993.9.

고제석, <신구문학사상의 대립과 교체-이광수와 양건식의 소설론 비교를 중심
　　　으로>, 《한국문학연구》16, 동국대, 1993.12.

신동욱, <이광수 소설에 설정된 지도자상의 형상화 고찰>, 《동방학지》83, 연세
　　　대 국학연구원, 1994.3.

이선영, <「흙」의 서사와 그 의미-체제 속의 이상촌과 예속 자본주의>, 《동방학
　　　지》제83집, 연세대 국학연구원, 1994.3.

김열규, <이광수문학의 문법-담화론적 접근을 위한 한 시도>, 《동방학지》83,
　　　연세대 국학연구원, 1994.3.

김태준, <이광수의 문학론 -「문학이란 하(何)오」를 중심으로, 《동방학지》83, 연

세대 국학연구원, 1994.3.

이상신, <1930년대 한국과 농촌계몽소설 「흙」에 나타난 이광수의 계몽의식-수원지역의 브나로드운동과 함께>, 《논문집》3, 장안전문대 지역연구소, 1994.2.

송영순, <춘원시 연구-초기시를 중심으로>, 《성신어문학》6, 1994.6.

하따노 세쯔꼬, <이광수의 자아-작품을 통해 본 이광수의 제1차 유학시대의 세계관>, 《민족문학사 연구》5, 1994.7.

정귀달, <이광수의 초기 서간체 소설에 나타난 國木田獨步의 영향-「어린 벗에게」와 「おとづれ」를 중심으로>, 《일어일문학연구》24, 1994.6.

구인환, 귀농과 농촌의 낙원화, 《선청어문》22, 서울대 사대, 1994.9.

최원규, <春園과 任公의 계몽사상고>, 《어문연구》, 어문연구회25, 1994.11.

임영천, <한국 기독교문학에서의 민족의식의 지평-해방 이전의 기독교 민족문학에 대한 사적 고찰>, 《한국언어문학》33, 1994.12.

한상무, <이광수의 '사실주의론'>, 《국어교육》85・86, 1994.12.

윤명구, <춘원과 동인의 역사소설의 비교연구>, 《논문집》21, 인하대 인문과학연구소, 1994.5.

김주한, <'문학이란 何오'는 何오?>, 《국어국문학 연구》22, 영남대, 1994.12.

三枝壽勝, <「재생」의 뜻은 무엇인가-일본에서의 이광수 연구>, 《동방학지》83, 연세대 국학연구원, 1994.3.

이경훈, <이광수의 친일소설 연구1>, 《연세어문학》26, 1994.3.

이경훈, <이광수의 친일문학연구-총후봉공론에 대해>, 《비평문학》8, 1994.9.

임선애, <「혁명가의 안해」와 「변절자의 안해」-두 작품의 관계와 의의>, 《영남어문학》27, 1995.7.

정희모, <이광수의 초기사상과 문학론-그의 부르조아 근대화론과 문학의 근대성을 중심으로>, 《문학과 의식》29, 1995.8.

이명우, <이광수의 「흙」 연구>, 《동국어문학》7, 1995.12.

서경석, <초기 춘원 소설의 '병(病)' 모티브와 그 성격, 《외국문학》45, 1995.12.

김종호, <고난의 역정과 적극적 무력투쟁-이광수 「삼봉이네 집」론>, 《국어교
육연구》27, 경북대, 1995.12.

송명희, <이광수의 「개척자」와 나혜석의 「경희」에 대한 비교연구>, 《비교문
학》20, 1995.12.

강창민, <춘원 이광수의 시세계-불교적 세계인식의 내적 진실성>, 《동방학
지》83, 연세대 국학연구원, 1994.3.

김영민, <남·북한에서의 이광수 문학 연구사 정리와 검토>, 《동방학지》83, 연
세대 국학연구원, 1994.3.

연세대국학연구원, 『춘원 이광수 문학연구』, 국학자료원, 1994.

한용환, 『이광수 소설의 비판과 옹호』, 새미, 1994.

한승옥, 『이광수-비극적 세계인식과 초월의지』, 건국대출판부, 1995.

구인환, 『근대작가의 삶과 문학』, 서울대 출판부, 1995.

윤병로, 『한국 현대작가의 문제작 평설』, 국학자료원, 1996.

서경석, <춘원의 「사랑」론>, 《대구어문논총》14, 1996.6.

백영근, <이광수 문학비평의 역사적 추론>, 《논문집》44, 서울산업대, 1996.12.

조남철, <김유정의 농민소설 연구-춘원의 농민소설과 비교하여>, 《논문집》21,
한국방송통신대, 1996.2.

이동희, <춘원 단편의 특질고>, 《민족문화논총》16, 1996.5.

정호웅, <무명세계를 비추는 빛-이광수의 「무명」>, 《문학사상》289, 1996.11.

손정수, <1910년대 이광수의 문학론과 작품의 관련양상에 대한 고찰>, 《한국학
보》85, 1996.12.

신규호, <「흙」의 위상5>, 《비평문학》10, 1996.7.

이광수, <문학비평의 역사적 추론>, 《논문집》44, 서울 산업대, 1996.12.

최수일, <1920년대 춘원 문학론 연구-문화주의와 양비론적 태도를 중심으로>, 《성균어문연구》31, 성균관대, 1996.12.

이상우, <「무정」의 담론분석>, 《한국언어문학》36, 1996.5.

강옥희, <사랑의 논리에 드리워진 현실 순응의 이데올로기-이광수의 「애욕의 피안」론>, 《자하어문론집》제12집, 상명대, 1997.12

최재선, <「무정」과 「재생」에 나타난 기독교 양상 연구>, 《어문론집》7, 숙명여대, 1997.12.

탁광혁, <「마의태자」연구>, 《한국어문학연구》8, 한국외국어대 한국어문학연구회 1997.12.

이상비, 『(새자료에 의한) 한국문학사의 재평가』, 이회문화사, 1997.

송명희, 『이광수의 민족주의와 페미니즘』, 국학자료원, 1997.

구인환, <귀농과 농촌의 낙원화>, 《문학과 인식》36, 1997.4.

권영민, <「무정」은 과연 근대소설인가-이광수 문학의 근대성 평가>, 《문학사상》299, 1997.9.

김윤재, <이인직 신소설과 「무정」을 통해 본 근대성의 문제>, 《한국어문학 연구》8, 1997.12.

탁광혁, <「마의 태자」 연구>, 《한국어문학 연구》8, 한국 외국어대, 1997.12.

이진우, <춘원 이광수의 초기단편소설 연구>, 《인문과학논문집》24, 대전대, 1997.12.

이재봉, <이광수 문학의 세대론적 접근-세대론적 방법론의 적용을 위한 시고 1>, 《수련어문논집》24, 1997.2.

한만수, <1930년대 귀농소설의 지식인상 연구-이광수의 「흙」과 심훈의 「상록수」 대비를 중심으로>, 《연구논집》17, 중앙대, 1997.12.

이재봉, <근대문학의 논리와 소설의 형식-이광수의 초기 단편을 중심으로>, 《국어국문학》제35집, 부산대, 1998.12.

한희수, <이광수 소설에 나타난 기독교 수용양상>, 《한남어문학》23, 한남대, 1998.12.

민병기·신춘호·한승옥 저, 『현대작가작품론』, 집문당, 1998.

김병로, <1930년대 한국 농민문학 연구-「흙」과 「상록수」의 대비적 고찰을 중심으로>, 《연구논문집》7, 한성 신학대, 1998.2.

정진석, <민족개조론과 개혁 커뮤니케이션론>, 《신문과 방송》326, 1998.2.

국효문, <한국 현대시에 나타난 불교사상-이광수를 중심으로>, 《논문집-인문사회》, 1998.12.

양문규, <이인직과 이광수 문학에 나타난 식민지 근대와 민족문제>, 《민족문학사 연구》13, 1998.6.

채진홍, <이광수의 「亂啼鳥」 연구>, 《한국언어문학》40, 1998.6.

이재봉, <근대문학의 논리와 소설의 형식-이광수의 초기 단편을 중심으로>, 《국어국문학》35, 부산대, 1998.12.

김상태, <한국초기 근대소설에 미친 자연과학 사상>, 《비교문학》23, 1998.12.

이문열 외저, 『사인사색』, 고도, 1999.

차승기, <'생(生)'에의 의지와 전체주의적 형식-초기 이광수의 문화적 민족주의의 성격>, 《연세학술논집》30, 연세대, 1999.8.

이계열, <이광수의 「원효대사」 연구>, 《숙명어문논집》, 숙명여대, 1999.12.

이재선, <「무정」과 가르침의 시학-이광수의 「무정」>, 《문학사상》317, 1999.3.

박명애, <「흙」과 「阿Q正傳」의 비교연구-계몽성과 혁명성을 중심으로>, 《국문학논집》16, 단국대, 1999.8.

홍혜원, <이광수의 「흙」 연구>, 《어문논집》17, 이화여대, 1999.10.

박선희, <춘원 이광수의 주생활 개선인식>, 《한국주거학회지》, 1999.11.

송기섭, <도덕감정의 심연과 근대적 주체>, 《어문연구》32, 어문연구학회, 1999.12.

황치복, <이광수 소설의 근대성 비판>, 《어문논집》40, 고려대, 1999.

정재령, <서울대 초빙교수로 방한한 막내딸 정화씨가 털어놓는 아버지 춘원-
　　　　"아버지는 제게 스승이요, 종교요, 희망이었어요">, 《월간중앙》296,
　　　　2000.6.

윤홍로, <이광수의 치따에서의 체험과 그의 작품배경>, 《어문연구》105, 한국
　　　　어문교육연구회, 2000.3.

정재정, <20세기 초 한국 문학인의 철도인식과 근대문명의 수용태도-최남선·
　　　　이광수·염상섭·이기영의 경우>, 《인문과학》7, 서울시립대, 2000.2.

송정란, <춘원 시조의 새로운 조명>, 《문학과 창작》58, 2000.6.

최일남, <시대의 개척자 이광수의 변신>, 《현대문학》550, 2000.10.

이준식, <일제 강점기 친일 지식인의 현실인식>, 《역사와 현실》37, 2000.9.

조청호, <농촌에 대한 현실인식과 극복양상 고찰-「흙」(이광수)과 「흙의 노예」
　　　　(이무영)를 중심으로>, 《논문집- 인문사회과학》23, 신흥대, 2000.9.

탁광혁, <춘원 초기시 재고>, 《한국어문학 연구》12, 한국 외국어대, 2000.12.

박종홍, <이광수 '초기단편'의 이중성 고찰>, 《인문연구》39, 영남대, 2000.9.

권보드래, <'정'의 발견과 근대성>, 《문학과 교육》13, 2000.9.

홍혜원, <이광수 일인칭 소설의 서술상황 연구>, 《개신어문연구》17, 2000.12.

이재선, 『한국소설사-근·현대편 Ⅱ』, 민음사, 2000.

이종오, 『이광수를 위한 변명-춘원이 선택한 삶에 대한 정신과 의사의 새로운
　　　　분석』, 중앙M&B, 2000.

이진호, <이광수의 「獄中豪傑」 연구>, 《논문집》8, 여주대, 2001.2.

김구중, <「무정」의 서사구조 연구>, 《한남어문학》25, 한남대, 2001.2.

김명인, <「무정」에 관하여>, 《인하어문연구-김용성교수 회갑기념 논문집》5,
　　　　인하어문 연구회, 2001.

김보희, <한국설화의 통시적 전망>, 국제비교한국학회, 《비교한국학》, 2001.

려중동, <「백범일기」를 허물어뜨리고 「백범일지」로 조작한 사람 이광수>, 배
　　　　달말교육학회, 《배달말교육》, 2001.

이경훈, <춘원과 《창조》-근대 문단 형성의 한 양상>, 한국현대소설학회, 《현
　　　　대소설연구》, 2001.

이길연, <이광수의 「재생」에 나타나는 욕망의 변모양상-작중인물의 심리적 변
　　　　이와 욕망이론을 중심으로>, 우리어문학회, 《우리어문연구》, 2001.

이보영, <한국작가와 교양의지>, 《한국현대소설의 연구》, 예림기획, 2001.

이보영, <한국소설과 피카로의 신화>, 《한국현대소설의 연구》, 예림기획, 2001.

이찬, <이광수의 서사적 논설 「농촌계발」연구-담론적 특성을 중심으로>, 민족
　　　　어문학회, 《어문논집》, 2001.

장남호, <나츠메 소세키 연구 - 「坊っちゃん」과 이광수의 「무정」의 비교를 중
　　　　심으로>, 충남대학교 인문과학연구소, 《인문학연구》, 2001.

서영채, <이광수의 초기 단편에 나타난 사랑의 양상-「어린 벗에게」와 「윤광
　　　　호」를 중심으로>, 한국현대문학회, 《한국현대문학회 2001년 하계 학술
　　　　발표회자료집》, 2001. 7.

강상희, <한국 근대소설의 은유와 환유>, 한국현대문학회, 《한국현대문학연
　　　　구》제10집, 2001. 12.

구인모, <「무정」과 우생학적 연애론-한국의 근대문학과 연애론>, 비교문학
　　　　회, 《비교문학》28호, 2002.

김경연, <이광수와 루쉰의 비교문학적 고찰-초기 평론 및 소설을 중심으로>,
　　　　문창어문학회, 《문창어문논집》, 2002.

신정숙, <이광수 소설 「재생」과 나체화>, 《한국학보》, 2002.

안미영, <이광수 초기 단편에 나타난 "병 모티프"고찰>, 한국문학언어학회(구
　　　　경북어문학회), 《어문론총》, 2002.

이경훈, <인체 실험과 성전 - 이광수의 「유정」, 「사랑」, 「육장기」에 대해>,

연세대학교 국학연구원, 《동방학지》, 2002.

이영아, <이광수에 나타난 '육체'의 근대성 교찰>, 《한국학보》28권 1호, 2002.

홍혜원, <이광수 소설에 나타난 여성상과 근대성>, 한국현대소설학회, 《현대소설연구》, 2002.

안태정, <이광수, 부르주아지의 욕망을 대변한 식민지 근대화론자>, 《내일을 여는 역사》제8호, 2002. 7.

김양선, <여성주의 시각에서 본 친일문화-친일문학의 내적 논리와 여성(성)의 전유 양상-이광수와 채만식의 친일소설을 중심으로>, 실천문학사, 《실천문학》67호, 2002. 8.

빅중렬, <「무정」의 계몽담론과 대중문학적 시학>, 한국문학이론과 비평학회, 《한국문학이론과 비평》제16집, 2002. 9.

김종욱, <이광수의 「개척자」 연구-과학적 세계관의 영향을 중심으로>, 국어국문학회, 《국어국문학》제132권, 2002. 12.

이주형, <1910년 이광수 장편소설과 계몽의식>, 국어교육학회, 《국어교육연구》제34권, 2002. 12.

김봉군, <이광수와 김동인 문학의 대비 연구>, 한국어교육학회(구 한국국어교육연구학회), 《국어교육》, 2003.

김종태, <일본 "백화파"에 대한 한일 비교문학적 연구-이광수와 김동인을 중심으로>, 한국현대문예비평학회, 《한국문예비평연구》, 2003.

방민호, <이광수의 자전적 문학에 나타난 작가의식 연구>, 국민대학교 어문학연구소, 《어문학논총》, 2003.

최종길, <계몽적 소설의 문체-이광수 「무정」의 경우>, 우리어문학회, 《우리어문연구》, 2003.

한승옥, <동성애적 관점에서 본 「무정」>, 한국현대소설학회, 《현대소설연구》, 2003.

한승옥, <이광수 원효대사의 기문학적 특질 연구-생태학적 특성을 중심으로>, 국제어문학회(구 국제어문학연구회),《국제어문》, 2003.

허병식, <식민지 청년과 교양의 구조-「무정」과 식민지적 무의식>, 한국어문학연구학회(구 동악어문학회),《한국어문학연구(전 동악어문논집)》제41집, 2003. 8.

남기홍, <이광수의 생애 검토>,《한국학연구》제12집, 인하대학교 한국학연구소, 2003. 10.

류양선, <1910년대 후반기 소설에 나타난 계몽적 목소리>,《한국문화》제32집, 서울대학교 규장각한국학연구원, 2003. 12.

김예림, <이광수 특집-이광수의 미 이념>,《작가세계》57호, 2003. 5.

김윤식, <이광수 특집-이광수의 글쓰기와 향산광랑의 글쓰기-자부심과 굴욕감의 역전현상>,《작가세계》57호, 2003. 5.

김현주, <이광수 특집-공감적 국민=민족 만들기>,《작가세계》57호, 2003. 5.

이경훈, <이광수 특집-영문법. 스포츠. 민족 사이보그-이광수의 근대 프로젝트>,《작가세계》57호, 2003. 5.

최영석, <이광수 특집-민족의 마모된 비석, 이광수 해석의 역사>,《작가세계》57호, 2003. 5.

윤영옥, <「무정」에 나타난 서술 형식의 근대성과 사회적 의미>, 한국현대문학회,《한국현대문학연구》제13집, 2003. 6.

정홍섭, <「탁류」의 개작과 「무정」패러디>, 한국어문교육연구회,《어문연구》제118권, 2003. 6.

박상준, <역사 속의 비극적 개인과 계몽 의식-춘원 이광수의 1920년대 역사소설 논고>, 우리말글학회,《우리말글》28호, 2003. 8.

장정일, <[장정일의 책이 있는 풍경]『이광수를 위한 변명』>,《인물과사상》, 인물과 사상사, 2003. 8.

임영봉, <이광수 문학과 식민지 근대 체험>, 한국어문교육연구회, 《어문연구》
　　　제119권, 2003. 9.

김지영, <"계몽적 연애"의 탄생-1910년대 춘원의 자유연애 담론 연구>, 민족어
　　　문학회, 《어문논집》, 2004.

김현주, <1910년대 "개인", "민족"의 구성과 감정의 정치학-이광수의 「무정」을
　　　중심으로>, 한국문학연구학회, 《현대문학의 연구》, 2004.

소영현, <정열의 근대적 재배치-최찬식의 「능라도」와 이광수의 「개척자」를
　　　중심으로>, 한국현대소설학회, 《현대소설연구》, 2004.

신정숙, <이광수 소설에 나타난 "민족개조사상"과 "몸"의 관계양상에 관한 연구
　　　-몸을 통한 개조의 "완결편" 「사랑」>, 한국문학연구학회, 《현대문학
　　　의 연구》, 2004.

이상재, <이광수 초기 단편소설의 모티프 양상연구>, 배달말학회, 《배달말》,
　　　2004.

진상범, <괴테문학과 이광수 문학과의 서사적 구조의 상관성 비교연구>, 한국
　　　헤세학회, 《헤세연구》, 2004.

한승옥, <1930년대 이광수 소설에 나타난 간도의 의미>, 한국현대소설학회,
　　　《현대소설연구》, 2004.

김현주, <문학·예술교육과 '동정'-이광수의 「무정」을 중심으로>, 상허학회,
　　　《상허학보》제12집, 2004. 2.

정선태, <이광수의 농촌계발과 '문명조선'의 구상>, 상허학회, 《상허학보》제12
　　　집, 2004. 2.

정혜영, <근대문학에 나타난 기생의 이미지 고찰-이광수의 「무정」과 김동인의
　　　「눈을 겨우 뜰 때」를 중심으로>, 한국현대문학회, 《한국현대문학회
　　　2004년 동계 학술발표회자료집》, 2004. 2.

오윤호, <「흙」의 식민지 근대와 수사적 특이성 연구>, 한국근대문학회, 《한국

근대문학연구》제5권 제2호, 2004. 10.

문한별, <이광수 「무정」과 활자본 고소설 「채봉감별곡」의 공시적 비교 연구>, 한국근대문학회, 《한국근대문학연구》제5권 제2호, 2004. 10.

홍혜원, <「재생」에 나타난 멜로드라마적 양식>, 한국근대문학회, 《한국근대문학연구》제5권 제2호, 2004. 10.

김경미, <1910년대 이광수 문학에 나타난 '준비론'의 양가성>, 한국어문학회, 《어문학》제86호, 2004. 12.

공임순, <식민지 시대 흥망사 이야기와 여성 육체의 시각화-이광수의 「마의태자」와 유치진의 「개골산」, 한상직의 「장야사」를 중심으로>, 시학과 언어학회, 《시학과 언어학》, 2005.

김지영, <1920년대 문학에서 고백의 성립과 자기 인식의 문제-이광수, 김동인, 염상섭을 중심으로>, 한국현대소설학회, 《현대소설연구》, 2005.

배수찬, <근대 초기의 논란을 통해 본 문학교육의 방향 탐구-이광수의 「개척자」를 둘러싼 논의를 중심으로>, 한국문학교육학회, 《문화교육학》, 2005.

유홍주, <한국 근대 고백소설의 형성과 담론 양상-이광수의 「어린 벗에게」를 중심으로>, 현대문학이론학회, 《현대문학이론연구》, 2005.

이동재, <이광수의 "정"과 한국 근대문학>, 현대문학이론학회, 《현대문학이론연구》, 2005.

이성희, <이광수 초기단편에 나타난 "동성애"고찰>, 서울대학교 국어국문학과, 《관악어문연구》, 2005.

허연실, <1930년대 대중소설과 대중적 전략-이광수의 「사랑」을 중심으로>, 한국현대소설학회, 《현대소설연구》, 2005.

황종연, <노블, 청년, 제국-한국 근대소설의 통국가간 시작>, 상허학회, 《상허학보》제 15집, 2005. 8.

박진영, <1910년대 번안소설과 '실패한 연애'의 시대>, 상허학회, 《상허학보》 제15집, 2005. 8.

한형구, <한국 근대 문학과 민족이라는 상상 공동체>, 한국근대문학회, 《한국 근대문학연구》제6권 제2호, 2005. 10.

나병철, <이광수의 성장소설과 가족 로망스>, 한국비평문학회, 《비평문학》제 21호, 2005. 11.

공임순, <일제 말 흥망사 이야기와 타락의 표지들에 관한 연구>, 국어국문학회, 《국어국문학》제141권, 2005. 12.

문한별, <[특집논문/춘원 이광수] 이광수 초기 소설 연구-결핍의 양상과 그 해소 로서의 「무정」의 의미>, 한국문학이론과 비평학회, 《한국문학이론과 비평》제26집, 2005. 3.

한승옥, <[특집논문/춘원 이광수] 이광수 소설에 나타난 희생양 모티프>, 한국 문학이론과 비평학회, 《한국문학이론과 비평》제26집, 2005. 3.

노지승, <1910년대 후반 소설 형식의 동인으로서 이상과 욕망의 의미-「핍박」, 「슬픈 모순」, 「무정」을 중심으로>, 한국현대소설학회, 《현대소설연 구》, 2006.

문화라, <1930년대 한국 대중소설의 여성인물과 연애서사 연구>, 겨레어문학 회, 《겨레어문학》, 2006.

박숙자, <이광수의 「단종애사」 연구-"어린 임금"의 인물화와 춘원의 전회를 중 심으로>, 한국현대문예비평학회, 《한국문예비평연구》, 2006.

신수정, <감정교육과 근대남성의 탄생-이광수의 초기 단편소설을 중심으로>, 한국여성문학학회, 《여성문학연구》, 2006.

이승신, <이광수 「사랑인가(愛か)」과 <소년애>>, 한국이본학회, 《일본학보》, 2006.

정진원, <춘원 이광수의 소설 「사랑」의 불교적 상호텍스트성-불교 시 「인과」,

「애인」, 「법화경」을 중심으로>, 한국텍스트언어학회, 《텍스트언어학》, 2006.

류보선, <친일과 반성의 미학적 맥락-이광수를 중심으로>, 한국현대문학회, 《한국현대문학회 2006년 동계 하술발표회지료집》, 2006. 1.

와다 토모미, <이광수 소설과 증산교의 관련 양상-증산교 사상 발현 장치로서의 「허생전」>, 한국현대문학회, 《한국현대문학회 2006년 동계 학술발표회자료집》, 2006. 1.

곽상순, <계몽소설의 식민성 연구, 한국문학이론과 비평학회>, 《한국문학이론과 비평》제32집, 2006. 9.

김영민, <이광수의 새 자료 「크리스마슷밤」 연구>, 《현대소설연구》 36호, 2007. 12.

이영아, <1910년대《매일신보》연재소설의 대중성 획득 과정 연구>, 한국현대문학회, 《한국현대문학연구》23, 2007. 12.

김영민, <이광수 초기 문학의 변모 과정-이광수의 새 자료 「크리스마슷밤」 연구(2)>, 한국문학연구학회, 《현대문학의 연구》34, 2008.

〈학위논문〉

이수린, 「주제를 중심으로 한 작품 연구 : 이광수 편」, 중앙대 대학원 석사학위논문, 1955.

박말례, 「춘원 초기소설의 형성고」, 이화여대 대학원 석사학위논문, 1960.

유기룡, 「춘원소설 연구」, 경북대 대학원 석사학위논문, 1960.

최병국, 「춘원 문학의 기독교적 사상 분석」, 단국대 대학원 석사학위논문, 1963.

안상선, 「춘원 작품에 나타난 불교적 인간관」, 성균관대 대학원 석사학위논문, 1964.

이화형, 「춘원문학의 종교사상 연구」, 고려대 대학원 석사학위논문, 1968.

조진기, 「춘원 소설에 나타난 인간성 연구-특히 지도자상을 중심으로」, 영남대 대학원 석사학위논문, 1970.

김동명, 「춘원문학의 연구-특히 기독교사상을 중심으로」, 동아대 대학원 석사학위논문, 1971.

김원길, 「춘원의 계몽문학과 그 비판」, 건국대 대학원 석사학위논문, 1973.

이　순, 「작품에 나타난 한국작가의 사회의식 연구」, 연세대 대학원 석사학위논문, 1973.

오　경, 「1930년대 한국농촌문학의 성격 연구 : 이광수, 심훈, 이무영의 작품을 중심으로」, 이화여대 대학원 석사학위논문, 1974.

최용주, 「춘원소설에 나타난 애정관-발전 승화 과정을 중심으로」, 고려대 교육대학원 석사학위논문, 1974.

최정석, 「춘원의 대승불교 사상 연구」, 동국대 대학원 박사학위논문, 1975.

서정주, 「춘원의 역사소설 연구 : 특히 현실인식의 문제를 중심으로」, 효성여대 대학원 석사학위논문, 1976.

정창범, 「작중 인물에 대한 정신분석학적 접근-「무정」의 인물을 중심으로」, 건국대 대학원 석사학위논문, 1976.

최무석, 「이광수의 교육적 저작에 관한 연구」, 고려대 교육대학원 석사학위논문, 1976.

정순용, 「이광수의 고전문학 이해」, 계명대 교육대학원 석사학위논문, 1977.

신상철, 「「사랑」논고-이광수 후기작품연구」, 서울대 대학원 석사학위논문, 1978.

강수길, 「춘원 장편소설에 나타난 인간관계-「무정」, 「재생」, 「흙」의 경우」, 단국대 대학원 석사학위논문, 1980.

양문규, 「이광수초기단편소설연구」, 연세대 대학원 석사학위논문, 1981.

최희연, 「춘원 이광수의 역사소설 연구 : 단종애사와 원효대사를 중심으로」, 연
　　　세대 대학원 석사학위논문, 1981

한승옥, 「이광수 연구-「무정」을 중심으로」, 고려대 대학원 박사학위논문, 1981.

구인환, 「이광수 소설 연구」, 서울대 대학원 박사학위논문, 1982.

김성진, 「조신설화 형상화를 통한 이광수와 김동인의 대비적 고찰」, 전북대 교
　　　육대학원 석사학위논문, 1982.

이영희, 「춘원의 역사소설고」, 서울대 대학원 석사학위논문, 1982.

정명자, 「이광수의 「유정」과 톨스토이의 「부활」간의 비교문학적 고찰」, 고려
　　　대 대학원 석사학위논문, 1982.

김혜리, 「춘원에 대한 비평의 연구」, 효성여대 대학원 석사학위논문, 1983.

민병덕, 「장편 「무정」과 그 독자 미학적 연구」, 연세대 교육대학원 석사학위논
　　　문, 1983.

정인화, 「「무정」연구」, 충남대 대학원 석사학위논문, 1983.

최상희, 「「무정」과 「혈의누」의 대비 연구-근대 소설의 기점 규정을 위한 일고
　　　찰」, 이화여대 대학원 석사학위논문, 1983.

관근춘자, 「이광수장편소설연구 : "무정" "재생" "흙"의 여성관을 중심으로」, 연
　　　세대 대학원 석사학위논문, 1983.

권영민, 「한국근대소설론 연구」, 서울대 대학원 박사학위논문, 1984.

김원일, 「춘원과 동인 단편소설의 비교 연구」, 단국대 대학원 석사학위논문,
　　　1984.

김정자, 「한국근대소설의 시간기법 연구 : 시간착오의 서술기법을 중심으로」,
　　　부산대 대학원 박사학위논문, 1984.

나영준, 「도산사상이 춘원문학에 끼친 영향」, 단국대 대학원 석사학위논문,
　　　1984.

서영애, 「이광수 단편소설 연구-죽음의 의미를 중심으로」, 동아대 대학원 석사

학위논문, 1984.

심재복, 「「흙」과 「상록수」의 비교 연구」, 충남대 대학원 석사학위논문, 1984.

우남득, 「한국근대소설의 인물—서사유형 연구—이광수와 김동인의 작품을 중심으로」, 이화여대 대학원 박사학위논문, 1984.

유려아, 「노신과 춘원의 비교 연구」, 서울대 대학원 석사학위논문, 1984.

이내춘, 「춘원 이광수의 전기 연구」, 명지대 대학원 석사학위논문, 1984.

이희춘, 「춘원소설에 나타난 죽음의식의 연구」, 계명대 교육대학원 석사학위논문, 1984.

전문수, 「초기 근대소설 연구 : 국초와 초기 춘원소설의 사적위상」, 계명대 대학원 박사학위논문, 1984.

한용환, 「이광수소설의 비평적 연구」, 동국대 대학원 박사학위논문, 1984.

김완수, 「이광수의 「군상」연구」, 동국대 대학원 석사학위논문, 1985.

김일수, 「이광수 소설 연구—중간자 기능을 중심으로」, 단국대 대학원 석사학위논문, 1985.

이동희, 「한국근대소설의 문체에 대한 연구」, 단국대 대학원 박사학위논문, 1985.

이완근, 「「무정」의 문학사회학적 연구」, 조선대 대학원 석사학위논문, 1985.

조희정, 「이광수 소설 연구—여성인물을 중심으로」, 숭전대 대학원 석사학위논문, 1985.

표언복, 「「재생」연구」, 숭전대 대학원 석사학위논문, 1985.

한은희, 「이광수의 「무정」연구」, 숙명여대 대학원 석사학위논문, 1985.

신헌재, 「이광수 소설의 인물 연구」, 성균관대 대학원 박사학위논문, 1986.

임영환, 「1930년대 한국농촌사회 소설 연구」, 서울대 대학원 박사학위논문, 1986.

전연옥, 「춘원소설에 나타난 전통의식 연구」, 효성여대 석사학위논문, 1986.

조남철, 「일제하 한국농민소설연구」, 연세대 대학원 박사학위논문, 1987.

권희돈, 「「무정」의 수용미학적 연구」, 명지대 대학원 박사학위논문, 1987.

강영주, 「한국근대역사소설연구」, 서울대 대학원 박사학위논문, 1987.

박은숙, 「춘원 이광수의 「군상」에 대한 고찰」, 조선대 교육대학원 석사학위논문, 1987.

서정주, 「이광수론의 전개 양상에 대한 연구」, 충남대 대학원 박사학위논문, 1987.

김수완, 「춘원소설에 나타난 애정과 변천 : 「무정」 「흙」 「사랑」을 中心으로」, 단국대 교육대학원 석사학위논문, 1988.

박승민, 「이광수장편소설 고찰 : 「무정」·「재생」·「흙」을 중심으로」, 연세대 대학원 석사학위논문.

유금호, 「한국현대소설에 나타난 죽음의 연구-이광수, 김동인, 염상섭, 현진건의 소설을 중심으로」, 경희대 대학원 박사학위논문, 1988.

이상우, 「이광수의 「무정」연구」, 한남대 대학원 석사학위논문, 1988.

홍성암, 「한국 근대 역사소설 연구」, 한양대 대학원 박사학위논문, 1988.

김병광, 「「흙」과 「고향」의 대비 연구」, 단국대 대학원 박사학위논문, 1989.

문재현, 「이광수 초기 단편소설 연구」, 경남대 대학원 석사학위논문, 1989.

이희춘, 「이광수 소설의 정신분석학적 연구」, 계명대 대학원 박사학위논문, 1989.

임성철, 「이광수의 초기 소설 연구」, 경남대학교, 1989.

이 선, 「춘원의 장편소설 '사랑'의 분석」, 단국대 대학원 석사학위논문, 1990.

구수경, 「한국 서사문학의 시점 연구」, 충남대 대학원 박사학위논문, 1991.

유훈종, 「한국현대기독교소설의 갈등 연구 : 이광수, 전영택의 소설을 중심으로」, 경희대 교육대학원 석사학위논문, 1991.

장소진, 「이광수의 「무정」연구 : 형성소설의 특징을 중심으로」, 서강대 대학원 석사학위논문, 1991.

서영채, 「「무정」연구」, 서울대 대학원 석사학위논문, 1992.

한점돌, 「1910년대 한국소설의 정신사적 연구」, 서울대 대학원 박사학위논문, 1992.

고정욱, 「한국근대역사소설연구」, 성균관대 대학원 박사학위논문, 1993.

김무숙, 「이광수의 '원효대사' 연구」, 동아대 대학원 석사학위논문, 1993.

조남곤, 「"흙"과 "고향"의 대비적 고찰」, 인천대 대학원 석사학위논문, 1993.

최갑진, 「1930년대 귀농소설 연구」, 동아대 대학원 박사학위논문, 1993.

최병우, 「한국 근대 일인칭 소설 연구」, 서울대 대학원 박사학위논문, 1993.

김대숙, 「한국 근대 역사소설 연구 : '단종애사' '세조대왕'과 '대수양'을 중심으로」, 인하대 대학원 석사학위논문, 1994.

박승구, 「한국 소설 결말의 열린 공간 : '홍길동전', '무정', '광장'을 중심으로」, 단국대 교육대학원 석사학위논문, 1994.

이용욱, 「초기 한국 현대 소설에 나타난 여로형 플롯 연구 : 이광수, 김동인, 염상섭을 중심으로」, 한남대 대학원 석사학위논문, 1994.

이지숙, 「하목수석의 「우미인초」와 이광수의 「무정」과의 비교 연구」, 충남대 대학원 석사학위논문, 1994.

최수일, 「춘원의 「개척자」연구」, 성균관대 대학원 석사학위논문, 1994.

이경훈, 「이광수의 친일문학 연구 : 그의 정치적 이념과 연관하여」, 연세대 대학원 박사학위논문, 1995.

이준형, 「똘스또이와 이광수 문학의 비교 연구 : 윤리와 미학을 중심으로」, 고려대 대학원 박사학위논문, 1995.

조현성, 「이광수의 근대성 연구」, 연세대 대학원 석사학위논문, 1995.

김대우, 「농민문학에 나타난 지식인상 연구 : "흙" "상록수"를 중심으로」, 동의대 대학원 석사학위논문, 1996.

김선영, 「이광수의 기독교 이해 : 소설 「무정」, 「재생」을 중심으로」 감리교신학대 신학대학원 석사학위논문, 1996.

최경란, 「이광수의 농민소설 "흙"연구 : 작중인물 유형 중심으로」, 한양대 대학원 석사학위논문, 1997.

탁광혁, 「이광수 초기문학연구」, 한국외국어대 대학원 석사학위논문, 1997.

서종필, 「고등학교 문학교과서에 수록된 소설 지도 연구 : '무정', '운수좋은날', '메밀꽃 필 무렵', '광장'을 중심으로」, 제주대 대학원 석사학위논문, 1998.

송명옥, 「'장한몽'과 '재생'의 대비 연구」, 강원대 대학원 석사학위논문, 1998.

임양자, 「이광수와 궁택현치의 문학 대비연구」, 충남대 대학원 석사학위논문, 1998.

김태녀, 「이광수 "흙"과 톨스토이 "안나까레니나"의 비교 연구 : 작품의 계몽성, 간통과 철도 자살의 모티브를 중심으로」, 단국대 대학원 석사학위논문, 1999.

박명애, 「"흙"과 "아Q정전"의 비교연구 : 계몽성과 혁명성을 중심으로」, 단국대 대학원 석사학위논문, 1999.

이계형, 「이광수의 역사소설 연구」, 경산대 대학원 석사학위논문, 1999.

황수진, 「한국 근대 소설 속에 나타난 신여성상 연구」, 건국대 대학원 박사학위논문, 1999.

권혁률, 「춘원과 노신의 계몽적 성격에 관한 대비적 고찰」, 인하대 대학원 석사학위논문, 2000.

김은아, 「이광수의 친일과 변절에 관한 연구」, 성신여대 교육대학원 석사학위논문, 2000.

박중렬, 「한국 근대 전환기 소설의 근대성과 계몽담론 연구」, 전남대 대학원 박사학위논문, 2000.

이재용, 「이광수 작품에 나타난 감정의 위상 정립 연구」, 군산대 대학원 석사학위논문, 2000.

이철호, 「「무정」과 낭만적 자아」, 동국대 대학원 석사학위논문, 2000.

홍혜원, 「이광수 소설의 서사성 연구」, 이화여대 대학원 박사학위논문, 2000.

김민정, 「이광수역사소설의 대중성 연구」, 단국대 교육대학원 석사학위논문, 2001.

안윤선, 「이광수의 「꿈」 연구 : 조신설화 및 김만중 「구운몽」과의 비교를 중심으로」, 단국대 대학원 석사학위논문, 2001.

유혜성, 「이광수 소설에 나타난 사제관계의 상상력」, 동국대 대학원 석사학위논문, 2001.

최수웅, 「「무정」의 정신구조 연구」, 단국대 대학원 석사학위논문, 2001.

최주한, 「이광수 소설 연구 : 애정삼각관계의 양상과 그 의미를 중심으로」, 서강대 대학원 박사학위논문, 2001.

김성연, 「한국근대문학과 동정의 계보 : 이광수에서 『창조』로」, 연세대 대학원 석사학위논문, 2002.

서영채, 「한국근대소설에 나타난 사랑의 양상과 의미에 관한 연구 : 이광수, 염상섭, 이상을 중심으로」, 서울대 대학원 박사학위논문, 2002.

신윤정, 「이광수 「무정」 연구 : 교육소설로서의 가치를 중심으로」, 단국대 교육대학원 석사학위논문, 2002.

정경한, 「이광수의 역사소설 : 「단종애사」와 「세조대왕」 중심으로」, 숭실대 교육대학원 석사학위논문, 2002.

정재봉, 「「무정」의 여성중심적 시각 연구」, 창원대 대학원 석사학위논문, 2003.

권혁률, 「춘원과 루쉰에 관한 비교문학적 연구」, 인하대 대학원 박사학위논문, 2003.

노종상, 「동아시아 초기 근대소설의 민족주의 양상」, 고려대 대학원 박사학위논문, 2003.

신정숙, 「이광수 소설에 나타난 '민족개조사상'과 '몸'의 관계양상에 관한 연
    구」, 연세대 대학원 석사학위논문, 2003.

차현숙, 「춘원의 장편소설에 수용된 기독교 사상 연구」, 단국내 대학원 석사학
    위논문, 2003.

최종길, 「「무정」과 「만세전」의 문체 비교 연구」, 고려대 대학원 박사학위논
    문, 2003.

탁광혁, 「이광수 역사소설연구」, 한국외국어대 대학원 박사학위논문, 2003.

김재관, 「1910년대 한국근대소설 연구 : 이광수를 중심으로」, 단국대 대학원 박
    사학위논문, 2004.

석 진, 「일제 말 친일문학의 논리 연구 : 최재서·이광수·백철·서인식을 중
    심으로」, 홍익대 대학원 석사학위논문, 2004.

정은경, 「이광수 연구 : 「재생」에 나타난 민족개조론비판」, 국민대 대학원 석사
    학위논문, 2004.

조은파, 「이광수와 염상섭의 초기 장편소설 연구 : 사랑의 유형과 성격을 중심으
    로」, 한양대 대학원 박사학위논문, 2004.

주민재, 「식민지적 근대와 분열의 서사」, 연세대 대학원 석사학위논문, 2004.

가와무라 사부로, 「이광수 소설에 반영된 기독교의 이해 :「재생」·「흙」·
    「사랑」을 중심으로」, 고려대 대학원 석사학위논문, 2005.

김민섭, 「춘원 이광수의 「사랑」에 나오는 재림교인 여주인공에 관한 연구」, 삼
    육대 신학전문대학원 석사학위논문, 2005.

김지영, 「근대문학형성기 '연애' 표상 연구」, 고려대 대학원 박사학위논문, 2005.

남기홍, 「이광수 소설의 전기 비평적 연구」, 인하대 대학원 박사학위논문, 2005.

황정현, 「이광수 소설 연구사」, 고려대 대학원 박사학위 논문, 2008.

2. 전기 및 작품 목록

연대	전기	작품	국내외 상황
1892(1세)	◇ 2월 초일(음력) 인시에 평안북도 정주군 갈산면 익성리 940번지 돌고지(一名 新里)에서 李鍾元 (42세)과 三聚夫人 忠州金氏(23세)를 부모로 하여 전주이씨 문중의 5대 장손으로 태어나다. 생후 2개월만에 風病으로 기절하다. 그 후에도 5-6세가 넘도록 몸이 허약하여 잔병을 많이 치르다.		◇ 12월 1일 동학교도가 전라도 삼례역에서 참집하여 교조의 신원과 관리들의 교도탄압 중지를 진정.
1893(2세)			◇ 2월 12일 동학교도 40여명, 교조신원을 위해 광화문에서 3일간 복합상소를 올림. 3월 10일 동학교도 2만여명, 충청도 보은에 집결하여 척양척왜의 기치를 들고 농성. 8월 6일 제 2인터내셔널이 취리히에서 3회 대회가 개최됨.
1894(3세)	◇ 家勢가 기울어 2년간 세 번의 이사를 하는 등 극도의 생활고를 겪다. 兒名을 寶鏡으로 불리다.		◇ 1월 10일 전라도 고부군민이 동학접주 전봉준의 영도하에 항쟁을 일으킴. 2월 23일 김옥균이 상해에서 홍종우에게 암살됨. 6월 25일 김홍집이 영의정에 임명되었고, 군국기무처가 설치됨(갑오경장 시작). 8월 1일 청·일 양국 선전포고(청·일전쟁). 11월 21일 일본군 여순 점령.
1895(4세)			◇ 4월 1일 유길준 『서유견문』 지음. 4월 17일 청일강화조약 조인. 4월 23일 독·불·러 3국, 일본에 요동반환 요청(3국간섭). 8월 20일 일본 낭인이 경복궁에 난입하여 민비를 시해함(을미사변). 11월 15일 단발령 시행.

1896(5세)	◇ 국문을 비롯하여 千字 反切을 깨치다. 외조모에 『덜걱전』·『소대성전』·『장풍운전』 등을 읽어주고 상급을 받다.		◇ 2월 11일 친러파가 고종 및 왕자를 정동 러시아공사관에 이어케 함(아관파천). 4월 7일 서재필이 주관하여 《독립신문》 창간(주 3회, 1898년 7월 1일부터 일간). 7월 2일 독립협회 결성. 8월 9일 양세초 능 상해에서 《시무보》 간행.
1897(6세)	◇ 친누이 동생 愛鏡 태어나다. 외조모 梁씨 별세. 八代家傳의 七書를 파는 등 가산이 날로 기울다. 허영숙이 許鍾의 4녀로 출생하다(음력 8월 18일).		◇ 10월 12일 황제즉위식 거행하고 국호를 대한제국으로 고침. 11월 명성황후 國葬을 거행. 12월 24일 손병희가 동학의 3대 교주가 됨.
1898(7세)			◇ 2월 9일 독립협회, 종로에서 만민공동회를 개최. 6월 11일 光緒帝, 변법자강 선포(무술변법).
1899(8세)	◇ 동리의 글방에서 漢學을 수학.-『史略』·『無題詩』·『馬上小詩』·『大學』·『中庸』·『孟子』·『論語』·『古文眞寶 前·後集』 등을 읽다. 五行詩 菊花「東籬凌霜發 無數黃金錢」으로 백일장에서 장원하는 등 문재를 발휘하여 신동으로 일컬어지다.		◇ 5월 4일 서대문~청량리간 전차궤도 완공. 9월 18일 인천~노량진간 철도 개통(최초의 철도).
1900(9세)	◇ 정양동 자성산 기슭으로 다시 집을 줄여 옮기고, 열 한 살 때까지의 3년간을 이곳에서 살다. 慈聖齊라는 서당에서 계속 漢學을 수학함. 인근 산에 가서 나무도 하고, 卷煙草(히이로) 장사도 하여 수중에 십여냥까지 모아보다. 둘째 누이동생 愛蘭이 태어나다.		◇ 4월 서울 종로에 처음으로 전등이 가설됨. 7월 5일 한강 철도 준공. 경인철도 완전개통(11월 12일 개통식). 11월 24일 列國 공사단이 청나라에 12개조의 강화조건을 전달(청나라가 이를 수락. 의화단 사건이 진압됨). 12월 경운궁(덕수궁) 석조전을 기공.
1901(10세)	◇ 家勢는 더욱 영락하여 가난의 설움을 뼈속 깊이 느끼다.		◇ 2월 12일 신식 화폐조례 공포(금본위제 채택). 8월 경부선 철도 부설공사 착수.

1902(11세)	◇ 부모의 의사로 향리 김씨 집에 청혼하였으나 경제적인 이유로 거절을 당하다. 한 여름을 이질로 고생하다. 父 李鍾元(52세), 호열자(콜레라)로 별세(음력 14일). 母 김씨(33세) 같은 괴질로 별세(음력 22일)하여 일시에 3남매가 고아가 되다. 큰누이는 조부 이건규에 의탁되었으나 젖먹이 동생은 남의 집 민며느리감이 되어 가다. 외가와 재당숙 집을 전전 기식하며 방랑생활을 시작하다. 三從 누이의 영향을 받아 『사씨남정기』·『창선감의록』·『구운몽』 등을 빌어 보다. 이 무렵에 이야기 하나를 창작하여 三從들에게 보이다.		◇ 1월 30일 영·일 공수동맹 조인. 3월에 경인간 전화 가설. 7월 서북지방에 호열자(콜레라)의 만연(9월에는 전국적으로 만연). 8월 國歌 제정(에케르트 작곡).
1903(12세)	◇ 120냥을 변통하여 1년만에 양친의 무덤을 緬禮하다. 남의 집에 보내어진 둘째 누이동생(3세)이 이질로 사망하다(10월경). 동학대접주 승이달의 인도로 동학당에 거두어짐. 동학에 입도하여 박찬명 대령 집에 기숙하며, 동경과 서울로부터 오는 문서를 베껴 배포하는 일을 맡다.		◇ 7월 8일 러시아가 용암포~안동간에 전선을 가설하고, 용암포의 조차를 요구. 9월 23일 안창호, 李大偉 등 샌프란시스코에서 친목회 조직. 10월 28일 황성기독교청년회(YMCA) 창립. 11월 4일 러시아군이 봉천을 점령.
1904(13세)	◇ 일본관헌의 동학탄압에 따라 현상체포령이 내려 향리를 떠나 한때 피신하다(이는 박찬명 대령의 서기일을 본 빌미이며, 잡아오면 100원, 밀고하면 20원이라는 현상금이 붙었다 함). 정주읍 연훈루에 수백의 동학도인이 모여 진보회를 조직하는 데 가담하다(8월 29일). 조부에게 상경할 뜻을 말하고 진남포에서 배편으로 제물포(인천)를 거쳐 서울에 이르다. 상경하는 동안에 서조모 별세. 다시 고향으로 돌아가다.		◇ 2월 10일 일본이 러시아에 선전포고(러일전쟁 발발). 2월 23일 한일의정서 조인. 3월 일본특파대사 이등박문 내한. 3월 21일 일본군 주력부대가 진남포 상륙. 3월 23일 용암포 개항. 7월 16일 영국인 베델, 양기탁이 《대한매일신보》 및 영문지 《코리아 데일리 뉴스》 창간함(~1910). 8월 16일 이용구가 동학교도를 모아 진보회를 조직. 9월 이용구, 송병준 등이 유신회와 진보회를 통합하여 일진회를 조직. 11월 10일 경부철도 완공.

연도	생애	작품	시대사
1905(14세)	◇ 일진회와 접촉하는 한편 개화사상에 눈을 뜨다. 진남포에서 화륜선 '順新號'편으로 인천을 거쳐 상경하는 길로 삭발하다. 弓場重榮의 『日語獨學』을 암송한 것을 밑천으로 일진회에서 세운 小公洞學校(광무학교 전신)의 일어교사로 채용되다. 광무학교가 설립되자 학생으로 수학하다. 일어교사 五味成助를 통하여 일어를 실습하는 한편 산술을 배우다. 일진회(천도교)의 유학생 9명 중에 선발되어 도일하다. 손병희를 일본에서 보다. 東海義塾에서 일어를 배우며, 문장보국을 결심하다.		◇ 4월 경의선 철도 완전 개통. 7월 29일 동경에서 태프트·桂 비밀협정. 9월 5일 러일강화조약(포츠머드조약) 조인(일본은 한국보호권, 南樺太, 요동 조차권, 남만주철도 등 획득). 11월 7일 한일협상조약(제 2차 한일협약, 을사조약, 5조약) 조인(통감정치 실시, 외교권 박탈, 보호국화).
1906(15세)	◇ 3월 대성중학교 1학년에 입학하다. 홍명희(19세)와 동급으로, 한 하숙에 동거하며 交遊하다. 11월 일진회의 내분으로 학비가 중단되어 일단 귀국하다. 조부의 생계가 날로 곤궁함을 보고 향리를 전전하다.		◇ 2월 1일 일본통감부와 이사청 설치. 3월 초대 통감 이등방문 着任. 3월 31일 윤효정, 장지연 등 대한자강회 조직(회장 윤치호). 6월 《萬歲報》 창간. 7월 22일 이인직의 『혈의 누』가 《萬歲報》에 연재(~10.10). 12월 1일 손병희가 동학을 천도교로 개칭.
1907(16세)	◇ 외가에 머무는 동안 처음으로 조카의 친구에게 이성에 대한 정을 느끼다. 2월 유학비를 국비(학부)에서 해결해주어 다시 도일. 3월 도산 안창호가 미국으로부터 귀국 도중 동경에서 행한 애국연설을 듣고 큰 감명을 받다. 예수교의 『聖經』을 처음으로 접하고 청교도적 생활을 흠앙하다. 동급동창 호암 문일평(20세) 등과 교유하다. 海牙密使事件의 빌미로 「韓皇讓位」라는 신문 호외를 보고 국운의 절박함을 통분하다. 홍명희·문일평 등과 <少年會>를 조직하고, 回覽誌 《소년》을 발행하여 비분강개한 시와 논설 등을 발표하다. 芝白金의 명치학원(장로교 계통) 보통부 중학 3학년 B조에 보결시험을 치르고 편입하다.	◇ 「放浪」(단편), 回覽誌 《소년》에 발표했다 하나 전하지 않음.	◇ 1월 29일 대구에서 국채보상운동 발기. 3월 도산 안창호 미국으로부터 귀국. 7월 고종의 양위식 거행. 7월 24일 한일신협약 조인(차관정치 시작). 7월 24일 광무신문지법 제정. 7월 30일 러·일비밀협약 조인(러시아가 한국에 대한 일본의 특권 인정). 7월 31일 군대해산조칙 발표(8월 1일 해산식 거행). 9월 안창호, 이갑, 양기탁 등 항일 비밀결사 신민회 조직.

1908(17세)	◇ 명치학원의 급우 山崎俊夫 (18세)가 권하여 톨스토이에 심취하다. 톨스토이의 무저항주의에 공감하는 한편, 그의 문학작품이나 사상논문을 탐독하다. 홍명희의 소개로 公六(육당) 최남선(19세)을 알게 되다. 7월 夏期放學에 동경유학생 야구단과 함께 귀국하여 安岳 勉學會의 사범강습소에서 최광옥 등과 강의하다. 홍명희의 소개로 서울에서 정인보와 알게 되다. 10월 개학을 앞두고 다시 도일하였으나, 일신상의 번뇌로 말미암아 불면증으로 고생하다.		◇ 5월 일본은 헌병보조원으로 한국인을 모집함. 11월 1일 최남선의 主宰로 최초의 월간 종합지 《소년》 창간. 12월 28일 동양척식주식회사 설립.
1909(18세)	◇ 國木田獨步, 夏目漱石, 木下尚江 德富蘆花 등을 애독하는 한편, 홍명희의 영향을 받아 바이런의 「카인」·「해적」·「돈판」 등을 읽음으로써 당시를 풍미한 자연주의 문예사조에 휩쓸리다. 夏期放學에 귀국하여 정주·서울을 거처 다시 도일하다. 김우영과 사귀다. 최초의 신체시 「우리 英雄」을 《소년》에 발표하다. 장편 「奴隷」, 日文 短篇 「愛か」, 「虎」를 집필하는 등 창작에 집념하다. 5학년 급우 친목회에서 「偶感」이란 題로 연설하다. 명치학원의 동창회보 《白金學報》에 발표한 「愛か」가 잡지 《富の日本》에 轉載됨을 계기로 유학생계에서 날로 문명이 높아지다. 아호를 孤舟로 자처함. 「情育論」을 집필하다.	◇ 12월 「愛か-사랑인가(한글)」(일문단편), 《白金學報》 19호.	◇ 10월 26일 安重根義士가 하르빈 驛頭에서 이등방문 사살. 12월 이완용 죽다.

1910(19세)	◇ 「어린犧牲」을 《少年》에 연재하다. 명치학원 보통부·중학 5학년을 졸업하고 제일고등학교에 합격하여 입학준비를 하던 중에 祖父의 身病이 위독하다는 급보를 받고 귀국하다. 향리의 오산학교 교주 남강 이승훈의 초청으로 동교의 교원이 되다. 조부 이건규(陰 3월 11일) 별세하다. 향리 지인의 중매로 6월에 백혜순과 결혼하다. 집을 용동로 옮기고, 야학을 여는 한편, 남강의 理想村운동의 선통에 서다. 문호 톨스토이의 서거에 오산학생들과 더불어 그 추도회를 열다(11월 20일). 망명도중에 오산에 들른 단재 신채호와 알게 되다. 최남선과 더불어 「朝鮮歷史」 5부작을 감상하다.	◇ 1월 「獄中豪傑」(산문시), 《대한흥학보》 9호. 2월 「今日我韓靑年과 情育」(논문), 《대한흥학보》 10호. 「어린犧牲」(단편), 《少年》. 3월 「文學의 價値」(평론), 「無情」(단편), 《대한흥학보》 11호. 「우리 영웅」(시), 《少年》. 4월 「日本에 在한 我韓留學生을 論함」(시화), 《대한흥학보》12호. 6월 「곰」(시), 《少年》. 8월 「今日我韓靑年의 境遇」·「天才」·「朝鮮 사람인 靑年에게」(시화), 《少年》. 8월 「獻身者」(단편), 「余의 自覺한 人生」(수필), 《소년》.	◇ 2월 桑港에서 大韓人國民會 조직. 3월 안중근의사 여순감옥에서 사형됨. 4월 도산 안창호 중국으로 망명. 6월 경찰권을 일본정부에 위탁함. 8월 29일 讓位詔書로 한일합방조약을 공포, 조선총독부 설치. 9월 朝鮮光文會 창설. 9월 30일 조선총독부 임시토지조사국 관제 공포(토지조사사업 시작). 11월 톨스토이 서거. 12월 29일 회사령 공포 시행. 안명근의사 寺內總督(제3대통감) 암살을 계획하다가 발각됨.
1911(20세)	◇ 105인 사건으로 오산학교 교주 남강이 구속되자 학감으로 취임하고 오산학교의 실질적인 책임을 지다. 오산학교의 운영이 예수 교회에 의지함으로부터 선교사 로버트 목사가 교장으로 취임하다. 하기방학을 틈타서 상경하여 최남선 집에 유하면서 시국을 담론하다. 학제개혁안을 주장하여 오산학교의 교과과정을 개편하다. 남강의 뒤를 이어 용동회장의 일을 보다.		◇ 1월 1일 경무총감부, 안명근의 체포를 계기로 황해도 일대의 민족주의자 총검거에 착수하다(안악사건, 105인사건). 5월 《少年》 폐간되다. 9월 성균관을 폐하고 경학원을 설치하다. 10월 압록강철교 완성. 10월 10일 武昌의 新軍·同盟會 봉기(신해혁명 시작됨).
1912(21세)	◇ 톨스토이를 애호함과 학생들에게 <生物進化論>을 말하여 신앙심을 타락케 한다는 이유로 말미암아 교회와 대립되다. 「周易」을 애독하는 한편, 스토우부인의 「엉클 톰스 캐빈」을 초독하다. 이 무렵 해외문학에 심취하여 베르그송, 괴테 등의 작품 두루 탐독하다.		◇ 1월 1일 중화민국정부 성립. 손문이 대통령에 취임, 공화제 선언. 7월 20일 전국 토지소유 관계를 토지조사국에 신고하도록 지시. 8월 15일 최남선이 어린이 잡지 《붉은저고리》 창간.

1913(22세)	◇ 경남 態川에서 열린 하기강습에 강사로 연빙된다. 오산학교의 로버트 목사에 의해 배척을 받다. 대구형무소로 남강을 면회하고 교직의 난의를 표명하다. 세계여행을 목적으로 4년 동안 정들인 오산을 등지고 韓·滿국경을 넘다. 안동현에서 위당 정연보를 만나 그의 권고와 淸貨 20원의 도움으로 상해행을 결심하다(11월 중순). 영국선 <岳州號>에서 車寬鎬·閔忠植·鄭又影을 만남. 大連·鷲口를 거쳐 상해에 이르다. 상해법조계 백미부락에서 홍명희·문일평·조용은·송상순 등과 동거하다. 벽초의 권으로 오스카 와일드의 「도리언·그레이」를 읽다.	◇ 2월 「검둥의 설움」(스토우부인 저, 번안소설), 《신문관》.	◇ 5월 13일 안창호, 송종우 등이 샌프란시스코에서 흥사단을 조직. 8월 5일 광동의 독립 실패(손문, 대만에 망명). 9월 《아이들 보이》가 창간됨.
1914(23세)	◇ 예관 신규식(橝)이 베푼 신년축하회에서 그의 추천으로 미국 샌프란시스코에서 발행되는 《新韓民報》의 주필로 가기로 하다. 해삼위의 월송 이종호와 목릉의 추정 이갑에게 보내는 소개장과 함께 여비 오백원을 받고 유럽 경유의 도미 여정에 오르다. 해삼위를 떠나 목릉에 도착 청계 안정근의 안내로 이갑을 만나다. 치따에서 열린 시베리아 국민회 대의회에서 《정교보》의 주필로 임명되다. 1차 세계대전의 발발로 귀국(8월 하순). 잠시 오산학교에서 다시 교편을 잡다. 소년잡지 《새별》 편집에 참여하다(9월 하순). 최남선의 주재로 창간된 《청춘》에 참여하다. 아호 고주를 의역하여 '외배' 혹은 '올보리'라 하다.	◇ 12월 「상해에서」(기행문), 「중학교방문기」(수필), 「동정」(논문), 「새 아이」(시), 《청춘》 3호	◇ 4월 2일 동경유학생학우회에서 《學之光》을 창간하다(~1930). 7월 28일 오스트리아가 세르비아에 선전포고(제1차 세계대전 시작). 8월 경원선 철도 개통. 10월 최남선이 《청춘》 창간(~1918).

1915(24세)	◇ 장남 震根을 백혜순이 낳다 (8월 4일). 인촌 김성수의 후원으로 재차 도일하여 무稻田大學 고등예과에 편입하다(9월 30일).	◇ 1월 「상해에서」(기행문) 完, 「독서를 권함」(수필), 「님 나신 날」(시), 《청춘》 4호. 3월 「침묵의 미」・「한 그믐」・「내 소원」・「생활 난」(시), 「해삼위로서」(기행문), 《청춘》 6호.	◇ 1월 18일 중국에 21개조 요구 제출. 3월 《청춘》 정간되다. 유동열, 박은식, 신규식, 이상설 등이 상해 영국 조계지에서 신한혁명당을 조직하다.
1916(25세)	◇ 무稻田大學 고등예과 수료(7월 5일). 무稻田大學 대학부 문학과 철학과에 입학하다. 《매일신보》의 요청으로 「東京雜信」을 쓰다(9월 27일~11월 9일). 10월 심우섭의 소개로 阿部充家(《경성일보》《매일신보》 사장)를 만나다. 조선학회월례회에서 「우리 民族性研究」에 관한 학술발표를 하다(11월 3일). 계몽적 논설을 《매일신보》에 연재. 《매일신보》로부터 신년소설(장편)을 쓰라는 전보청탁을 받고 舊稿 중의 「英彩」에 관한 것을 정리하여 「無情」이라 제하다.	◇ 1월 「내 소와 개」・「서울의 겨울달」(수필), 「살아지다」(시조), 『時文讀本』(최남선撰, 신문관刊). 9월 「대구에서」(기행문), 「東京雜信」(시화), 《매일신보》. 11월 「東京雜信」(시화) 完, 「문학이란 何오」(평론), 「교육가 제씨에게」・「농촌계발」(논문), 《매일신보》. 12월 「교육가 제씨에게」(논문) 完, 「조선가정의 개혁」・「조혼의 악습」(시화), 《매일신보》.	◇ 5월 《청춘》 속간. 7월 총독부청사 기공. 10월 16일 일육군대장 長谷川好道가 조선총독에 임명됨.

1917(26세)	◇ 무大 철학과에서 특대생으로 진급하다. 유학생회에서 허영숙과 알게 되다. 6월 《매일신보》 연재 「무정」이 126회로 끝나다(14일). 충남·전북·전남·경남·경북의 5도 踏破旅行을 떠나다(26일). 차중에서 조선 순유중인 島村 抱月 일행을 만나다. 7월 阿部 充家의 소개로 부산에서 德富 蘇峯을 만나다. 9월 재동경조선유학생학우회의 임원 개선에서 최승만, 전영택 등과 함께 편집부원으로 뽑혀 《학지광》 편집위원이 되다(30일). 11월 두 번째 장편소설 「개척자」를 《매일신보》에 연재하여 매월 20원의 고료를 받다(10일).	◇ 1월 「무정」(장편), 《매일신보》. 「爲先 獻가 되고 연후에 人이 되라」(논문)·「閨恨」(희곡), 《학지광》 11호. 2월 「농촌계발」(논문) 完, 《매일신보》. 4월 「25년을 회고하여 愛妹에게」(수필)·「천재야! 천재야!」(논문)·「혼인에 대한 관견」(논문), 《학지광》 12호. 5월 「거울과 마주 앉아」(수필) ·「빗」(시), 《청춘》 7호. 6월 「무정」(장편) 完, 《매일신보》. 「졸업생에게 드리는 간고」(시화), 《학지광》 13호. 「소년의 비애」(단편)·「궁한 선비」 「청춘」(시), 《청춘》 8호. 「오도답파여행」(기행문), 《매일신보》·《경성일보》. 7월 「어린 벗에게」(난씬)·「야소교의 조선에 준 은혜」(논문)·「경성에서 경성까지」(기행문), 《청춘》 9호. 9월「오도답파여행」(기행문) 完, 《매일신보》·《경성일보》. 11일 「개척자」(장편), 《매일신보》. 「어린 벗에게」(단편) 完·「금일 조선야소교회의 결점」(논문), 《청춘》 11호. 「혼인론」(논문), 《매일신보》. 12월 「극웅행」(시)·「우리의 이상」(논문), 《학지광》 14호.	◇ 3월 러시아 혁명 발발. 4월 《女子界》 창간. 9월 세계약소민족대표회의(뉴욕)에 박용만이 참석. 10월 한강인도교 완성. 광복단이 각지의 부호들에게 국권회복운동 자금을 요구하는 통고문을 보냈다가 발각됨(광복단사건). 11월 소비에트정부 수립.

1918(27세)	◇ 4월 폐병으로 허영숙의 간호를 받다. 논문 「의지론적 진화론」의 筆禍로 《학지광》 16호가 당국에 압수됨. 7월 철학과 3학년에 우등으로 진급하다(5일). 허영숙(22세)도 동경 여의전 졸업함(7월 25일). 8월 학업을 마치고 귀국한 허영숙과의 애정서한이 현해탄을 왕래하다. 9월 「신생활론」을 《매일신보》에 연재하여 많은 물의를 일으키다(9월 6일~10월 19일). 백혜순과 이혼에 합의하다. 동경으로부터 귀국하다(10월 중순). 허영숙과의 약혼문제로 번민하다가 장래를 약속하고 둘이 북경으로 애정도피를 하다(10월 하순). 歐洲大戰의 휴전조약이 성립되었다는 보도를 북경에서 보다(11월 11일). 월슨 미대통령의 14개원칙의 奏效로 파리에서 평화회의가 열리게 된다는 소식에 동요되어 급거 귀국(11월 중순). 玄相允 등과 천도교의 崔麟을 설득하여 3·1운동의 선봉이 되게 하다. 재차 도일하여 崔八鏞을 움직여 白寬洙·金度演·徐椿·金喆壽·崔謹愚·金商德·宋繼白 등과 <조선청년독립단>을 조직하다(12월 하순).	◇ 3월 「개척자」(장편) 완성, 《매일신보》. 「방황」(단편), 「復活의 曙光」(논문), 「懸賞小說考選餘言」(船評), 《청춘》 12호. 4월 「윤광호」(단편), 《청춘》 13호. 6월 「南遊雜感」(기행문), 《청춘》 14호. 7월 「無情」(廣益書館刊). 8월 「宿命論的 人生觀에서 自力論的 人生觀에」(논문), 《학지광》 17호. 9월 「子女中心論」(논문), 《청춘》 15호. 「어머니의 무릎」(시), 「小兒를 어찌 待接할까」(시화), 《女子界》 3호. 10월 「新生活論」(논문) 완성, 《매일신보》.	◇ 1월 월슨 미대통령 14개조의 평화의견 발표. 9월 《태서문예신보》 발간. 11월 제1차세계대전 종결.

1919년(28세)	◇ 「조선청년독립단선언서」(2·8독립선언서)를 기초하고 이를 宋繼白으로 하여금 본국에 전하여 국내외에서 동시에 궐기할 것을 劃策하다(1월 31일). 同선언서를 영역하여 이를 海外要路에 배포하는 책임을 맡고 상해로 탈출(2월 5일). 申錫雨의 소개로 중국의 학자 德林을 만나다(2월 초순). 韓松溪·金澈·鮮于赫 등과 상해법조계에서 <신한청년당>의 조직에 가담하고, 본국으로부터 온 玄楯·崔昌植을 통하여 「3·1독립선언서」를 보다(2월 하순). 呂運弘과 함께 「3·1독립선언서」의 제1보를 기사화하여 《차이나 프레스》·《데일리 뉴우스》에 보도케 하다(3월 10일). 중국을 시찰중인 미국의 정계요인 크레인을 만나 세계징세를 듣다. 망국청년들이 주관한 《우리 소식》에 논설을 기고하다. 《창조》2호에 동인으로 이름이 오름. 申翼熙·孫貞道 등과 소장파의 중심이 되어 임시의정원 조직에 협력함(4월 11일). 高一淸·孫貞道 등과 함께 임시의정원 평안도 대표로 선출되다. 安島山이 미국으로부터 상해에 도착(5월 25일)하여 紅十字病院으로 그를 찾아보다. 망명청년 주요한과 알게 되다. 安島山을 신봉하여 그의 民族運動에 크게 공감하다. 임시사료편찬위원회 주임의 일을 맡다. 趙東祜·주요한의 협력을 빌어 臨政機關紙 주간 《獨立》신문사의 사장겸 편집국장에 취임하다(8월 21일). 安島山의 홍사단이념에 감명을 받는 한편, 그를 보좌하여 「獨立運動方略」을 草하다.	◇ 1월 「朝鮮靑年獨立團宣言書」기초.	◇ 1월 광무황제 昇遐, 파리평화회의개최. 2월 《창조》창간, 2·8독립선언서. 3월 3·1독립선언서, 露領 海參威에 대한민국의회 조직. 4월 대한민국임시정부가 상해에서 조직됨. 5월 중국 북경에서 5·4운동 일어남. 7월 임시국무원령으로 연통제를 공포·실시함.

1920년(29세)	◇ 《獨立》신문의 경영난을 安島山과 협의하다(1월 14일). 과로로 끝에 발병, 安島山의 주선으로 先施公司에서 치료받다(1월 18일). 呂運亨으로부터 露國同行의 권유를 받았으나 이를 島山과 논의하여 중지함(1월 29일). 홍사단의 입단문답을 마치다(1월 29일). 희곡「순교자」를 지음. 安島山과 함께 興士團友募集에 관하여 논의하다(2월 16일). 홍사단所에서 강연하다(2월 26일). 「우리 民族의 前途大業」·「共産主義」 등의 제목으로 한달 동안 3차에 걸쳐 연설한 탓으로 목이 쉬어 고생하다. 安島山의 인도로 주요한·朴賢煥 등과 讀書·靜座·祈禱를 행함으로써 근신생활에 힘쓰다. 安島山·金澈 등과 상해교외 용화등지를 산책하다. 東吾 安泰國翁의 별세를 슬퍼함. 오산시대의 제자 李熙喆을 소재로 수필「H君에게」를 집필함. 홍사단 통상단우문답을 마치고(4월 26일), 遠東에서 처음으로 서약식을 마치고 홍사단友가 되다. 허영숙과의 애정서안의 왕래가 잦아짐. 안중근의사부인초청연에 참석하다. 홍사단의 임시반장으로 임명되다. 과로로 건강이 나빠지다. 사료편집위원회의 해산, 《獨立》신문의 운영난으로 말미암아 민족운동의 장래와 자신의 앞길에 대하여 번민을 하게 되다. 臨政으로부터 제네바 駐在代表로 선발되었으나 여비 사정으로 떠날 수 없이 됨. 홍사단원 동임시위원부가 설치되어 安島山·주요한·孫貞道 등과 그 위원이 되다. 경제적 곤란으로 신문에 匿名의「구직광고」를 내다. 「너는 靑春이다」(시), 「文士와 修養」(평론)을 집필하여 《창조》에 보냄.	◇ 5월「미쁨」(시), 《창조》6호. 7월「H君에게」(수필), 「江南의 봄」(시), 《창조》7호.	◇ 1월 국제연맹설치. 3월 《조선일보》창간. 4월 《동아일보》창간. 6월 《개벽》창간. 7월 《폐허》창간. 8월 미국의원단내한. 간디, 반영 반복종을 선언. 10월 청산리 전투에서 일본군대부대를 격파함. 琿春事件이 일어나다.

1921년 (30세)	◇ 독립운동의 침체로 절망에 빠지다. 허영숙이 상해로 춘원을 찾아와 臨政內에 물의가 일다. 스물 아홉번째의 생일을 이별의 눈물로 보내고, 허영숙을 이성태와 대동시켜 귀국시킴. 실의에 젖어 번민의 나날을 보내다. 단신으로 상해를 떠나, 天津·奉天을 거쳐 밤차로 압록강을 건넜으나 선천부근에서 日警에 체포되어 신의주로 연행되었다가, 서울로 송치, 불기소 석방되다. 고읍역에서 김억의 소개로 염상섭과 알게 됨. 변절자라는 오해로 일시 비난의 적이 됨. 허영숙과 정식으로 결혼. 唐珠洞에 침거하며 두문불출하다. 김성수·송진우·장덕수·최남선·홍명희·김기전 등이 찾아와 격려해주다. 인생관을 모색하는 서간체감상문 「感謝와 謝罪」를 집필. 대자연의 장엄 앞에서 靈의 세례를 받고자 금강산순례의 길을 떠나다. 삼종제 이학수 佛門으로 出家하다. 개벽사의 청으로 논문 「少年에게」를 동지에 연재하여 「出版法」 위반혐의로 종로서에 연행되다. 「民族改造論」을 집필하다. 평론 「藝術과 人生」을 탈고하다. 이해에 허영숙은 서대문 일정목 구번지에 <英惠醫院>을 개업하다.	◇ 1월 「너는 靑春이다」·「기운을 내어라」·「平凡」(시), 「文士와 修養」(평론), 《창조》 8호. 7월 「中樞階級과 사회」(논문), 《개벽》. 8월 「八字說을 基礎로 한 朝鮮人의 生活觀」(논문), 《개벽》. 11월 「少年에게」(논문), 《개벽》.	◇ 2월 런던에서 국제연맹이 사회가 개최됨. 5월 《啓明》 창간. 7월 중국공산당 창립. 11월 워싱턴 군축회의 개최됨.

| 1922년 (31세) | ◇ 김성수・송진우・장덕수 등과 자주 회동하며 憂國之念을 나누다. 해외에서 귀국한 김항작・김태진・곽용주・이항진・박현환과 국내의 규합동지 김윤경・김기전・원달호・강창기・홍사용 등을 앞세워 <修養同盟會>를 발기하다(2월 20일). 부인 허영숙 修學次 도일하다(3월 2일). 宗學院에 교사로 초빙되어 철학・윤리학・심리학・종교철학・논리학 등 주 20시간의 강의를 하다. 「金剛山遊記」를 《新生活》에 연재하다. 《백조》동인 홍사용・박종화 등과 가까이 지냄. 『開拓者』(극), 藝術座에서 공연되다. 《개벽》주간 김기전의 청탁으로 「民族改造論」을 발표하여 개벽사가 폭행을 당하는 등 물의를 일으키다. 재차 금강산을 답사하려 하였으나 부인의 귀국으로 중지함. 「民族改造論」의 필화사건으로 《개벽》에도 글을 싣지 못하게 되매, 한때 문필권에서 제외되다. 이 무렵, 원각경을 탐독함. 京城學校・儆新學校 등에 영어강사로 출강함. 단편 「할멈」을 집필하다. 이 무렵, 서해 최학송과 서신왕래를 하다. 餘閑에 발표지의 예정도 없이 「嘉實」을 집필하다. | ◇ 1월 樂府(시조), 《백조》. 藝術과 人生(평론), 《개벽》. 3월 少年에게(논문) 完, 文學에 뜻을 두는 이에게, 《개벽》. 金剛山遊記(기행문), 《신생활》. 4월 國民生活에 對한 思想의 勞力(논문), 《개벽》. 5월 民族改造論(논문) 《개벽》. 感謝와 謝罪(수필), 樂府(시조) 完, 《백조》. 8월 金剛山遊記(기행문) 完, 《신생활》. | ◇ 1월 《白潮》 창간. 3월 《新生活》 창간. 5월 孫秉熙 歿. 6월 제 1회 朝鮮美展開催. 9월 《東明》 창간. 申奎植 상해에서 歿. |

| 1923년 (32세) | ◇ 장편 『開拓者』 단행본으로 盛賣되다. 宋鎭禹의 추천으로 단편 「嘉實」을 Y生이라는 익명으로 《東亞日報》에 연재하다(2월 12일~23일). 金性洙·宋鎭禹의 권고로 동아일보사 객원이 되어 논설과 소설을 집필하게 되다. 안도산을 그린 장편 「先導者」를 長白山人이라는 아호로 《東亞日報》에 연재함(3월 27일). 『開拓者』 重刊되다. 「先導者」 총독부의 간섭으로 111회, 중편 完에서 중단되다(7월 17일). 두 번째 금강산 순례를 하다. 金剛 普光庵의 主丈 月河老師의 인도로 훗날 「法華經」에 심취하는 인록을 짓다. 楡岾寺에서, 生死未判의 三從弟 耘虛堂 李學洙스님을 만나다. 咸南 高原을 다녀와서 기행문 「草香錄」을 《東亞日報》에 발표하다(9월 9일~17일). 톨스토이 著 『어둠의 힘』을 번역 간행하다(9월 5일). 「許生傳」을 《東亞日報》에 연재하다(12월 1일). | ◇ 1월 『開拓者』(興文堂刊). 2월 「嘉實」(단편), 《東亞日報》. 3월 「先導者」(장편), 《東亞日報》. 「거룩한 죽음」(단편), 《開闢》. 4월 「人造人」(번역), 《東明》. 7월 「先導者」(중편), 《東亞日報》. 9월 「草香錄」(기행문), 《東亞日報》. 『어둠의 힘』(中央徐林刊). 10월 『朝鮮의 現在와 將來』(興文堂刊). 12월 「許生傳」(장편), 《東亞日報》. | ◇ 1월 金相玉義士 鐘路署 投彈. 6월 《東明》발간. 9월 일본관동대지진 발생. 11월 《金星》창간. |

1924년 (33세)	◇《東亞日報》 연재사설 「民族的 經綸」(1월 2일~6일)이 물의를 일으켜 일시 퇴사하다. 『春園短篇小說集』重刊되다(1월 12일). 「許生傳」(3월 21일 完)의 뒤를 이어 「金十字架」를 《東亞日報》에 계속 연재하다(3월 22일). 비밀리에 북경으로 安島山을 방문하여 「中央호텔」에 8일간 동숙하며, 그의 담론을 필기해 오다. 《東亞日報》 연재 「金十字架」를 신병을 이유로 중단하다(5월 11일). 田榮澤의 소개로 方仁根과 알게 되어 문예잡지의 발간을 권하다. 金東仁・金素月・金岸曙・田榮澤・주요한 등과 함께 《靈臺》 동인이 되다. 「人生의 香氣」를 《靈臺》에 연재함. 方仁根 등과 함께 석왕사에 피서하며, 「血書」(8월 19일)・「再生」을 집필하다. 『許生傳』 時文社에서 간행. 「再生」을 《東亞日報》에 연재하다(11월 9일). 북간도를 유랑하다 찾아온 崔鶴松을 楊州 奉先寺로 보내다. 羅稻香・玄鎭健・金岸曙 등과 交遊. 靈光으로부터 찾아 온 曹雲을 알게 되다. 《朝鮮文壇》 2・3호를 내는 동안 창간호를 重刊하는 등 문학애호가의 호평을 받다.	◇ 1월 「民族的 經綸」(논문), 《東亞日報》. 『春園短篇小說集』(興文堂刊).2월 「同志・朝鮮아」(시), 《開闢》. 3월 「許生傳」(장편) 完, 《東亞日報》. 「金十字架」(장편), 《東亞日報》. 5월 「金十字架」(미완소설), 《東亞日報》. 8월 「사랑」(수필), 《靈臺》. 「農村父老를 代하여 在學하는 子女에게」(시화), 《開闢》. 「許生傳」(時文社刊). 9월 「손가락」(수필), 《靈臺》. 10월 「文學講話」(평론), 「血書」(단편), 《朝鮮文壇》. 「어린 靈魂」(수필), 《靈臺》. 『金剛山遊記』(시문사간). 11월 「再生」(장편), 《東亞日報》. 「H君을 생각하고」(단편), 「文壇漫話」(文雜), 「밤차」・「반딧불」・「舍監」・「通學」・「落膽하는 者여」(시), 「談片」(默), 「小說選後言」(選評), 《朝鮮文壇》. 12월 「어떤 아침」(단편), 「民謠小考」(평론), 「義氣論」(논문), 「선물」・「入山하는 벗을 보내고 서」・「벗」・「흉년」・「八十錢」(시), 「小說選後言」(選評), 《朝鮮文壇》. 「緣分」(수필), 《靈臺》.	◇ 3월 《時代日報》 창간. 4월 조선청년총동맹 성립. 8월 《靈臺》 창간. 10월 《朝鮮文壇》 창간. 12월 《上海評論》 창간.

| 1925년 (34세) | ◇ 시 「세 가지 맹세」를 作하다(1월 4일). 전년 북경회동에서 필사해 온 安島山의 논설을 정리하여 《東亞日報》에 발표하다(1월 23일~25일). 그러나 3회를 싣고 당국으로부터 게재금지를 당함. 단편 「혼인」을 집필한 후(2월 8일), 과로 끝에 병석의 몸이 되다. 《東亞日報》에 연재중이던 「再生」을 신병으로 중단하다(3월 11일). 고향친구 白麟濟博士에 의하여 「脊椎카리에스」라는 진단이 내려져 한쪽 갈빗대를 도려 내는 수술을 받고 100여일을 와병함. 병석의 몸으로 「再生」 연재를 계속하다(7월 1일). 신병으로 말미암아 《朝鮮文壇》의 主宰를 사퇴하다. 信川에서 정양하며 「再生」을 탈고하다(9월 18일). 「가을의 들」을 집필하다(9월 18일). 《東亞日報》 연재 「再生」 218회로 끝냄(9월 28일). 다시 「春香傳」을 同紙에 연재하다(9월 30일). 安島山의 지시에 따라 「修養同盟會」와 「同友俱樂部」의 합동교섭에 솔선하다(10월 10일). 이 두 단체가 합하여 「修養同友會」로 발족됨(26년 1월 8일). 文藝瑣談(평론)을 《東亞日報》에 연재함(11월 2일~12월 5일). | ◇ 1월 「朝鮮文壇의 現狀과 將來」(평론), 「타고르의 園丁에 對하여」(서평), 《東亞日報》. 「사랑에 주렸던 이들」(단편), 「牛德頌」(수필), 「노래」・「벗님」・「불꽃」・「비」(시), 「새해의 희망」(시조), 「小說選後言」(選評), 《朝鮮文壇》. 「牛頌」(시), 《開闢》. 「잊음의 나라로」(수필), 《靈臺》. 2월 「文學講話」(평론) 完, 「붓 한 자루」・「한그믐」・「약」・「세 가지 맹세」・「義의 人」・「가시관」(시), 《朝鮮文壇》. 3월 「六堂 崔南善論」(인물론), 「님네가 그리워」・「馬關」・「살려는 努力」・「軍艦」・「別莊」・「生新」・「東京」・「朝鮮列車」・「江」・「羊의 우리」・「山」・「汽車」・「朝鮮을 버리자」(시), 「첫번 쓴 것들」(自辯), 「八十歲 少年이 東京에서 한 日記」(일기), 《朝鮮文壇》. 4월 「十八歲 少年이 東京에서 한 日記」(일기) 完, 《朝鮮文壇》. 7월 「病床에서」(文雜), 《朝鮮文壇》. 8월 「島山 安昌浩先生에게」(서한), 《開闢》. 9월 「再生」(장편) 完, 《東亞日報》. 「春香傳」(장편), 《東亞日報》. 「英文壇最近의 傾向」(평론), 《黎明》. 10월 「꿈」・「古時調」・「仲秋月」(시조), 《東亞日報》. 「가을의 들」(黙), 《朝鮮文壇》. 11월 「文藝瑣談」(평론), 「哭白巖先生」(시), 《東亞日報》. 「우리 文藝의 方向」(평론), 「아름다운 새벽」(서평), 《朝鮮文壇》. 「假面難」(수필), 《假面》. | ◇ 4월 서울에 조선 공산당이 조직되다. 11월 《假面》 창간. |

1926년 (35세)	◇ 梁柱東과 문학관에 대하여 처음으로 紙上論爭을 하다. 《東亞日報》에 연재하던 「春香傳」을 96회로 끝내다 (1월 3일). 다시 「千眼記」를 同紙에 연재하다(1월 5일). <修養同友會>를 발족하다(1월 8일). 《東亞日報》 停刊으로 말미암아 「千眼記」를 61회로 미완 중단하다(3월 6일). 「麻衣太子」를 《東亞日報》에 연재하다(5월 10일). 종합교양지 《東光》의 창간을 돕다. 安島山의 甲子論說을 「山翁」이라는 이름으로 《東光》에 발표하다. 신병의 재발로 京醫專病院에 입원하다. 의사 劉相奎 등과 三防·藥水浦·釋王寺 등지로 소유하다. 釋王寺에서 무명노파로부터 불교의 진리를 듣고 깨달음을 얻다. 논문집 『新生活論』, 단편집 『젊은 꿈』이 박문서관에서 간행되다(10월 5일). 동아일보사 편집국장에 취임하다. 이 무렵에 미국인 크로올리와 교유하다. 《東光》에 발표한 「李昇薰翁」(인물론)이 검열로 삭제 당하다.	◇ 1월 「春香傳」 (장편) 完, 《東亞日報》. 「千眼記」(장편), 《東亞日報》. 「줄리어스 시이저」(번역), 「中庸과 徹底」(평론), 「梁柱東氏의 '徹底'와 中庸'을 읽고」(평론), 《東亞日報》. 「偶像」(수필), 《時鐘》. 3월 「千眼記」 (장편), 《東亞日報》. 「보낸 뒤」(시조), 「닭」(동화), 《東亞日報》. 「美村」(譯詩), 「文學과 '부르'와 '프로'」(평론), 《朝鮮文壇》. 5월 「麻衣太子」(장편), 《東亞日報》. 「봄의 설음」(黙), 《東亞日報》. 「藝術評價의 基準」(文雜), 「個人의 日常生活의 革新이 民族的 勃興의 根本이다」(시화), 《東光》. 6월 「六堂의 近作 '尋春巡禮'를 읽고」, 《東亞日報》. 「東明聖王 建國記」(시화), 《東光》. 10월 「入院中에」·「京元線車中에서」·「산냇소리」·「弓裔王陵」·「서울로 간다는 소」·「山月」(시), 《東光》. 11월 「禪逑」(수필), 「現代의 奇人李商在翁」(인물론), 《東光》. 「文藝有用無用」(文雜), 《文藝時代》.	◇ 1월 《時鐘》 창간. 2월 도량형령 발포. 5월 《東光》 창간. 6월 6·10만세사건. 8월 《開闢》 발행정지. 10월 《文藝時代》 창간. 11월 《別乾坤》 창간. 12월 羅錫疇義士 투탄 사건.

| 1927년 (36세) | ◇「流浪」을 《東亞日報》에 연재하다(1월 6일). 장편「麻衣太子」연재를 끝내다(1월 9일). 宿患의 재발로 병석의 몸이 되어 향후 반년 이상을 死線에서 헤매다(1월 28일). 「流浪」을 신병으로 16회에서 중단하다(1월 31일). 차남 鳳根이 태어나다(5월 30일). 白麟濟博士, 숭삼동집(127번지)에 기거하며 간병함. 전지요양을 위하여 신천온천으로 떠나다(8월 12일). 志友 劉相奎의사의 간병을 받다. 李繼天과 사귀어 그의 호의를 입다. 친우 金善亮의 권고로 安岳 연등사 학소암(일명 남암)승방에 逗留, 사생관에 골몰하다. 신병으로 동아일보사 편집국장직을 사임하고(9월 10일), 편집고문으로 전임되다. 晩秋의 山菊을 벗삼아 틈틈이 「燃燈記」를 집필하다. 생후 5개월의 鳳根을 업고 허영숙, 연등사로 찾아오다(11월 29일). 安岳으로부터 상경하여, 京醫專病院에 입원치료하다. | ◇ 1월「麻衣太子」(장편) 完, 《東亞日報》. 「流浪」(미완), 《東亞日報》. 「生命의 봄」·「봄의 노래」(서평), 《東光》. 「눈」(시조), 《朝鮮文壇》. 2월 「規模의 人尹致昊氏」(인물론), 《東光》. 「現代評論의 創刊에 즈음하여」(축사), 《現代評論》. 11월 「잘못된 思考法」(수필), 《啓明》. | ◇ 2월 신간회가 조직되다. 《現代評論》창간. 5월 일본이 중국에 출병하다. |

	◇ 京醫專病院으로부터 퇴원하다(1월 29일). 『麻衣太子』 박문서림에서 간행. 건강의 회복을 얻어 틈틈이 「病床語」를 집필하다. 아들 鳳根이질로 몹시 앓다. 「젊은 朝鮮人의 所願」을 《東亞日報》에 발표하다(9월 4일~19일). 史記類를 탐독하다. 병상 수필 「病窓語」를 《東亞日報》에 연재하다(10월 5일~31일). 여행이 가능할 만큼 건강이 회복되어, 단신으로 釋王寺를 다녀오다. 「端宗哀史」를 《東亞日報》에 연재하여 洛陽의 紙價를 높이다(11월 31일). 수필 「山菊」을 집필하다(12월 22일). 연말을 동래온천에서 보내다.	◇ 1월 『麻衣太子』(박문서림간). 9월 「젊은 朝鮮人의 所願」(논문), 《東亞日報》. 10월 「病窓語」(수필), 《東亞日報》. 11월 「時調」(평론), 「구경군의 感想」(文雜), 《東亞日報》. 「端宗哀史」(장편), 《東亞日報》.	◇ 9월 함경선철도완성.
1928년 (37세)			

| 1929년 (38세) | ◇『一說 春香傳』이 한성도서에서 간행되다(1월 30일). 「端宗哀史」의 집필 중에 腎臟結核이라는 진단이 내려지다(2월 6일). 이로 말미암아 연재중단이 잦음. 鄕里 定州로부터 西大門町 一町目九番地로 전적하다(3월 22일). 남는 시간에 성균관을 산책하며 시조짓기로 낙을 삼다. 京醫專病院에 입원(5월 14일), 白麟濟博士·劉相奎醫師의 집도로 좌편신장을 切途하는 대수술을 받다(5월 24일). 수술후 性肺炎으로 고초를 겪다. 史料를 정독하며, 병상에서 「端宗哀史」를 다시 집필하다. 「아프던 이야기」(7월 16일~??일)·「文學에 對한 所見」(평론)(7월 23일~8월 1일)을 《東亞日報》에 발표함. 「端宗哀史」 3개월여만에 연재 계속되다(8월 20일). 셋째 아들 榮根이 태어나다(9월 26일). 東亞日報社 편집국장으로 부임하다. 「端宗哀史」 연재를 217회로 끝내다(12월 11일). 「아들의 원수」(미완)를 《新小說》에 연재하다. 『三人詩歌集』(춘원·주요한·김동환) 三千里社에서 간행하다. | ◇1월 「主人조차 그리운 二十年前의 京城」(수필), 《別乾坤》. 「朝鮮文學의 槪念」(평론), 《新生》. 『一說春香傳』(漢城圖書刊). 3월 「아들에게 주는 편지」(동화), 《아희생활》. 5월 「내가 屬할 類型」(수필), 「옛친구」(시조), 「文藝思想問答」(대담), 《文藝公論》. 6월 「端宗哀史에 對하여」(自辯), 「잠옷」(시조), 「새나라로」(시), 《三千里》. 「山菊」(수필), 「인정」·「生과 無常」·「金梅花」(시조), 《文藝公論》. 7월 「아프던 이야기」(수필), 「文學에 對한 所見」(평론), 《東亞日報》. 「手術臺 위에서」(수필), 《文藝公論》. 「송아지」(시조), 《新生》. 9월 「提上의 忠魂」(사화), 《東亞日報》. 10월 「범이야기 둘」(사화), 《東亞日報》. 11월 「나의 愛人과 아내」(수필), 《三千里》. 12월 「端宗哀史」(완), 「近讀二, 三」(서평), 《東亞日報》. 「先驅者를 바라는 朝鮮」(논문), 《三千里》. 『三人詩歌集』(三千里社刊). | ◇4월 汝矢島飛行場 開場. 5월 《文藝公論》 창간. 6월 《三千里》 창간. 11월 광주학생사건. 12월 《新小說》 창간. |

1930년 (39세)	◇ 『群像』 3부작으로 「革命家의 아내」를 《동아일보》에 연재하다(1월 1일). 이 무렵에 「社說」·「小說」·「橫說竪說」에 이르기까지 신문의 四設을 도맡는 劇務에 시달리다. 《동아일보》 연재 「革命家의 아내」를 끝내다 (2월 4일). 「사랑의 다각형」 (群像 2부) 《동아일보》에 연재하다(3월 27일). 이충무공 유적순례의 길을 떠나다(5월 19일). 溫陽墓所·木浦·右水營·碧波津·麗水·統營·閑山島를 두루 돌아보고 「忠武公遺跡巡禮」를 《동아일보》에 발표하다(5월 21~6월 8일). 불교적 인생관에 입각하여 자비의 원리에 골몰함. 「神秘의 世界」를 집필하다 (7월 11일). 자작영화소설 「正義는 이긴다」를 《동아일보》에 소개하다(9월 25일~10월 1일). 「사랑의 다각형」 연재를 끝내다(10월 31일). 『革命家의 아내』 간행되다. (漢城圖書刊). 「삼봉이네 집」(群像 3분) 《동아일보》에 연재하다(11월 29일). 「妻」를 《解放》에 연재하다(미완으로 끝남).	◇ 1월 「革命家의 아내」(중편), 「새해 맞이」(시조), 《동아일보》. ·'群像'과 劇務」 (自嘲), 《삼천리》. 「그리운 雙童美人」 (수필), 「作家로서 본 文壇十年」, 《별건곤》. 2월 「革命家의 이내」(중편) 完, 「복조리」(시), 《동아일보》. 「나를 돌아 보고」(시화), 《學生》. 3월 「사랑의 다각형」 (중편), 《동아일보》. 「마흔 살」(黙), 《별건곤》. 4월 「想屑」 (수필), 《大潮》. 5월 「忠武公遺跡巡禮」(기행), 《동아일보》. ·'革命家의 아내'와 某家庭」(自嘲), 《삼천리》. 6월 「忠武公遺跡巡禮」 (기행) 完, 《동아일보》. 7월 「꾀꼬리 소리」(黙), 《大潮》. 8월 「神秘의 世界」(수필), 《大潮》. 9월 「正義는 이긴다」 (영화소설), 《동아일보》. 「釋王寺에서」(시조), 《新生》. 「앓는 秋汀」(인물론), 「願과 念과 勸」(시화), 《삼천리》. 10월 「사랑의 다각형」(중편) 完, 《동아일보》. 「在滿洲의 島山 安昌浩」(인물론), 《삼천리》. 『革命家의 아내』(漢城圖書刊). 11월 「삼봉이네 집」(중편), 《동아일보》. 「妻」(미완), 《解放》. 「任氏夫妻展 素人印象記」(文雜), 《동아일보》. 「上海 이일 저일」(수필), 《삼천리》.	◇ 3월 《大潮》 창간. 9월 赴戰江水力發電所완성. 12월 전라선철도완성.

| 1931년 (40세) | ◇ 민족주의 및 민족주의문학에 관한 양주동과의 논쟁(1926년 1월)이 있은 후, 처음으로 자신의 작가적 태도를 천명하다. 《동광》지에 우국지사의 인물론을 발표하여 날로 소진하는 민족의식을 고취하다. 李甲을 모델로 「無名氏傳」을 《동광》에 연재하다. 이로 인하여 다시 당국의 주목을 받다 《동아일보》 연재, 「삼봉이네 집」을 끝내다(4월 24일). 사랑하는 아들 鳳根을 장질부사로 잃을 뻔하다. 《동광》 연재 「無名氏傳」이 일제당국의 저지로 중단되다. 三乎醫院으로 임종의 최학송을 찾아보다(6월 초순). 「李舜臣」을 《동아일보》에 연재하다(6월 26일). 「李忠武公行錄」을 《동광》에 번역 발표하다. 행주에서 거행된 임란공신 권율을 기념하는 紀功祠修理大會에 참석하여 강연하다(8월 10일). 「金性洙論」을 《동광》에 발표하다. 《동광》에 발표한 「非常時人物論」이 검열에서 삭제당하다. 유광렬로부터 「金性洙論」을 반박당하다. 이 무렵에 잡지의 號號마다 많은 논설을 집필하여 民族敎導에 열정을 기울이다. 權九玄의 낙향함을 보고 시조 「田園에 가시는 이」를 짓다(12월 27일). 「望五自嘲十首」를 짓다(12월 31일). | ◇ 1월 「내가 小說을 推薦한다면」(文雜), 「朝鮮語文硏究」(서평), 《동아일보》. 「上海法租界의 孫逸仙氏」(인물론), 「復活과 創世記」(서평), 《삼천리》. 「文藝漫話」(文雜), 「吉黑兩省의 朝鮮人」・「豊年의 悲哀」(시화), 「忍辱」(黙), 《동광》. 「그리스도의 革命思想」(논문), 《靑年》. 「近代都市生活의 苦悶과 그 打開策」(시화), 《조선지광》. 2월 「天道敎大領鄭廣朝從橫觀」(인물론), 「섬기는 生活」(논문), 《동광》. 「새 여자의 노래」(시조), 《新光》. 3월 「無名氏傳」(단편), 「朴泳孝氏를 만난 이야기」(인물론), 《동광》. 「오대산 적멸 보궁을 찬앙하사이다」(시화), 《佛敎》. 「三月의 노래」(시조), 《彗星》. 「朝鮮史話集」(서평), 《동아일보》. 4월 「余의 作家的 態度」(명언), 「團結工夫」・「非暴力論」(시화), 《동광》. 5월 「아비의 所願」(시), 《동아일보》. 「色衣의 노래」(시), 「우리의 뜻」(시조), 「野獸에의 復歸」(시화), 《동광》. 「批判」(시조), 《批判》. 6월 「無名氏傳」(미완), 「李舜臣」(장편), 《동아일보》. 「是非」(시조), 《批判》. 7월 「指導者論」(논문), 「李忠武公行錄」(번역), 《동광》. 「李舜臣과 安島山」(자평), 《삼천리》. 8월 「朝鮮靑年은 自己를 超越하라」(시화), 《동광》. 「方定煥先生의 別世를 哀悼함」(시화), 《어린이》. 「幸州勝戰峰과 權慄都元帥」(기행문), 《동아일보》. 「李忠武公行錄」(번역)完, 《동광》. 9월 「金性洙論」(인물론), 《동광》. 10월 「基礎의 準備」(시화), 「露韻靑景」(기행문), 《동광》. 「西伯利亞의 李甲」, 《平和와 自由》. 11월 「우리 아기 자는 잠」・「잃어 버린 노래」(동요), 《동아일보》. 「在滿同胞에게 急告」(시화), 「생각키는 亡命客들」(인물론), 「힘의 讚美」(시), 《동광》. 「病兒」(시조), 《신동아》. 「임」(시조), 《삼천리》. 12월 「운동의 노래」(가요), 「姜鏞訖氏의 草堂」(서평), 《동아일보》. 「朝鮮과 辛未年」・「잃어버린 댕기」(시화), 《신동아》. 「힘의 再認識」(시화), 《동광》. | ◇ 1월 《東光》 속간. 3월 《彗星》 창간. 5월 《批判》 창간. 7월 萬寶山사건 발생. 9월 만주사변 일어남. 11월 《新東亞》 창간. |

| 1932년 (41세) | ◇ 「肺病死生十五年」을 구술하여 최정희로 하여금 필기하게 하다(1월 15일). 詩作을 즐기며 불혹의 경지에서 난생 처음으로 한가로운 생활을 보내다. 《동아일보》 연재 「李舜臣」을 178회로 끝내나(4월 3일). 계몽문학의 대표작 「흙」을 《동아일보》에 연재하다(4월 12일). 단편 「壽岩의 日記」를 《삼천리》에 발표하다. 윤봉길 의사가 상해에서 일본군 白川大將을 폭살하다. 이 사건의 비화로 안도산이 상해 霞飛路에서 被逮(4월 29일). 안도산이 인천을 거쳐 서울로 호송됨을 보고 크게 낙심하다(6월 7일). 「島山論」을 《동광》에 발표하였으나, 당국의 검열로 삭제되다. 《동아일보》 연재 「흙」 상편을 완결하고 단군 유적을 답사하다. 서대문형무소에 수감중인 안도산을 자주 면회하여 의복 등을 차입하다. 수력발전소가 완성된 赴戰高原을 찾아가 자연과 인위를 숙고하다. 모윤숙과 사제지간이 되어 가까이 지내다. 이 무렵에, 관서지방을 두루 소유하며 無想無念의 심경으로 詩作에 몰두하다. 안도산이 예심을 마치고, 공판에 회부되어 징역 4년의 언도를 받다(12월 19일). | ◇ 1월 「上海의 二年間」(수필), 《삼천리》. 「家庭」(黙), 《신동아》. 2월 「肺病死生十五年」(수필), 「나무리 구십리」(동요), 「最初의 著書 無情」(自誌), 「策士와 指導者」(選評), 《삼천리》. 「朝鮮民族의 三基礎事業」(논문), 「크게 고맙던 조그마한 일들」(黙), 「望五自潮十首」・「田園에 가시는 이」(시조), 《동광》. 「靑年에게 아뢰노라」(논문), 《신동아》. 3월 「卒業하는 兄弟여 姉妹여」(시화), 「어린 두 병정」・「조선의 희망」(黙), 《동광》. 「入學과 卒業」(시화), 《신동아》. 「괴에테와 나」(文雜), 《문예월간》. 「泗沘水」(시), 《삼천리》. 4월 「李舜臣」(장편) 完, 《동아일보》. 「흙」(장편), 《동아일보》. 「壽岩의 日記」(단편), 《삼천리》. 「革命家의 아내와 모델」(自誌), 《신여성》, 「朝鮮人으로의 내 人生」(黙), 《동광》. 「明堂風月 三首」(한시), 《혜성》. 5월 「島山에 關한 이 생각 저 생각」(인물론), 「간디의 하나님」・「간디와 무솔리니」(黙), 《동광》. 6월 「옛 朝鮮人의 根本道德」(논문), 《동광》. 「善玉이의 大秘密一片」(시화), 《부인공론》. 「娼婦집의 하룻밤」(수필), 《삼천리》. 7월 「外來語와 朝鮮語講演記」(講演), 《계명》. 8월 「崔曙海와 나」(인물론), 《삼천리》. 「難得三寶」・「民族과 人材」・「唯心史觀」・「自力信仰」・「落望이 될 수 없는 希望」(黙), 《동광》. 9월 「永遠한 運命」・「거지 같은 朝鮮 사람」・「모시치마」(黙), 《동광》. 10월 「不死藥」(黙), 《동광》. 11월 「非常時의 非常人」・「나의 하루」(黙), 《동광》. | ◇ 1월 이봉창의사, 日皇에 투탄미수사건. 3월 만주국독립 선언. 4월 윤봉길의사 사건. 안도산, 상해에서 被逮. 5월 일본, 犬養 首相 암살됨. 7월 국제연맹조사단 일행 경성통과. 10월 《萬國婦人》 창간. |

| 1933년 (42세) | ◇ 송진우 등과 동아일보사 경남지국장대회에 참석한 후(4월 10일) 영남 일대를 순방하다. 시조 「朝鮮」・「누이야」를 짓다(5월 22일). 주요한 등과 《東光叢書》를 편찬하다. 瀋陽・鞍山・大連 등지로 남만을 주유하다. 《동아일보》 연재 「흙」을 끝내다(7월 10일). 대련박람회를 관람하다(7월 하순). 기행문 「滿洲에서」를 《동아일보》에 발표하다(8월 9일~23일). 方應模・주요한의 권고로 동아일보사를 사임하고, 조선일보사 부사장에 취임하다(8월 28일). 《조선일보》에 시평 「一事一言」을 長白山人이란 필명으로 집필하다(9월 18일). 장녀 廷蘭이 태어나다(9월 24일). 장편 「유정」을 《조선일보》에 연재하다(10월 1일). 「유정」을 76회로 끝내다(12월 31일). | ◇ 1월 「文人座談會」(座談), 《동아일보》. 「英雄이 되라」(시화), 《동광》. 2월 「自然으로 본 京城」(기행문), 《신가정》. 3월 「老松堂 日本行錄」(서평), 《동아일보》. 「朝鮮의 文學」(평론), 「印象깊던 片紙」(수필), 《삼천리》. 「朝鮮衣服은 어떻게 改善合理化할 것인가」(시화), 《실생활》. 4월 「合浦風景」(기행문), 《동아일보》. 「四部作散文」(수필), 《삼천리》. 「여성의 노래」(시), 《신가정》. 5월 「偉人의 날」(시화), 「尹石重君의 '잃어 버린 댕기'」(서평), 「朴慶浩氏 피아노試聽記」(산문), 《동아일보》. 「三界衆生」(시조), 《衆明》. 「어머님 생각」(시조), 《신가정》. 6월 「朝鮮民族論」(논문), 「朝鮮」・「누이야」(시조), 《동광총서》. 7월 「흙」(장편) 完 《동아일보》. 「太白山」・「鴨綠江에서」(시조), 《동광총서》. 8월 「滿洲에서」(기행문), 《동아일보》. 9월 「美人」(수필), 「松花江畔에서」・「弔忠魂」(시조), 「'흙'을 쓰고 나서」(自評), 《삼천리》. 12월 「有情」(장편) 完, 《조선일보》. | ◇ 3월 일본, 국제연맹에서 탈퇴. 5월 《衆明》창간. 6월 《東光叢書》간행. 8월 문학단체 <구인회>를 발족하다. |

1934년 (43세)	◇ 사랑하는 아들 鳳根(8세)을 敗血症으로 잃다(2월 22일). 안도산의 長期入獄·봉근의 慘喪·사무의 부진을 번민한 나머지 조선일보사에 사의를 표하고 금강산을 다녀오다(4월 하순). 《조선일보》에 연재하던 「그 女子의 一生」·「一事一言」이 중단되다(5월 13일). 조선일보사 부사장직을 사임하다. 산수간에 방랑할 목적으로 내금강을 주유하나, 뜻을 이루지 못하고 상경하다(5월 31일). 少林寺에 칩거하며 불서를 열심히 읽다. 김동인이 「춘원연구」를 《삼천리》에 연재하다. 자하문 밖 弘智洞에 산장을 기공하여 정착지로 삼다. 「하바드·클라식」을 비롯한 종교 서적을 탐독하며 새로운 인생관의 확립에 몰두하다. 산장으로 이주하여 법화경의 한글 풀이를 착수하는 한편 독서와 명상으로 소일하다.	◇ 1월「새벽의 노래」(시조), 《조선일보》. 3월「남의 슬픔, 남의 기쁨」(동화), 《아희생활》. 7월「朝鮮文學의 發展」(평론), 「미아리」(시), 「저기 저 아씨들」·「딸기 순」(민요), 《삼천리》. 「나의 文壇生活 三十年」(文雜), 《신인문학》. 9월「北京호텔과 寬城子의 밤」(수필), 《신여성》. 11월「하염없는 마음」·「봄」·「驛숲」·「萬瀑洞에서」·「곤한 몸」·「마흔 한째 돌」(시조), 《개벽》. 12월「공경」(동화), 《아희생활》. 「外套」(譯詩), 《신인문학》.	◇ 4월 李王垠, 入京. 5월 진단학회 발족. 10월《靑年朝鮮》창간. 11월《中央》창간.

| 1935년 (44세) | ◇ 차녀 廷華 태어나다(1월 31일). 안도산, 형기 22개월을 남기고 대전형무소로부터 가출옥되다(2월 10일). 안도산·김지간 등과 평양교외로 畢大殷의 묘소를 참배하다. 안재홍·이은상 등과 《조선일보》의 편집고문으로 입사하여 「一事一言」을 다시 집필하다(4월 13일). 「그 女子의 一生」을 다시 조선일보에 계속 연재하다(4월 19일). 개성 박연폭포를 다녀오다(5월 초순). 「千眼記」를 개작하여 《조선문단》에 연재하다. 시조 「鳳兒死後 둘째 生日에」를 짓다(5월 30일). 「文學과 文士와 文章」(평론)을 《한글》에 연재하다. 姪女(처조카)의 요절을 보고 슬픔에 젖다. 『그 女子의 一生』(전편), 「李光洙全集」 제1회 配本으로 산천리사에서 간행되다.(이하 미완성 중단됨). 부인 허영숙이 의학수업차 3남매 대리고 다시 도일하다. 안도산과 더불어 개성 만월대·박연폭포 등지를 소유하다. 「그 女子의 一生」을 끝내고(9월 26일) 다시 《조선일보》에 「異次頓의 死」를 연재하다(9월 30일). 연작수필 「學窓日獨語」를 《사해공론》에 연재하다. 「검둥의 悲哀」(스토우부인작)를 《삼천리》에 抄譯 연재하다. 《조선일보》에 연재하던 시평 「一事一言」을 중단하다(11월 26일). 일본에 체류중인 가족을 만나고자 동경을 다녀오다(익년 1월 귀국). 이해에 박정호를 문하생으로 삼아 산장으로 부르다. 그의 인자한 천성에 감동되어 참된 벗으로 사랑함. 『단종애사』가 중간되다.(박문서림간) | ◇ 1월 「나의 懺悔」(수필), 《신인문학》. 2월 「불꽃」(시), 《조선문단》. 5월 「千眼記」(장편), 《조선문단》. 「朝鮮小說史」(평론), 《사해공론》. 「유고에 對한 回想」(文雜), 《조선일보》. 6월 「文學과 文士와 文章」(평론), 《한글》. 「大同江」(시조), 《신인문학》. 「水仙花」·「아메리카 사람들아」·「콩커드記念碑 除幕式」(譯詩), 《조선문단》. 7월 「글과 글짓는 基礎要件」(평론), 《學燈》. 8월 「閑山島大戰과 李舜臣」(李舜臣의 一節), 《삼천리》. 「前 朝鮮文壇의 追憶談」(文雜), 《조선문단》. 「卽興」(시조), 《신인문학》. 「그 女子의 一生」(前篇), 《삼천리사간》. 9월 「그 女子의 一生」(장편) 完, 《조선일보》. 「異次頓의 死」(장편), 《조선일보》. 「學窓獨語」(수필), 《사해공론》. 「검둥의 悲哀」(번역), 《삼천리》. 10월 「文學과 文士와 文章」(평론) 完, 《한글》. 「民族에 關한 몇 가지 생각」(논문), 「大戰急來와 極東의 形勢」(좌담), 《삼천리》. 「求道者의 日誌」(默), 《禪苑》. 11월 「文學과 文章」(평론), 「天主敎徒의 殉敎를 보고」(시화), 《삼천리》. 「톨스토이의 人生觀」(文雜), 《동광》. 「杜翁과 나」(文雜), 《조선일보》. 12월 「學窓獨語」(수필) 完, 《사해공론》. 「島山의 人格과 舞臺」(수필), 「'奈落' 選後感」(選評), 《삼천리》. 「千里 밖의 愛人(嘉實)」(단편), 《야담》. | ◇ 2월 《조선문단》 속간. 4월 경복궁에서 산업박람회 개최. 5월 《사해공론》 창간. 11월 《조광》 창간. 12월 《야담》 창간. |

| 1936년 (45세) | ◇ 가회동소재 대지를 비롯하여 저작의 판권을 팔아 효자동 175번지에「許英肅産院」을 짓기 위한 신축지를 마련하다. 『이광수·김동인 소설집』을 조선서관에서 간행하다. 이긍종 등과 평남 大同郡 大賁面 松菩山莊으로 안도산을 찾아 보다. 신변기「多難한 半生의 途程」을 《조광》에 연재하다(4월~6월까지). 《조선일보》 연재「異次頓의 死」를 137회로 끝내다(4월 12일). 장편「愛慾의 彼岸」을 《조선일보》에 연재하다(5월 1일). 일본에 체류중인 가족을 만나고자 도일하여 은사 吉田絃二郞을 비롯한 佐藤春夫 등, 일본의 많은 작가들과 만난다. 동경에서 귀국하여 弘智出版社를 개업하고 自作『人生의 香氣』를 처녀출판하다(6월 1일). 기행문「東京求景記」를 《조광》에 연재하다. 《조선일보》 연재「愛慾의 彼岸」을 끝내고(12월 21일), 다시 조선일보에 자전적 장편「그의 自敍傳」을 연재하다(12월 22일).「예수의 思想」을 집필하다(12월 23일). 이해에 단 하나의 누이 동생이 만주 營口에서 죽다. | ◇ 1월「戰爭期의 作家的 態度」(평론), 《조선일보》.「成造記」(수필),《삼천리》.「因果」(사화), 《조광부록》.「金炳冀의 度量」(사화),〈야담〉.「文藝家로 出世하려는 사람에게」(文雜),「香爐」(시),《신인문학》.「내 노래」(시),《學燈》. 2월「卒業生을 생각하고」(시화), 《조선일보》.「빛」(시),《조광》. 3월「卒業生을 생각하고」(시화) 完, 《조선일보》.「車中에서」(시조),《신인문학》. 4월「異次頓의 死」(장편), 《조선일보》.「多難한 半生의 途程」(수필),「頌春」(시),「脫出途中의 丹齋印象」(인물론),《조광》.「女性敎室」(시화),《여성》.「朝鮮文學의 世界的 水準觀」(평론),「檀君陵」(기행문),《삼천리》.「다람쥐」(동화),《동화》. 5월「愛慾의 彼岸」(장편),《조선일보》.「모르는 女人」(단편),「뻐꾹새와 그 애」(수필),《사해공론》.「幼稚園園遊會歌」(가요),《조선일보》.「비둘기」(시),《조광》. 6월「黃海의 美人」·「드문 사람들」(단편),《사해공론》.「多難한 半生의 途程」(수필) 完, 《조광》.「女性敎室」(시화) 完, 《여성》. 『人生의 香氣』(弘智出版社刊). 9월「東京求景記」(기행문),「小說家의 準備」(文雜),《조광》.「罪」(수필),《사해공론》.「당신은 무엇이 되려오」(동화),《아희생활》. 10월「거짓말의 心理」(시화),《여성》. 11월「長篇作家會議」(좌담),「자랑할 藝術祭로」(文雜),《삼천리》. 12월「愛慾의 彼岸」(장편) 完, 《조선일보》.「그의 自敍傳」(장편),《조선일보》. | ◇ 2월 일본, 2·26사건 발생. 8월 손기정선수 伯林올림픽 대회에서 마라톤 우승. 12월 일병, 靑島상륙. |

1937년 (46세)	◇ 조선총독 南次郎의 소위 「皇國臣民化政策」에 따라, 『朝鮮文人會』를 조직하여 그 회장에 취임할 것을 종용 받았으나 이를 일축하다. 『異次頓의 死』가 한성도서 에서 간행되다(3월 8일). 『文章讀本』이 홍지출판사에서 간행되다(3월 15일). 동우회사 정을 상의하고자 松菴山莊을 안도산을 찾아가다. 《조선일보》 연재 「그의 自敍傳」을 128회로 끝내다(5월 1일). 「恭愍王」을 다시 《조선일보》에 연재하다(5월 28일). 동우회관계자 백수십명을 검 거하는 수양동우회사건으로 김윤경·박현환·신윤국 등 과 함께 종로서에 유치되다(6 월 7일). 허영숙, 동경에서 급 거 귀국하다. 불의의 피검으 로 말미암아 《조선일보》 연 재 「恭愍王」을 14회로 중단 되다(6월 10일). 안도산, 松菴 에서 검거되어 서울로 압송되 다(6월 28일). 종로서유치장에 서 간수가 보여준 신문호외로 써 中·日사변의 뉴우스를 알 게 되다(7월 7일). 勞作 법화경 의 한글 풀이를 압수당함. 동 우회사건의 피의자로 서대문 형무소에 수감되다(8월 5일). 신병이 재발하여 병감으로 옮 겨짐. 안도산, 검사국으로 송 치되다(11월 1일). 「愛慾의 彼岸」이 조광사에서 간행되 다. 獄苦 반년 만에 병보석으 로 경의전병원에 입원하다(12 월 18일). 안도산도 死境에 병 보석으로 출감하여 경성제대 병원에 입원하다(12월 24일). 병상에서 시조 「途夜」를 짓 다(12월 31일).	◇ 1월 「星丘茶寮의 文人雅會」(文雜), 《신동아》. 「東京求景記」(기행문) 完, 《조광》. 「無情等 全作品을 語 하다」(自辯), 「예수의 思想」(인물론), 《삼천리》. 「朝鮮의 빛이 되라」(祝辭), 《백광》. 「玉 하루」·「나팔꽃」·「귀뚜라미」(시), 《여성》. 2월 「李殷相著 '無常'」(서평), 「創造의 生活」(수필), 《조선일보》. 「사랑해 주신 이」·「나는」(시), 《백광》. 3월 「東京文人會見記」(文雜), 「文昌淑 自殺事件에 對한 批判」(시화), 《조광》. 『異次頓의 死』(漢城圖書刊). 『文章讀本』(弘智出版社刊). 4월 「生死片感」(黙), 《새사람》. 5월 「義人 韓仁輔氏에게」(인물론), 《백광》. 「럼비니頌」(시), 《럼비니》. 6월 「懈怠의 열매」(수필), 《조선일보》. 「愛人」(시), 《조선문학》. 「그의 自敍傳」(朝光社刊). 8월 「윤석중군의 집을 찾아서」(文雜), 《아희생활》. 「無所求」(시), 《조선문학》. 11월 『愛慾의 彼岸』(조광사간).	◇ 1월 일어사용을 강제함. 《白光》창간. 6월 수양동우회사건. 7월 중·일전쟁. 11월 日·獨·伊防共協定 성립. 12월 日軍, 남경점령.

| 1938년 (47세) | ◇ 병상에서 박정호에 구술하여 詩作으로 소일하다. 동우회사건 檢束者 150명 중에서 42명을 세차례에 걸쳐 검사국에 송치하다. 시조 「어린 아들」을 짓다(1월 10일). 시조 「내 죄」(3월 1일)·「버들강아지」(3월 3일)를 짓다. 안도산(61세) 서거의 비보를 듣고 통곡하다(3월 10일). 단편 「無明」과 전작장편 「사랑」의 집필에 착수하다. 손자 명선이 태어나다(4월 19일). 병상에서 허탈한 심경으로 詩作을 일삼다. 동우회사건 小林 예심판사로부터 임상심문을 받다. 병원생활 8개월만에 퇴원하여 자하문 밖 산장에 들다(7월 29일). 동우회사건 예심결정으로 기소되다(8월 15일). 전작 「사랑」 상권을 탈고하다. 『사랑』(상권) 『현대걸작장편소설전집』 제1권으로 간행되다.(박문서관간) | ◇ 1월 「배」·「들물에」(시), 《삼천리문학》. 2월 「·'할멈'과 '방황'」(自辯), 《조선일보》. 4월 「白馬江上에서」(기행문), 《삼천리문학》. 9월 「病中吟」(한시), 《조광》. 10월 『사랑』(장편), (박문서관간), 11월 「높은 사랑을 向하여」(사랑序文), 「病床日記」(일기), 《삼천리》. 「心懷」(黙), 「天地」·「꿈」·「병든 몸」(시조), 《조광》. 「발자욱」(시조), 《여성》. 12월 「긴긴 밤」·「잊은 뜻」(시조), 《조광》. | ◇ 1월 《三千里文學》 창간. 3월 안도산 서거함. |

1939년 (48세)	◇ 단편 「無明」을 《문장》에 발표하다. 장편 「늙은 防盜犯」을 《新世紀》에 연재하다(미완). 오산시대의 제자 金周恒의 집을 방문하다(2월 15일). 『群像』『사랑의 다각형』이 간행되다.(한성도서간) 『朝鮮文人全集』 제 1권으로 「이광수편」이 간행되다.(삼문사간) 문하의 박정호를 만주로 떠나 보내다. 「사랑」 하권의 집필을 끝내다. 불서를 비롯한 참고서적 사천여장을 독파하고, 전작 「세조대왕」의 집필에 착수하다. 「꿈」을 집필하다(5월 11일). 泉石의 美를 자랑하던 산장을 6천원에 팔고 효자정으로 이주차다. 김동인·박영희·임학수의 소위 「北支皇軍問」에 협력함으로써 친일의 제일보를 내딛다. 廷蘭, 廷華 홍역 치르다. 「無情」이 영화화되어 상연되다.(감독-박기채) 『이광수단편선』 간행되다.(박문서관간) 허영숙산원, 장안의 인기를 모으고 성왕되다. 『春園李光洙傑作選集』(전5권) 제 1권으로 『半島江山』 간행되다.(영창서관간) 『春園書簡文範』 간행되다.(삼중당간) 『춘원선집』 제2권으로 『수필과 시가』 간행되다. 부이 허영숙, 관절염으로 입원함. 동우회사건 1심에서 7년 구형을 받았으나 무죄로 선고되다(12월 8일). 그러나 검사 즉일로 상소함. 綠旗聯盟의 津田, 경성제대 교수 辛島 등의 모의에 빠져 소위 「朝鮮文人協會」 회장이 되다(12월 29일).	◇ 1월 「無明」(단편), 《문장》. 「箱根嶺의 少女」(단편), 《신세기》. 「弔 朴龍喆君」(시), 《博文》. 「逃懷」(시), 《조선문학》. 2월 「늙은 防盜犯」(장편), 《신세기》. 『群像』(한성도서간). 3월 「봄과 님」(시), 《신세기》. 4월 「大聖釋迦」(인물론), 「기다림」·「초라한 나」·「단장을 버리나이다」·「집도 다 없어도」·「헛애 컨가」·「하나님」·「여름 볕」(시조), 《삼천리》. 6월 「詩歌集을 내며」(自序), 《박문》. 7월 「꿈」(단편), 「山居記」(일기), 《문장》. 「길놀이」(단편), 《學友俱樂部》. 「映畵 ‘無情’으로 公開狀」(서한), 「文學, 戀愛, 宗敎를 묻는 모임」(좌담), 《삼천리》. 「이광수단편선」(박문서관간). 8월 「山居記」(일기) 完, 《문장》. 『半島江山』(영창서관간). 9월 「濁庄記」(수필), 《문장》. 『春園書簡文範』(삼중당간). 10월 「隨筆과 詩歌」(영창서관간). 11월 「장편소설 ‘洵愛譜」」(서평), 《매일신보》.	◇ 1월 《文章》 창간. 《新世紀》 창간. 9월 제 2차 대전 발발.	

1940년 (49세)	◇ 전작 「사랑」의 저작권을 파는 등 심한 경제적 곤란과 함께 부인의 입원, 榮根·廷蘭의 兒患으로 고초를 겪다. 형사사건에 관련중임을 구실로 「朝鮮文人協會」를 탈퇴하다. 『春園詩歌集』 500부 한정판으로 박문서관에서 간행되다(2월 5일). 「李光洙」를 「香山光郎」으로 개명, 민족보존의 일념으로 친일의 패를 차고 나서다. 「늙은 僞盜犯」 10회로 미완 중단하다. 「사랑」·「有情」 등 동경에서 일역 간행되다. 북경 《매일신보》 지국의 초청으로 중국을 다녀 오다. 전작 장편 「세조대왕」을 1년여 만에 탈고함. 「세조대왕」, 『新撰歷史小說全集』 제 5권으로 박문서관에서 간행되다. 「有情」 일역 간행되다. (모ダソ일본사간) 동우회사건 2심에서 최고형 5년의 징역판결을 받다(8월 21일). 피고들 전원 불복 상고함. 조선총독부로부터 저서의 재검열을 받아 「흙」·「無情」 등 10수편이 발매금지처분을 당함. 이해에 モダソ日本社 주최의 『第一回朝鮮藝術賞』(문학 부문) 수상하다.	◇ 2월 「亂啼烏」(단편), 《문장》. 「文學瑣言」(평론), 《매일신보》. 『春園詩歌集』(박문서관간). 3월 「因果의 理」·「謝禮의 辭」·「信信論」(수필), 《매일신보》. 「옥수수」(단편), 「生活改善의 急務」(시화), 《삼천리》. 4월 「늙은 僞盜犯」(미완소설), 《신세기》. 「五福을 얻는 길」(수필), 《매일신보》. 5월 「生齋參觀記」(수필), 《매일신보》. 「片想」(黙), 「鄕土文化를 말하는 座談會」(좌담), 《삼천리》. 6월 「阿娘의 朴玉均」(文雜), 「가난한 處女들」(수필), 《매일신보》. 7월 「金氏夫人傳」(단편), 《문장》. 「有情」(일역), (モダソ일본 사간). 8월 「藝術의 今日 明日」·「藝術의 奢侈品」(평론), 《매일신보》. 9월 「高협의 無影塔」(文雜), 《매일신보》. 10월 「端宗哀史'와 '有情」(自辯), 《삼천리》. 12월 「未完成觀音像」(인물론), 《삼천리》.	◇ 2월 창씨제도 시행. 8월 《동아일보》, 《조선일보》 폐간.

1941년 (50세)	◇ 《新時代》에 장편 「그들의 사랑」을 연재하다.(3회로 미완 중단함) 『세조대왕』이 재판 간행되다.(박문서관) 《新時代》에 장편 「봄의 노래」를 연재하다. 4년 5개월을 끌어오던 동우회사건, 경성고등법원 상고심에서 전원 무죄로 되다(11월 17일). 장편 「원효대사」의 집필을 착수하다. 일본군의 진주만 폭격으로 태평양전쟁이 일어나다 (12월 8일). 이해에 일제의 강요로 각지를 돌아다니며 친일연설을 하다.	◇ 1월 「그들의 사랑」(미완), 「어버이」·「扶餘行」(시), 《新時代》. 「想華」(黙), 《삼천리》. 3월 「鶴鳴記」(수필), 《新時代》. 10월 「봄의 노래」(장편), 《新時代》	◇ 1월 《新時代》 창간. 8월 水豊댐 발전개시. 12월 일본, 미국과 영국에 선전포고하다.
1942년 (51세)	◇ 「사랑」이 モダン일본사에서 일역 출간되다. 장편 「원효대사」를 《매일신보》에 연재하다(3월 1일). 《新時代》에 연재하던 「봄의 노래」(친일소설)를 신병을 이유로 중단하다. 「원효대사」의 연재를 끝내다(10월 31일). 손녀 靜子 태어나다(11월 3일). 조선총독부 당국의 강권으로, 조선인학생의 學兵勸誘次 동경을 다녀오다. 일본 체류중에 肺炎으로 고생하다.	◇ 1월 『사랑』(일역), (モダン日本社刊). 3월 「원효대사」(장편), 《매일신보》. 8월 「봄의 노래」(미완), 《신시대》. 10월 「원효대사」(장편) 完, 《매일신보》.	◇ 5월 徵兵令 공포. 11월 조선어학회 사건.
1943년 (52세)	◇ 自敍長篇 「四十年」(日文)을 《국민문학》에 연재하다. 楊州郡 眞乾面 思陵里 520번지에 농실을 짓고 만주에서 귀국한 박정호와 농사를 시작하다. 이해에 舊著作의 전부가 조선총독부에 압수되어 발간 중지를 당하다.	◇ 1월 「四十年」(장편), 《국민문학》.	◇ 8월 미 공군이 일본 본토에 폭격을 강화하다.

1945년 (54세)	◇ 세 자녀와 함께 思陵에서 해방의 새해를 맞이하다. 세 자녀, 학업관계로 상경하다. 廷蘭, 청운국민학교 졸업(6월 29일). 소위 「疏開」통에 자녀들 다시 思陵으로 내려오다. 일본의 패망으로 조국이 해방을 맞이하다(8월 15일). 자녀를 모아 놓고 애국가를 가르치다. 친일파로 지목받아 사회의 비난이 집중하다. 부인 허영숙의 피신종용을 일축하다. 허영숙이 두 자녀만을 데리고 상경하다. 무념무상의 심경으로 민족의 장래를 관망하다. 思陵에 계속 칩거하며 독서와 영농으로 소일하다. 廷蘭, 이화여중에 입학하다(9월 16일).	◇ 『流浪』(홍익서관간).	◇ 2월 알타이 회담. 7월 포츠담 선언. 8월 8·15광복. 9월 미군 서울에 들어옴.
1946년 (55세)	◇ 돌베개를 베어 온 탓으로 안면신경마비와 고혈압으로 고생하다. 자바뿔 소를 사들여 농사에 더욱 전념하다. 『革命家의 아내』가 재간행되다.(숭문사간) 수도생활을 목적으로 從弟 耘虛堂 이학수를 찾아 양주 봉선사로 들어 가다(9월 2일). 광동중학교에서 영어를 강의하다. 선친의 44주 기일을 맞이하여 추모염불을 하다(9월 9일). 다시 붓을 들어 수필집 「돌베개」를 활하기 시작하다. 부인 허영숙이 세 자녀를 데리고 봉선사로 찾아오다.	◇ 8월 『革命家의 아내』(숭문사간).	◇ 1월 흥사단 국내위원부 설치. 3월 美蘇 공동위원회 개최. 5월 민간인 38선 월경을 금지하다. 12월 과도입법의원 개원.
1947년 (56세)	◇ 흥사단의 청함을 받아 思陵으로 돌아와 傳記 「島山安昌浩」의 집필을 착수하다. 「異次頓의 死」가 연극으로 공연되다(3월 27일). 廷華, 맹장수술을 받다. 백병원에 같이 기거하며 딸을 간병하다. 『島山安昌浩』가 대성문화사에서 간행되다(5월 31일). 廷華, 청운국민학교 5년차에 이화여중에 응시하여 합격하다. 『꿈』(舊稿)이 간행되다(6월 5일). 수필 「제비집」(6월 17일)·「나는 바쁘다」(6월 28일)를 思陵에서 집필하다. 농사를 짓는 틈틈히 시간을 내어 自傳小說을 집필하다. 『나·少年篇』이 간행되다(12월 24일).	◇ 5월 『島山安昌浩』(대성문화사간). 6월 『꿈』(勉學書鋪刊). 12월 『나·少年篇』(생활사간).	◇ 2월 민정장관에 안재홍 취임. 9월 UN총회에 한국문제 상정. 12월 장덕수 피살.

1948년 (57세)	◇ 「돌베개」 序詩를 비롯하여 詩作과 독서로 나날을 보내다. 수필집 『돌베개』가 간행되다(6월 15일). 대한민국이 독립을 선포하다. 自傳告白記 「나의 告白」의 붓을 들다. 친지와 가족의 권고로 思陵을 떠나 효자동 집으로 돌아오다. 廷華, 이화여중 3학년으로 월반하다. 『流浪』(삼봉이네 집)이 간행되다. 『나·스무살 고개』가 간행되다. 『先導者』 간행되다. 『나의 告白』 간행되다.	◇ 6월 『돌베개』 (생활사간). 9월 『流浪』 (성문당간). 10월 『나·스무살 고개』 (박문서관간). 11월 『先導者』 (태극서관간). 12월 『나의 告白』 (춘추사간). 『원효대사』 (상·하), (생활사간).	◇ 1월 印간디피살. 4월 김구, 「남북협상」 차 월북. 8월 대한민국 수립. 10월 여순반란 사건.
1949년 (58세)	◇ 국회에서 제정된 반민법에 걸려 육당과 함께 서대문형무소에 수감되다(1월 12일). 思陵농민 200여명이 석방을 진정하다. 榮根의 血書歎願 등이 주효하여 병보석으로 출감되다(2월 15일). 두문불출하며 詩作을 일삼는 한편, 이상협의 청탁으로 소作「사랑의 東明王」의 집필을 시작함. 반민특위의 불기소로 자유로와지다.(8월 29일). 榮根, 서울대 문리대 물리과에 입학하다. 독서와 참선으로 소일하다. 「사랑의 東明王」을 탈고하다(12월 17일).	◇ 『放浪者』 (중앙출판사간). 『愛慾의 彼岸』 (국문사간).	◇ 1월 반민특위 발족. 2월 이북오도청설치. 6월 김구피살. 10월 중공·정부수립 선언.

1950년 (59세)	◇「사랑의 東明王」序詩「朱蒙과 禮姬」를 짓다. 이 무렵에, 장편「서울」을 《태양신문》에 연재하다(미완으로 끝남). 백인제·박근영·백용제 등을 불러 59세 생일을 즐기다(2월 1일). 생일의 과로로 심한 喀血을 하다. 『사랑』상·하권이 재간행되다. (박문출판사간) 유작「運命」을 집필하다. 『有情』재간행되다.(한성도서간) 廷蘭(18세), 서울대문리대 불문과에 입학하다. 『사랑의 東明王』 간행되다. 고혈압과 폐렴으로 다시 병석의 몸이 되어(6월 22일), 6·25동란을 누워서 당하다. 榮根, 단신으로 집을 탈출하다(7월 3일). 효자동 집이 공산군에 의하여 차압되다(7월 5일). 소위「內務署」에 끌려가 심문을 받고 오다(7월 6일). 북한공산군에게 拉致되어 북으로 가다(7월 12일). 평양의 옥에서 桂珖淳을 만남(7월 16일). 공산군에 의하여 殘留家族의 철거명령을 받고, 유족들 효자동 집에서 離散하다(8월 5일). 공산군의 허위보도에 속아, 廷華, 서대문형무소에 옷 한 벌과 내의와 비타민 한 병을 차입하다(9월 15일). 그러나 춘원은 이미 7월에 평양으로 이송된 사실을 후에서야 알게 되다. 거처불명 생사불명이 명확하지 않다.	◇ 1월「서울」(미완소설), 《태양신문》. 2월「구더기와 개미」(시), 《희망》. 3월 『사랑』(박문출판사간). 4월 『有情』(한성도서간). 5월 『사랑의 東明王』, 『異次頓의 死』(한성도서간). 『사랑의 罪』(文硏社刊). 「사랑」(시), 《문예》. 6월「地球」(시), 《문예》.	◇ 1월 한미상호방위원조협정조인. 5월 제 2대 국회의원 선거. 6월 6·25동란 발발. 9월 UN군, 인천상륙. 10월 UN군, 평양 진입.

이광수 장편소설 연구

저자 한승옥

> 고려대학교 국어국문학과 및 동대학원 졸업(문학박사)
> Brigham Young University 교환교수
> 동아대학교 조교수 역임
> 한국현대소설학회 회장
> 숭실대학교 인문대학장
> 현) 숭실대학교 인문대학 국어국문학과 교수

저서

> [이광수연구] (선일문화사, 1984)
> [한국 현대장편소설 연구] (민음사, 1990)
> [한국 전통비평론 탐구] (숭실대 출판부, 1995)
> [한국 현대소설과 사상] (집문당, 1995)
> [기문학론] (태학사, 1996)
> [현대소설의 이해] (집문당, 1998)
> [이광수 문학사전] (고려대학교 출판부, 2002)
> [근 현대 작가 작품론] (제이앤씨, 2006)

이광수 장편소설 연구

초판인쇄 2009년 8월 21일
초판발행 2009년 8월 31일

저자 한승옥
발 행 인 윤석원
발 행 처 도서출판 박문사
등　　록 2009-11호

우편주소 서울시 도봉구 창동 624-1 현대홈시티 102-1206
대표전화 (02)992-3253
팩시밀리 (02)991-1285
전자우편 bakmunsa@hanmail.net
책임편집 이혜영

ISBN 978-89-94024-00-4 93810　　　　　　　　　　　　　**정가** 20,000원